W0209042

Zum Buch:

Val d'Orcia, Toskana, 1925: Die junge Maria öffnet das schmiedeeiserne Tor. Sie steht vor einem großen Steinhaus. Hier wird sie also von nun an leben. Nicht mit dem Vater ihres Kindes und ihrer großen Liebe, dem zukünftigen Grafen von Torrelupo, den sie aufgrund der Standesunterschiede nicht heiraten kann. Doch er wollte sie versorgt wissen. Sie lächelt und streichelt über ihren schwangeren Bauch. Das Kind bewegt sich. Sie wünscht sich eine Tochter. Sie würde sie Ada nennen.
London, 2017: Isabel muss zur Testamentsverlesung in die Toskana. Ihre geliebte Großtante Ada ist gestorben. Als Kind hat sie die Sommer bei ihr in ihrem wunderschönen Landhaus in der Toskana verbracht. Gemeinsam mit ihrem besten Freund Neri Falco di Torrelupo. Doch dann bringt ein entsetzlicher Verrat sie dazu, dem glücklichen Ort ihrer Kindheit und Jugend den Rücken zu kehren. Kann Isabel nun Frieden mit der Vergangenheit schließen?

Zur Autorin:

Lisetta Renzi wurde in Bologna geboren und studierte Literatur und Kreatives Schreiben in Italien und Komparatistik in Kalifornien. Heute lebt sie in Rom und arbeitet im Marketing für die Tageszeitung Il Sole 24 Ore. Wenn sie nicht arbeitet, widmet sie sich ihren Leidenschaften Schreiben und Gärtnern.

Lisetta Renzi

Das Haus der verlorenen Träume

Roman

Aus dem Italienischen von
Sonja Häußler

MIRA® TASCHENBUCH

Torrelupo sowie alle dargestellten Sachverhalte und Personen
sind der Fantasie der Autorin entsprungen.
Es besteht kein Bezug zu realen Ereignissen oder Personen.

FSC
MIX
Papier
FSC® C014496

1. Auflage: März 2020
Deutsche Erstausgabe
Copyright © 2020 für die deutsche Ausgabe by MIRA Taschenbuch
in der HarperCollins Germany GmbH, Hamburg

Copyright © 2018 by Lisetta Renzi, in agreement with Sergio Fanucci
Communications S.r.l.
Originaltitel: »Il Casale dei Sogni Perduti«
erschienen bei: leggereditore, Rom

Umschlaggestaltung: bürosüd, München
Umschlagabbildung: Cornelia Doerr, Peter Adams / Getty Images,
Mit Kapevski, Vitalina Rybakova, Anton Petrus / shutterstock
Lektorat: Anna Koliska
Satz: GGP Media GmbH, Pößneck
Printed in Germany
Dieses Buch wurde auf FSC®-zertifiziertem Papier gedruckt.
ISBN 978-3-7457-0066-4

www.mira-taschenbuch.de

Werden Sie Fan von MIRA Taschenbuch auf Facebook!

Für meine Mutter, die Blumenfee

In Erinnerung an Michela Di Pompeo,
eine unvergessliche Freundin

Wenn wir nach langer Odyssee
wieder in das alte Zuhause zurückkehren,
stellen wir verdutzt fest,
wie sofort die ursprünglichen Gewohnheiten
bis ins kleinste Detail wieder in uns aufleben.

Gaston Bachelard: Die Poetik des Raumes

Prolog

Ein Bauernhof in der Toskana

Ein Bauernhof in der Toskana ist Sinnbild einer Landschaft, die dank Regisseuren, Künstlern und Schriftstellern Berühmtheit erlangte. Seine Schönheit, die bestimmt wird vom Einklang mit der Natur und dem Rhythmus der Felder, lehrt uns Langsamkeit und die Besinnung auf das Wesentliche. Die Wände bestehen aus Stein oder gemischtem Mauerwerk, das Dach ist mit handgefertigten Ziegeln gedeckt und manchmal von einem Türmchen mit Taubenschlag gekrönt. Vor der nach Süden ausgerichteten Fassade befindet sich der Dreschplatz, auf dem früher das Korn gedroschen wurde. Seitlich davon stehen ein oder mehrere Bäume, zum Beispiel ein Nussbaum, der dem Anwesen Schatten spendet. Oft führen lange Alleen aus Zypressen dorthin. Sie sind Symbole der Treue und scheinen zum Verweilen einzuladen.

Val d'Orcia, Toskana, 1925

Maria öffnete das schmiedeeiserne Tor und ging durch die von Zypressen gesäumte ansteigende Allee auf das Haus zu, das bald das ihre sein würde. Kaum war sie oben angelangt, lächelte sie freudig überrascht. Vor ihr lag ein herrlicher, wenn auch etwas verwilderter Garten, dahinter erhob sich ein großes

Bauernhaus mit harmonischen Proportionen.

Sie lehnte sich an einen Baumstamm, um ein paar Minuten lang in dem Anblick zu verweilen, und strich sich dabei über ihren schwangeren Bauch, der sich unter dem schwarzen Kleid, wie es die Bäuerinnen trugen, wölbte.

An diesem Haus gefiel ihr alles. Von den unverputzten Steinwänden, auf die die Maisonne schien, über die Weinlaube, die der Fassade Schatten spendete, bis hin zu dem Taubenschlag, der über dem Gebäude aufragte.

Sie überquerte den Dreschplatz und schaute sich um.

Links lag ein Weinberg, der mindestens einen Hektar groß war, rechts stand ein großer Nussbaum, im Hintergrund zogen sich zwei elegante Reihen Zypressen den Hügel hinauf zum Castello Torrelupo.

Im Schatten der Weinlaube bemerkte Maria einen kleinen Steintisch. Sie setzte sich, schloss die Augen und genoss die Brise, die ihr sanft über das Gesicht strich.

»Wie schön wäre es, mit Niccolò hier zu wohnen«, flüsterte sie vor sich hin.

Sie schob diesen Gedanken sofort wieder beiseite und erhob sich, um die Weinstöcke, die sich an der Laube hinaufrankten, von Nahem zu betrachten. Diesen würde sie Rosen beipflanzen, wie es üblich war, um die Reben vor Krankheiten zu schützen – und weil es noch schöner aussah, wenn sich die beiden Pflanzen miteinander verflochten.

Sie wandte sich dem Dreschplatz zu und dachte an die anderen Dinge, die sie vorhatte. Vor dem Haus ein Beet voller Blumen anlegen, zur Linken eine Trockenmauer bauen, die den Weinberg vom Garten trennte, am Nussbaum eine Schaukel für das Kind aufhängen, das sie erwartete.

Wieder lächelte sie.

Wahrlich ein Herrenhaus, sagte sie sich.

Die anderen jungen Frauen im Tal konnten von so etwas

nur träumen. Es war sehr großzügig von Niccolò, dem Vater des Kindes, das sie unter dem Herzen trug, es ihr zu schenken.

Nur schade, dass nicht er ihr Bräutigam war. Niccolò war der künftige Graf von Torrelupo, und sie war nur ein Bauernmädchen; und auch wenn alle sie für das schönste Mädchen der Gegend hielten, war eine solche Eheschließung undenkbar.

»Mach dir keine Hoffnungen«, hatte Niccolòs Mutter, die Gräfin, zu ihr gesagt, als sie die Neuigkeiten vernommen hatte. »Du musst auf deinem gottgewollten Platz bleiben. So hat er die Dinge geordnet, und so sollen sie auch bleiben.«

Maria hatte diesen Satz nicht ganz verstanden, doch als die Gräfin sie wieder entließ und ihr erlaubte, den Saum ihres Gewandes zu küssen, hatte sie sich verneigt.

Ohne irgendetwas zu empfinden, hatte Maria zugeschaut, wie die Gräfin in ihre Kalesche stieg, die sie zurück auf die Burg brachte. Sie wusste, dass Niccolòs Mutter recht hatte.

Wie viele junge Frauen waren seit Menschengedenken von den Adligen verführt und dann im Stich gelassen worden? Genau so waren die Dinge nämlich geordnet.

Das war normal und im Grunde besser so.

Niccolò liebte sie, aber dieses Gefühl reichte nicht aus, um die Regeln und Grenzen dieser Welt außer Kraft zu setzen, in der die Bäuerinnen sich allein schon durch die Farbe ihrer Kleidung von den Töchtern der Adligen unterschieden; die Bäuerinnen durften nur Schwarz tragen.

Feine Gesichtszüge, weiße Haut, rotblondes Haar, mit dem sie, laut Niccolò, Botticellis *Primavera* ähnelte, zählten da nicht.

Sie unterschieden sich zu sehr in Herkunft und Bildung, und wenn ihre Schönheit erst einmal vergangen wäre, würde er sich ihrer schämen.

Niccolò ließ sie jedoch im Gegensatz zu dem, was üblicherweise passierte, nicht im Stich. Vor seiner Abreise nach Paris, wohin er geschickt wurde, um nicht mehr in ihrer Nähe zu sein, erwirkte er von seinem Vater, dass sie einen Bauernhof bekäme. Die Gräfin überzeugte außerdem Giovanni, den Sohn des Stallknechts, Maria zu heiraten. Im Gegenzug erhielt er zwanzig Hektar Land, das er in Halbpacht bestellen konnte.

Die Grafen waren gut zu mir, sagte sich Maria. Sie waren zu nichts verpflichtet, dennoch hatten sie ihr geholfen. Sie war ihnen dankbar und ebenso Giovanni, weil er eingewilligt hatte, sie zur Frau zu nehmen.

Sie hatte einen Fehler begangen. Sie hatte sich zu einer unmöglichen Liebe hinreißen lassen, wohl wissend, dass es so enden würde. Doch nun war die Zeit des Träumens vorbei; zusammen mit Giovanni würde sie ein zufriedenes Leben führen und ihm weitere Kinder schenken.

Sie nahm eine Bewegung in ihrem Bauch wahr und lächelte.

»Hoffentlich wird es ein Mädchen«, murmelte sie und berührte dabei die Stelle, an der sie den Tritt gespürt hatte.

Ein Mädchen, für dessen Bildung Niccolò aufzukommen versprochen hatte. Ein Mädchen, das die leibliche Tochter eines Grafen wäre, das farbige Kleider trüge, einen Bauernhof ganz für sich allein erben und das – trotz aller Ermahnungen der Gräfin, dass sich an ihrer Lage nichts änderte – ein anderes Leben führen würde.

Ja, für ihre Tochter würde alles anders werden.

Sie würde sie Ada nennen.

1

Loft im Industriestil

Eine moderne Stadtwohnung, die Zweckmäßigkeit und Effizienz ausstrahlt. Für ihre Einrichtung werden vorzugsweise neutrale Farben und Grautöne verwendet sowie Designobjekte, die an die Sechziger- und Siebzigerjahre erinnern, Betonböden, Metallregale und Beleuchtungssysteme wie in einer Fabrik. Durch den Einsatz von Stahl wird psychologisch Stärke und Sicherheit vermittelt.

London, Mai 2017

Durchhalten.

Ich tauche in türkisfarbenem Wasser, hin und wieder spüre ich, wie jemand auf der benachbarten Bahn an mir vorbeischwimmt. Sehe das rasche Ausschlagen der Beine und wie die Arme unter der Oberfläche abwechselnd nach vorne gestreckt und wieder eingezogen werden.

Ganz normal atmen, alles ist unter Kontrolle.

Ich schließe die Augen und konzentriere mich: einatmen, ausatmen, einatmen, ausatmen, einatmen, ausatmen.

Gut, ich schaffe das. Ein Gefühl der Ruhe breitet sich im Körper aus, das Wasser ist lauwarm und angenehm.

Dann mache ich den Fehler, die Augen wieder zu öffnen und das Schwimmbad vor mir zu betrachten, in seiner vollen Länge.

Vor meinen Augen, jenseits der Tauchermaske, die ich aufhabe, liegen knapp fünfzig Meter Wasser, und das Türkis wird immer blauer, das Wasser immer tiefer.

Ich spüre Panik in mir aufsteigen. Es sieht aus wie ein Abgrund, zwar ein horizontaler Abgrund, aber dennoch ein Abgrund.

Ich habe das Gefühl zu ersticken und fange an zu keuchen, in meine Tauchermaske scheint keine Luft mehr zu gelangen.

In Atemnot schließe ich erneut die Augen.

Durchhalten, durchhalten, durchhalten, wiederhole ich innerlich. Ich kann mich jetzt nicht lächerlich machen, es ist doch nur ein Tauchkurs.

Aber nein, ich schaffe das nicht.

Ich bewege mich unkontrolliert, sinke in die Tiefe, Wasser dringt in mein Mundstück ein, steigt mir in die Nase.

Zwei Arme packen mich und ziehen mich nach oben.

Ich reiße mir die Tauchermaske herunter. »Hilfe!«, brülle ich.

»Isabel, beruhige dich«, sagt meine Freundin Kate, die mich an den Rand des Schwimmbeckens zieht.

»Hilfe!«, rufe ich wieder, meine Stimme geht in Husten unter, während mich die anderen fassungslos anschauen und der Lehrer ins Wasser springt, um mir zu helfen, das Becken zu verlassen.

Als ich auf dem Trockenen bin, denke ich darüber nach, was geschehen ist. Tatsache ist, dass ich zwar schwimmen kann, aber schon immer Angst gehabt habe, unter Wasser die Augen zu öffnen.

Ich hasse die Tiefe. Man weiß nie, was sich dort verbirgt: glitschige Algen, Tiere mit Tentakeln, unförmige Weichtiere, Krustentiere mit riesigen Zangen … Kurz und gut: eine dunkle, gefährliche, unbekannte Welt.

Mir persönlich sind klare, messbare Dinge lieber, die keine Überraschungen bergen. Ich möchte die Situation immer unter Kontrolle haben.

Es ist kein Zufall, dass ich Controllerin bin.

Im Bereich Planung und Controlling in der Niederlassung einer großen internationalen Bank in London.

»Was soll mir ein Tauchkurs schon bringen?«, frage ich Kate eine Viertelstunde später in der Umkleidekabine, während ich mich mit einer Lotion eincreme. »Ich habe mich nur angemeldet, weil ich mit Jack eine Meeressafari auf den Seychellen machen wollte.« Mir bricht die Stimme, als ich den Namen meines Ex-Verlobten ausspreche, einer der brillantesten Investmentbanker der Niederlassung, in der Kate und ich arbeiten.

»Vielleicht fährst du ja mit einem anderen hin«, erwidert meine Freundin mit ihrem üblichen Pragmatismus.

»Ein Jammer, dass er mit … mit ihr dort sein wird«, stottere ich, weil es mir nicht gelingt, den Namen der Frau auszusprechen, die mir den Verlobten ausgespannt hat: Fiona, der aufsteigende Stern der Abteilung für Kommunikation und Events, in der auch Kate arbeitet. Fiona ist groß, elegant, naturblond, superschlank und, als würde das nicht genügen, sechsundzwanzig Jahre alt – vier Jahre jünger als ich.

Wenn man bedenkt, dass Jack und ich schon vom Heiraten gesprochen haben. Vor allem ich, aber er hatte ja nicht widersprochen. Hatte er nicht sogar vorgeschlagen, mir mit dem Kredit für die Wohnung, die ich gerade gekauft hatte, zu helfen?

»Er hat dauernd wiederholt, dass wir verlobt sind, und trotzdem …«, fange ich an zu jammern.

Kate schaltet den Föhn ein, um ihre Haare zu trocknen. »Tatsache ist, dass du das erst bist, wenn du den hier am Finger hast.«

»Das stimmt«, räume ich ein, während ich den riesigen Diamanten anschaue, den sie an der linken Hand trägt. Ein Geschenk von ihrem Ex.

»Gib niemals einen Ring zurück«, erklärte sie mir damals, als sie sich getrennt hatten; sie klang dabei wie jemand, der klare Vorstellungen vom Leben hat.

»Jedenfalls scheinst du nie viel davon gehalten zu haben, auf eine Meeressafari zu gehen«, fügt sie hinzu.

»Ich dachte mir immer, dass es ein wenig unbequem sein könnte, Urlaub auf einem Boot zu machen«, rechtfertige ich mich.

»Ist das alles, was du zu einer Reise auf die Seychellen zu sagen hast?«, platzt sie ungläubig heraus.

»Ja. Es wäre bestimmt auch schön geworden, aber stell dir mal vor: alle zusammen, ohne eigenes Bad, in Kabinen von zweifelhafter Sauberkeit.«

Kate lacht. »Das ist mal wieder typisch für dich! Mich wundert nicht, dass Jack wütend geworden ist, als du auf seinen Vorschlag hin geantwortet hast, dass du dir das noch überlegen musst.«

»Schon«, stimme ich zu, als ich mich an die Szene erinnere.

Jack explodierte und warf mir vor, dass ich undankbar sei und sich viele Frauen die Finger danach lecken würden, an solche Orte zu reisen.

Nur zwei Tage nach diesem Streit sah ich, wie er Fiona im Konferenzraum küsste. Ich blieb wie angewurzelt stehen, was sie dazu nutzte, sich wieder zurechtzumachen und schnellstmöglich den Raum zu verlassen.

»Ich mische mich da nicht ein, das ist eure Angelegenheit«, hatte sie gesagt, bevor sie im Flur verschwand.

»Unsere Angelegenheit?«, schrie ich ihr nach, sobald ich mich vom ersten Schock erholt hatte.

Jack packte mich am Arm und versuchte, mich zu beruhigen. »Fiona hat recht.«

Ungläubig entwand ich mich seinem Griff. »Ist das alles, was du zu sagen hast?«

Ich erwartete, dass er sich tausendmal entschuldigen und mir sagen würde, dass das alles nur ein dummer Fehler gewesen war. Allerdings täuschte ich mich da gewaltig. Es kam weder eine Erklärung noch eine Entschuldigung.

»Ich will das mit Fiona nicht beenden. Du musst zugeben, dass sich unsere Beziehung längst totgelaufen hat. Du bist wie erloschen, wenn wir zusammen sind, immer total kontrolliert. Sie hingegen ist lebhaft, unberechenbar, sexy.« Er versuchte, die Verantwortung mir zuzuschieben, ohne dass es ihn kümmerte, wie sehr mich seine Worte verletzten. Unerbittlich fuhr er fort und erzählte mir, dass ihre Affäre schon auf dem Bankenkongress in Denver begonnen hatte, zu dem ich nicht mitgekommen war, weil ich unter Flugangst leide.

In Schockstarre hörte ich ihm zu. Bis zu diesem Moment war mir Jack immer perfekt erschienen. Eine vernünftige Wahl, die mich beruhigt hatte. Mit ihm konnte ich mir eine Familie, konnte ich mir Kinder vorstellen. Vielleicht empfand ich keine große Leidenschaft für ihn, doch das schien mir ein durchaus positiver Aspekt zu sein, würde er mich doch davor schützen zu leiden.

Ich hatte mir Jack ausgesucht, weil er mir ähnlich war – einer, der keine Überraschungen für mich bereithielt. Wir kamen gut miteinander aus, hatten dasselbe studiert und beschäftigten uns beide mit Zahlen. Meine Familie mochte ihn, und er hatte einen soliden Job. Ich dachte, das würde genügen, doch ich hatte mich geirrt. Mit einem Schlag waren meine Pläne zunichtegemacht worden; was ich noch ein paar Sekunden zuvor für meine Zukunft gehalten hatte, löste sich von einem Moment auf den nächsten in nichts auf.

Kate holt mich in die Gegenwart zurück. »Ich bin fertig, willst du den Föhn?«

Ich nehme ihn und fange an, mir die Haare zu föhnen, auch wenn ich weiß, dass sie dadurch nur noch schlimmer werden – aufgebauscht und stumpf, als hätte sie jemand toupiert. Ich beneide Kate um ihre Haare, die schon nach fünf Minuten glatt und glänzend sind.

»Gut gemacht jedenfalls, dass du für eine Weile aus dem Büro verschwindest, das ist eine super Strategie.« Meine Freundin nimmt das Gespräch im Tonfall eines Menschen, der sich mit Männern auskennt, wieder auf.

»Ich halte es nicht mehr aus, zuzuschauen, wie sie vor meiner Nase auf den Fluren herumturteln.«

»Wie dem auch sei, als ich Jack sagte, dass du über einen Monat Urlaub genommen hast, schien er ziemlich überrascht, und erst recht, als ich ihm erzählte, dass du in die Toskana fährst.«

»Echt?« Ich schöpfe Hoffnung.

»Die Tatsache, dass du ins Ausland gehst und dann auch noch fliegst, hat ihn ganz durcheinandergebracht. Vielleicht ist es kein Zufall, dass er sich heute im Büro mit Fiona gestritten hat.«

Ich bin begeistert. »Im Ernst?«

»Ja, an der Kaffeemaschine.«

Ich schalte den Föhn aus und greife nach meiner Tasche, um mein Handy zu suchen. »Dann rufe ich ihn an.«

Kate reißt mir die Tasche aus der Hand. »Wann wirst du endlich lernen, dich rarzumachen? Du musst für eine Weile verschwinden, das haben wir doch gerade besprochen!«

»Und für wie lange?«

»Mindestens deinen ganzen Urlaub lang, lass ihm Zeit, bis er Fiona nicht mehr als etwas aufregendes Neues betrachtet.«

Ihr Gesicht leuchtet auf, als sei ihr soeben eine zündende Idee gekommen.

»Warum bleibst du nicht einfach bis Juni in Italien? Du könntest zu dem Kongress wieder auftauchen, den wir gerade in der Toskana organisieren. Fiona wird dann mit einer anderen Tagung beschäftigt sein, und er würde ohne sie kommen.«

»Ich werde auf keinen Fall so lange wegbleiben.« Noch bevor ich überhaupt abreise, kann ich es nicht erwarten, nach London zurückzukehren. Ich liebe diese Stadt und halte sogar die viel geschmähte englische Küche für eine der besten der Welt.

»Du kannst dein Programm doch immer noch ändern, das wäre wirklich ein optimaler Plan. Allerdings nur unter der Bedingung, dass du in Topform und anderer Stimmung zurückkehrst. Hat Jack nicht gesagt, dass du wie erloschen wirkst? Beweis ihm das Gegenteil. Zeig ihm, was er verloren hat. So wie Kate Middleton Prinz William zurückerobert hat, als sie sich getrennt hatten.«

»Unter den gegebenen Umständen wird es etwas schwierig werden, die Stimmung aufzuheitern«, murmle ich. Der tatsächliche Grund für meine Reise schmerzt mich nämlich noch mehr als die Angelegenheit mit Jack.

Kate sieht mich verständnisvoll an. »Entschuldige. Ich hatte für den Moment vergessen, dass du wegen eines Testaments dorthin reist.«

»Ja.« Ich nicke traurig.

»Eine Tante, nicht wahr?«, hakt sie nach.

»Sie war sehr viel mehr als das. Bis ich achtzehn war, habe ich jeden Sommer bei ihr in ihrem Haus verbracht.« Meine Stimme bricht, als ich mich daran erinnere, wie ich Tante Ada zum letzten Mal gesehen habe – vor anderthalb Monaten in Paris, wahrscheinlich in den Tagen, an denen Jack auf diesem verdammten Kongress in Denver war. Sie war schon über neunzig, trotzdem hatte ich nicht damit gerechnet, sie so bald zu verlieren. Für sie vergeht die Zeit nicht, dachte ich, und Tante Ada tat immer so, als würde alles gut gehen. Ich habe es gerne geglaubt.

»Die Schwester deines Vaters?«, fragt Kate teilnahmsvoll.

»Meines Großvaters, eigentlich seine Halbschwester mütterlicherseits. Sie war schon sehr alt, deshalb ist es nicht wirklich überraschend, dass es so gekommen ist.« Ich will nicht mehr darüber reden, denn dann kommen mir die Tränen, und ich zeige nur ungern meine Gefühle.

»Dann rufe ich ihn also nicht an?«, frage ich, weil ich nicht mehr an Ada denken will. Gleichzeitig versuche ich, meine üppige Mähne zu bändigen. Würde ich sie nicht aufhellen, wäre sie rabenschwarz. Italienische Haare wie die meines Vaters, dem ich ähnle. Von meiner Mutter habe ich nur die grünen Augen und die britische Staatsangehörigkeit.

Kate verdreht die Augen. »Wie oft soll ich es dir noch sagen? Du darfst dich bis zum Kongress im Juni nicht blicken lassen. Sonst ruinierst du alles.«

»Hoffentlich kostet mich dieser Urlaub nicht meinen Job. Bei dem Kredit, den ich aufgenommen habe, kann ich es mir nicht leisten, ihn zu verlieren«, sage ich, und vor Angst schnürt sich mir die Kehle zu.

Es war sehr schwierig, in diesem Zeitraum Urlaub zu bekommen, denn der Abschluss der Halbjahresbilanz steht an. Man hat ihn mir nur bewilligt, weil ich seit fünf Jahren nie mehr als eine Woche am Stück abwesend war und weil dank meines perfekten Ablagesystems eine Einarbeitung meiner Stellvertreterin nicht notwendig war.

»Wie viel von deinem Kredit musst du denn noch zurückzahlen?«, fragt meine Freundin.

»Zweihundertzweiundneunzigtausend und vierhundertsechsunddreißig Pfund«, erwidere ich mit der Präzision der Controllerin.

»Aber hast du nicht sechshunderttausend Pfund von deiner Familie bekommen?«, fragt sie überrascht.

»Doch, aber das hat nicht gereicht.«

»Dann kostet die Wohnung also ...« Kate rechnet.

»Einschließlich Renovierung neunhunderttausend Pfund«, komme ich ihr zuvor.

»Ah«, ist ihr einziger Kommentar.

Verkrampft spreche ich weiter, die Summe, die ich ausgegeben habe, macht mich nervös. »Ich weiß, das ist ein absurder Betrag. Aber Shoreditch ist gerade total angesagt, und man weiß ja, was Immobilien in diesem Viertel wert sind. Außerdem ist das Gebäude, in dem sich die Wohnung befindet, früher eine Kirche gewesen, und das Wohnzimmer ist riesig und doppelt so hoch wie normal. Den neuen Look habe ich selbst konzipiert. Alles ist im Loft-Stil, wie es Jack gefällt: Stahl, Kristallglas, Beton, Industrie-Accessoires und Vintage-Teile. Der letzte Schrei und sehr kostspielig, ein bisschen wie er.«

»Mach dir keine Sorgen, Isabel! Du musst das als Investition sehen.«

»Aber ich habe die Wohnung gekauft, damit wir dort zusammenleben.«

»Und nun hast du eine eigene Wohnung.« Kate versucht, mich dazu zu bringen, das Positive zu sehen, was ihr allerdings nicht gelingt. Ich denke an all die Träume, die zerbrochen sind: Zusammenleben, Hochzeit, Kinder, Weihnachtsbaum, Kaminfeuer, zusammen alt werden.

Kate stupst mich an. »He, Isabel, hörst du mich?«

Ich fahre zusammen. »Ja, entschuldige. Was hast du gesagt?«

»Dass die Wohnung jetzt wenigstens dir gehört.«

»Mir? Du meinst wohl, zu gut einem Drittel der Bank, deren Kredit ich womöglich nicht zurückzahlen kann. Jack wollte sich ja beteiligen. Eigentlich.« Ich werde immer deprimierter. Ich bin nicht nur sitzen gelassen worden, sondern stecke jetzt auch noch in finanziellen Schwierigkeiten.

»Ich hoffe, ich kriege das alles hin.«

»Hm … vielleicht hat deine Tante dir was vererbt?«

»Zweihundertzweiundneunzigtausend und vierhundertsechsunddreißig Pfund von einer Großtante? Ich bin nicht die einzige Nichte.«

»Okay, vergiss es. Aber lass uns jetzt gehen, ich bin mir sicher, du findest eine Lösung«, sagt sie und sammelt ihre Sachen ein.

Als wir nach draußen treten, empfängt uns ein typischer Londoner Tag, grau, mit anhaltendem, hartnäckigem Nieselregen, der sich niemals zu einem Unwetter steigert und wahrscheinlich genau deshalb Ewigkeiten dauert.

Kate zieht einen Schirm aus ihrer Tasche und hält ihn mir hin. »Teilen wir uns den?«

Ich mustere sie: Mit der schlichten Eleganz ihres Trenchcoats von Burberry, den Jeans, den Ballerinas und dem perfekt gewellten Haar sieht Kate einfach makellos aus. Wäre sie eine Wohnung, wäre sie ein großes gutbürgerliches, in Cremetönen gehaltenes Apartment.

»Nein danke«, erwidere ich. »Schlimmer können die Haare sowieso nicht mehr werden.« Ohne meinen Spezialföhn ist es ausgeschlossen, sie glatt zu bekommen, also habe ich meine stumpfe, toupierte Matte so stramm wie möglich zu einem Pferdeschwanz zusammengebunden.

Kate hakt sich bei mir unter. »Schluss damit! Wo ist das Auto?«

»Da drüben. Das schmutzige.«

»Ach, du bist doch verrückt, man kann sich darin spiegeln!«, ruft sie. »Wann ist eigentlich die Beerdigung?« Inzwischen sind wir am Auto angelangt.

»Die war schon. Meine Tante ließ verfügen, dass ihr Tod erst bekannt werden sollte, wenn ihre Asche ins Meer gestreut worden ist.«

»Du hast mir noch gar nicht erzählt, wo genau du hinfährst.«

»Nach Torrelupo«, murmle ich, weil es mir die Brust zusammenzieht.

»Wo ist das?«

»Im Val d'Orcia.«

Kates Gesicht hellt sich auf. »Echt? Ich habe gehört, dass es dort wunderschön sein soll. Mal abgesehen vom Anlass, beneide ich dich! Schon seit Ewigkeiten will ich in die Toskana.«

»Ich hab absolut keine Lust, aber anscheinend muss ich bei der Testamentseröffnung unbedingt dabei sein.«

»Du würdest also lieber gar nicht hinfahren?«

»Genau. Und zwar nicht nur wegen des Tods meiner Tante.« Die Worte sind heraus, noch bevor ich sie zurückhalten kann.

»Weswegen sonst noch?«

»Ach, nichts. Die Toskana gefällt mir einfach nicht«, erwidere ich kurz angebunden.

»Du hältst dich also lieber inmitten von Beton unter grauem Himmel auf als zwischen Weinreben, Zypressen und unter blauem Himmel?«, fragt Kate ungläubig.

»Dieser Ort entspricht mir einfach so gar nicht«, sage ich nur.

»Aber du stammst von dort!«, ruft sie.

Ich schweige einen Moment, während Erinnerungen in mir aufsteigen, die ich schon immer vergessen wollte.

»Mein Vater ist aus der Toskana«, erwidere ich schroff. »Ich bin Engländerin, zu einhundert Prozent.«

2

Reihenhäuser

Reihenhäuser vereinen die Vorzüge eines traditionellen mehrstöckigen Hauses mit der Wirtschaftlichkeit und Sicherheit einer Gemeinschaftsanlage. Sie vermitteln den Eindruck von Komfort und Schutz, bergen aber eventuell die Gefahr, dass die darin Lebenden das Gefühl bekommen, nicht mehr als Individuen wahrgenommen zu werden. Diese Häuser zeichnen sich durch ihre Standardisierung und durch die Herauslösung aus dem landwirtschaftlichen Kontext aus. Um der Monotonie entgegenzuwirken, empfiehlt sich ein möglichst origineller und individueller Einrichtungsstil.

Am darauffolgenden Tag bin ich schon in der Toskana, in einem Wagen, den ich am Flughafen Rom-Fiumicino gemietet habe.

Es ist Mai, und die frühe Sommersonne scheint auf die grünen Hügel des Val d'Orcia, das von Reihen von Zypressen durchzogen ist, die sich dem türkisblauen Himmel entgegenrecken. Auf den Feldern blüht roter Mohn. Hier und da ziert eine Steinhütte die Landschaft.

Während ich Richtung Norden fahre, tauchen rechts und links der Straße die ersten Weinreben auf, und das unverwechselbare Profil des Montalcino zeichnet sich immer imposanter vor mir ab.

Ich fahre langsamer, denn ich tauche in die Ruhe dieser Landschaft ein, die in den langen Sommern, die ich bei Tante Ada verbracht habe, meine Welt war. Da ist er – der Geruch von frisch gemähtem Gras, der schon meine Kindheit durchzog, derselbe frische Wind, der mich im Gesicht kitzelte, der Duft nach Akazienblüten, deren große weiße Rispen ich mit der Tante sammelte, um sie hinterher in Pfannkuchenteig auszubacken.

Nichts scheint sich in den zwölf Jahren seit meinem letzten Besuch verändert zu haben.

Ein Kreisverkehr holt mich wieder ins Hier und Jetzt zurück.

Denn wenn eines in Italien definitiv nicht mehr so ist wie früher, dann sind es die Kreisverkehre, die anstelle von Kreuzungen eingerichtet worden sind. Sie haben sich vervielfacht, und für uns Engländer, die wir es gewohnt sind, auf der linken Seite zu fahren, sind sie ein wahrer Albtraum.

In welche Richtung muss ich hineinfahren? Nach links oder nach rechts? Einen Augenblick lang ist mein Kopf leer, und aus Angst, etwas falsch zu machen, bremse ich.

Hinter mir fängt sofort jemand an zu hupen.

»Blöde Kuh!«, ruft er und überholt mich mit bis zum Anschlag gedrückter Hupe.

Mir kommt mein britischer Gleichmut abhanden, und ich antworte mit einer Geste. Dann beschleunige ich und fahre weiter. Plötzlich taucht in der Ferne das auf, was mir in diesem Moment gerade noch gefehlt hat: der dritte Stau, seit ich am Flughafen losgefahren bin.

Ich halte an, schalte den Motor ab und lege den Kopf auf das Lenkrad. Meine Laune ist auf dem Tiefpunkt angekommen.

Ich sehe schwarz. In meinem Leben läuft alles schief, und als wäre das nicht genug, stecke ich jetzt auch noch mitten im Nirgendwo fest. Ich verabscheue diese Landschaft. Ich hasse die Vögel, die fröhlich zwitschern, während ich am Boden bin, ich hasse es, auf der rechten Seite zu fahren, ich hasse die italienischen Autofahrer, und auch wenn uns mein Vater mit dessen Import ein gutes Leben beschert hat, hasse ich den Wein von hier. Niemals hätte ich herkommen dürfen, warum habe ich nicht dem Notar gegenüber darauf bestanden, das Ganze an jemand anderes zu delegieren?

Ich hatte definitiv schon bessere Zeiten.

Es ist erst einen Monat her, dass Jack mich verlassen hat. Mir krampft sich das Herz zusammen. Und beim Gedanken daran, wie ich seine Untreue entdeckt habe, daran, wie er und Fiona sich küssten, würde ich am liebsten das Auto vor mir rammen.

Dass ich in der vergangenen Nacht nur zwei Stunden geschlafen habe und der Flug hierher unfassbar turbulent war, macht die Sache nicht besser. Zudem habe ich enorme *Angst vorm Fliegen*, wie das berühmte Buch von Erica Jong heißt, das mir Tante Ada einst geschenkt hat.

Ich weiß, die Angst ist kindisch, aber ich kann sie nicht überwinden. Hundertmal habe ich mir schon gesagt, dass ich keine Angst zu haben brauche. Zumindest nicht mehr Angst, als wenn ich meine Familie besuche, die in der Nähe des Flughafens Heathrow wohnt, direkt unter der Flugroute Richtung Süden.

Die Wahrscheinlichkeit, dass mir ein Flugzeug auf den Kopf fällt, wenn ich sie besuche, ist größer, als mit einem Flugzeug, in dem ich sitze, abzustürzen. Aber es nützt nichts. Wenn ich einen Flug buche – was selten der Fall ist –, kommt es mir vor, als würde ich mein eigenes Todesurteil unterschreiben. Ich habe sogar darüber nachgedacht, mit dem Auto zu fahren, es mir aber anders überlegt, als mir klar wurde, wie sehr mir diese Flugangst bisher schon geschadet hat. Vielleicht hätte Jack mich nicht verlassen, wenn ich vor anderthalb Monaten den Mut aufgebracht hätte, in dieses verdammte Flugzeug zu steigen. Dann wäre ich jetzt an seiner Seite und nicht Fiona.

Zum Glück setzt sich die Autoschlange endlich in Bewegung und lenkt mich von meinen düsteren Gedanken ab.

Ich starte den Motor und gebe Gas, biege irgendwann rechts ab und fahre den Hügel hinauf in Richtung des Tals, in dem ich die Sommer meiner Kindheit verbrachte.

Sobald ich die Kuppe passiert habe, wird die Landschaft noch lieblicher.

Beim Anblick der sanften Hügel, die sich vor mir ausbreiten, geht mir das Herz auf.

Hinter jeder Kurve löst etwas anderes Erinnerungen aus: die Gräben seitlich der Straße, in die ich als Kind gern gesprungen bin, die Weinberge, in denen ich bei der Weinlese geholfen habe, der unverwechselbare Duft, der jetzt zum Fenster hereinweht.

Eine Zeit lang freue ich mich, hier zu sein, doch das Castello di Torrelupo, das sich auf der Spitze des höchsten Hügels abzeichnet, macht jegliches nostalgische Gefühl abrupt zunichte.

Blitzartig steigen Bilder in mir auf, die mit diesem Ort und der Arroganz seiner Besitzer – den Grafen Falco di Torrelupo – verbunden sind.

Meine Laune verfinstert sich wieder. Mir kommt Jack in den Sinn, die Wohnung, die unser Heim hätte werden sollen und jetzt nur noch ein abzuzahlender Kredit ist, dann der tiefe Schmerz über den Verlust von Tante Ada … Ich verspüre einen dicken Kloß im Hals.

Plötzlich taucht anstelle einer alten Kreuzung ein Kreisverkehr vor mir auf, und in Gedanken versunken fahre ich links herum in ihn hinein.

Eine Sekunde später bemerke ich meinen Fehler, aber es ist

zu spät: Ein Pick-up, der aus der entgegengesetzten Richtung kommt, fährt direkt auf mich zu.

Ich steuere nach links und kann ihm glücklicherweise gerade noch rechtzeitig ausweichen, doch mein Auto dreht sich um sich selbst, und ich lande am äußersten Straßenrand.

Der Wagen kommt zum Stehen, und ich lasse wieder meinen Kopf auf das Lenkrad sinken, erleichtert, so glimpflich davongekommen zu sein.

Als ich den Kopf hebe, sehe ich, dass der Lieferwagen nicht weit entfernt angehalten hat und der Fahrer gerade die Wagentür öffnet. Ich ducke mich und mache mich auf eine Tirade von Beleidigungen gefasst, doch stattdessen fragt mich eine freundliche Stimme, die besorgt klingt: »Alles in Ordnung?« Die Stimme kommt mir bekannt vor.

Ich hebe den Blick und werde mit einem Schlag in die Vergangenheit katapultiert.

Auch wenn ich ihn seit zwölf Jahren nicht mehr gesehen habe, erkenne ich ihn sofort.

Draußen vor dem Auto, auf meiner Seite, steht er: Neri Falco, der junge Graf von Torrelupo. Derjenige, der schuld ist an jenem Unbehagen, das ich empfand, als ich vorhin zu dem Schloss hinaufgeblickt habe, derjenige, den ich nie wieder hatte sehen wollen.

Ich schweige, unfähig, den Blick abzuwenden.

Mit dem hellen Hemd, das seine gebräunte Haut zur Geltung bringt, dem Dreitagebart und den dunkelblonden Haaren, die ihm wirr ins Gesicht fallen, sieht er so gut aus, wie ich ihn in Erinnerung habe. Seine inzwischen erwachsenen Züge und die entschlossene Miene machen ihn sogar noch attraktiver als damals. Nicht mal seine Adlernase stört das Bild. Ganz im Gegenteil, sie lässt ihn kühn wirken.

Als er mich erkennt, scheint es, als würde ein Schatten über seine Augen huschen.

»Isabel?«, flüstert er.

Mein Name aus seinem Mund lässt beinahe mein Herz stillstehen, und einen Moment lang ist es, als wäre ich wieder ein Mädchen und mit ihm zusammen.

Erinnerungen an die Zeit mit ihm überfluten mich: Spiele, Neckereien, verstohlene Blicke, Hände, die sich kurz berühren … das erste große Glück und die erste große Enttäuschung meines Lebens.

Aber das dauert nur einen Augenblick.

Höflich öffnet er mir die Tür und reicht mir die Hand, um mir beim Aussteigen zu helfen.

»Danke, aber das kann ich allein«, sage ich schroff.

Neris Miene zeigt wieder diese Unerschütterlichkeit, die ich so gut kenne. »Das bezweifle ich nicht«, erwidert er leicht ironisch.

Ich steige aus dem Wagen. Neri ist größer als ich.

»Bist du dir sicher, dass alles okay ist?«, fragt er.

»Ja, warum? Sieht man das nicht?«, erwidere ich patziger, als ich beabsichtigt habe. Ihn so plötzlich vor mir zu sehen macht mich nervös. Sein Gesicht gibt nicht den geringsten Hinweis darauf, was er empfindet. Er wirkt, als hätte er mich vorgestern zuletzt gesehen, und auch unser Beinahe-Crash scheint ihn nicht beeindruckt zu haben.

»Nicht so richtig«, murmelt er zweifelnd.

»Ich habe mich nur wahnsinnig erschrocken!«

»Besser so.« Er lächelt, dann wird er wieder ernst. »Du bist Adas wegen gekommen, oder?«

»Das geht dich nichts an«, fahre ich ihn unfreundlich an. Es hat keinen Sinn, sich nach so vielen Jahren noch gekränkt zu zeigen.

Neri zieht eine Augenbraue hoch, wahrt aber die Fassung. Nur ein leichtes Zittern der Lider zeugt von seiner Verärgerung.

»Das mit Ada tut mir leid«, entgegnet er. »Aber ich freue mich, dass es dir gut geht und dass dir nichts passiert ist.«

Er reicht mir die Hand. »Schön, dich wiedergesehen zu haben, Isabel.«

Sein fester, entschlossener Händedruck verwirrt mich, auch wenn ich das nicht will.

Mit einem Ruck ziehe ich meine Hand zurück.

»Ciao«, verabschiede ich mich, steige ins Auto, wende schnellstens und fahre – dieses Mal richtig herum – in den Kreisverkehr. Ich steuere auf das Zuhause meiner Großeltern zu, das jetzt meiner Cousine Giovanna gehört.

Das Haus liegt in einer Talsohle und sieht genauso aus wie das Haus meiner Eltern in England. Mein Großvater hatte uns seinerzeit in London besucht und war so begeistert davon, dass er es vor zwanzig Jahren, kurz vor seinem Tod, auf einem Grundstück nachbauen ließ, das ihm Graf Guido, Neris Vater, verkauft hatte.

Das Bauwerk stieß auf Bewunderung in der Nachbarschaft, einige kopierten es, und bald erhielt das neu entstandene Viertel den Namen *Klein England*. So kam es, dass heute mitten in der Toskana in einem Tal umrahmt von Weinbergen eine Siedlung im reinen Londoner Vorortstil steht. Häuser, die sich nur in zwei Dingen von dem meiner Eltern unterscheiden: Sie haben alle Jalousien und Bidets – Elemente, die in Italien unverzichtbar sind, selbst bei den fanatischsten Bewunderern der englischen Architektur.

Ich parke vor dem Tor und steige aus, um die Schlüssel zu suchen, die mir Giovanna, die noch bis morgen im Urlaub ist, im Briefkasten deponieren wollte.

Währenddessen denke ich an meine Begegnung mit Neri. Das Wiedersehen mit ihm hat mir den Tag endgültig ruiniert.

Es ist, als läge ein seltsames Gewicht auf meiner Brust, das sich nicht wegschieben lässt.

Eines fehlt noch auf der Liste der Dinge, die ich hasse:

Ich hasse nicht nur die Toskana, die Landschaft, die zwitschernden Vögel, den Wein, die Kreisverkehre, das Rechtsfahren und die italienischen Autofahrer.

Ich hasse auch Neri Falco di Torrelupo.

3

Wandmalereien

Wandmalereien sind seit jeher ein beliebtes Mittel, Innenräume zu gestalten – schon die Etrusker übten sich in dieser Kunst, die Römer ebenso. Einen Höhepunkt erreichte sie in der Renaissance mit den Fresken von Leonardo da Vinci, Michelangelo und Raffael. Wandmalereien entfalten mitunter eine unvergleichliche Wirkung. Kinder können beim Bemalen von Wänden ihrer Fantasie und Kreativität freien Lauf lassen, und Erwachsenen helfen Wandgemälde dabei, den Zauber ihrer Kindheit wiederzufinden.

Es gab tatsächlich mal eine Zeit, in der ich die Toskana liebte. Hier fand ich mein wahres Zuhause, während der Sommerferien bei meiner Tante, bevor mir das Herz gebrochen wurde.

Ada war eine Exzentrikerin von der Art, die alle Kinder mögen. Sie hatte absolut nichts gemein mit meinen anderen Verwandten, nicht einmal mit ihrem Bruder, Großvater Angelo. Vielleicht hatte es mit ihrer Herkunft zu tun, sie war unehelich geboren, das Resultat einer aussichtslosen Liebe zwischen meiner Urgroßmutter Maria, einer Bäuerin, und einem Angehörigen des Landadels, dem Grafen von Torrelupo – was damals in dieser Gegend einer Katastrophe gleichkam. Damit gehörte sie irgendwie nur halb zu unserer Familie.

Einerseits adlig, andererseits aus dem Volk, schien sie das Beste aus diesen beiden Welten zu vereinen. Vornehm und gleichzeitig bescheiden, beschenkt mit einem großen Sinn für Ästhetik und gleichzeitig pragmatisch, war sie ein Freigeist, der Konventionen und Regeln nicht akzeptierte.

Sie war Malerin und lebte in der Toskana und in Paris, wo sie Wladimir heiratete, einen russischen Musiker. Das einzig Bedauerliche war, dass sie keine Kinder bekommen konnte – vielleicht war sie mir deshalb die Mutter, die ich gern gehabt hätte.

Auch wenn ich sie nur im Sommer sah, schenkte sie mir doch die Aufmerksamkeit und Liebe, die ich zu Hause nicht fand und nach der ich mich so sehr sehnte. Ich selbst verdanke meine Existenz einem »Unfall«. Meine Eltern waren erst neunzehn gewesen und eigentlich noch zu jung, um eine Familie zu gründen. Sie mussten sich ein Leben aufbauen, mein Vater etablierte sich als Importeur von italienischen Weinen in England, und meine Mutter arbeitete als Friseurin, um das Familienbudget aufzubessern. Für mich hatten sie kaum Zeit. Es mussten sich immer andere um mich kümmern, tagsüber jemand im Kindergarten und abends ein Babysitter oder Freunde. Dass ich Einzelkind blieb, kann man sich denken.

Als ich meine Tante zum ersten Mal sah, war ich vier, damals im Juli 1991. Meine Eltern lieferten mich bei ihr ab, weil sie allein Urlaub machen wollten.

Ich erinnere mich noch, dass wir mit dem Auto vor dem Tor hielten, meine Mutter mich an die Hand nahm und mit mir zum Haus ging. Ich weinte, flehte sie voller Angst an, mich wieder mitzunehmen, mich nicht einfach dazulassen. Sobald sich allerdings Adas und meine Blicke trafen und sie mich anlächelte, beruhigte ich mich wieder, offenbar spürte ich sofort, dass ich ihr vertrauen konnte.

Sie strich mir zärtlich über die Wange und zeigte auf das Haus.

»Gefällt es dir?«

Ich nickte wie verzaubert. Mit den unverputzten Wänden und dem Türmchen, das in der Mitte aufragte, wirkte es wie ein Schloss auf mich. Und der Garten, von dem es umgeben war, war ganz anders als die englischen Gärten: die Laube aus Rosen und Wein, die Schaukel, die an einem Baum befestigt war, die Farben der Blumen, die ich noch nie zuvor gesehen hatte, der Duft geheimnisvoller Pflanzen. Es schien ein magischer Ort zu sein, einer, der jede Menge Abenteuer barg.

Ich gewöhnte mich schnell ein. So gerne war ich dort, dass ich darum bat, bleiben zu dürfen, als meine Eltern zurückkehrten, um mich wieder mit nach England zu nehmen. Sie stimmten sofort zu und ließen mich den ganzen Sommer und auch alle folgenden Sommer bei meiner Tante verbringen.

Auf dem Bauernhof war ich glücklich. Ada schaffte es, die Leere zu füllen, die meine ständig abwesenden Eltern selbst dann hinterließen, wenn sie anwesend waren. Bei ihnen war ich einsam, bei ihr nie.

Mit der Zeit entfernte ich mich immer weiter von meinen Eltern, versuchte nicht mehr, ihre Aufmerksamkeit und Zuneigung zu erwecken. Dem Schein nach war ich eine liebe und gehorsame Tochter, doch in meinem Inneren wuchs die Distanz, ich spürte, dass ihre Welt nicht die meine war.

Ada eröffnete mir Horizonte, die meine Eltern mich nicht einmal erahnen ließen; sie war wie ein Wind, der mich auf meine Ziele zuwehte.

»Versprichst du mir, dass du immer deinen Träumen folgen wirst?«, pflegte sie mich zu fragen.

»Versprochen«, antwortete ich dann im Brustton der Überzeugung.

Sie lächelte. »Gut. Nur so kann man glücklich werden.«

Tante Ada wurde mein Vorbild, so sehr, dass ich sie jedes Jahr, wenn sich der Sommer dem Ende neigte und es Zeit wurde, nach England zurückzukehren, anflehte, bleiben zu dürfen, doch jedes Mal ohne Erfolg.

»Nein, so gern wir auch beisammen sind – du musst nach London zurückkehren und ich nach Paris, du in die Schule und ich zu meiner Arbeit.«

Ich liebte es, meine Zeit mit ihr zu verbringen, mehr noch als mit Giovanna, Deborah und Giada, meinen gleichaltrigen Cousinen. Es gefiel mir, sie in Kirchen und Museen zu begleiten, mit ihr zusammen zu malen, ihr zuzuschauen, wie sie Collagen aus alten und mit der Zeit verblassten Papieren anfertigte, deren verblichene Farben sie mich schätzen lehrte genauso wie die der Fresken, die sie mich bewundern ließ. Ich half ihr dabei, Krepppapier zu färben, um daraus Blumen zu basteln, die wir danach in Wachs tauchten, wie man es im achtzehnten Jahrhundert tat, um sie vor dem Vergehen zu bewahren.

An einem jener Tage begann ich damit, Häuser zu zeichnen, die ich dann auf dem Papier einrichtete.

Ich war sechs Jahre alt, und auf die Idee brachte mich mein Barbie-Haus – ein Geschenk meiner Mutter.

Ich konnte mich damals stundenlang damit beschäftigen, die kleinen Möbel darin zu verschieben, um neue Einrichtungslösungen zu finden, und Möbel zu bauen, indem ich Deckel von Schuhkartons mit Stoffresten beklebte und so Betten herstellte, oder indem ich aus Holzstücken Tische und Schränke bastelte.

Irgendwann genügte mir das nicht mehr: Ich wollte selbst das Innere eines Hauses entwerfen, nicht in Rosa wie das Barbie-Haus – die grelle Farbe gefiel mir ohnehin nicht. Ich schenkte es meinen Cousinen, nahm mir ein Heft und teilte die einzelnen Seiten in Vierecke auf, die Zimmer darstellten, die ich dann mithilfe von Buntstiften »einrichtete«.

Auf diese Weise entstand eine Art Bilder-Tagebuch, denn je nach Laune stattete ich die Räume unterschiedlich aus. War ich wütend, wurden die Linien klar, die Möbel kantiger; wenn ich fröhlich war, wurden sie kunterbunt; hatte ich Hunger, stellte ich Essen und Süßigkeiten auf den Tisch; sehnte ich mich nach Zuwendung, zeichnete ich Tante Ada und mich Arm in Arm in einem Zimmer.

Immer wenn ich es durchblätterte, erinnerte ich mich daran, wie ich mich am jeweiligen Tag beim Zeichnen gefühlt hatte.

Tante Ada quittierte meine Experimente mit einem Lächeln.

»Vielleicht hast du deinen Weg gefunden«, murmelte sie. Ich verstand damals nicht, was sie meinte.

In der Verwandtschaft hielt man mich indessen für verschroben.

»Mädchen verbringen normalerweise nicht ihre Zeit damit, in Gesellschaft einer alten Tante zu zeichnen«, erklärte mir eines Tages Tante Lia, die Schwester meines Vaters und die Mutter von Deborah und Giada.

Daraufhin beschloss ich, ab sofort mit meinen Cousinen zu spielen. Im Grunde beneidete ich sie ja auch um ihre geordnete Welt mit liebevollen Eltern, die zu Hause auf sie warteten, und wäre gern ein Teil davon gewesen.

Doch sosehr ich es auch versuchte, es funktionierte nicht. Ich war einfach anders als sie und nicht nur, weil ich zur Hälfte Engländerin war. Ich träumte eben lieber, zeichnete und betrachtete die Landschaft, als mit den anderen zu spielen; es war, als würde ich in einer anderen Dimension leben. Und so blieb ich am liebsten für mich oder bei Tante Ada im Haus.

Jedenfalls bis ich sieben Jahre alt war und Neri kennenlernte.

Ich weiß noch, wie ich ihn zum ersten Mal sah. Er hielt den Kopf gesenkt und wirkte unendlich traurig, begleitet wurde er von seinem Vater, dem Grafen Guido. Neri schwieg die ganze Zeit, in seinen Augen glitzerten Tränen, weil seine Mama einen Monat zuvor gestorben war.

Ab jetzt, erklärte der Vater Tante Ada, würde Neri in Torrelupo wohnen. Graf Guido lebte in Florenz, und für ihn war es schwierig, seinen Sohn allein aufzuziehen, deshalb hatte er beschlossen, ihn seiner Schwester anzuvertrauen, der Herzogin Bona Mussy de la Rocheblanche, die, seit sie Witwe war, auf dem Schloss residierte. Er fände es jedoch gut, wenn sein Sohn auch ein wenig Zeit auf dem Bauernhof verbrächte. »Nur damit er ein wenig durchatmen kann. Wir wissen alle, wie meine Schwester ist«, schloss der Graf mit einem Lachen, in das Ada sogleich einstimmte.

Herzogin Bona war kinderlos und sehr reich, außerdem in der Gegend bekannt für ihre Strenge und ihren Hochmut. Diese Eigenschaften hatte ich auch schon zu spüren bekommen, da Tante Lia ihre Schneiderin war und ich sie einige Male aufs Schloss begleitet hatte, wenn sie Maß nahm oder Kleider lieferte.

Nun betrat also Neri meine Welt, und wir wurden schnell Freunde.

Angesichts des rosa Barbie-Hauses, das ja inzwischen meinen Cousinen gehörte, verzog er angewidert das Gesicht; von den Zeichnungen in meinem Tagebuch war er aber begeistert, und mit einem Mal begriff ich, dass wir denselben Geschmack hatten und er mich verstand.

»Wenn ich mal groß bin, werde ich Häuser einrichten«, erklärte ich ihm. Kaum hatte ich das ausgesprochen, wurde mir klar, dass er abgesehen von meiner Tante der erste Mensch war, dem ich das anvertraute. Als wäre dieser Junge, den ich gerade erst kennengelernt hatte, schon immer mein Freund gewesen!

»Und du?«, fragte ich ihn.

Er schwieg perplex.

»Ich weiß nicht«, sagte er nach einer Weile. »Meine Vorfahren haben nie gearbeitet.«

Ich lachte über diese seltsame Antwort, nicht ahnend, dass in diesen wenigen Worten alles steckte, was uns einmal trennen würde.

Auch Neri liebte es, Tante Ada zuzuhören, wenn sie uns zu alten Palazzi und Gärten mitnahm. Oder wenn sie uns beibrachte, die Schönheit eines handgefertigten Tässchens zu sehen, und uns dann vorlas, was Pasolini darüber dachte. Sie erklärte uns, dass ein Feld oder ein Weinberg nicht nur nützlich, sondern auch schön sei, und dass jedes Haus eine Seele habe.

»Sie sind wie Menschen«, sagte sie. »Sie erzählen uns von dem Charakter und den Gefühlen derer, die sie bewohnen.«

Neri und ich erfanden ein Spiel, das *Häuser wie Menschen* hieß und darin bestand, jedem, den wir kannten, eine bestimmte Art von Gebäude zuzuordnen, das ihm ähnelte. »Und wenn er ein Haus wäre?«, fragten wir uns dann.

Bona war für uns der Eispalast, Ada ein Lebkuchenhaus, Deborah und Giada Barbie-Häuser.

Es war unser Geheimnis; die anderen hätten ohnehin nicht verstanden, was wir meinten.

Neri und ich waren immer zusammen.

Wir arbeiteten mit Tante Ada im Weinberg, und als die Zeit kam, halfen wir bei der Weinlese. Tante Ada erlaubte uns, eine Wand im Haus zu bemalen, und wir liebten es. Wir verzierten die gesamte Wand im Flur. Neri malte einen großen Weinstock, ich zeichnete Augen auf die Blätter, damit er aussah, als wäre er verzaubert.

Tante Ada fuhr mit uns durch die ganze Toskana. Sie nahm uns mit in die Abtei Sant'Antimo, wo wir gregorianische Gesänge anhörten, sie zeigte uns die Fresken der Abtei Monte Oliveto Maggiore, und sie brachte uns zur Kirche San Galgano, einer Ruine ohne Dach, wie in einem mittelalterlichen Abenteuerfilm. Dort versuchten wir, das in den Felsen getriebene

Schwert herauszuziehen, das sich im Heiligtum oberhalb der Basilika befindet.

Neri war der Einzige, der wie ich diese Dinge zu schätzen wusste, und wir beide teilten noch etwas: denselben dumpfen Schmerz über die Abwesenheit unserer Eltern.

Er und Ada waren die Einzigen, bei denen ich mich zu Hause fühlte, sie waren meine Familie.

Unsere Harmonie wurde gestört, als wir zehn waren. Herzogin Bona, schockiert von der Verlobung ihres Bruders mit einer Friseurin, nahm die Erziehung ihres Neffen nun voll und ganz in ihre Hände. Sie wollte verhindern, dass er womöglich in die Fußstapfen seines Vaters trat, und beschloss, dass er fortan nur noch mit Leuten verkehrte, die sie als ebenbürtig erachtete.

Deshalb wurde nun Baldo, ein Cousin von Neri, in den Sommerferien auf die Burg eingeladen. Er entpuppte sich sofort als gehässiger, missgünstiger Junge.

Baldo war adliger Herkunft; sein Vater war gestorben, nachdem er sein Erbe durchgebracht hatte, und jetzt lebte Baldo mit seiner Mutter in einfachen Verhältnissen, umgeben von Verwandten, die weit mehr Glück gehabt hatten. Ihnen gegenüber verhielt er sich unterwürfig und war neidisch; gegenüber denjenigen, die er als minderwertig betrachtete, war er arrogant.

Er fing sofort an, mich zu mobben. Wegen meiner Herkunft nannte er mich »Bäuerin«, wegen meiner von der Sommersonne gebräunten Haut nannte er mich »schwarze Sklavin« oder »Affe« wegen des Flaums, der mir, als ich mich der Pubertät näherte, plötzlich auf der Oberlippe wuchs.

Am Anfang war mir das egal, und ich ignorierte ihn. Neri übernahm meine Verteidigung, und das genügte mir. Doch allmählich veränderte sich das Ganze. Neri hörte auf, mich zu verteidigen, und fing stattdessen an, über die Witze seines Cousins zu lachen. Als sich dann auf Bonas Initiative hin ein

Jahr später noch mehr Kinder von Bekannten und Verwandten dazugesellten, wurde es noch schlimmer.

Die neuen Freunde von Neri hatten Bosheiten aller Art für mich parat, sie traktierten mich mit Wasserbomben, warfen Würmer nach mir, die sie auf der Wiese fanden, und versteckten meine Sachen. Wenn sie Neri und mich zusammen sahen, gab ihnen das Anlass zu Spott.

»Was für ein hübsches Paar!«, rief einer.

»Neri steht auf die Bäuerin!«, schrie ein anderer.

Baldo trieb die Sache auf die Spitze. »Der Sohn eines Grafen und die Tochter einer Friseurin. Wie man weiß, steht man in Torrelupo auf Friseusen«, sagte er eines Tages – wobei er das Wort *Friseusen* betont abfällig aussprach – und spielte damit auf die Verlobte von Graf Guido, Neris Vater, an. Das war das einzige Mal, dass Neri böse auf seinen Cousin wurde und ihm einen so wütenden Stoß versetzte, wie ich es noch nie von ihm gesehen hatte.

Diese Episode war der Beginn unserer Entfremdung.

Wenn wir allein waren, benahm er sich noch immer wie ein Freund, wenn Baldo und die anderen dabei waren, ignorierte er mich, als würde er sich meiner schämen, und bisweilen schloss er sich ihren Bosheiten sogar an.

Ich war am Boden zerstört. Wie konnte er mich so verraten?

Tante Ada versuchte, mich zu trösten.

»Das ist ganz normal, Isabel, nimm es dir nicht zu Herzen. In diesem Alter ignorieren die Jungs die Mädchen und bleiben unter sich. Später wird sich das alles ändern, du wirst schon sehen.«

Ihre Worte trösteten mich jedoch nicht. Ich wollte nicht warten, und es war mir egal, was normal war. Auch weil ich wusste, dass mir Tante Ada nicht die ganze Wahrheit sagte: Sie schlossen mich nicht als Mädchen aus, sondern weil sie glaubten, dass ich ihnen nicht ebenbürtig war.

Tatsache war, dass ich mich ohne Neri fühlte, als würde ein Teil von mir fehlen. Ein Teil, ohne den ich nicht vollständig war und der jetzt nicht mehr da war.

Unsere Freundschaft hatte nur vier Sommer lang gedauert.

Mit dreizehn verbrachte Neri seine Ferien nicht mehr auf dem Schloss, sondern lernte Englisch im Ausland, und wir sahen uns nicht mehr.

In den folgenden Sommern freundete ich mich mit meiner Cousine Giovanna an. Sie war das absolute Gegenteil von mir, sportlich und ein wenig jungenhaft – ein *Tomboy,* wie wir in England sagen würden. Sie schrieb sich am Institut für Vermessungstechnik ein, und ich entdeckte bei ihr die gleiche Begeisterung für Häuser, die auch ich schon immer hegte.

Entgegen den Plänen meiner Eltern, die sich ein Wirtschaftsstudium für mich wünschten, beschloss ich, dass ich Architektur mit dem Schwerpunkt Innenarchitektur studieren würde. Auf diese Weise könnte ich meine Leidenschaft für Kunst, die mir Tante Ada vermittelt hatte, mit meinem Interesse an Mathematik verbinden, einem Fach, in dem ich in der Schule brillierte.

Meine Eltern wussten nichts von dieser Entscheidung, bis ich mich an der entsprechenden Fakultät in Florenz eingeschrieben hatte.

Meine Wahl überraschte meine Eltern. Wir standen einander immer noch nicht nahe, und sie kannten die Welt nicht, die ich in mir verbarg. Sie hätten sie auch nicht verstanden.

Mein Vater versuchte, mich dazu zu überreden, Wirtschaft zu studieren. Aber ich hatte mich bereits entschieden: Ich würde in Italien leben und Adas Beispiel folgen, indem ich einen künstlerischen, kreativen Beruf ergriff.

Meine Tante hingegen stand hinter meiner Entscheidung. Sie war davon überzeugt, dass ich die Neigungen, die in mir schlummerten, durch das Studium vereinte: Rationalität und Fantasie, Pragmatismus und Kreativität, Mathematik und Sinn für Ästhetik.

»Kunst und Zahlen«, bemerkte sie, »bilden nur scheinbar einen Gegensatz. Ihre Vereinigung, wie sie in der Architektur umgesetzt ist, ergibt die perfekte Synthese von Vorstellungskraft und Logik, von Intuition und Technik, wie in einem Gebäude von Brunelleschi oder Donatello.«

Tante Ada hatte recht. In mir schlummerte nicht nur die Liebe zur Kunst, sondern auch der Sinn für das Praktische und Konkrete meiner bäuerlichen Vorfahren sowie der Fleiß und die mathematischen Fähigkeiten meines Vaters, die es ihm ermöglicht hatten, sich als Weinhändler zu behaupten.

Als Architektin würde ich kreativ sein wie sie und rational wie er; die Häuser, die ich entwerfen würde, wären solide wie die eines Bauingenieurs, und gleichzeitig würden sie die Farben und die Atmosphäre der toskanischen Landschaft aufgreifen.

Genau wie sie hatte ich, schon seit ich klein war, begriffen, dass Häuser und deren Innengestaltung mein Weg waren.

4

Minimalismus

Ein nüchterner Einrichtungsstil, der von der Auslassung lebt. Je nach Betrachter kann er ein Gefühl der Leere oder aber der Ruhe vermitteln. Geprägt von Mies van der Rohes Prinzip »Weniger ist mehr« wird er charakterisiert durch essenzielle Linien, das Fehlen dekorativer Elemente, Möbel mit geometrischen Formen sowie glatte Textilien. Seine typische Farbe ist Weiß, oft ein Hinweis auf emotionale Ausgeglichenheit und eine positive Haltung.

Ich öffne die Augen, aufgeweckt vom Gurren der Tauben. Im Zimmer ist es vollkommen dunkel, und ich bin noch so schlaftrunken, dass ich erst nicht weiß, wo ich mich befinde.

Langsam komme ich zu mir, und sofort übermannt mich wieder der unerbittliche Schmerz wegen Jack und wegen Adas Tod. Ich fühle mich einsam. Ohne Jack und ohne meine Verbündete, meine Lotsin, meine Beraterin, die mein ganzes Leben lang an meiner Seite war. Ada, die nicht nur Tante, sondern auch Freundin, Mutter und Schwester gewesen war.

Ich stehe auf, schalte mein Handy ein und reiße entsetzt die Augen auf.

»Es ist ja schon elf! Wie habe ich es nur geschafft, so lange zu schlafen?«

Und das, obwohl ich gestern Abend müde von der Reise schon um halb zehn zu Bett gegangen war. Kann es sein, dass ich dreizehn Stunden am Stück geschlafen habe?

Das ist mir seit meiner Studienzeit nicht mehr passiert: In England wäre ich schon längst auf den Beinen.

»Daran sind bestimmt die Fensterläden schuld«, murmle ich vor mich hin.

Ich hatte ganz vergessen, dass man hier die Fenster hermetisch verriegelt, sodass kein Lichtstrahl hereindringt. Vielleicht hätte ich sie doch offen lassen sollen.

Als ich sie öffne, blendet mich auf einen Schlag das Sonnenlicht und zwingt mich, die Augen zu schließen.

Sobald sich meine Augen daran gewöhnt haben, nimmt in dem gleißenden Weiß allmählich die Talebene Form an, die hier und da mit Bauernhäusern aus Stein gesprenkelt ist.

Ich öffne das Fenster und lehne mich hinaus, um die milde Sonnenwärme einzufangen, während mich der Duft der Natur und die Schönheit der Landschaft überwältigen.

Es ist unmöglich, von der Ruhe, die dieser Ort ausstrahlt, von der Abwesenheit menschlicher Geräusche und von der atemberaubenden Aussicht unbeeindruckt zu bleiben. Das Licht macht die Farben lebendig, vom Grün der frischen Weinblätter über das Gelb der Frühlingsblumen bis zum intensiven Blau des Himmels – eine Palette fein nuancierter Farben, die an ein Gemälde von Perugino oder Botticelli erinnern. Im Hintergrund, wo das Gelände allmählich wieder ansteigt, zieht sich eine lange Zypressenallee den Hügel hinauf, beschreibt zwei elegante Kurven und trägt zur Schönheit dieser Landschaft bei.

Es ist eine Gegend, die ich als herrlich empfinden würde, wäre da nicht das Castello di Torrelupo, die imposante, feindselige Festung, die seit Jahrhunderten das Tal dominiert. Genau wie seine Bewohner, die Grafen – zuerst in ihrer Eigenschaft als Feudalherren, später als Großgrundbesitzer. Fast alle Familien dieses Ortes, einschließlich der meinen, haben in irgendeiner Funktion für sie gearbeitet. Und während sich meine Vorfahren damit abmühten, das Land der Grafen zu bestellen, begnügten diese sich damit, sich an den Fenstern der Burg zu zeigen, von wo aus sie die gesamte Landbevölkerung sehen, die Arbeit auf den Feldern überwachen und sich die schönsten Mädchen herauspicken konnten.

So wie es Graf Niccolò, der Vater von Ada, mit Urgroßmutter Maria getan hatte.

Wahrscheinlich so, wie es später sein Urenkel machen würde.

Ich schließe das Fenster nachdrücklich mit einem Ruck. Der Gedanke an Neri hat mir die Laune verdorben.

Ich grüble über unsere gestrige Begegnung nach und darüber, was ich ihm in meinem Groll, den ich überwunden geglaubt hatte, an den Kopf hätte werfen können.

Um nicht mehr darüber nachzudenken, gehe ich in die Küche hinunter, und während ich darauf warte, dass das Teewasser kocht, streife ich im Haus umher und nehme die Veränderungen wahr, die Giovanna vorgenommen hat, seit sie hier lebt.

Früher ähnelte sogar die Inneneinrichtung des Hauses der meiner Eltern. Großvater Angelo hatte alles aus England kommen lassen, von den Teppichböden bis hin zu den Mobeln und Haushaltsgeräten. Nur die Aussteuer der Großmutter und das Geschirr überlebten seine Erneuerungswut.

Heute sind die Häuser jedoch vollkommen verschieden.

Giovanna hatte ihres nach dem Tod der Großeltern in einem minimalistischen Stil eingerichtet, während meine Mutter vor einigen Jahren den Trend zum Shabby Chic aufgriff. Während also dieses Wohnzimmer – gemäß Giovannas Sinn für das Pragmatische – von schlichten weißen Sofas, leeren Wänden und praktischen Ablageflächen geprägt ist, besteht das identische

Wohnzimmer in London aus gekräuselten Gardinen, schmiedeeisernen Tischchen, Kerzen und pastellfarben lackierten Möbeln, was ganz deutlich die sentimentale Ader meiner Mutter zeigt.

Ich lächle: Beide konnten gar kein anderes Zuhause haben als das, das sie hatten. Wahrscheinlich trifft zu, was Tante Ada gesagt hat: Häuser sind wie die Menschen, die darin wohnen.

Das Pfeifen des Wasserkessels ruft mir meine Aufgaben wieder ins Gedächtnis: Um zwölf habe ich den Termin beim Notar, und es bleibt mir nur noch eine halbe Stunde, um mich fertig zu machen.

Ich betrete die Küche und brühe den Tee auf, dann gehe ich ins Bad, und nach zehn Minuten bin ich bereit. Bevor ich das Haus verlasse, trinke ich den Tee und überprüfe das Resultat im Spiegel neben der Haustür.

Obwohl die strenge Kostümjacke, die ich normalerweise im Büro trage, einen seltsamen Kontrast zu meinem ungeschminkten Gesicht bildet, ist das Ergebnis in Anbetracht des geringen Zeitaufwands, den ich betrieben habe, und meines schlecht sortierten Koffers gar nicht übel. Ich bin es nicht gewohnt, überstürzt aufzubrechen, normalerweise plane ich im Voraus.

Im Dorf angekommen, erfüllt mich eine seltsame Seelenruhe. Es wird wohl am blauen Himmel und an den im Vergleich zu England hohen Temperaturen liegen, aber ich fühle mich so leicht wie zu der Zeit, bevor Jack mich verlassen hat.

Ich bin stolz auf mich: Seit ich aufgewacht bin, habe ich nur zwei- oder dreimal an ihn gedacht, vielleicht auch vier- oder fünfmal, aber ich bin nicht in Versuchung geraten, ihn anzurufen, vielleicht auch dank Kate, die mich gezwungen hat, seinen Namen in meinem Telefonbuch durch NICHT ANRUFEN zu ersetzen.

Wäre da nicht die Trauer um meine Tante, wäre ich beinahe glücklich.

Ich parke außerhalb des Zentrums, gehe durch ein mittelalterliches Tor und fühle mich sofort durch die Stadtmauern geschutzt.

So müssen sich wohl auch meine Vorfahren gefühlt haben, wenn sie hier Zuflucht gefunden haben, um sich gegen die Angriffe von Guelfen und Ghibellinen, von fremden Armeen und wer weiß wem sonst noch zu verteidigen.

Ich ertappe mich dabei, wie ich versuche, mir ihr Leben vorzustellen, so wie ich es als Kind immer getan habe. Die Vergangenheit faszinierte mich immer schon, und ich versuchte, ihre Spuren zu lesen.

Ich biege in eine schmale gepflasterte Gasse ein, die auf die Piazza führt. Es ist still hier, das Klappern meiner Absätze hallt von den Pflastersteinen wider, und durch die Fenster dringen die Geräusche und Düfte der Küchen nach draußen, in denen gerade das Mittagessen zubereitet wird: das Klirren von Gläsern, ein Löffel, der gegen einen Teller schlägt, ein Topfdeckel, der herunterfällt, während der Duft von Ragout die Luft erfüllt.

Jedes Geräusch scheint mir die Türen dieses Dorfes zu öffnen, jeder Duft versetzt mich zurück in die Vergangenheit.

Auf einmal merke ich, wie sehr mir das alles gefehlt hat. Nicht dass die City of London, wo ich arbeite, hasslich wäre – im Gegenteil –, aber man spürt, dass sie nur aus Büros besteht.

Deshalb wohne ich auch in Shoreditch, denn seine alten Sozialwohnungen, die in Kunstgalerien umgewandelten Lagerhäuser und die kleinen Läden, in denen Kunsthandwerk verkauft wird, vermitteln mir fast den Eindruck, in einem Dorf zu wohnen. Ich schaue gern in die Fenster der Häuser und stelle mir vor, wer heute dort wohnt und wer früher, bevor das Viertel in Mode kam, dort gelebt hat. Wer mögen diese Leute gewesen sein, was haben sie gemacht, was gefühlt?

Am Ende der Steigung öffnet sich die Gasse zur Piazza, dem Wohnzimmer des Dorfes, wo ich als Jugendliche mit Giovanna herumgehangen habe.

Ich bleibe stehen, um mir den Ort anzuschauen, den ich seit Jahren nicht mehr gesehen habe und dessen Harmonie mich jedes Mal aufs Neue beeindruckt.

Vor mir erhebt sich das Rathaus, es dominiert die Piazza mit seiner massiven Architektur aus dem 14. Jahrhundert; seine Fassade wird von einer Treppe verschönert. Rechts und links davon stehen Häuser aus dem Mittelalter und der Renaissance. Unter Kaskaden von Geranien auf ihren Fensterbänken befinden sich einander gegenüber die alte Bar und Konditorei sowie eine Weinhandlung, die ich noch nicht kenne – ein Zeichen dafür, dass auch hier die Zeit nicht stehen bleibt. An einer Ecke befindet sich noch immer der Kiosk, daneben der Tabakladen. Auch die Kirche fehlt natürlich nicht.

Ich ziehe den Brief des Notars aus der Tasche, schaue auf die Adresse und biege in die Straße ein, in der sich seine Kanzlei befindet. Schon bald finde ich das Tor, klingle und trete ein.

Der Hauseingang liegt im Halbdunkel, und während ich die Treppe hinaufsteige, grüble ich über das Testament nach. Ob mir Tante Ada wohl ihre Bücher über Architektur und Inneneinrichtung vermacht hat, an denen ich so hing, oder irgendwelche Erinnerungsstücke aus meiner Kindheit? Sie hat keine direkten Erben, aber wir sind eine große Familie, eigentlich müssten viele hier sein. Und doch ist es still im Gebäude.

»Bitte schön, Dottoressa Pizzi«, sagt eine Frau mittleren Alters, als ich oben ankomme. »Der Notar lässt sich entschuldigen. Er muss noch einen Vertragsabschluss beenden, ist aber so bald wie möglich bei Ihnen. Sie können solange im Archiv Platz nehmen.«

Sie führt mich durch den Flur und öffnet eine Tür. Vor mir sehe ich ein Zimmer, dessen Wände von Aktenschränken bedeckt sind.

»Der Graf ist bereits da«, informiert sie mich, während ich eintrete. Dann dreht sie sich um und geht.

»Der Graf?« Die Worte bleiben mir im Hals stecken.

Auch wenn er mir den Rücken zugewandt hat, erkenne ich ihn sofort: Die breiten Schultern, die schmalen Hüften und die Art und Weise, wie ihm die dunkelblonden Locken elegant in den Nacken fallen, sind unverwechselbar.

Neri dreht sich mit der typischen Lässigkeit und dieser Miene, die nichts aus der Fassung bringen kann, zu mir um. Der einzige Hinweis darauf, dass er mich wahrnimmt, ist, dass er kaum merklich die Augenbraue hochzieht.

»Irgendetwas hat mir gesagt, dass wir uns schon bald wiedersehen würden.«

»Was willst du hier?«, erwidere ich ohne Begrüßung. Mein Tonfall fällt mal wieder schroff aus.

»Ist das nicht offensichtlich? Ada war in gewissem Sinne auch meine Tante.«

Er schiebt mir einen Sessel hin. »Willst du dich setzen?«, fragt er mich mit jener Höflichkeit, die ich so hasse, weil sie reine Förmlichkeit ist, mehr nicht.

»Ja, danke.« Ich lasse mich auf den nächstbesten Sessel fallen.

Einen Augenblick lang sagt er nichts, in seinen Augen blitzt es auf.

»Ganz die alte Isabel«, murmelt er mit dieser Haltung, die wie früher gleichgültig und gleichzeitig schrecklich eindringlich ist. Erst jetzt wird mir bewusst, dass ich das nie vergessen habe.

Er macht es sich auf dem Sessel bequem, den er mir angeboten hat, und wir schweigen.

Aus den Augenwinkeln mustere ich ihn und muss erneut mit Bedauern zugeben, dass er wahnsinnig attraktiv ist.

Neri merkt, dass ich ihn beobachte, und ich schaue woandershin.

Um etwas zu tun zu haben, ziehe ich mein Handy heraus und öffne die E-Mails von der Arbeit.

Arbeit hat mich immer schon von allem anderen abgelenkt. Ich liebe meine Arbeit, sie ist – mal abgesehen von Jack – mein Leben. Morgens wache ich mit der *Financial Times* auf, und abends schlafe ich über der Lektüre des *Economist* ein. Außerdem nehme ich immer Arbeit, die ich im Büro nicht geschafft habe, mit nach Hause.

Doch dieses Mal ist es anders.

Auch wenn ich ihn nicht anschaue, nicht mit ihm rede, mich nicht rühre, spüre ich Neris Präsenz. Ich bin mir sicher, dass er seinen Blick nicht von mir abgewandt hat.

Plötzlich lässt mich seine Stimme zusammenzucken.

»Und was ist das?«

Ich hebe den Kopf. »Was?«

Er deutet mit dem Finger auf meine kastanienbraune Mähne, in der sich blonde Strähnchen abzeichnen; ich habe sie mir nach jahrelangem Herumexperimentieren so färben lassen und bin sehr zufrieden damit. Ich finde, dass ich damit schicker aussehe als mit meinen schwarzen Haaren.

»Ich habe in Erinnerung, dass du schwarzes Haar und dichte Augenbrauen hattest«, sagt er unverfroren. »Ganz zu schweigen von …«

Er will doch jetzt nicht etwa auf den berühmt berüchtigten Bartflaum zu sprechen kommen, den ich als Heranwachsende hatte? Wegen dem Baldo mich »Affe« genannt hat? Neri kennt all meine Schwachpunkte von damals …

»Können wir von etwas anderem reden? Oder noch besser schweigen? Ich bin nicht hergekommen, um mir eine Zusammenfassung meiner Makel anzuhören«, unterbreche ich ihn gereizt.

»Makel? Ich fand das alles immer sexy, ich dachte, das hättest du bemerkt«, sagt er leise mit dieser arroganten Lässigkeit.

Ich funkle ihn für diese unangebrachte Bemerkung an.

»Ich glaube, die adligen Herrschaften vergessen bestimmte Dinge«, erwidere ich eisig.

Und auch wenn es mir gelingt, nach außen hin gleichgültig zu wirken, reißt die alte Wunde wieder auf.

Einen Augenblick lang bin ich wieder achtzehn.

Und fühle mich so gedemütigt wie damals.

Als ich den Fehler machte, für Neri so etwas wie Liebe zu empfinden.

5

Leben auf einer Burg

Eine Burg ist ein Symbol für Stärke und Macht, aber auch für versteckte Eleganz, die nicht zur Schau gestellt wird. Die gewaltige Verteidigungsbastion und die strengen Türme verbergen in ihrem Inneren prunkvolle und vornehme Räume: Arkaden mit Fresken, Ballsäle, Bibliotheken voll kostbarer Bücher, Porträtgalerien und Zimmer mit imposanten Himmelbetten. Wer die geschichtsträchtigen Mauern, die Säle voller Kunstwerke und die Möbel, die schon immer dort standen, betrachtet, wird in eine Vergangenheit zurückversetzt, die man verschwunden glaubte.

Es geschah im Sommer 2005, dem Jahr, in dem ich in die Toskana zog, um in Florenz mein Architekturstudium aufzunehmen.

Ich hatte Neri seit fünf Jahren nicht gesehen, und als ich ihn wiedertraf, war ich sprachlos: Ich hatte damals einen spindeldürren Jugendlichen mit weichem Oberlippenflaum zurückgelassen und traf jetzt auf einen sehr attraktiven jungen Mann.

Er war auch innerlich gereift. Statt mich zu ignorieren wie in den letzten Sommern, in denen wir uns gesehen hatten, suchte er nun meine Gesellschaft. Er kam immer öfter auf den Hof oder begleitete mich auf meinen Spaziergängen. Ich ertappte ihn dabei, wie er mich von Weitem anstarrte, und was er sagte, blieb mir im Gedächtnis. Wenn ich allein war, dachte ich über ihn und seine Worte nach, fragte mich, ob er mich wohl auf die gleiche Weise mochte wie ich ihn.

Jetzt wo er sein hochmütiges und distanziertes Getue abgelegt hatte, erschien er mir umso attraktiver, und jedes Mal, wenn er sich näherte, entfachte er in mir eine ungekannte Hitze. Langsam glaubte ich, dass er der faszinierendste Junge war, den ich je kennengelernt hatte. Es war kein Zufall, dass ihm alle Mädchen zu Füßen lagen.

Baldo, arrogant wie immer, und auch die anderen Freunde waren nicht gut auf uns zu sprechen.

»Was findet er bloß an ihr?«, hörte ich eines Tages ein Mädchen Baldo fragen, als ich den Weg der beiden auf der Piazza kreuzte.

»Was immer es ist, sie ist nicht standesgemäß für meinen Cousin. Besser, die *Bäuerin* macht sich nicht zu viele Illusionen«, sagte er laut, wahrscheinlich absichtlich, damit ich es mitbekäme.

Mich verunsicherte das, aber noch am selben Tag aßen Neri und ich zusammen bei meiner Tante zu Abend, und die Art und Weise, wie er mich ansah, die Freundlichkeit, die er mir gegenüber an den Tag legte, beruhigten mich wieder.

Und dann kam die Laurentius-Nacht. Zum ersten Mal lud mich Neri zu einem Fest auf der Burg ein. Ich war bisher nur einige Male dort oben gewesen und wenn, dann in meiner Eigenschaft als Nichte von Bonas Schneiderin.

Nachdem wir uns alle zusammen die Sternschnuppen angeschaut und getanzt hatten, versteckten wir uns vor den anderen. Neri zog mich hinter einen Vorhang in der Bibliothek. Während die anderen uns suchten, drückte er schweigend meine Hand; dabei sah er mich anders an als sonst, und ich fühlte mich plötzlich so schön, wie ich es niemals für möglich gehalten hätte.

Ich wandte den Blick ab und traute mich fast nicht mehr zu atmen, aus Angst, dieser Moment könnte wie eine Seifenblase zerplatzen. Dann beugte er sich zu mir vor und presste seine Lippen auf meine – seit Tagen hatte ich davon geträumt …

Es war ein langer und unvergesslicher Kuss. Mir ist, als könnte ich seinen Geschmack immer noch wahrnehmen.

Er führte mich die große Treppe zum obersten Stockwerk hinauf, wo wir in den Zimmern lachend Fangen spielten. Wir liefen durch das gelbe, das blaue und das grüne Zimmer, bis wir im roten Zimmer angelangt waren, über dessen großem Himmelbett das Wappen der Torrelupo prangte. Neri strich mir über die Haare und küsste mich erneut. Wir ließen uns aufs Bett fallen, und er begann, mich auszuziehen.

Ich nahm meinen ganzen Mut zusammen und öffnete die Knöpfe an seinem Hemd; konzentrierte mich dabei auf seinen Duft, der mich einhüllte.

»Ich habe es noch nie gemacht«, gestand ich ihm, als er seinen nackten Körper an meinen presste.

»Ich werde vorsichtig sein«, flüsterte er, während er mich überall küsste und langsam in mich eindrang.

Es tat ein bisschen weh, aber nicht allzu sehr, und wir liebten uns langsam und schweigend. Ich erinnere mich noch ganz genau an dieses neue, unbekannte Gefühl: Neris Finger, die mein Gesicht streichelten; die Art und Weise, wie er jeden Zentimeter meines Körpers erkundete, liebkoste und küsste, als hätte er noch nie etwas so Schönes gesehen; sein Duft auf meiner Haut.

Es war ein so wunderbares erstes Mal, und umso niederschmetternder waren die darauffolgenden Tage.

Nachdem er mich in jener Nacht zurück zum Bauernhof gebracht hatte, besuchte er mich nicht mehr.

Tagelang wartete ich auf ihn, aber er blieb fort, er meldete sich nicht mal telefonisch. Also schrieb ich ihm Nachrichten und rief ihn an, aber er reagierte nicht.

In meiner Not begann ich, in der Nähe der Burg spazieren zu gehen, in der Hoffnung, ihm irgendwann zu begegnen. Und tatsächlich traf ich ihn eines Tages auf einem Feldweg in Begleitung von Baldo.

Sobald er mich sah, huschte ein Schatten über sein Gesicht, und er grüßte mich mit dieser verhassten Arroganz, die ich noch von früher kannte, so als wäre nichts gewesen.

Ohne stehen zu bleiben, ging ich weiter, aber kaum waren sie um eine Biegung verschwunden, schlich ich mich zurück, um verborgen vor ihren Blicken ihr Gespräch zu belauschen, das der Wind zu mir herübertrug. Auf diese Weise bekam ich mit, was ich auf keinen Fall hatte hören wollen.

»Du bist in die *Bäuerin* verknallt«, spottete Baldo in seinem üblichen abfälligen Tonfall, den ich zwar gewohnt war, der mich aber genauso verletzte wie damals, als ich noch ein Kind gewesen war.

Neri zögerte ein paar Sekunden, die mir wie eine Ewigkeit vorkamen. Ich hielt den Atem an, hoffend, dass er mit Ja antworten würde.

»Nein«, sagte er schließlich.

»Was für ein fieser Hund du bist«, befand Baldo und lachte höhnisch.

Neri schwieg, und in meiner Kehle formte sich ein Kloß, der mich zu ersticken drohte.

»Erzähl mal, wie war die Jungfrau?«, hakte Baldo nach.

Er hatte ihm alles erzählt! Ich fühlte mich doppelt verraten. Doch ich hoffte, dass Neri nun wütend auf seinen Cousin werden würde.

»Komm schon, lass das«, sagte er jedoch nur.

»Warum willst du nicht darüber reden? Du wirst dich doch

wohl nicht wie dein Vater in eine verliebt haben, die gar nichts mit uns zu tun hat?«

Erst jetzt widersprach Neri heftig. »Hör auf!«, schrie er.

»He, beruhige dich, das war nur ein Witz.«

»Ich mag es nicht, wenn du Witze über ihn machst, ich bin nicht wie er. Das mit Isabel war nur körperliche Anziehung, sonst nichts, das habe ich dir doch schon gesagt«, erwiderte er eisig. Ich war am Boden zerstört.

»*Ius primae noctis* also«, lachte Baldo.

Zu meinem Kummer gesellte sich jetzt auch noch Empörung.

Ich wusste ja, dass Baldo abscheulich war, aber dass er so weit gehen würde, hätte ich nicht gedacht. Wie konnte er nur über diesen barbarischen Brauch lachen, der den Feudalherren früher das Recht gab, mit den Bräuten ihrer Bauern die Hochzeitsnacht zu verbringen? Das war Vergewaltigung!

Und wie konnte Neri nichts darauf antworten?

Ich war völlig aufgewühlt, hin- und hergerissen zwischen Zorn und Schmerz. Am liebsten hätte ich ihnen ordentlich die Meinung gesagt, doch ich hielt mich zurück. Die Demütigung wäre zu groß gewesen.

Stattdessen setzte ich mich ins Gras und dachte über Baldos Worte und Neris Reaktion darauf nach.

Ich hatte nichts mit ihnen gemein. Es war ein Irrtum gewesen zu glauben, dass Neri sich geändert hatte. Er teilte nach wie vor die Einstellung seines Cousins.

Baldo hatte recht gehabt, als er vor ein paar Tagen auf der Piazza sagte, ich solle mir keine Illusionen machen.

Und ich hatte es doch getan, denn ich hatte gehofft, dass es für Neri – wie für mich – mehr als nur eine Nacht gewesen war! Alles hatte ich ihm gegeben, und er warf mich einfach weg. Was blieb, war der Schmerz.

Zum Glück überdeckte mein verletzter Stolz teilweise den Kummer. Plötzlich verabscheute ich ihn – und mich selbst ebenfalls, weil ich zugelassen hatte, dass er mich so behandelte. Ich begriff, wie leicht ich es ihm gemacht hatte, mit meinen Gefühlen zu spielen, und schwor mir, mich nie wieder verletzen zu lassen. Das würde mir nie wieder passieren. Nie wieder würde ich mich einem Mann so voll und ganz hingeben, ab jetzt würde ich meine Leidenschaft unter Kontrolle halten. Ich würde nicht mehr leiden.

Deshalb beschloss ich, nach England zurückzukehren.

Ich hatte mich der Illusion hingegeben, Italien sei meine Heimat und Neri in mich verliebt. Die Toskana war ein Landstrich, in dem wir für diejenigen, die Neris Einstellung teilten, zu zwei Welten gehörten, die sich wie Öl und Wasser nicht miteinander vermischen ließen. Dort bin ich Nachkomme von Bauern, die durch einen Feudalvertrag dazu verpflichtet gewesen waren, alles, was sie mit ihrer Hände Arbeit erwirtschafteten, mit den Grundbesitzern zu teilen. Neri hingegen war ein Abkömmling der Herren dieser Bauern.

In seiner Nähe zu leben erschien mit jetzt unerträglich. Ich konnte einfach nicht an einem Ort bleiben, an dem der Gedanke an Neri alles dominierte – genau wie die Burg die Landschaft.

Ich dachte an meine Urgroßmutter Maria. Wie hatte sie es geschafft, in Torrelupo zu bleiben, nachdem Niccolò sie verführt und im Stich gelassen hatte? Zu ertragen, ihn zu sehen, so als sei er nicht der Vater ihrer Tochter. Mit einem anderen Mann im Schatten der Burg zu leben, in einer Ehe, die ihr auferlegt wurde und die alles wiedergutmachen sollte; auf den Feldern zu arbeiten, während der Graf, inzwischen standesgemäß verheiratet, weiterhin von den Erträgen profitierte.

Ein solches Leben wäre für mich nicht denkbar.

Neri gehörte der Vergangenheit an, einer reaktionären ländlichen Welt, die verschwinden würde. Einer Welt, die dazu bestimmt war unterzugehen. Meine Zukunft lag in England, in einer großen Stadt. In einem dynamischen Land, wo Verdienste etwas zählten. Und nur dort würde ich mir mein Leben aufbauen können.

Die Toskana war zwar nach wie vor wunderschön, doch sie verzauberte mich nicht mehr. Es war, als hätte Neri diesem Landstrich die Magie geraubt, die Wärme, die ich dort gefunden hatte.

Meine Begeisterung war dahin. Mein Herz schlug nicht mehr im Einklang mit der Natur und jubelte nicht mehr beim Gezwitscher der Vögel. Es bereitete mir keine Freude mehr, die Landschaft zu betrachten. Die Reihen der Weinstöcke und die sanften Hügel sagten mir nichts mehr.

Ich musste weg, ansonsten hätte mich dieser Ort erstickt, so wie er jahrhundertelang meine Vorfahren erstickt hatte. Mein Vater hatte gut daran getan, nach England zu ziehen, als er meine Mutter kennenlernte, und jetzt würde ich seinem Beispiel folgen.

Ich schaffte es, alles so zu organisieren, dass ich rechtzeitig zu Beginn des ersten Semesters in York war.

Die dortige Universität hatte mich bereits angenommen, weil mich mein Vater, der bis zum Schluss gehofft hatte, dass ich meine Pläne änderte, schon vorab für Wirtschaft eingeschrieben hatte. Ich hätte die Uni wechseln müssen, weil Architektur mit Schwerpunkt Innenarchitektur in York nicht angeboten wurde, aber es ging auch so in Ordnung. Ich wollte mein bisheriges Leben aufgeben, so wie Neri mich aufgegeben hatte.

Die Einzige, die mich auf meinen ursprünglichen Weg zurückbringen wollte, war Tante Ada.

»Gib deine Träume nicht auf«, sagte sie zu mir an einem Sonntag im September in Pienza; wir waren dorthin gefahren, um am Tag, bevor ich nach England zurückfuhr, den *cacio al fuso* mitzuerleben.

Ich schaute gerade den Spielern zu, die versuchten, mit einem Laib Pecorino die Holzspindel in der Mitte der Piazza zu treffen, und wandte mich zu ihr um.

»Welche Träume?«, murmelte ich.

»Diese«, erwiderte sie und zeigte auf unsere Umgebung.

Mein Blick folgte ihrem Finger und fiel auf die Kathedrale mit ihrer herrlichen dreiteiligen Travertinfassade, deren Linien nüchtern und gleichzeitig reizvoll waren; dann auf den Palazzo Piccolomini mit seinem Bossenwerk, auf dessen anderer Seite sich, wie ich wusste, ein zum Val d'Orcia hin gelegener Renaissancegarten befand – ein perfektes Zusammentreffen von Architektur und Natur. Wie oft war ich mit meiner Tante dort schon spazieren gegangen? Ich kannte die rechteckigen Beete, die von Lorbeer- und Obstbäumen gesäumt wurden, wie meine Westentasche.

Pienza, seufzte ich innerlich. Eine Stadt voller Harmonie, im fünfzehnten Jahrhundert nach den Vorstellungen eines Papstes umgestaltet. Um mich herum überall Schönheit und Geometrie, Kunst und Mathematik, in dieser Verbindung aus Fantasie und Verstand, wie sie sich nur in den großen Werken der Architektur manifestiert. *Wie in einem Gebäude von Brunelleschi oder Donatello,* wiederholte ich lautlos die Worte, die Tante Ada wenige Monate zuvor ausgesprochen hatte, und mich beschlich das Gefühl, die falsche Entscheidung getroffen zu haben.

Sie sah mich an, als könne sie meine Gedanken lesen. »Nach England zurückzukehren, die Architektur aufzugeben ... ist das tatsächlich das, was dir dein Herz sagt?«

Ich zögerte einen Moment, doch dann brachte mich der Gedanke an Neri wieder zurück zu meinen Vorsätzen.

»Ich habe begriffen, dass das nicht mein Weg ist«, sagte ich und versuchte, die Unsicherheit in meiner Stimme zu unterdrücken.

»Den eigenen Weg begreift man nicht, man spürt ihn.«

»Ich spüre ihn ja auch.«

Sie schüttelte den Kopf. »Du darfst dich nicht von dem, was mit Neri geschehen ist, bestimmen lassen. Dein Leben ist hier. Es liegt nicht in deiner Macht, wie andere sich dir gegenüber verhalten, wichtig ist, dass du immer du selbst bist und deinem Herzen folgst. Gib deine Träume nicht auf, höre nicht auf damit, zu verwirklichen, wofür du brennst.«

»Neri hat damit nichts zu tun«, log ich. »Ich habe lediglich erkannt, dass hier nicht meine Zukunft ist, nur meine Vergangenheit.«

Ada lächelte. »Ohne Vergangenheit keine Zukunft. Deine Wurzeln bestimmen dein Schicksal.«

Ich antwortete nicht darauf und zwang mich dazu, nicht mehr über ihre Worte nachzudenken. Sie waren albern. Die Zukunft lag in der Vergangenheit? Und die Wurzeln bestimmten das eigene Schicksal? Wie sollte das gehen?

Tante Ada irrte sich. Die Toskana, die Leidenschaften und Träume waren nur Illusionen.

Meine Eltern begrüßten meine Entscheidung sehr, auch wenn sie meinen plötzlichen Sinneswandel nicht verstanden. Aber sie hatten den Großteil dessen, was mich ausmachte, ohnehin noch nie verstanden, genau wie alle anderen.

Neri sah ich nicht wieder.

Einige Zeit später schickte er mir Nachrichten, in denen er mich fragte, wie es mir ginge, ohne darauf einzugehen, was zwischen uns passiert war – als wäre er einfach nur ein Freund. Und zweimal rief er mich sogar an. Aber ich ging nicht ans Telefon. Ich war immer noch verletzt und konnte nicht so tun, als ob nichts wäre. Ich war in ihn verliebt, aber er nicht in mich, da war ich mir sicher.

Um nicht zu leiden, baute ich eine Mauer um mein Herz, die

mich vor meinen Gefühlen schützte, und setzte meinen Verstand als Hüter ein.

Genug von Träumen und unerfüllter Liebe, sagte ich mir. Ab jetzt keine Kunst, keine Fantasie und keine verzauberten Schlösser mehr, sondern nur noch handfeste Realität.

Mein Instinkt versuchte noch einige Zeit mir einzuflüstern, dass ich mich irrte, aber zum Glück hörte ich nicht auf ihn.

Mein Wirtschaftsstudium ließ mich zur Ruhe kommen. Die Zahlen trösteten mich über meinen Schmerz hinweg und wurden nach und nach zu meinem Hilfsmittel, nicht nachdenken zu müssen. Sie waren die Arznei für meinen Kummer und halfen mir dabei, meine Wut hinter mir zu lassen. Schließlich wurden sie ein Teil von mir, und mein Leben nahm die richtige Richtung: Ich machte einen hervorragenden Abschluss, fand eine Arbeit in einer renommierten Bank, neue Freunde – und Jack.

Im Lauf der Jahre geriet ich wieder ins Gleichgewicht.

Heute bin ich nicht mehr dieselbe. Heute bin ich ein anderer Mensch – ich bin stärker geworden.

Die alte Isabel, die Häuser zeichnet und im Geiste einrichtet, von schönen Landschaften ergriffen ist und einen Mann liebt, den sie nicht haben kann – diese alte Isabel gibt es nicht mehr.

6

Fotos an der Wand

Manche Dinge – Einrichtungsgegenstände, Textilien und Farben – versetzen uns zurück in andere Zeiten. Wer sich eine Sammlung alter Fotos an die Wand hängt, begibt sich auf einen Ausflug in vergangene Zeiten. Auf ihnen erkennen wir Fragmente eines Lebens, einer Familiengeschichte, verschwundener Traditionen und Bräuche, so als würden wir ein Buch aufschlagen, das uns in die Vergangenheit blicken lässt. Fotos bergen die Seele von Orten.

Notar Bucci erscheint in der Tür, ein Mann um die sechzig in einem kastanienbraunen altertümlichen Anzug und mit dem Bäuchlein eines Feinschmeckers.

Neri und ich stehen auf, um ihn zu begrüßen. Er streckt uns die Hand hin.

»Dottoressa Pizzi, ich freue mich, Sie kennenzulernen. Dottor Falco, guten Tag. Ich möchte Ihnen beiden zunächst mein tief empfundenes Beileid aussprechen. Bitte folgen Sie mir.«

Während ich mich in Bewegung setze, werfe ich Neri, der neben mir herläuft, einen überraschten Seitenblick zu.

»Dottore? Ich wusste gar nicht, dass du es geschafft hast, einen Abschluss zu machen«, flüstere ich sarkastisch.

Er bemerkt meine Ironie nicht – oder tut zumindest so.

»Ja, in Agrarwissenschaft.«

»Ah, klar. Natürlich.« Typisch für Leute wie ihn, die bereits als Eigentümer von unzähligen Hektar Land geboren wurden.

Wir betreten das Büro, das einen ebenso altmodischen Stil hat wie sein Besitzer; die Wände sind getäfelt, auf dem Schreibtisch aus Massivholz stapelt sich Papier.

An der Wand hängt eine Reihe Schwarz-Weiß-Fotos, die Zeugnis ablegen vom Leben und den Traditionen eines Val d'Orcia, das es so nicht mehr gibt: die Zeit des Pflügens, die Landreform, religiöse Feste, die ersten Autos, Episoden unbekannter Familien. Ich betrachte die Bilderreihe und frage mich, wer sich hinter diesen Gesichtern verbirgt; einen Moment lang fühlt es sich an, als würde ich zu diesem Fleckchen Erde gehören.

Der Notar zeigt auf zwei Stühle mit lederbezogener Rückenlehne.

»Bitte schön.«

Sobald wir uns gesetzt haben, deutet er ein kleines Lächeln an.

»Würden Sie sich bitte ausweisen?«

Ich reiche ihm meinen Reisepass, Neri seinen Ausweis.

Nach einer raschen Überprüfung gibt Notar Bucci beides wieder an uns zurück und holt aus einer Schublade einen Schlüsselbund und einen versiegelten Umschlag heraus, dessen Siegel er aufbricht. Er faltet das Papier auseinander, setzt seine Brille auf und fängt an, das Testament zu verlesen.

»Testamentsaktenverzeichnis Nummer 525, Öffentliches Testament Republik Italien. Am 20. März 2016, in meiner Kanzlei in Torrelupo, auf dem Corso Italia Nummer 5, erschien bei mir, Ferruccio Bucci, Notar von Torrelupo, eingeschrieben im Notarskollegium Siena, in Anwesenheit geeigneter und mir bekannter Zeugen, Signora Ada Pizzi, geboren am 17. August 1925 in Torrelupo, deren persönli-

che Identität ich bestätigen kann. Sie möchte über ihr Vermögen in einem Letzten Willen verfügen und bittet mich deshalb vor Zeugen, ihr Testament entgegenzunehmen. Zu diesem Zweck erklärt sie mir ihren Willen, der wie folgt schriftlich von mir festgehalten wurde.«

Er unterbricht sich und wirft uns über seine Brille hinweg einen Blick zu.

»Bitte, fahren Sie doch fort«, sagt Neri.

Der Notar liest weiter.

»Ich widerrufe all meine vorangegangenen testamentarischen Verfügungen, und in Anbetracht der Tatsache, dass mir das Schicksal nur allzu früh meinen Liebsten und für immer unvergessenen Ehemann Wladimir Vronskij entrissen hat, ernenne ich Isabel Pizzi, geboren am 15. Februar 1987 in London, und Neri Falco, Graf von Torrelupo, geboren am 13. April 1987 in Florenz, zu meinen einzigen Erben.«

»Einzige Erben?«, unterbreche ich ihn überrascht. Neri hingegen verzieht keine Miene, sein Gesichtsausdruck verrät nichts. Seine einzige Reaktion ist ein leiser Seufzer.

Der Notar hebt den Blick und sieht mich an.

»Ja. Kann ich weiterlesen?«

»Natürlich. Bitte entschuldigen Sie.«

Er räuspert sich und liest weiter.

»Liebe Isabel, lieber Neri, ich habe euch nicht viel hinterlassen. Ich hatte ein reiches und erfülltes Leben und wollte in meinen letzten Jahren auf nichts verzichten, deshalb habe ich mein Bankkonto geplündert und die Wohnung in Paris verkauft.«

Der Notar hebt erneut den Blick, um zu sehen, welche Wirkung seine Worte auf uns haben. Neri bedeutet ihm fortzufahren, und er richtet den Blick wieder auf das Testament.

»Allerdings wollte ich das bewahren, was ihr, wie ich weiß, immer geliebt habt.«

Meine Aufmerksamkeit steigt, als der Notar das Blatt umdreht, um weiterzulesen.

»Ich hinterlasse dir, Isabel, die Hälfte meines Anwesens in der Toskana.«

»Aha«, murmle ich atemlos. Vor Überraschung bin ich wie betäubt, und süße Erinnerungen an den Hof und die Zeit, die ich dort verbracht habe, überfluten mich. Einen Augenblick lang vergesse ich, dass ich die Toskana gar nicht mag und von dort geflohen bin.

Doch gleich danach trifft mich eine Erkenntnis wie ein Blitzschlag aus heiterem Himmel.

»Entschuldigen Sie, haben Sie ›die Hälfte‹ gesagt?«, frage ich.

»Genau.«

»Und an wen geht die andere Hälfte?«

»Wenn Sie mich fortfahren lassen, erkläre ich es.«

»Ja, natürlich«, erwidere ich.

»Dir, Neri, hinterlasse ich die andere Hälfte.«

»Entschuldigen Sie, was heißt das?« Neri, der bisher völlig gleichmütig gewesen ist, bricht jetzt sein Schweigen. Ich hingegen sage dieses Mal nichts.

Die Antwort des Notars bringt Klarheit.

»Da es sich im Grundbuch um eine Einheit handelt, die nicht teilbar ist, bedeutet dies, dass jeder fünfzig Prozent erbt.«

Plötzlich bekomme ich keine Luft mehr. Ich begreife, dass mich dieses Erbe dazu zwingt, etwas mit Neri zu tun zu haben, und ich habe das Gefühl zu ersticken.

»Aber hören Sie mal, das ist wirklich nicht möglich«, rufe ich.

»Isabel hat recht, das muss ein Irrtum sein«, beteuert Neri.

»Die Worte Ihrer Großtante sind eindeutig, man kann sie keinesfalls falsch auslegen«, erklärt uns der Notar.

»Sind Sie sicher? Kann ich es noch mal lesen?«, frage ich.

»Natürlich bin ich mir sicher, wenn Sie kein Vertrauen haben, können Sie das überprüfen, sobald ich Ihnen die Kopien gebe.« Verärgert zieht er mit den Händen das Papier straff. »Kann ich jetzt zu Ende lesen?«

»Kommt da noch mehr?«, fragt Neri.

»Nur noch die Schlussbemerkungen.«

Ich lehne mich auf meinem Stuhl zurück, Neri hüllt sich in Schweigen.

»Isabel und Neri, ihr seid die Einzigen, die die Seele des Hauses verstehen und es lieben. Gemeinsam trefft ihr die besten Entscheidungen, auch im Leben. Folgt eurem Herzen.«

Ich bleibe stumm, während Neri ins Leere starrt.

Es ist absurd.

Neri und ich sollen die Einzigen sein, die einen Hof in der Toskana lieben! Die Vorstellung, ein Haus mit ihm zu teilen, ist absurd.

Ein Hustenanfall des Notars reißt mich aus meinen Gedanken.

»Gut, wenn Sie weiter nichts zu sagen haben, gehen wir zum

üblichen Abschluss und zu den Unterschriften über«, sagt er, als er sich wieder gefangen hat.

»Ich, der Notar dieses Dokuments, das von mir auf Vorder- und Rückseite dieses Blattes verfasst wurde, habe es in Anwesenheit von Zeugen der Erblasserin vorgelesen. Die Erblasserin hat es anerkannt und um elf Uhr unterzeichnet.«

Als er fertig ist, reicht er uns die Papiere.

Schweigend unterschreiben wir sie und geben sie ihm zurück.

Ich bin erschöpft, und sogar Neri sieht verstört aus, sodass er mir für den Bruchteil einer Sekunde fast sympathisch ist.

Der Notar händigt uns eine Kopie des Testaments und den Schlüsselbund aus.

»Die gehören jetzt Ihnen.«

Neri und ich schaffen es, gleichzeitig danach zu greifen, und unsere Hände berühren sich.

Ich ziehe den Arm zurück, als hätte ich mich verbrannt. »Entschuldige.«

»Nimm du sie«, sagt er.

»Nein, nein, du.«

»Ich bestehe darauf«, erwidert er entschlossen und erhebt sich.

»Also gut, ich lasse welche nachmachen und gebe sie dir dann.« Ich nehme dem Notar, der uns ganz perplex anschaut, die Schlüssel aus der Hand.

»Wenn Sie mich jetzt entschuldigen würden, ich habe noch einen weiteren Termin. Noch einmal mein herzliches Beileid«, sagt er und gibt uns die Hand, sobald wir aufgestanden sind.

Neri und ich verlassen die Kanzlei und gehen schweigend die Treppe hinunter.

Ich spüre, wie ich schwanke. Ich weiß nicht, wie es ihm geht, aber ich stehe unter Schock. Ich habe die Verfügung von Tante Ada noch nicht ganz verdaut.

Warum wollte sie mich in diese Situation bringen?

Sie wusste doch, wie sehr ich damals wegen Neri gelitten habe und dass ich ihn niemals wiedersehen wollte. Wenn sie uns auf diese Weise dazu bringen wollte, einander wieder näherzukommen, dann hat sie sich geirrt, denn davon will ich nichts wissen.

Sobald wir auf der Straße angelangt sind, dreht sich Neri zu mir um. »Was hältst du davon, wenn wir einen Kaffee trinken gehen?«

»Normalerweise trinke ich keinen Kaffee, aber jetzt brauche ich einen«, erwidere ich.

Als wir auf der Piazza ankommen, zeigt er auf die Tischchen vor der Bar und Konditorei.

»Hier vielleicht?«

Mein Blick fällt auf die Plastikstühle mit der Coca-Cola-Werbung und die Sonnenschirme mit dem Heineken-Schriftzug. Was für ein Jammer auf einer so schönen Piazza.

Neri scheint meine Gedanken zu lesen.

»Ich weiß. Grauenvoll.«

»Ist trotzdem völlig in Ordnung.« Ich setze mich auf den nächsten freien Platz.

»Was möchtest du?«, fragt er mich, als eine Kellnerin auftaucht und ihn unverhohlen anhimmelt.

»Für mich bitte einen Kaffee. Vielen Dank«, sage ich zu der Bedienung, die mich ignoriert.

»Zwei, bitte. Danke«, bestellt er mit einem Lächeln, das, wie ich zugeben muss, jede Frau bezaubern würde. Außer mich natürlich.

Die Kellnerin entfernt sich mit einem flotten Hüftschwung, und Neri kann es nicht lassen, ihr nachzuschauen. Meine Verärgerung erreicht einen neuen Höhepunkt.

»Wie ich sehe, hast du immer noch Erfolg bei den Frauen«, bemerke ich trocken.

Sein Lächeln ist unschuldig und dreist zugleich. »Was willst du damit sagen?«

»Gar nichts.«

Er sieht mich durchdringend an. »Bevor wir weitermachen, sollten wir vielleicht zuerst über das reden, was zwischen uns vorgefallen ist.«

Unwillkürlich habe ich einen Kloß im Hals. Genervt schlucke ich ihn hinunter.

»Ist das nicht ein bisschen spät?«, frage ich gereizt.

»Ich habe versucht, dich zu erreichen, aber du hast ja nicht reagiert.«

Ich wiegele ab. »Wie auch immer es gelaufen ist, es ist sinnlos, die Vergangenheit wieder aufzurühren; ich habe damit abgeschlossen. Wir müssen hier ganz andere Fragen klären.«

»Das würde ich auch sagen«, stimmt er mir mit einem offensichtlich erleichterten Lächeln zu. »Das Testament war ja eine schöne Überraschung.«

Die Kellnerin kommt mit dem Kaffee.

Ich öffne ein Tütchen Süßstoff und schütte es in die Tasse.

»Ja, schon«, murmle ich vage. Ich will erst sehen, worauf er hinauswill. Da wir jeweils zu fünfzig Prozent erben, bedarf jede Entscheidung, die den Hof betrifft, der Zustimmung des anderen. Da hat mir meine Tante ja einen ziemlichen Schlamassel eingebrockt.

»Ich weiß, wie sehr du an diesem Haus hängst«, bemerkt er vorsichtig.

»Du nicht?«, versuche ich ihn zu provozieren.

»Doch, aber …« Er wendet den Blick ab und schweigt einen Moment, dann sieht er mich mit entschlossener Miene an. »Ich will ehrlich zu dir sein, Isabel. Dass wir das Anwesen jeder zum exakt gleichen Teil geerbt haben, stellt eine große Komplikation dar.«

Ich nicke. »Finde ich auch.«

Seine Gesichtsmuskeln entspannen sich. »Abgesehen davon, dass bei einem Besitz wie diesem hohe Kosten anfallen. Außerdem muss man für ein zweites Haus extra Steuern zahlen.«

Das ist ein Aspekt, an den ich noch gar nicht gedacht habe.

»Deshalb glaube ich, dass es nur eine Lösung gibt.«

»Und die wäre?«

»Den Hof zu verkaufen«, erwidert er mit fester Stimme.

»Ihn verkaufen?« Obwohl ich weiß, dass dies die beste Entscheidung wäre, kommt plötzlich Wehmut in mir hoch.

»Wir können beide eine gute Summe Geld dafür bekommen«, erklärt er. In seiner Stimme schwingt ein wenig Nervosität mit.

Ich mustere ihn und denke nach. Es erscheint mir ganz und gar unmöglich, gemeinsam mit ihm ein Haus zu besitzen und damit zu riskieren, dauernd mit ihm in Kontakt zu stehen. Die einzig vernünftige Lösung wäre, zu verkaufen und wegzugehen. Mit dem Erlös würde ich den Kredit in London abbezahlen, und eventuell bliebe sogar noch etwas für mich übrig.

»Ja.«

»Ja was?«, fragt er. Womöglich hat er gar nicht damit gerechnet, dass ich so nachgiebig bin.

»Ich bin mit einem Verkauf einverstanden.«

Er stößt einen erleichterten Seufzer aus. »Prima.«

»Wie wollen wir vorgehen?«, frage ich.

»Ich kenne einen Immobilienmakler, wir könnten ihn morgen vor Ort treffen, damit er das Anwesen schätzen kann«, schlägt er vor.

»Das hört sich nach einer guten Idee an. Ich will so schnell wie möglich nach London zurück.«

Ich trinke den letzten Schluck Kaffee und stehe auf, um mich zu verabschieden.

Für heute habe ich schon viel zu viel Zeit mit ihm verbracht.

7

Die ganze Welt in einem Zimmer

Die einzigartige und fantasievolle Kombination von Einrichtungsgegenständen aus verschiedenen Kulturen und Epochen sorgt für ein charaktervolles Ambiente und zeugt von einer Persönlichkeit, die sich gegen festgefahrene Vorstellungen auflehnt. Das Echo ferner Welten und gelebter Geschichten überrascht den Betrachter und bringt ihn dazu, die Dinge in einem neuen Licht zu sehen. Ein handgeknüpfter Teppich aus dem Orient, ein Bild, eine russische Ikone, ein Buch, das einem alten Freund gehörte, ein geerbtes Tischchen, einige Gegenstände, denen es gelingen kann, der Fantasie Flügel zu verleihen und Gedankenreisen zu ermöglichen.

»Folgt eurem Herzen.«

Als ich zu Giovannas Haus zurückfahre, denke ich an die Worte, die Ada in ihr Testament schrieb.

Ich weiß, was sie damit sagen wollte. Sie hat sich nie damit abgefunden, dass ich Italien den Rücken gekehrt habe, und hat jahrelang darauf bestanden, dass ich mich wieder mit der Toskana und mit Neri versöhne. Viele Male lud sie mich ein, doch seit damals haben wir uns nur in Paris oder in England getroffen.

Am Tag meiner Abschlussfeier von der Uni nahm Ada mich beiseite.

»Ich kenne dich. Du kannst noch so sehr tun, als wäre dies dein Leben, aber deine Leidenschaften kannst du nicht unterdrücken. Das, wofür dein Herz schlägt.«

»Was meinst du damit, Tante Ada?«, fragte ich mit gespielter Überraschung.

»Dann verzeih ihm wenigstens.«

Ich brauchte nicht nachzufragen, wen sie damit meinte.

»Das will ich nicht«, entgegnete ich. Ich kann nicht, fügte ich im Stillen hinzu.

Es war eine Wunde, die immer noch schmerzte, und ich wollte ihn einfach nur vergessen.

Doch kaum war ich nach dem Fest wieder allein, geriet ich in Versuchung, mich bei ihm zu melden. Und danach auch noch einige Male. Aber ich schaffte es immer, mich zu kontrollieren.

Als dann Jack in mein Leben trat, fehlte mir die Zeit, weiter darüber nachzudenken, und auch, meine Tante zu treffen.

Als ich mich zum letzten Mal in Paris mit ihr verabredete, hatte ich sie schon seit Monaten nicht mehr gesehen.

Ich besuchte sie in ihrer Wohnung in der Rue Saint-Antoine, am Rand des Marais. Die Wohnung war alt, man konnte von dort die Kuppel von Saint-Paul-Saint-Louis sehen. Die Einrichtung bestand aus einem fröhlichen Sammelsurium von Gemälden, Büchern, Teppichen und russischen Ikonen. Eine erstaunliche Behausung, in der es in jeder Ecke Erinnerungen und Geheimnisse zu entdecken gab, wie in einem Miniaturuniversum, in dem man eine Weltreise machen konnte. Die Wohnung, von der ich als Kind immer träumte, ist das genaue Gegenteil der minimalistischen und geordneten Behausung, die ich heute habe.

Wir plauderten ein wenig über meine Arbeit und über Jack – eine Wahl, die sie überhaupt nicht nachvollziehen konnte, was im Übrigen ganz natürlich war in Anbetracht der Tatsache, dass die beiden völlig entgegengesetzte Ansichten hatten. Ada hatte für die Kunst gelebt, für Jack war Kunst allerhöchstens eine Investition, genau wie eine Aktie an der Börse.

Zum Mittagessen gingen wir in unsere Lieblingsbrasserie *L'Escale* auf der Île Saint Louis, die einzige auf der ganzen Insel, die nicht von Touristen überlaufen war.

Wie immer bestellte sie ein *confit de canard* und dazu ein Glas Bordeaux, während ich einen Ziegenkäsesalat ohne Ziegenkäse und eine Karaffe stilles Wasser nahm, weil ich »keinen Wein trinke und allergisch gegen Käse bin«, wie ich unter dem amüsierten Blick meiner Tante und dem entrüsteten Blick des Kellners ausführte.

»Was hat sie denn dann in einer *bar à vin* zu suchen? Hat sie das Schild nicht gesehen?«, hörte ich ihn zur Eigentümerin sagen, während er die Bestellung weitergab.

Tante Ada und ich lachten, doch dann ging sie wieder zum Angriff über.

»Es sind so viele Jahre vergangen, du könntest ihm wirklich verzeihen.«

»Darüber haben wir schon gesprochen.«

»Warum sperrst du dich so? Willst du nicht noch mal darüber nachdenken?«

»Ganz bestimmt nicht«, erwiderte ich schroff. »Was für eine Bedeutung hat das überhaupt noch?«

»Ich habe das Gefühl, dass ihr beide zusammengehört.«

»Das ist doch albern, Tante Ada. Ich bin glücklich so, wie es ist.«

Sie schwieg eine Weile, dann nahm sie das Gespräch wieder auf. »Vor Kurzem hat er sich bei mir erkundigt, wie es dir geht.«

Unwillkürlich begann mein Herz schneller zu schlagen.

Bevor ich mich zurückhalten konnte, fragte ich: »Und was hast du geantwortet?«

»Dass du nicht mehr die bist, die er kannte.«

»Diese Geschichte schon wieder, Tante Ada!«

Sie ignorierte mich und fuhr fort: »Er übrigens auch nicht.«

Ich wäre beinahe gestorben vor Neugier, weil ich wissen wollte, was sie genau meinte, doch ich zwang mich zu schweigen. Es war besser, nicht weiter über die Vergangenheit nachzudenken.

Nach dem Essen stießen wir miteinander an – sie mit Wein und ich mit Wasser.

»Auf die Entscheidungen, die von Herzen getroffen werden«, sagte sie, während sie ihr Glas hob und mich eindringlich ansah.

Kurz danach verabschiedeten wir uns voneinander, und ich nahm mir vor, im Sommer wiederzukommen, damit wir mehr Zeit miteinander verbringen konnten.

Nie hätte ich gedacht, dass dies unsere letzte Begegnung sein würde. Ich hätte länger bleiben sollen, vielleicht eine ganze Woche, doch ich bin wieder gefahren. Nun plagt mich die Reue, weil ich ihr nicht ein letztes Mal sagen konnte, wie lieb ich sie hatte.

Jetzt ist es dafür zu spät.

Bei meiner Rückkehr steht vor dem Eingang ein Jeep, der mit Brettern, Farbkübeln und Pinseln beladen ist, dem Arbeitsmaterial meiner Cousine. Nachdem sie ihr Diplom gemacht hatte, gründete sie eine Agentur, die auf die Vermietung von Landhäusern an Touristen spezialisiert ist, wo sie persönlich die Instandsetzungs- und Mauererarbeiten leitet.

Giovanna kommt aus dem Haus und umarmt mich energisch.

»Isabel, schön dich wiederzusehen!«

Ich löse mich aus der Umarmung und mustere sie.

Ich habe sie seit drei Jahren nicht mehr gesehen; damals hatte sie mich mit ihrem Verlobten in London besucht, den sie später genau wie seine beiden Vorgänger sitzen ließ. Doch sie hat sich nicht verändert: groß, sportlich, ein wenig kräftig, haselnussbraune Augen, kurz geschnittene blonde Haare und ein aufrichtiges Lächeln auf den Lippen Ein hübsches Gesicht mit gleichmäßigen Zügen. Sie trägt eine weite Hose, einen unförmigen Kapuzenpulli und Arbeitsschuhe. Giovanna hat sich noch nie allzu viele Gedanken um ihr Äußeres gemacht.

»Und? Wie ist es gelaufen?«, kommt sie direkt zur Sache.

»Tante Ada hat mir ihr Haus vermacht«, sage ich ausdruckslos.

Sie reißt die Augen auf. »Mit dem Weinberg und allem drum und dran?«

»Ja.«

»Und das sagst du einfach so? Ich würde mich ja vor Freude überschlagen«, ruft sie.

»Es gibt da ein kleines Problem.«

»Und zwar?«

Ich seufze. »Ich habe nur die Hälfte geerbt.«

»Und wer hat die andere Hälfte bekommen?«

»Neri.«

Giovanna steht einen Augenblick lang da, mit vor Überraschung halb offenem Mund, dann zeigt sie auf die Burg, die sich auf dem Hügel erhebt. »Der Neri?«

»Äh, ja.«

»Dann hast du ihn also gesehen?«, fragt sie ernst.

Ich nicke.

»Und es geht dir gut?« Sie mustert mich besorgt. Sie weiß, wie sehr ich in ihn verliebt war. Sie war die Erste, der ich mich anvertraut habe, noch früher als Tante Ada.

»Klar.«

»Sicher?«, hakt sie nach.

»Ja, alles bestens. Das ist schon so lange her«, sage ich überzeugt. Die Liebe ist wie eine Krankheit: Früher oder später geht sie vorbei.

Ihr Gesicht hellt sich wieder auf. »Zum Glück. Jedenfalls ist das ein schöner Schlamassel, auch wenn dich alle Mädchen der Gegend beneiden werden«, scherzt sie. Giovanna hatte schon immer ein sonniges Gemüt.

»Nun ... dann gibt es wenig, worum ich zu beneiden wäre, wir sind schon übereingekommen zu verkaufen.«

»Ach wirklich? Was für ein Jammer. Es ist so ein schöner Ort«, murmelt sie.

Plötzlich fühlt sich meine Kehle an wie zugeschnürt.

»Ich weiß, aber stell dir mal vor, ihn mit Neri zu teilen?«

»Geht nicht?«

»Geht nicht«, sage ich kurz angebunden. »Und ein wenig Geld kommt mir sehr gelegen.«

»Viel Geld, würde ich sagen. Mit Sicherheit bringt das Anwesen ordentlich was ein. Die Ausländer spielen bei dieser Art von Immobilie verrückt.«

»Das hoffe ich. Nach dem Tod von Tante Ada und dem, was mit Jack vorgefallen ist, brauche ich irgendetwas Positives.«

»Jack ist kein großer Verlust, Ada schon.«

»Ich weiß. Aber ich bin auch Jacks wegen fix und fertig.«

»Männer kommen und gehen«, erwidert sie rasch. Man merkt, dass sie die Geschichte, die ich ihr bereits am Telefon erzählt habe, nicht noch mal hören will. Sie ist immer noch der Tomboy von damals, als wir Teenies waren, und sie ist allergisch gegen jegliche Form von Gefühlsduselei.

Ich hingegen bin auf der Suche nach Trost.

»Aber es geht nicht nur um ihn ... Ich habe gerade erst eine Wohnung für uns gekauft und mich tatsächlich bei der Einrichtung sehr an seinem Geschmack orientiert, ganz zu schweigen von dem ganzen technologischen Schnickschnack.«

»Und dir gefällt das alles nicht?«

»Doch, auf jeden Fall! Ich mag Komfort und technologische Neuheiten. Ich bin sehr ordnungsliebend und möchte einen Platz, an dem ich mich wohlfühle. Schließlich bin ich Controllerin bei einer Bank. In Sachen Genauigkeit schlägt mich vermutlich nur Jack«, erwidere ich pikiert.

»Aber das klingt doch gut. Und darauf kommt es an – auf deine Arbeit, nicht auf die Männer; die Arbeit bleibt. Und jetzt genug von Jack. Heute Abend ist Lasagnefest in Montenero d'Orcia, kommst du mit?«

Seufzend schüttle ich den Kopf. »Ich bin nicht in Ausgehlaune.«

Giovanna lässt sich nicht beirren. »Aber du musst mitkommen. Hierzubleiben und dich selbst zu bemitleiden macht die Situation mit Sicherheit auch nicht besser.«

»Vielleicht morgen.«

»Morgen ist das Fest vorbei, lass uns hingehen! Ablenkung wird dir guttun.« Ihre Miene verrät, dass sie nicht lockerlassen wird, bis ich Ja sage.

Ich bin hin- und hergerissen. Sie hat nicht ganz unrecht. Wenn ich allein zu Hause bleibe, wird mich nur wieder die Wut auf Jack und die Trauer um Ada überwältigen.

»Also gut«, willige ich schließlich ein.

8

Düfte aus der Kindheit

Hausgemachte Pasta, frisch geerntetes Gemüse, selbst gemachter Pecorino, Wurst vom Cinta Senese: Traditionelle Speisen erinnern an eine Zeit, in der die Küche der wichtigste Raum des Hauses war, nämlich der, in dem sich die Familie versammelte. Um diese Atmosphäre zu kreieren, bedarf es einer Einrichtung, die Wärme ausstrahlt: ein Kaminfeuer, Kupfertöpfe, ein großer Tisch. Essen geht mit Gefühlen einher: Ein einfaches, aber mit Liebe gekochtes Mahl ist mehr wert als ein Gericht von einem Profi. Gemeinsam essen ist, als würde man im richtigen Augenblick Gefühle zusammenmischen und dann mit den Menschen, die man liebt, teilen.

Montenero ist ein altes Dorf, das sich auf einen Felsen krallt, der über dem Val d'Orcia aufragt. Als wir dort ankommen, geht gerade die Sonne unter; in dem Park, in dem einst die Burg stand und in dem heute das Fest stattfindet, wimmelt es schon vor Menschen. Mädchen in Sneakers und Minirock, Jugendliche mit Piercings und Mütter mit Kindern belagern die Essens- und Getränkestände. Ein wenig weiter weg sitzen ihre älteren Verwandten – angenehm runde Frauen und sonnenverbrannte Männer – an Tischen und halten für sie Plätze mithilfe von Schultertüchern und Pullovern frei.

Neben den Ständen ist die Kasse, dahinter ein riesiger Grill, auf dessen Eisenrosten Bratwürste und Steaks brutzeln. Gegenüber stehen Tischchen für das Briscola-Turnier und noch ein Stückchen dahinter ist die Bühne für die Tanzkapelle.

Giovanna steuert entschlossen auf einen der wenigen freien Tische auf den Terrassen über dem Tal zu und legt ihre Lederjacke und ihren Schal auf die Bänke, um sie als besetzt zu markieren.

»Reservier noch ein paar andere Plätze. Ich gehe Giada und Deborah suchen«, sagt sie und macht sich auf den Weg.

Ich setze mich und genieße die herrliche Aussicht, die sich von hier bietet.

Die letzten Sonnenstrahlen beleuchten die Weinreben auf den sanft abgestuften Terrassen, die sich die Hänge hinunterziehen, und tauchen die steinernen Hauswände in rosarotes Licht. Der Park hallt wider von Gelächter und lauten Stimmen, die sich mit markantem toskanischen Akzent unterhalten. Der Duft von Lasagne, der in der Luft liegt, weckt in mir die Erinnerung an die Gerüche meiner Kindheit. Es kommt mir seltsam vor, dass ich noch vor zwei Tagen unter dem grauen Himmel Londons von Beton umgeben war.

Ein Schrei lässt mich zusammenfahren.

»Isa, ciao!«

Zwei Frauen beugen sich über mich, drücken mich fest und küssen mich auf die Wangen.

Ich schaue sie ein wenig entgeistert an und stehe auf.

»Erkennst du uns nicht? Wir sind deine Cousinen!«, ruft die eine.

»Ja, natürlich! Giovanna sucht euch gerade«, erwidere ich; ich hätte die Töchter von Tante Lia kaum wiedererkannt. Ich bin verblüfft über ihre Verwandlung.

Vor zwölf Jahren waren sie noch etwas pummelig, jetzt sind sie schlank und elegant – das Gegenteil von Giovanna mit ihrem pragmatischen, schnörkellosen Äußeren. Giada, die ein

Jahr jünger ist als ich, würde neben den trendigsten Londonerinnen keine schlechte Figur abgeben, so chic ist sie angezogen. Deborah ist schon über dreißig und ebenso adrett; der riesigen Gucci-Tasche an ihrem Arm nach zu urteilen, läuft ihre Arbeit als Pharmavertreterin ziemlich gut.

»Wir wissen es schon«, ruft Deborah.

»Was denn?«, frage ich erstaunt. Giovanna hat ihnen doch hoffentlich nichts von Jack erzählt? Ich hatte sie schwören lassen, es niemandem zu sagen, weil meine Eltern noch nicht wissen, dass wir uns getrennt haben.

»Das von Tante Adas Bauernhof«, antwortet Giada.

»Und vor allem von deinem Mit-Erben«, fügt Deborah augenzwinkernd hinzu.

Meine gewohnte englische Zurückhaltung ist dahin. Muss das unbedingt die ganze Gegend erfahren?

»Pst«, zische ich.

In diesem Moment taucht Giovanna auf.

»Musstest du denn gleich allen vom Hof erzählen?«, frage ich sie.

»Du hast ja nicht gesagt, dass es ein Geheimnis ist!«

»Immerhin sind wir deine Cousinen. Hey, jetzt bin ich aber beleidigt!«, ruft Deborah.

Giada stößt mich mit dem Ellenbogen an. »Und jetzt?«

»Was und jetzt?«

»Ab wann werdet ihr zusammenwohnen?«

»Was redest du da?«, protestiere ich.

Giada ignoriert meine Worte. »Überleg doch mal: morgens aufwachen und neben dir dieser superheiße Kerl von einem Grafen von Torrelupo!«

»Zum Dahinschmelzen«, fügt ihre Schwester hinzu und beide lachen sich tot.

»Ein Jammer, dass er immer so überheblich ist«, bemerkt Giada.

»Sprecht leise«, beschwöre ich sie aus Angst, dass jemand zuhört, doch es nützt nichts.

»Warum? Was ist so schlimm daran, die Wahrheit zu sagen? Und außerdem: Wenn ich mich nicht irre, hat er dir doch auch gefallen, als du ein junges Mädchen warst, du konntest ja gar nicht mehr aufhören, von ihm zu reden. Was seine Hochnäsigkeit betrifft, ist es doch besser, er weiß Bescheid, vielleicht gewöhnt er sie sich ja ab«, erwidert Giada.

»Könnt ihr das jetzt mal lassen?«, fauche ich sie an.

Giovanna hat endlich ein Einsehen. »Ja, lasst uns aufhören, über Männer zum Dahinschmelzen zu reden, denn ich schmelze hier gleich vor Hunger dahin, wenn wir uns nicht beeilen. Was hältst du davon, Isabel, wenn wir losgehen und etwas zu essen holen?«

»Gute Idee«, erwidere ich dankbar und bücke mich nach meiner Tasche. Giovanna hat mich gerettet.

Da habe ich mich allerdings geirrt.

Als ich mich wieder aufrichte, steht etwa zwei Meter vor uns der Graf persönlich. Und bei ihm sind sein arroganter Cousin Baldo, zwei Mädchen, die ich nicht kenne, und die Herzogin Bona mit ihren makellosen blonden Haaren, die mich hochmütig ansieht.

»Ciao, Isabel«, begrüßt er mich mit einem Gesichtsausdruck, der sein Erstaunen kaum verbirgt.

»Ciao«, antworte ich mit erstickter Stimme und frage mich, ob er unser Gespräch mitbekommen hat. »Guten Abend«, begrüße ich auch seine Tante.

»Guten Abend, Frau Herzogin«, sagen Deborah und Giada im Chor; sie wirken eingeschüchtert.

Bona begrüßt sie lediglich mit einer herablassenden Geste, ohne etwas zu sagen, ihre Haltung kerzengerade wie eine Dame auf einem Gemälde von Pollaiuolo. Und das, obwohl sie die beiden eigentlich gut kennt, schließlich hat ihre Mutter bis zu ihrem Tod vor zwei Jahren als Schneiderin für sie gearbeitet.

Mit ausdrucksloser Miene wendet sich Bona mir zu.

»Und Sie müssen Sandy sein, richtig?« Nicht mal an meinen Namen erinnert sie sich; außerdem siezt sie mich.

»Isabel«, korrigiere ich. »Sandy ist meine Mutter.«

Doch Bona hat sich schon zu ihren Begleitern umgedreht, ohne sich meine Antwort anzuhören, als würde ich gar nicht existieren.

»Gehen wir?«, sagt sie und setzt sich in Bewegung; die anderen folgen ihr sofort.

Nur Neri bleibt vor mir stehen.

»Geht morgen um zehn in Ordnung?«

»Was?«, frage ich verständnislos. Mein Kopf fühlt sich leer an, ich kann nur an das denken, was meine Cousinen vorhin über ihn gesagt haben. Hoffentlich hat er es nicht gehört.

»Auf dem Hof, wegen der Schätzung des Immobilienmaklers. Hast du das schon vergessen?«

»Ah, klar, natürlich ... dann bis morgen«, murmle ich und mache mich mit Giovanna auf den Weg zu den Buden.

Als wir vor den Essensständen stehen, drehe ich mich zu meiner Cousine um. »Seit wann stand er schon da? Er muss alles gehört haben«, sage ich.

»Meiner Meinung nach war er gerade erst gekommen. Und wenn schon – du warst ja nicht diejenige, die gesprochen hat.«

»Darum geht es nicht. Wer weiß, was er glaubt, was ich euch erzählt habe. Du hättest es Deborah und Giada nicht erzählen sollen.«

»Ich verstehe nicht, weshalb du dir so darüber den Kopf zerbrichst. Soll er doch denken, was er will!«, schnaubt sie.

Ich schweige, und Giovanna wird wieder sanfter.

»Komm schon, beruhige dich. Er war gerade gekommen, und bei diesem Tohuwabohu hat er bestimmt nichts gehört.«

Es gelingt mir, ein wenig zu lächeln.

»Was nimmst du?«, fragt sie mich.

»Etwas Vegetarisches ohne Käse und ohne Kohlenhydrate«, fasse ich rasch alle meine Lebensmittelunverträglichkeiten zusammen.

Giovanna verdreht die Augen und wendet sich der Theke zu, ohne etwas zu erwidern.

»Für meine Cousine nichts, für mich toskanische Antipasti für drei, dreimal Lasagne, drei Bratwürste und ein Steak«, bestellt sie.

Zum Glück habe ich noch meine Reiswaffeln in der Tasche.

Deborah und Giada haben schon etwas zu trinken zum Tisch gebracht: eine Karaffe Rotwein.

»Montecucco DOC, der Wein von hier«, erklärt Giada.

»Ich trinke keinen Wein. Gibt es auch Wasser?«, frage ich.

»Das macht rostig«, erwidert sie.

»Ach, lass sie, ich hole schon welches«, seufzt Giovanna und geht zu den Ständen zurück.

Einen Moment lang schweigen alle. Meine Cousinen starren mich verlegen an.

»Keine Sorge, wir haben leise gesprochen«, versucht Giada mich zu beruhigen.

Ich lächle. »Ihr habt ja recht, sie werden es schon nicht gehört haben.«

»Ganz sicher nicht. Sonst wäre Herzogin Bona nicht so freundlich gewesen.«

Ich schüttle den Kopf. Freundlich? Sie haben in Bezug auf diese Leute überhaupt nichts kapiert.

Genau wie ihre Mutter. Sie hielt Bonas überhebliches Verhalten für natürlich und betrachtete es als Ehre, für sie zu arbeiten. Als wäre die soziale Ordnung in Stein gemeißelt, in der all unsere Vorfahren über Jahrhunderte hinweg festgesteckt haben. Einmal erklärte sie mir zu meiner Bestürzung, dass es gottgegeben sei, dass Bona Herzogin ist, mit allen Verantwortlichkeiten, die dies mit sich brachte. Sie selbst sei als Bäuerin geboren – auch dies sei Gottes Wille – und arbeite in Bonas Diensten; als Gegenleistung stünde sie unter deren Schutz.

Ganz anders der Mut und die Unternehmungslust meines Vaters, der nach England gegangen war und sich dort ein neues Leben aufgebaut hatte. Wie unterschiedlich Geschwister sein können!

Als der Kellner uns die gemischten toskanischen Antipasti bringt, reicht mir Giada ein Crostino mit gebackener Hühnerleber.

»Danke, aber ich vertrage keine Kohlenhydrate«, lehne ich das Angebot ab.

»Oh«, sagt sie bedauernd.

Sie nimmt ein Stück Pecorino und reicht es mir. Ich kenne ihn – es ist der hausgemachte aus der Crete Senesi; früher hat er mir geschmeckt, heute ist er mir zu würzig.

»Er schmeckt gut, probier mal«, beharrt sie.

»Tut mir leid, Käse vertrage ich auch nicht«, erkläre ich.

»Du Arme«, murmelt sie und schneidet eine großzügige Scheibe davon für ihre Schwester ab.

»Los, ein bisschen mehr!«, tadelt sie diese und nimmt ihr das Messer aus der Hand, um die Portion zu verdoppeln.

»Willst du Wurst?« Giada wendet sich mir erneut zu.

»Nein danke.« Schaudernd schüttle ich den Kopf. Es ist die typische Fenchelsalami – Finocchiona –, die mit Knoblauch und wildem Fenchel gewürzt ist. Salz und Cholesterin pur. Als ich klein war, war ich verrückt danach, aber zum Glück hat sich mein Geschmack inzwischen geändert.

Giovanna kehrt mit Wasser und einem Salatteller zurück.

»Sieh mal, was ich gefunden habe«, sagt sie, während sie ihn mir reicht.

Ich lächle und hole die Reiswaffeln aus der Tasche. »Danke.«

Deborah mustert sie von gegenüber. »Englisches Zeug«, murmelt sie mit einem offensichtlichen Gefühl der kulinarischen Überlegenheit. »Jedenfalls guten Appetit!«, ruft sie.

Ich bemerke, dass Neri und seine Gefolgschaft nicht weit von uns Platz genommen hat.

Giada sieht mich verschwörerisch an. »Fest steht, dass er höllisch gut aussieht. Wenn ich du wäre, würde ich ihn unter dem Vorwand, irgendwas mit dem Bauernhof regeln zu müssen, so oft wie möglich treffen«, flüstert sie, während sie ihn beobachtet.

»Starr ihn doch nicht so an«, flehe ich. Doch es nützt nichts.

»Auf jeden Fall bist du besser als diese fade Schnecke, die bei ihm ist«, sagt sie.

»Sicherlich eine von denen, die einen dreiteiligen Nachnamen haben«, bemerkt Deborah.

Ich sehe, dass Neri dem Mädchen, das ihm gegenübersitzt, oft zulächelt. Und mit einem seltsamen Gefühl der Unzufriedenheit muss ich zugeben, dass sie die eleganteste Frau auf dem Fest ist dank ihrer mühelosen Noblesse. Sie ist zierlich und hat ein Profil wie eine Madonna von Filippino Lippi; ihre glatten Haare hat sie zu einem Dutt aufgesteckt, und sie trägt ein schlichtes langes Kleid aus fließendem Stoff.

Zum Glück lenkt die Ankunft der Lasagne meine Cousinen von Neri und mir ab. Endlich schweigen sie und wenden sich ihren Tellern zu, doch vorher füllen sie ihre Weingläser bis zum Rand.

Ich beobachte sie neidisch mit heimlichem Heißhunger. Wie zum Teufel schaffen es die italienischen Frauen, so schlank zu bleiben bei all dem, was sie in sich hineinstopfen? Die Lasagnen des Festes von Montenero sind berühmt. Sie werden von den

Frauen der Gegend zubereitet, und ihrem Duft nach müssen sie köstlich sein.

Mit Bedacht wende ich mich meinem Abendessen aus Reiswaffeln, Wasser und Salat zu.

Er ist wirklich lecker, mit jedem Bissen bessert sich meine Laune.

Schon bald stimme ich in das unbekümmerte Gelächter meiner Cousinen ein und erwidere schlagfertig ihre geistreichen Bemerkungen. Es kümmert mich nicht mehr, dass sie laut sind und was Neri und seine abscheulichen Freunde darüber denken könnten. Im Gegenteil – der Heidenlärm, der an unserem und anderen Tischen um uns herum herrscht, sorgt für eine fröhliche Atmosphäre, genau wie die immer häufiger werdenden Trinksprüche und das Klirren der Gläser.

Und als das Tablett mit den über der Glut gebratenen Würsten kommt und die Steaks von »echten Chianina-Rindern«, wie Deborah erklärt, bin ich fast in Versuchung zu probieren, auch wenn ich nur einmal pro Monat Fleisch esse.

Sobald die Teller leer sind, rüttelt mich Giada am Arm.

»Aber du willst doch wenigstens etwas Süßes?«

»Nein danke«, erwidere ich.

»Das habe ich mir schon gedacht. Wir holen uns jetzt aber etwas.« Sie steht auf und steuert zusammen mit Deborah auf die Stände mit den Desserts zu.

Allein am Tisch mit Giovanna, lässt mich eine Stimme mit warmem toskanischem Akzent herumfahren.

»Isabel! Was für eine Überraschung, dich hier zu sehen.«

Hinter uns steht in seinem üblichen karierten Hemd Giuseppe und strahlt mich mit seinem offenen Lächeln an. Er ist der beste Freund meines Vaters und sein Berater, wenn es um die Auswahl der Weine geht, die nach England importiert werden sollen; außerdem ist er ein brillanter Önologe und bei allen Winzern begehrt. Ein klassisches Beispiel für jemanden, der trotz seines Erfolgs bescheiden und herzlich geblieben ist, vielleicht weil er es allein geschafft hat. »Ich bin und bleibe ein Bauernsohn«, pflegt er immer mit seinem toskanischen Akzent zu sagen.

Er begrüßt auch Giovanna und setzt sich zu uns.

»Ich habe gehört, dass du den Hof erbst, was für ein Glücksfall! Aber du siehst ein wenig müde aus, arbeitest du auch nicht zu viel? Dein Vater spricht nur noch davon, welchen tollen Job du in London hast.« Er schaut mich prüfend an, mit diesem scharfsinnigen Blick derer, die einen schon von klein auf kennen. Er ist wie ein Onkel für mich.

»Ach was.« Ich erröte wegen der Prahlerei meines Vaters. »Papa übertreibt wie immer. Jedenfalls hält mich die Arbeit sehr auf Trab, aber jetzt habe ich mir Urlaub genommen, ich brauche eine Auszeit.«

Nun wirkt er besorgt. »Ich hoffe, das hat keine ernsten Gründe.«

»Eher emotionale. Mein Freund hat mich verlassen«, antworte ich, ohne nachzudenken, wobei ich vergesse, dass ich es meinen Eltern noch gar nicht mitgeteilt habe. »Erzähl das aber nicht Papa«, bitte ich ihn sofort. »Du weißt, dass er Jack anbetet – er wäre beunruhigt. Versprichst du mir das?«

Seit ich klein war, habe ich immer besonderes Vertrauen zu Giuseppe gehabt, mehr als zu meinen Eltern.

Er kreuzt die Finger und küsst sie. »Ich schwöre es. Wie dem auch sei – wenn es in London nicht läuft, kannst du immer zurück in die Toskana kommen.«

»Ich weiß, dass du es gut meinst, aber du weißt genau, dass ich nicht gern hier bin.«

Er lacht. »Ich weiß, ich weiß, ich kenne dich doch. Aber der Hof ist ein ziemlich schönes Fleckchen, du könntest ein wenig dort bleiben. Manchmal geschehen die Dinge nicht aus Zufall.«

»Wie meinst du das?«, frage ich.

»Deine Erbschaft erinnert mich daran, wie ich damals diese kleine Summe im Lotto gewonnen habe. Du kennst die Geschichte, oder?«

Ich nicke. »Ja. Papa hat mir erzählt, wie du dadurch den nötigen Mut und das Geld aufbringen konntest, um deine Stelle als Agrargutachter bei der Gemeinde zu kündigen und dich für einen Önologielehrgang anzumelden.«

»Alle haben mir abgeraten, und dennoch war es mein Glück«, sagt er leise und sieht mich dabei durchdringend an.

»Bei mir ist das anders«, antworte ich. »Du warst nicht zufrieden mit deiner Arbeit, ich liebe meine und kann es kaum erwarten, nach England zurückzukehren.«

»Sie denkt schon darüber nach, den Hof zu verkaufen«, mischt sich Giovanna in das Gespräch ein.

Giuseppe sieht mich ernst an.

»Bist du dir sicher? Ganz davon abgesehen, wie zufrieden du mit deinem Leben in London bist – denk gut darüber nach, bevor du ein Anwesen mit einem solchen Weinberg verkaufst. Er hat riesiges Potenzial, wenn du willst, können wir darüber sprechen.«

»Weißt du nicht, dass ich ihn zusammen mit Neri geerbt habe?«

»Klar weiß ich das. Na und? Ihm habe ich auch schon gesagt, dass das nichts ist, was man verkaufen sollte. Verpachtet ihn oder macht etwas anderes daraus, aber stoßt ihn nicht ab.«

»Einen Besitz mit ihm zu teilen wäre kompliziert.«

»Ihr wollt also ein solches Anwesen verkaufen, nur weil es zwischen euch kompliziert ist?«, ruft er fassungslos.

»Ich kenne Neri gut und weiß, wie er ist«, antworte ich.

»Du kanntest ihn vor langer Zeit, aber ich weiß, wie er heute ist«, widerspricht er.

»Und zwar?«

»Er ist ein tüchtiger Kerl voller Begabung und Tatendrang.«

»Neri?«, platze ich ungläubig heraus. »Reden wir von derselben Person? Mir scheint, du kennst ihn nicht besonders gut.«

»Doch, wir sehen uns sehr oft.«

Das überrascht mich. Giuseppe scheint mir nicht Neris typischer Umgang zu sein, und zwar nicht nur wegen des Altersunterschieds.

»Wie kommt das?«

»Ja, warum? Die Torrelupo mischen sich nicht unter Menschen, die nicht ihresgleichen sind«, wirft Giovanna ein.

»Ada hat ihm die Pflege ihres Weinbergs anvertraut, und er hat mich um Beratung gebeten«, erklärt Giuseppe.

»Ach so. Wie könnte es auch anders sein«, bemerkt Giovanna sarkastisch.

Darauf geht Giuseppe nicht ein. »Er macht wirklich guten Wein. Er ist tüchtig und arbeitet hart.«

»Man kann viel über die Torrelupo sagen, aber nicht, dass sie Arbeiter sind. Sofern man Pacht einkassieren, auf die Jagd gehen, einen Benefizabend organisieren oder Ähnliches nicht mitzählt«, platzt meine Cousine heraus.

»Giovanna hat recht«, sage ich.

»Aber Neri ist anders als der Rest der Familie«, entgegnet Giuseppe. »Er ist nicht wie sein Vater, der sich mit überhaupt nichts beschäftigt hat. Ich glaube so fest an ihn, dass ich nicht einmal ein Honorar von ihm verlangt habe, nur einen Prozentanteil, sobald wir die ersten Flaschen verkaufen. Nur schade, dass es sich lediglich um einen einzigen Hektar Land handelt.«

»Er bleibt trotzdem ein arroganter Kerl«, meint Giovanna.

»Nur manchmal«, verteidigt ihn Giuseppe.

»Wie kommst du eigentlich dazu, ihn zu verteidigen?«, frage ich.

Wie wir alle ist Giuseppe daran gewöhnt, hart zu arbeiten, er gehört zu den Leuten, denen nichts geschenkt wurde.

»Manche Familien erdrücken einen.«

»Was willst du damit sagen?«, frage ich.

»Nicht so wichtig«, spielt er seine Bemerkung herunter. »Der einzige Rat, den ich dir geben will, Isabel, ist, dass du es dir gut überlegen solltest. Das habe ich auch Neri geraten: Es wäre ein Fehler, wenn ihr euch die Möglichkeiten, die dieser Weinberg und der Hof bieten, durch die Lappen gehen lassen würdet.«

»Ich werde darüber nachdenken«, sage ich wenig überzeugt. »Aber was haltet ihr davon, wenn wir uns jetzt ein Bier holen?« Ich habe es satt, bei Salat und Wasser zu bleiben.

Giuseppe blickt erstaunt. »Ein Bier? Bei all dem Wein, den es hier gibt?«

»Du weißt, dass ich keinen trinke.«

»Sie ist Engländerin«, zieht mich meine Cousine auf.

»Dieser Barbarei schließe ich mich nicht an«, scherzt Giuseppe.

»Ich auch nicht«, stimmt Giovanna ihm zu.

»Okay, bis gleich«, sage ich und steuere auf die Bar zu.

Ich stelle mich vor der Kasse an, als plötzlich Neris Stimme an mein Ohr dringt.

»Was Isabel angeht, irrst du dich«, höre ich ihn sagen.

Ich blicke mich um und merke, dass die Stimme von hinter den Trennwänden kommt, die die Schlange zu den Getränkständen von dem, was als Tanzfläche gedacht ist, abgrenzen. Auf der Bank, auf der Neri zuvor mit seinen Freunden gesessen hat, sitzt er jetzt nur noch mit Baldo und einem Mädchen, das sehe ich durch einen Spalt in der Wand.

Ich drücke mich an die Trennwand, um besser lauschen zu können.

»Mag sein«, sagt Baldo. Ich habe ihn damals so sehr gehasst, dass ich seine Stimme auch nach zwölf Jahren sofort wiedererkenne. »Aber ich glaube nicht, dass sie so viel anders ist als ihre Cousinen.«

»Wer sind ihre Cousinen?«, fragt eine weibliche Stimme.

»Enkel von Pächtern«, erwidert Baldo mit seiner üblichen Verachtung.

»Ah, verstehe.«

»Man könnte meinen, sie hätten seit Monaten nichts mehr gegessen«, sagt das Mädchen und stößt ein kurzes Lachen aus.

Zornig balle ich die Hände zu Fäusten.

»Jedenfalls guten Appetit!«, äfft Baldo Giadas Worte nach.

»Und diese Gucci-Tasche? Die ist ja echt *grandios.*« Mit einem einzigen Satz verweist die Frau meine Cousine auf ihren Platz.

Neri lacht.

»Die gefällt dir? Darf man schon gratulieren?« Die Stimme des Mädchens klingt schrill.

Zu meiner Wut über diese abscheulichen Worte gesellt sich unwillkürlich Neugier.

»Typisch Frau – immer gleich ans Heiraten denken«, erwidert Neri. »Wir müssen nur bis zum Verkauf des Hauses etwas miteinander zu tun haben.«

»Wie schade, du hättest wirklich *entzückende* Cousinen dazubekommen«, sagt die Frau voller Verachtung.

»Du machst Scherze, aber das Risiko ist er eingegangen«, kommt jetzt von Baldo.

Meine Aufmerksamkeit steigt ins Unermessliche. Wie ein Saugnapf klebt mein Ohr an der Wand, die uns trennt. Obwohl ich es immer abstreite, interessiert mich brennend, was Neri von mir hält, und dafür hasse ich mich.

»Die Zeiten sind vorbei. Isabel ist hübsch, aber nicht unbedingt das, was ich als meinen Typ bezeichnen würde«, erwidert Neri. Enttäuschung kommt in mir auf.

»Die und hübsch? Gibt es da etwas, was ich nicht weiß?«, sagt das Mädchen verärgert.

»Nichts von Belang«, spielt Neri seine Äußerung herunter.

»Ach ja?«, bemerkt Baldo anzüglich. »Und doch hat es schon immer eine Anziehung zwischen unseren Familien gegeben. Ihr hättet keinen Hof zusammen geerbt, wenn es nicht so gewesen wäre.«

»Das stimmt. Dank dieser Anziehung – wie du es nennst – wurde Tante Ada geboren«, erläutert Neri trocken.

Baldo stößt ein kurzes Lachen aus. »Oh ja, *Ius primae noctis* war eine tolle Einrichtung.«

Das bringt Neri und die anderen zum Lachen, während sich in meiner Brust ein stechender Schmerz ausbreitet.

Empört löse ich mich von der Trennwand.

Wie kommt Giuseppe dazu zu behaupten, Neri sei ein tüchtiger Kerl?

Giuseppe täuscht sich in ihm. Neri ist auch nicht anders als seine Verwandten. Er ist durch und durch ein Torrelupo.

9

Schlichte Eleganz

Eleganz trägt häufig ein schlichtes Gewand. Oft reichen nur wenige Handgriffe aus, um ein Zimmer aufzufrischen. Ein Sofa mit einer Decke in lebhaften Farben, ein Tischchen vom Flohmarkt oder ein Korbsessel mit Büchern daneben schaffen bereits eine Atmosphäre, in der man sich entspannen kann. Mehr Zeit und weniger Geld in die Verschönerung eines Hauses zu stecken, lässt die Hektik des Alltags vergessen, setzt eine harmonische Note und kreiert eine scheinbar zufällig entstandene Schönheit.

Um zehn Uhr am darauffolgenden Morgen komme ich vor dem Tor des Bauernhofs an, wo mich schon Neri mit dem Immobilienmakler erwartet, einem jungen Mann mit grauem Nadelstreifenanzug, Schnürschuhen und Papieren unter dem Arm. Sein Bestreben, formell und professionell zu wirken, bildet einen seltsamen Kontrast zu Neris lässiger, salopper Eleganz, die in seinem blauen Hemd und der kaputten Jeans zum Ausdruck kommt.

Ich bin noch immer wütend über das, was am Vorabend gesagt wurde, aber ich reiße mich zusammen, damit ich ihn nicht anbrülle.

»Ciao«, sage ich, ohne ihn anzusehen.

»Isabel, darf ich dir Herrn Coccia vorstellen?«, sagt er höflich, nachdem er mich begrüßt hat.

»Sehr erfreut«, sagt der andere und streckt mir übertrieben galant die Hand hin.

Ich hole die nachgemachten Schlüssel aus meiner Tasche und reiche sie Neri. »Die sind für dich.« Mein Tonfall ist eisig.

»Mmm ... du bist wohl heute Morgen mit dem falschen Fuß aufgestanden?«

Ich blicke auf und muss leider feststellen, dass die Farbe seines Hemdes das Blau seiner Augen betont. Was für ein Jammer, dass er so außerordentlich attraktiv ist!

Nach mehreren Versuchen gelingt es Neri, das verrostete Tor zu öffnen.

Als ich am Ende der Zypressenallee das Haus meiner Kindheit sehe, öffnet sich mir das Herz.

Ich bin wieder da.

Alles ist noch genau so, wie ich es in Erinnerung habe. Im Garten finde ich die Laube aus Wein und Rosen wieder, den Nussbaum mit der Schaukel und die Mauer, auf deren anderer Seite der Weinberg liegt. Schade nur, dass die Beete von Unkraut überwuchert sind.

Der Immobilienmakler betrachtet das Anwesen zufrieden. »Gut! Die Ausländer werden ganz verrückt nach dieser alten Ruine sein.«

»Ruine?« Seine Worte versetzen mir einen Stich. Zu hören, dass jemand Tante Adas Haus so bezeichnet, lässt ein Gefühl des Verlusts in mir hochkommen.

Neri empfindet das wohl auch so. Ein Schatten huscht über sein Gesicht, aber ich tue so, als hätte ich es nicht bemerkt.

Der Makler ahnt nichts von meiner Gefühlslage. »Machen Sie sich keine Sorgen, das Anwesen ist zwar alt, aber der Weinberg vervielfacht seinen Preis. Allein der Weinberg ist dreihunderttausend Euro wert«, versichert er mir begeistert und freut sich wohl schon auf seine Provision.

»Oh«, sage ich, erstaunt über diese Summe.

Neri steckt einen Schlüssel in die Haustür und schafft es, sie beim ersten Versuch zu öffnen.

Wir treten ein und reißen die Fensterläden auf. Das Sonnenlicht dringt durch die Fenster herein und lässt die Staubpartikel leuchten, die in der Luft tanzen.

Ich blicke mich um und werde von Erinnerungen überwältigt.

In der Küche sehe ich das steinerne Spülbecken und den alten Kamin. An den Holzbalken unter der Decke sind noch immer die Haken für die Salami zu sehen, und an den Wänden hängen die Backformen, die Kupferkessel und die Siebe.

Wie ich als Kind dieses Durcheinander liebte, denke ich mit einer Sentimentalität und Wärme, die ich seit Ewigkeiten nicht mehr empfunden habe. Es ist, als würde mich dieses Haus daran erinnern, wer ich einmal war – jemand, den es heute nicht mehr gibt.

Wir setzen unseren Rundgang fort und treffen im Flur auf das Wandgemälde mit dem großen Weinstock, den Neri und ich damals gemalt haben; etwas schnürt mir die Kehle zu.

»Erinnerst du dich noch daran, Isabel, wie wir diese Wand bemalt haben?«, fragt Neri mit vor Rührung brüchiger Stimme.

»Ja«, sage ich und gehe daran vorbei.

Wir steigen in den oberen Stock mit den gewölbten Decken hinauf, der eingerichtet ist mit schmiedeeisernen Betten, Schränken aus Nussbaumholz, wuchtigen Kommoden und dekoriert mit Fotos an den Wänden.

In Tante Adas Zimmer sticht mir ein Foto der Familie Torrelupo aus der ersten Hälfte des 20. Jahrhunderts ins Auge. Ich vergleiche es mit den Porträts der Urgroßeltern, die ein Stückchen weiter oben hängen. Was für ein Unterschied in der Kleidung, und wie ruhig und gelassen die Grafen aussehen! In der Mitte, mit Gamaschen, Strohhut und einer Nase, die ihm ein unverwechselbares Profil verleiht, steht Niccolò, Adas Vater, Neris Urgroßvater. Die Ähnlichkeit zwischen Neri und ihm ist beeindruckend.

Der Immobilienmakler steigt auf einen Stuhl, um die Decken zu untersuchen, Neri reißt das Fenster auf.

»Sieh mal.«

Ich sehe hinaus, und der Ausblick über den Weinberg berührt mich gegen meinen Willen tief in meinem Inneren.

»Ja, und?«, frage ich scheinbar ungerührt.

Er zeigt auf die Weinreben. »Die da habe ich gepflanzt«, erklärt er.

»Du? Damit willst du wohl sagen, dass du sie von irgendwelchen Bauern hast pflanzen *lassen.* Womöglich von einem meiner Verwandten«, erwidere ich bissig. Offensichtlich schaffe ich es trotz meiner Vorsätze nicht, meinen Groll zu unterdrücken.

Er sieht mich an, ohne meine Feindseligkeit zu begreifen. »Nein, ich selbst. Ada hat mir die Pflege des Weinbergs anvertraut, und ich habe die Weinstöcke, die schon alt waren, ersetzt.«

»Aha«, murmle ich skeptisch. Ich kann ihn mir einfach nicht so recht bei gewissen Arbeiten vorstellen. Auch wenn sein Blick in diesem Moment klar ist und sein Gesicht offen, lasse ich mich davon nicht täuschen.

»Dabei handelt es sich nicht um irgendwelche Weinreben – ich baue hier den besten Sangiovese an. Der Boden ist gut, und ich will etwas daraus machen.«

»Gut«, sage ich, weil ich nicht weiß, was ich sonst darauf sagen soll. Obwohl mein Vater Wein verkauft und meine

Großeltern ihr Leben lang Wein gekeltert haben, habe ich mich nie dafür interessiert.

»Magst du ihn?«, fragt er.

»Wen?«

»Wein aus Sangiovese-Trauben.«

»Keine Ahnung. Ich trinke keinen Wein.«

Er sieht mich mit einem seiner undurchdringlichen Blicke an.

»Was ist?«, frage ich.

»Das hätte ich mir ja denken können«, erwidert er ruhig.

Ich zucke mit den Schultern und drehe mich um.

Der Immobilienmakler kehrt von seiner Inspektionsrunde zurück.

»Wunderbar! Hier lässt sich gut eine siebenstellige Summe herausholen, vielleicht sogar mehr, wenn man es ein wenig herrichtet.«

»Mein Gott!«, rufe ich. Das ist in der Tat eine interessante Summe. Und die Hälfte davon würde ich bekommen.

Wir brechen auf und begleiten den Makler zum Tor.

»Wir schalten eine Anzeige in den Lokalzeitungen und im Internet«, erklärt er. »Bis dahin wäre es besser, dem Hof ein weniger verfallenes Aussehen zu verschaffen und die Installationen und Beurkundungen zu prüfen.«

»Darum kann ich mich kümmern«, sagt Neri. »Kannst du das Haus ein wenig in Ordnung bringen, Isabel? Was meinst du?«

»Ja, klar«, antworte ich, weil ich die Angelegenheit so schnell wie möglich hinter mich bringen will, um baldmöglichst nach England zurückzukehren.

»Weißt du, was ich gerade gedacht hab?«, füge ich hinzu.

»Was?«

»Ich ziehe hierher, dann schaffe ich das schneller.«

»Bist du dir sicher?«, fragt er verdutzt.

»Ja. Das Zimmer von Tante Ada scheint in Ordnung zu sein,

und die Hausanschlüsse sind intakt. Ich bleibe noch ein wenig, um zu sehen, wie ich mich einrichte, aber das sollte keine Probleme geben.«

»Willst du, dass ich bleibe, um dir zu helfen?«, fragt Neri bestimmt nur aus Höflichkeit.

»Mach dir keine Gedanken, ich komme bestens zurecht.« Ich verspüre keinerlei Bedürfnis, mit ihm allein zu sein.

Sobald sie weg sind, setze ich mich in die Laube und denke noch einmal über die eben erfolgte Begutachtung des Anwesens nach.

Mindestens eine halbe Million Euro für mich allein, zweifellos eine hübsche Summe.

Ich schließe die Augen, lehne mich an einen Pfeiler und träume davon, was ich mit diesem Geld machen würde. Wenn der Kredit erst mal getilgt wäre, könnte ich in London eine kleine Wohnung zum Vermieten kaufen. Oder aber das Loft verkaufen und eine andere Wohnung erwerben.

»Wie herrlich!«, ruft Giovanna später, als sie den Trolley und einen riesigen Schrankkoffer aus dem Auto lädt.

Ich greife nach dem Griff des Koffers und bin überrascht, wie schwer er ist. »Was ist da drin?«

»Nur das Allernötigste. Du willst ja wohl kaum ohne Bettbezüge schlafen und ohne Handtücher auskommen.«

»Danke.« Ich gehe vor ihr ins Haus. »Komm, lass uns reingehen.«

»Wow«, sagt sie, als sie das Wohnzimmer im Erdgeschoss sieht. »Aber hast du das schon so vorgefunden? Es sieht so bewohnt aus, und wenn man bedenkt, dass Tante Ada seit Monaten nicht mehr hergekommen ist.«

»Ich habe nur die Laken entfernt, die über Sofas und Sessel ausgebreitet waren, die Teppiche ausgerollt und ein paar kleine Verschönerungen vorgenommen.«

Während ich spreche, zeige ich ihr zufrieden die Sessel, die ich auf dem Dachboden gefunden habe, die Decke, die nun schräg über dem Sofa liegt, und den Krug mit den Wiesenblumen, die ich im Garten gepflückt habe, um diese verlassenen, stillen Zimmer wieder zum Leben zu erwecken. Das Resultat, das ich ohne irgendwelche Ausgaben erzielt habe, überrascht mich selbst am meisten. Manchmal reichen tatsächlich ein paar Handgriffe aus, um ein Zimmer aufzupeppen, sage ich mir, während ich daran denke, wie viel Geld mich die Einrichtung meines Lofts gekostet hat.

Giovanna beugt sich vor, um an den Blumen zu riechen. »Ich hatte dein Talent ganz vergessen.«

»Welches?«

»Du hast Geschmack, weißt du? Und es ist ein Jammer, dass du die Innenarchitektur aufgegeben hast.«

Giovanna betrachtet begeistert jedes Detail.

»Das ist fantastisch. Bist du wirklich sicher, dass du den Hof verkaufen willst?«, fragt sie, während sie den Trolley auf einem Stuhl ablegt.

»Ja, das habe ich doch schon gesagt. Das Geld kommt mir sehr gelegen, um den Kredit für die Wohnung in London zu tilgen, außerdem ist es sehr teuer, ein Haus auf dem Land zu unterhalten.«

»Klar, das stimmt …« Plötzlich hellt sich ihre Miene auf. »Aber du könntest es vielleicht zeitweise an Touristen vermieten, ich bin mir sicher, dass das genug einbringen würde, um die Ausgaben zu decken.«

»Du vergisst, dass ich das Ganze mit Neri betreiben würde.«

»Na und? Wenn du dir nichts mehr aus ihm machst, warum lässt du dann die Vergangenheit nicht hinter dir?«

»Darum geht es nicht. Es wäre ein Albtraum, wenn wir täglich miteinander zu tun hätten.«

»Du könntest es wenigstens ausprobieren.«

»Das kommt nicht infrage.« Ich bin überrascht, dass sie an so etwas auch nur denken kann.

Sie blickt mich zweifelnd an. »Lass es mich wissen, falls du deine Meinung noch änderst. Ich kann dir mit der Agentur helfen. Ich würde sofort jemanden finden, der es mietet, du müsstest es nur ein wenig aufmöbeln.«

»Ach, das wäre kein Problem. Zwei Tage würden reichen, um die notwendigen Arbeiten am Mauerwerk durchzuführen. Was die Einrichtung angeht, so ist das Haus voller Möbel. Das wäre ein Kinderspiel und würde auch noch Spaß machen. Häuser einrichten, die verschiedenen Möglichkeiten, die sich bieten, ausloten, sich vorstellen, wie es wäre, darin zu wohnen, das ist ein herrliches Spiel«, antworte ich lebhaft.

Giovanna schaut mich ernst an. »Ich habe schon seit Ewigkeiten nicht mehr gehört, wie du von etwas mit solcher Inbrunst gesprochen hast.«

Ich bin sprachlos und seltsam alarmiert.

»Wir wollen ja nicht gleich übertreiben, es ist doch nur ein Hobby«, wiegele ich ab.

Als ich allein bin, packe ich den Koffer in dem Zimmer aus, das Tante Ada als Schlafzimmer diente, und spüre eine seltsame Leere in mir.

Wenn ich dieses Zimmer anschaue, ohne sie, mit dem Bett, in dem ich in ihren Armen geschlafen habe, und mit dem Schrank, in dem sie ihre Sachen aufbewahrte, dann wird mir wie nie zuvor bewusst, dass ich jetzt allein bin. Ohne die Verbündete, Lotsin und Beraterin, die immer an meiner Seite war. Ohne Ada – Freundin, Mutter und Schwester zugleich.

Ich betrachte eines ihrer Bilder und streiche mit dem Finger über den Rahmen. Ich sehe sie vor mir, wie sie malt und dabei die Landschaft vor dem Fenster betrachtet. Jetzt ist es nur noch ein Fenster zur Vergangenheit, ein trauriges Symbol dafür, dass sie nicht mehr da ist.

Um die Traurigkeit zu vertreiben, mache ich mich daran, energisch zu putzen. Zu wissen, dass bald alles sauber und ordentlich ist, tröstet mich, verleiht mir das Gefühl, in einer bekannten und beruhigenden Umgebung zu sein.

Als ich fertig bin, setze ich mich erschöpft auf die Bettkante; ich bin so müde wie seit Langem nicht mehr. Draußen geht die Sonne über dem Tal unter und taucht den Himmel in Feuer.

Ich stehe auf, um ins Bad zu gehen, es ist neun Uhr abends, und endlich habe ich Zeit, mich zu waschen und zu entspannen.

Ich stelle mich unter die Dusche, das Wasser ist warm, und ich kann wunderbar abschalten. Fast habe ich das Gefühl, zu Hause zu sein – wer hätte das gedacht?

Als ich meinen leistungsstarken Föhn in die Steckdose stecke und einschalte, zerreißt unglücklicherweise ein Knall die Luft, und im ganzen Haus wird es mit einem Schlag stockfinster.

Ich taste mich vorwärts, nehme das Handy von der Ablage und aktiviere das Display, um etwas Licht zu haben. Ich muss den Sicherungskasten suchen, habe aber keine Ahnung, wo er sein könnte.

Ich kehre ins Schlafzimmer zurück, und nachdem ich die Tür abgeschlossen habe, gehe ich mit nassen Haaren ins Bett.

An Schlafen ist jedoch nicht zu denken. Die Rufe eines Käuzchens dringen durch die Dunkelheit, und ich fürchte mich etwas.

Um nicht nachdenken zu müssen, öffne ich den E-Mail-Account des Büros und finde eine Mail meiner Stellvertreterin, die die Kostenbilanz des vergangenen Monats enthält.

Als ich mir die Excel-Tabelle im Anhang durchlese, fühle ich mich auf einmal besser, nicht mehr so allein. Die Zahlen beruhigen mich – mit ihnen ist alles klar, rational und geordnet. Wie Freunde schenken sie mir Gelassenheit.

In der Gesellschaft von Zahlen, eine jede in ihrem Kästchen, habe ich das Gefühl, dass es auf alles eine Antwort gibt, alles seine Ordnung hat.

10

Grüne Ecken

Pflanzen erzeugen tiefe Gefühle und transportieren die Kraft der Natur ins Haus. Ein Wiesenblumenstrauß in einem Krug, eine Basilikumpflanze auf dem Fenstersims, eine Vase aus rotem Ziegelstein in einer Laube – dies alles sind Details, die schon an sich eine besondere Atmosphäre schaffen. Blumen machen ein Zimmer fröhlicher und heller. Wer in seinem Garten Ecken schafft, in denen er das Gras und die Blätter der Bäume betrachtet, kann in eine andere Welt eintauchen.

Am nächsten Morgen unterbricht der Lärm einer Hupe meine Putzaktion.

Ich reiße die Fensterläden auf und schaue aus dem Fenster: Im Garten steht der SUV des Immobilienmaklers, und gerade steigen er, Neri und ein Mann um die vierzig aus.

»Wir haben den ersten Interessenten«, ruft Neri.

»Ich komme!«, rufe ich zurück.

Mit Mühe zwänge ich meine Haare, die durch das Trocknen an der Luft ganz struppig geworden sind, in ein Haargummi, setze einen Haarreif auf, ziehe mir die Kostümjacke über, an der ich alle Knöpfe schließe, um das zerknitterte T-Shirt darunter zu verbergen, und gehe nach draußen.

»Dottoressa Pizzi, darf ich vorstellen: Zack Forrester, amerikanischer Investmentbanker«, sagt der Immobilienmakler begeistert.

Amerikanischer Investmentbanker? Aufmerksam schaue ich ihn an. Er scheint eine Kopie von Jack zu sein, nur ein wenig älter: die gleichen Wildledermokassins ohne Socken, ein Poloshirt von Ralph Lauren und eine Khakihose. Das gleiche Outfit wie mein Verlobter, wenn er seinen Banker-Anzug ablegt, um zu entspannen.

Ich begrüße ihn auf Englisch.

»*Buongiorno*«, antwortet er mir auf Italienisch.

»Dr. Forrester kommt oft in die Toskana, er sucht genau so ein Anwesen wie Ihres«, sagt der Makler mit leuchtenden Augen. »Dürfen wir hereinkommen?«

»Natürlich, bitte schön.«

Ich trete beiseite, um sie hereinzulassen, und habe vor, draußen zu bleiben. Eine Idee, die Neri wohl auch hat; wie es scheint, ist es ihm genauso unangenehm wie mir, sein eigenes Haus zum Verkauf vorzuführen.

Sobald wir allein sind, schaut er irritiert meine Haare an.

»Hast du in die Steckdose gefasst?«

»Ich hatte keine Zeit mehr, mich zurechtzumachen.«

Ich nehme den Haarreif ab und versuche, das Haargummi am Pferdeschwanz weiter zuzuziehen, indem ich es noch einmal drehe, aber es kommt, wie es kommen muss: Es zerreißt.

Die Haare stehen in alle Richtungen. Bestimmt sehe ich aus wie ein Stachelschwein.

Neri fängt an zu lachen und öffnet den Mund zu einem Kommentar.

Sofort würge ich ihn ab.

»Sag jetzt nichts«, befehle ich ihm, und als es mir gelungen ist, die Überreste des Gummis zusammenzuknoten, gehe ich auf die Haustür zu, weil ich keine Minute länger mit ihm allein sein will.

Gefolgt von Neri betrete ich das Wohnzimmer, wo der Makler gerade die Wände abklopft.

»Sehen Sie? Das sind keine tragenden Wände«, erklärt er triumphierend.

»Na und?«, mische ich mich ein, ohne seine Begeisterung zu verstehen.

»Es reicht schon, diese Wand einzureißen, dann diese und dann die andere dort, und schon erhält man einen großartigen *open space*.«

»*Open space?*« Neri zieht eine Augenbraue hoch, während ich zusammenzucke.

Der Amerikaner hört aufmerksam zu. »Interessant …«

Der Makler wirft uns einen selbstgefälligen Blick zu.

Neri beugt sich zu mir herüber. »Was wäre er, wenn er ein Haus wäre?«, flüstert er, während er in seine Richtung blinzelt.

Die Anspielung auf das Spiel unserer Kindheit nervt mich.

»Wir sind keine Kinder mehr«, erwidere ich steif und rücke näher zu den anderen.

Der Amerikaner zeigt aus dem Fenster. »Wirft der Weinberg Erträge ab?«

»Aber gewiss, er ergibt einen sehr guten Wein«, ruft der Makler.

»Wollen Sie ihn probieren? Ich habe eine Flasche davon im Auto«, bietet Neri an.

»*Yes,* vielen Dank.«

Neri holt Weingläser aus der Anrichte und geht nach draußen.

Sobald er eingeschenkt hat, stürzt Zack Forrester den Wein in einem Zug hinunter.

»*Delicious.*« Der Amerikaner schnalzt zufrieden mit der Zunge.

»Möchten Sie den Weinberg gerne besichtigen?«, fragt der Makler eifrig.

»*Of course*«, erwidert Forrester und folgt ihm.

Als die beiden gegangen sind, geht Neri zum Auto und kehrt mit einem Körbchen Kirschen zurück.

»Da du keinen Wein trinkst, habe ich dir das hier mitgebracht.«

Ich schaue die Kirschen zögerlich an.

»Sie sind schon gewaschen«, fügt er hinzu, als hätte er meine Gedanken gelesen.

Ich lasse mir nichts anmerken und nehme welche. »Danke, ein paar Vitamine kommen jetzt genau richtig.«

»Ich dachte, man nennt sie Kirschen«, kommentiert er mit seiner typischen Ironie, während er sich eine in den Mund steckt.

Ich reiße meinen Blick von seinen Lippen los. »Ja, natürlich, aber sie enthalten Vitamine. Und unvergorenen Zucker. Im Gegensatz zu Wein«, erkläre ich.

»Was hat das jetzt mit Wein zu tun?«, fragt er verständnislos.

»Kirschen sind unvergorene Früchte, im Naturzustand, nicht wie der Wein, der aus vergorenen Trauben entsteht«, erkläre ich.

Er nimmt eine Kirsche und schaut sie nachdenklich an. Dann hebt er den Blick und mustert mich von Kopf bis Fuß.

»Unvergorener Zucker, Früchte im Naturzustand, kein Wein … bestimmt isst du auch keinen Käse und keine Kohlenhydrate«, murmelt er mit einem Lächeln, das ihm die Lippen kräuselt.

»Was ist das Problem?«, frage ich angriffslustig.

Wieder funkeln seine Augen ironisch.

»Na, das sieht man sofort. Wenn man dann noch den Haarreif und die bis zum Kragen zugeknöpfte Jacke hinzufügt, ist das Bild vollstandig, würde ich sagen.«

»Was soll das heißen?«

»Du scheinst eine steife, kontrollierte … kurzum, du scheinst ziemlich *british* zu sein.«

»Und ob! Ich *bin* Engländerin«, merke ich trocken an.

Er tritt näher. »Bist du deshalb nie wieder in die Toskana zurückgekehrt?«

Ich weiche einen Schritt zurück. »Die Toskana ist nur ein Ort wie viele andere auf der Welt, und da es noch so viel zu sehen gibt, verstehe ich nicht, weshalb ich im Urlaub ausgerechnet immer hierherkommen sollte.«

Neri zuckt gleichgültig mit den Schultern. Dann legt er sich ohne ein weiteres Wort auf die Wiese und schließt die Augen.

Ein paar Minuten verstreichen, in denen ich ihn verlegen beobachte. Ich habe keine Ahnung, ob er schläft oder nicht.

Plötzlich richtet er sich auf.

»Hörst du nicht den Ruf der Wurzeln?«, fragt er.

»Wurzeln fesseln dich an die Erde. Sie lassen nicht zu, dass du dich bewegst«, antworte ich prompt.

»Bewegt sich die Erde etwa nicht? Liegst du nicht auch gern auf einer Wiese und siehst dir an, wie sich die Bäume vor dem Himmel abzeichnen, oder atmest die frische Morgenluft ein oder stellst dich in den Regen?«

»Aber natürlich. Es ist so toll, wenn man es unbequem hat, wenn man friert und nass ist.«

Neri lacht. »Du bist echt ein Stadtkind.«

»Das kannst du laut sagen.«

Er wirft mir einen ernsten Blick zu. »Fehlt dir diese Umgebung wirklich nicht?«

Ich denke an die Geringschätzung und Bosheit zurück, unter der ich als Kind gelitten habe.

»Überhaupt nicht. Und ich kann es kaum erwarten, nach London zurückzukehren.«

»Warum?«

»Hier verändert sich nichts, es gibt keine Fortschritte. Ich strebe nach sehr viel mehr.«

Er sieht mich überrascht an. »Mehr? Mir reicht es, einfach nur dazusitzen und den Pflanzen beim Wachsen zuzuhören.«

Wie bitte? Den Pflanzen beim Wachsen zuhören? Ist auch kein Problem, wenn man nicht arbeitet und von Renditen lebt.

»Anstatt Zeit zu verplempern, indem du den Pflanzen beim Wachsen zuhörst, solltest du vielleicht lieber irgendwelche Projekte oder Leidenschaften entwickeln«, fasse ich meine Gedanken sarkastisch zusammen.

»Was ist deine Leidenschaft?«, fragt er.

Erst fällt mir nichts ein. Doch dann antworte ich: »Meine Arbeit.«

»Worin besteht deine Arbeit?« Er lächelt.

»Ich bin Controllerin«, erwidere ich stolz. Das scheint ihn nicht so besonders zu beeindrucken. »Bei einer sehr wichtigen englischen Bank.«

»Und ist das deine Leidenschaft? Dein höchstes Ziel im Leben?«

»Natürlich. Es würde mir gefallen, die Verantwortliche im Bereich Administration, Finanzen und Controlling der Gruppe zu werden.«

»Interessant«, kommentiert er lakonisch.

»In diesem Job trägt man an der Seite des Topmanagements zu strategischen Entscheidungen bei.«

»Und das ist das, was du tatsächlich willst«, sagt er verblüfft.

»Und ich möchte heiraten, eine schöne Wohnung habe ich schon«, ergänze ich, obwohl mich dieses Verhör ärgert. Vielleicht sollte ich gar nicht antworten, aber ich will nicht, dass er merkt, dass mir seine Fragen allmählich unangenehm werden.

»Und dann?«, hakt er nach.

»Ich weiß nicht ... mit meinem Mann ein glückliches Leben führen bis ans Ende unserer Tage?«

»Nachdem du Karriere als Controllerin gemacht hast«, wiederholt er, und ich fühle mich noch unbehaglicher.

»Du verstehst das nicht, weil du nicht arbeitest und keine Leidenschaften hast. Daher macht es keinen Sinn, darüber zu reden, findest du nicht?« Nun gehe ich zum Gegenangriff über.

Seine Schultern spannen sich an. Endlich ist es mir gelungen, an seiner abscheulichen Unerschütterlichkeit zu rütteln.

»Ich glaube, dass das Leben ganz andere Projekte für mich bereithält als Sklavenarbeit in einem Büro«, erwidert er, wobei seine Stimme kaum merklich gereizt klingt.

»Projekte? Du? Was denn für welche?«

Neri nimmt zwei Kirschen und isst sie mit halb geschlossenen Augen. Dann wendet er sich wieder mir zu.

»Im Gegensatz zu dir besteht mein Projekt darin, mich im Fluss des Lebens treiben zu lassen und die Früchte, die die Erde hervorbringt, zu ernten.«

Die Stimme des Immobilienmaklers lenkt uns von unseren Projekten ab.

»Wir sind fertig.«

Neri erhebt sich vom Boden, und wir gehen zu ihnen.

Der Amerikaner reicht mir zum Abschied die Hand.

»Danke. Ich denke noch ein paar Tage darüber nach.«

»Ich komme mit Ihnen«, sagt Neri und folgt ihnen zum Wagen, nachdem er den Kirschkern mit dem Finger in die Erde des Blumentopfs, der auf dem Tisch in der Laube steht, gedrückt hat.

Sobald sie weg sind, setze ich mich auf die Wiese und zupfe nervös an einigen Grashalmen.

Neri schafft es immer wieder, mich aus dem Gleichgewicht zu bringen, und sosehr ich mich auch bemühe, ihn zu ignorieren, verwirrt mich seine Gegenwart.

Zum Glück scheint der Amerikaner sehr interessiert am Bauernhof zu sein, und wenn er ihn kauft, gibt es nichts, was mich noch hier hält.

Ich schließe die Augen und denke an Jack, male mir aus, wie unsere gemeinsame Zukunft ausgesehen hätte. In der Business Class um die Welt reisen, den Kopf an seine Schulter gelehnt, sich in New York vor dem Hintergrund der Skyline von Manhattan küssen oder nach dem Abschluss einer wichtigen Tagung Zeit in Paris verbringen.

Wir passen einfach perfekt zusammen, das kann Jack unmöglich entgangen sein. Wir kommen gut miteinander aus, streiten nie, haben gemeinsame Interessen.

Ganz anders ist es mit Neri.

Ja, doch, Jack ist der perfekte Mann für mich.

Ich nehme mein Handy und will seine Nummer wählen, doch dieses NICHT ANRUFEN hält mich davon ab.

Ich stecke das Handy wieder in die Tasche. Ich muss Kates Ratschläge befolgen. Wenn ich mich rar mache, wird Jack vielleicht irgendwann genug haben von Fiona und zu mir zurückkehren.

Aufgeheitert durch diesen Gedanken, strecke ich mich im Gras aus und betrachte, wie sich das Grün der Bäume vor dem Blau des Himmels abhebt, genau wie Neri gesagt hat, während mich die Sonnenstrahlen wärmen. Ein unerwartetes Gefühl der Ruhe und des Friedens hüllt mich ein, und alle andere Gedanken verschwinden.

Das Gefühl, das diese Umgebung in mir erweckt, überrascht mich, ihre Ruhe hat etwas Magisches.

Wie in dem Gedicht, das meine Cousinen auswendig lernen mussten und das Giovanna ständig für mich aufgesagt hat?

Von Bolgheri die beiden Reihn Zypressen,
Die grad und stattlich nach San Guido gehn,
Wie junge Riesen, die im Lauf sich messen,
So eilten sie heran, nach mir zu sehn.

Wieder strecke ich mich im Gras aus und schließe die Augen. Durch den Garten weht der Duft der Rosen, die sich über die Laube ranken; er steckt voller Erinnerungen. Das Zirpen der Grillen und das Gezwitscher der Vögel lullen mich ein wie eine vertraute Melodie. In der Ferne bellt ein Hund.

Ich denke an Neris Worte – dass er den Pflanzen beim Wachsen zuhört. Einen Augenblick lang erscheint mir dieser Satz gar nicht mehr so absurd. Ein paar Tage hierzubleiben wäre vielleicht gar nicht mal so schlecht. Womöglich hat Kate recht, einige Zeit in der Toskana zu verbringen, könnte mir guttun, ich könnte meine Batterien wieder aufladen.

Etwas kitzelt an meinem Bein, und ich werde aus meinen Gedanken gerissen. Ich schaue nach unten: Eine Ameisenstraße verläuft über meinen Oberschenkel.

Mit einem Satz springe ich auf und durchsuche meine Kleider.

Ich bin voller Ameisen. Igitt!

So ist das Landleben – von wegen den Pflanzen beim Wachsen zuhören!

Ein Zeichen dafür, dass ich aufhören sollte zu träumen. Besser ich kehre zurück und kaufe einen neuen Föhn, um den durchgebrannten zu ersetzen.

11

Erinnerungsstücke

Bestimmte Gegenstände, Farben oder Düfte haben die Macht, Momente und Gefühle heraufzubeschwören. Ein Schreibtisch oder ein Bücherregal können Gespräche oder Lektüren in Erinnerung rufen, der Duft eines Schrankes an einen geliebten Menschen erinnern. Wenn wir eine Wohnung einrichten, wird jedes Möbelstück, das wir aussuchen, zu einem Teil unseres Lebens, es schafft symbolische und emotionale Bindungen, die über seine bloße Funktionalität hinausgehen.

Eine Woche bin ich nun schon hier. Ich stehe auf, fasse meine Haare zu einem Pferdeschwanz zusammen, so wie jeden Tag. Nachdem ich zwei weitere starke Föhne ebenso wie meinen alten und ein Glätteisen verschlissen habe, verstand ich endlich, dass die Elektrik hier nicht mit den Annehmlichkeiten des modernen Lebens vereinbar ist. Immerhin herrscht inzwischen Ordnung im Haus.

Neri hat sich ein paarmal blicken lassen, und es gab keine Meinungsverschiedenheiten zwischen uns. Einmal zeigte er mir Grundbuchauszüge und Gültigkeitserklärungen, ein anderes Mal kam er in Begleitung eines Installateurs wegen eines zu reparierenden Rohrs.

Ansonsten habe ich mich noch nie so ausgeruht gefühlt, und das überrascht mich.

In meinem Büro in London hätte ich nie gedacht, dass ich eine solche Glückseligkeit darin finden würde, die bunten Blumen zu betrachten und den Duft der Kräuter zu riechen. Kann es sein, dass mich die Arbeit mit den Händen so entspannt?

Mich auf diese Weise zu beschäftigen, gefällt mir so sehr, dass ich angesichts des Kräutergartens meiner Tante, der sich in ein undurchdringliches Dickicht verwandelt hat, das Bedürfnis nicht unterdrücken kann, diesem neues Leben einzuhauchen – und das, obwohl wir den Hof schon bald verkaufen.

Ich habe im Nutzgarten Unkraut gejätet und einen Rosmarinstrauch, Thymian, Petersilie, Basilikum, Salbei, Majoran und Bergminze gepflanzt. Wenn ich jetzt daran vorbeikomme, erfüllt mich ihr Duft, und oft gehe ich dorthin, um tief einzuatmen, nachdem ich mit den Händen durch die Blätter gestrichen habe.

Als ich mich angezogen habe, checke ich meine E-Mails und finde eine Nachricht von der Sekretärin meines Büros, die mich auf neue Kosten hinweist, die dem Abschluss des ersten Halbjahrs hinzugefügt werden sollen.

Ich öffne die angehängten Dateien, doch dieses Mal ist die Wirkung eine andere – ich weiß auch nicht, warum. Anstatt die Kosten in die Bilanz einzufügen, beschränke ich mich darauf, sie an meine Vertreterin weiterzuleiten.

Ich gehe nach unten, lehne mich an den Türrahmen des Wohnzimmers und betrachte den Raum: Ich habe die Regale des Bücherschranks gründlich geputzt, weggeworfen, was man nicht mehr braucht, und die Bücher von Tante Ada katalogisiert, wobei ich diejenigen abgezweigt habe, die ich nach London schicken will. Jetzt herrscht hier absolute Ordnung. Dennoch fühle ich mich nicht unbeschwert.

Ich nähere mich den großen Kartons: Ganz oben sind die Bücher, die Ada mir geschenkt hat, als ich mich für Architektur einschrieb, und die ich damals hiergelassen habe. Sie fragte mich oft, ob sie sie mir schicken soll, aber das habe ich jedes Mal abgelehnt.

Sobald das Haus verkauft ist, werden die Bücher und Habseligkeiten Tante Adas in alle Winde zerstreut.

Ich streiche über das weiche Holz des Schreibtisches und werde von Nostalgie überwältigt: Als Kind saß ich hier stundenlang und habe gelesen und geträumt. Auf einmal ist mir der Gedanke, dass Fremde in diesem Haus wohnen, unerträglich. Aber das dauert nur einen Augenblick, dann komme ich wieder zur Vernunft.

Was ist bloß los mit mir?

Ich werde zu emotional. Müßiggang ist tatsächlich aller Laster Anfang. Besser ich bringe zu Ende, was noch zu tun ist.

Ich gehe in Adas Atelier. Ich muss noch den großen Schrank aus Nussbaumholz leerräumen, danach bin ich theoretisch bereit für den Umzug. Morgen früh will sich der Amerikaner den Hof noch mal anschauen und hoffentlich ein Angebot machen.

Ich öffne die Tür des Möbelstücks, in dem Ada die Dinge aufbewahrte, die ihr am teuersten waren, und fürchte, dass sich das Gefühl des Verlustes noch steigert, wenn ich ihn ausräume. Ich werde von einem Duft eingehüllt, dessen Süße mich erfüllt, noch bevor ich ihn wiedererkenne. Es riecht nach Puder, nach meiner Tante und nach vergangenen Zeiten.

Ich stöbere im Schrank und finde das rote Schultertuch, den Panamahut, die Tasche mit den Silberfäden. Eine erneute Woge von Trauer zieht mir das Herz zusammen.

Ich bemühe mich, nicht nachzudenken, lege alles in einen Korb und stöbere weiter, bis ich ganz unten auf eine mit Stoff bezogene Schachtel stoße. Ich nehme den Deckel ab und finde ein Heft mit rotem Einband, das ich sofort als mein *Häusertagebuch* aus Kindertagen erkenne.

Ich öffne es und fange an zu blättern, wobei ich lächeln muss, als ich die in Vierecke unterteilten Seiten sehe; jedes Viereck stellt ein Zimmer dar, einen Ort, ein Objekt.

Ich streiche über die Seiten, und einen Moment lang glaube ich, alles falsch gemacht zu haben. Diese Leidenschaft hat mich nie losgelassen. Doch dann sage ich mir, dass dieser Gedanke sinnlos ist; mein Leben ist in England, und Wirtschaft zu studieren war die richtige Entscheidung.

Dennoch, als ich das Heft wieder in die Schachtel lege, überkommt mich ein seltsames Gefühl, das ich nicht definieren kann. Als wäre ich nie weggegangen.

Ich drehe mich zum Fenster um, das die Landschaft einrahmt wie ein Gemälde; ich sehe die sanften Hügel, die sich in der Ferne unter einem Himmel mit kleinen weißen Wolken verlieren, und es kommt mir so vor, als würde ich mich nicht losreißen können von diesem Ort, als würde ich zu diesem Fleckchen Erde gehören, von dem ich geflohen bin.

Es ist, als würde mich nach dem Tod meiner Tante das Haus darum bitten, seine neue Herrin zu werden, und als würde ich diesen Gedanken verlockend finden.

Sollte ich vielleicht in Erwägung ziehen, den Hof zu behalten?

Aber wie soll ich das machen? Abgesehen von dem Problem, das ich mit Neri habe, sind da noch die Kosten und die Steuern, die ich übernehmen muss, und dies ist garantiert nicht der richtige Moment, mein Leben noch komplizierter zu machen.

Nein, ich kann den Hof nicht behalten. Ich muss vernünftig sein.

Ich stelle die Schachtel zurück in den Schrank und schließe die Tür, als könnte ich auf diese Weise mit der Vergangenheit abschließen.

Ich sollte mir mal eine Pause gönnen. Schon seit ich hergekommen bin, will ich nach Sant'Antimo fahren, die Abtei, in die mich Tante Ada mitnahm, um den gregorianischen Gesang der Mönche zu hören. Dies ist vielleicht der richtige Moment dafür.

Nach einer Stunde Autofahrt taucht in einem Tal die von Olivenbäumen umgebene Abtei vor mir auf, die durch ihre schlichte, romanische Architektur besticht.

Ich stelle das Auto ab und gehe über die Wiese, auf der ich als Kind gespielt habe. Alles ist wie damals, es fehlen nur die kleinen Kätzchen, die damals gerade geboren waren.

Ich nähere mich der Kirche. Drinnen beginnt gerade die Vesper. Ich trete ein und setze mich, um dem Gesang der Mönche zu lauschen. Die hohen Decken verstärken die Stimmen, sie hüllen mich ein, machen meinen Kopf frei. Ich genieße den Gesang, ohne an etwas anderes zu denken, verliere mich in dem Frieden, der an diesem geschichtsträchtigen Ort herrscht. Das ist ein derart intensives Gefühl, dass es mich plötzlich beunruhigt. Ich fühle mich mit einem Mal schutzlos, die Gefühle, die ich in Schach halten will, quälen mich erneut.

Und dann löst sich etwas in mir, und dieser Ort erfüllt mich von Neuem mit all seiner Faszination.

Als ich nach Hause zurückkehre, bemerke ich etwas in dem Topf, der auf dem Tisch in der Laube steht. Ich trete näher und sehe, dass ein grünes Blättchen aus der dunklen Erde herausragt.

Ich schaue genauer hin und bin verdutzt. An der Stelle, an der Neri erst vor einer Woche den Kirschkern hineingedrückt hat, wächst jetzt ein winziges Pflänzchen. Kann das ein Kirschbäumchen sein?

Den Pflanzen beim Wachsen zuhören …

Neris Worte gehen mir durch den Kopf, und während ich den kleinen Farbtupfer in der Mitte des Topfes anschaue, bin ich einen Augenblick lang versucht, von einem Leben zu träumen, das der Betrachtung der Natur gewidmet ist und dem Fließen aller Dinge.

Was für ein Gefühl des Friedens.

Ich versuche, diese Gedanken zu verdrängen, und checke meine Mails. Kate hat mir geschrieben.

Ciao, Isabel,
wie geht es dir?
Ich hoffe, dass du Jack nicht angerufen hast und dass du dich amüsierst.
Ich habe Neuigkeiten! Ende Juni, direkt nach der Tagung, nehme ich ein paar Tage Urlaub und möchte dich mit Freunden in der Toskana besuchen kommen! :-)
Kannst du ein Landhaus für mich finden, das wir mieten können? Wir sind zu acht und haben ein ungefähres Budget von dreitausend Euro pro Woche. Wenn das nicht reicht, auch noch ein bisschen mehr. Wie hast du dich entschieden, kommst du zur Tagung?

Bis ganz bald. Liebe Grüße
Kate

Dreitausend Euro pro Woche? Donnerwetter!

Giovanna hat also recht gehabt: Das Haus zu vermieten könnte wirklich lukrativ sein.

Ich schließe den Mail-Account und hebe den Blick.

Im Gras leuchten Glühwürmchen. Es ist eine mondlose Nacht, und über mir sehe ich die Milchstraße in der totalen Dunkelheit der Landschaft. Das Leben unter den Lichtern der Großstadt hat mich die Sterne vergessen lassen.

Ich schließe die Augen und gebe mich dem betäubenden Rosenduft hin, während die Nachtigall ihren lieblichen Gesang anstimmt.

12

Faszination Zeit

Traditionen und Erinnerungen bilden den Grundstein eines Stils, der auf den Charme eines einzigartigen, klugen Dekorateurs zurückzuführen ist: der Zeit. Ein Eichentisch mit den Spuren unzähliger Familienmahlzeiten, die Oberfläche eines angeschlagenen Fensterladens oder ein Fußboden, der von längst gegangenen Schritten zeugt, machen ein Haus spannend und authentisch. Alte Verzierungen, die seit Jahrhunderten unverändert sind, das Design von Gegenständen, die von einheimischen Kunsthandwerkern angefertigt wurden, oder von einer Generation zur anderen überlieferte Bautechniken geben einem das Gefühl von Kontinuität und Zugehörigkeit zu einem Ort.

Am darauffolgenden Tag kommt Neri wegen des Termins mit Zack Forrester zu mir auf den Hof. Laut dem Immobilienmakler ist der Verkauf beschlossene Sache.

Bei seiner Ankunft betritt der Amerikaner das Wohnzimmer, als wäre er bereits der Eigentümer, gefolgt von seinem Innenarchitekten und dem Makler.

Neri und ich halten einen Abstand von ein paar Metern.

Der Innenarchitekt deutet auf die Wand, die die Küche abtrennt. »Ist das eine tragende Wand?«

»Ich glaube ja«, antworte ich feindselig. Ich verstehe einfach nicht, weshalb sie die Wand einreißen wollen.

Der Makler mischt sich ein: »Nein, ganz sicher nicht. Hören Sie das?«

Der Innenarchitekt klopft auf den Putz. »Tatsächlich scheint es keine tragende Wand zu sein.«

»Es ist keine. Stellen Sie sich vor, wie der Raum ohne sie aussehen würde«, erwidert der Makler begeistert, während für mich allein schon der Gedanke daran unerträglich ist.

Der Innenarchitekt sieht die Wand aufmerksam an. »Gut, sehr gut«, murmelt er. Dann zeigt er auf den Fußboden aus alten Tonfliesen.

»Ist der original?«

»Ja«, flüstere ich und spüre einen Kloß im Hals bei dem Gedanken, dass schon bald andere darauftreten werden.

»*Great!*« Der Amerikaner lächelt zufrieden.

Stumm setze ich mich auf ein Sofa, während Neri die drei auf ihrem Rundgang begleitet.

Aus den anderen Zimmern dringen Fetzen ihrer Unterhaltung zu mir herüber.

»In voller Höhe verglast« ... »unverputzter Backstein« ... »anthrazitgraue Wände«.

Während ich ihnen zuhöre, fühle ich mich immer unbehaglicher. Der Gedanke, das Haus könnte verändert werden, nimmt mir beinahe die Luft zum Atmen. Erst jetzt wird mir bewusst, wie sehr ich seine Atmosphäre liebe – die alten Treppenstufen, die abblätternde Farbe der Rahmen, den Hauch von Verfall. Wirklich seltsam für jemanden, der eine neue Wohnung hat, die nach den aktuellsten Trends eingerichtet ist.

Das Knarren der Türen, das mich anderswo nerven würde, gleicht einer wohlklingenden Stimme, die mich zum Bleiben auffordert. *Willst du wirklich verkaufen? Willst du wirklich, dass Tante Adas Haus nie mehr so sein wird, wie du es kennst?*, scheint sie mir zu sagen.

Die Stimme des Innenarchitekten unterbricht meine Gedanken.

»Hier können wir ein Bücherregal aus Metall aufhängen«, sagt er und zeigt auf die längste Wand.

»Dafür braucht man eine Menge Bücher«, murmelt der Amerikaner unsicher.

»Wie wäre es mit antiken Werken in Ledereinband. Sie sind sehr dekorativ«, schlägt der Innenarchitekt vor.

Das Gesicht des Amerikaners hellt sich auf.

»Dekorativ?«, wiederhole ich.

»Ja, mit Ledereinband, und die Farben würden perfekt in dieses Ambiente hier passen«, erwidert er.

Ich hebe den Blick und schaue zur Wand; ich sehe meine Tante vor mir, wie sie in diesem Zimmer liest.

Mit einem Ruck stehe ich auf.

»Bücher liest man, sie sind keine Dekoration«, sage ich gereizt.

Neri erstarrt, während der Makler nervös lächelt.

»Die Dottoressa scherzt gern. Bitte schön, gehen wir in den Garten«, bittet der Makler die beiden Besucher nach draußen.

Ich folge ihnen schweigend, Neri tritt an meine Seite.

»Was ist los mit dir?«, fragt er leise, seine Miene ist angespannt.

Ich antworte nicht, weil ich von den Worten des Maklers abgelenkt bin.

»Da, anstelle der Laube, könnte man eine Veranda bauen. In dieser Ecke einen herrlichen Swimmingpool. Dafür müsste man dann nur den Baum dort fällen.« Er zeigt auf den Nussbaum, an dem Tante Ada die Schaukel für mich aufgehängt hatte.

Der Baum erinnert mich an eine ferne Welt, an eine verschwundene Zeit, und Wehmut schnürt mir die Kehle zu. Ich denke daran zurück, wie ich an den Ästen schaukelte, und das Ende von *Der Kirschgarten* geht mir durch den Kopf, ein Stück, das ich mit meiner Tante im Theater gesehen habe.

> *Man hört in der Ferne ein Geräusch vom Himmel: den Klang einer Geigensaite, die reißt, ein trauriger, ein ersterbender Ton ... Dann kehrt wieder Stille ein und man hört nur noch in der Ferne die Axt, die in einen Baum schlägt.*

Ich begreife, dass ich nicht länger so tun kann, als ob nichts wäre. Zu wissen, dass ich schon bald keinen Zugang mehr zum Haus meiner Kindheit haben werde und dass der Nussbaum bald nicht mehr da sein wird, ist unerträglich.

»Das reicht!«, rufe ich laut.

Die anderen drehen sich zu mir um.

»Was soll das?«, zischt Neri.

»Ich will nicht mehr verkaufen«, sage ich unumwunden, noch bevor ich selbst die Konsequenzen überblicken kann. Aber in diesem Moment ist mir das nicht wichtig.

»Entschuldigen Sie uns einen Augenblick«, sagt der Immobilienmakler zu seinem Kunden und dessen Innenarchitekten.

Er fasst mich am Arm und zieht mich ein Stückchen weg. »Was ist los?«, flüstert er.

Neri kommt dazu.

Der Makler wendet sich mir mit blassem Gesicht zu. »Sie machen Witze, oder?«

Neris Augen blitzen auf. »Das will ich hoffen.«

Ich drehe mich zum Haus um, und es ist, als würde ich es nach vielen Jahren zum ersten Mal wiedersehen. Mir wird bewusst, dass dies mein Modell eines perfekten Hauses ist. Wieso habe ich das bloß nicht früher kapiert?

Und wenn ich es verkaufe, wird es nie mehr dasselbe sein. Ich werde für immer im Exil leben, weggegangen von einem

Ort, der nicht mehr existieren wird, an den ich niemals würde zurückkehren können.

Ich drehe mich zu Neri um.

»Nein. Das ist kein Witz«, erwidere ich entschlossen.

»Aber er ist bereit, eine Million und sechshunderttausend Euro zu zahlen«, sagt der Makler fassungslos, der befürchtet, dass sich seine Provision von drei Prozent beziehungsweise achtundvierzigtausend Euro gerade in Wohlgefallen auflöst.

Neri wendet sich mir zu.

»Eins Komma sechs Millionen! Was du sagst, kann nicht dein Ernst sein.«

»Doch«, flüstere ich.

»Du willst achthunderttausend Euro in den Wind schießen?« Seine Stimme wird immer rauer.

In diesem Moment kommt Zack Forrester hinzu. »Wenn es um den Preis geht, kann ich auch auf eine Million siebenhunderttausend erhöhen.«

»Tolles Angebot«, wirft der Makler ein. »Ich glaube, Dottoressa Pizzi, das ist eine Gelegenheit, die sich so schnell nicht wieder bieten wird.«

Ich schweige. Die drei Männer starren mich an und warten auf eine Antwort. Der Makler hat recht, es ist ein toller Preis. Achthundertfünfzigtausend Euro wären allein für mich, ich könnte damit machen, was ich will. Und doch bringe ich es nicht fertig.

»Es tut mir leid. Ich will nicht mehr verkaufen«, sage ich mit klopfendem Herzen.

»Eine Million siebenhunderttausend Euro, ja oder nein«, bietet Forrester.

»Es ist keine Frage des Preises. Die Antwort ist nein«, sage ich entschlossen.

Ich habe noch nicht zu Ende gesprochen, da geht ein Ruck durch Neri.

»Ich glaube, Isabel und ich müssen uns mal allein unterhalten. Sobald wir uns einig sind, rufen wir Sie an.«

»Gewiss«, erwidert der Immobilienmakler mit enttäuschter Miene, verabschiedet sich und macht sich mit den anderen auf den Weg zum Wagen.

Sobald wir allein sind, wendet sich Neri mir erneut zu. Sein Kiefer ist angespannt.

»Du bist verrückt«, zischt er.

Ich hülle mich in Schweigen. Sein Ärger ist verständlich, meine Entscheidung ist jenseits aller Logik. Ich weiß nicht, wie ich das mit dem Bauernhof machen soll, ob ich genug Geld habe, um ihn in Schuss zu halten und die Steuern zu zahlen – trotzdem will ich nicht mehr verkaufen.

Ich drehe mich um, und der Anblick des Hauses, beschienen von der Sonne und umgeben von einem Garten, in dem sich Anfang Juni duftende weiße Blumen entfalten, bestärkt mich erneut in meiner Entscheidung.

»Nein, du bist derjenige, der verrückt ist«, antworte ich. »Wie kannst du nur einen so schönen Ort verkaufen wollen?«

Neri ist sprachlos.

»Hörst du Tante Ada nicht? Aus allem hier spricht sie«, beharre ich.

»Doch, ich höre sie, aber ich brauche dieses Geld.«

»Du? Tut mir leid, Neri, aber es fällt mir schwer, das zu glauben.« Bei all dem Besitz, den die Torrelupo ihr Eigen nennen, kommt mir seine Behauptung absurd vor.

Er schweigt ein paar Sekunden. Ich weiß, dass er aufgrund der Erziehung, die er genossen hat, nicht gern über sich selbst redet, es erscheint ihm unangemessen. Doch dieses Mal kommt er nicht drum herum.

»Mein Vater hat mir hohe Schulden hinterlassen«, sagt er schließlich.

Ich sehe ihn zweifelnd an. Ob er mich wohl anlügt, um mich zum Verkauf zu bewegen?

»Ich könnte das Geld auch gut gebrauchen. Ich weiß ja nicht, wie hoch deine Schulden sind, aber ich muss einen Kredit von fast dreihunderttausend Pfund abzahlen«, lege ich ihm meine finanziellen Verhältnisse dar. Im Gegensatz zu ihm brauche ich mich für nichts zu schämen.

Neri schweigt mit finsterer Miene, während ich ihm meine Argumente unterbreite.

»Du kannst den Hof nicht im Ernst verkaufen wollen. Auch du bist diesem Ort verbunden, dem Weinberg, den Stunden, die du hier verbracht hast …«

Er unterbricht mich. »Ja, aber man muss pragmatisch sein im Leben. Ein Bauernhof bringt viele Kosten mit sich. Was machen wir mit den Steuern, die man für diesen Besitz bezahlen muss? Und in einem Jahr ist auch noch die Erbschaftssteuer fällig. Das muss ich ausgerechnet dir als Controllerin sagen?«

Plötzlich scheint meine Arbeit in weite Ferne gerückt zu sein.

»Wir können ihn vermieten«, schlage ich vor.

»Machst du Witze?«, platzt er heraus.

»Nein, ich habe Freunde, die dreitausend Euro für eine Woche zahlen würden, wenn du willst …«

Er lässt mich nicht zu Ende sprechen.

»Dreitausend Euro!«, ruft er ungläubig. »Was soll ich damit anfangen? Du kannst dir gar nicht vorstellen, wie viel es kostet, eine Burg instand zu halten, ich kann keine weiteren Kosten stemmen. Du hast keine Ahnung von den Ausgaben und von der Verantwortung, die man trägt, wenn man Grundbesitz hat.«

»Denk daran, dass Rechnen das ist, womit ich mich bei der Arbeit beschäftige«, erwidere ich trocken.

Er stößt ein sarkastisches Lachen aus. »Hört, hört! Du willst wohl einfach nicht kapieren, wie viel Mühe es einen Adligen kostet, den Glanz und das Erbe seiner Vorfahren zu erhalten?«

»Und ob ich etwas von Ausgaben verstehe!«, erwidere ich mit kaum zu unterdrückendem Zorn.

»Und warum kehrst du dann nicht zurück zu deinen Rechnungen und lässt mich in Ruhe? Hattest du nicht gesagt, dass du deine Arbeit so toll findest? Du bist ein Stadtkind, das hier nur ein paar Sommer verbracht hat, und dann bist du nicht mehr hergekommen, was willst du mit einem halben Bauernhof mitten in der Pampa anfangen?«

Er packt mich an den Schultern, sein Gesicht nur wenige Zentimeter von meinem entfernt.

»Hast du bis vorgestern nicht noch behauptet, dass dies nur ein Ort wie jeder andere für dich ist und dass du es kaum erwarten kannst, nach England zurückzukehren? Was ist passiert, dass du deine Meinung geändert hast?«

Seine Nähe und sein Griff bringen mich einen Moment lang aus dem Gleichgewicht, und eine seltsame Energie durchzuckt mich. Verwirrt löse ich mich.

Sobald wir keinen Körperkontakt mehr haben, ist mein Kopf wieder klar. Mein Bauchgefühl rät mir, nicht zu verkaufen, und in dieser seltsamen Phase meines Lebens, das ich für perfekt hielt und dessen Gewissheiten und Pläne dennoch zerbröckelt sind, lohnt es sich, diesem Gefühl endlich zu folgen.

»Nichts. Ich will nur nicht mehr verkaufen, zumindest nicht sofort. Ich muss darüber nachdenken«, antworte ich.

»Na schön«, sagt er kurz darauf. »Ich warte darauf, dass du deine Meinung änderst. Du willst doch diesen Ort so schnell wie möglich verlassen.«

Der Klang einer Hupe lenkt uns von unserem Streit ab und verhindert, dass ich eine Antwort von ihm bekomme.

13

Shabby Chic

Shabby Chic ist seinem Wesen nach feminin und gefühlsbetont. Inspiriert wird der Stil vom Schweden des 18. Jahrhunderts sowie von englischen und provenzalischen Landhäusern; charakteristisch dafür sind ein Hauch von Vintage – alte oder vorgeblich alte Möbel, aber keine Antiquitäten –, die vorwiegende Verwendung von Weiß und zarten Farbtönen sowie gebeizte Möbel, deren Abnutzung häufig künstlich erzeugt wird. Viel Liebe zum Detail und eine besondere Aufmerksamkeit für romantische Details zeichnen den Shabby Chic aus.

Ein schicker BMW-Sportwagen fährt in die Einfahrt und bleibt in geringer Entfernung vom Haus stehen. Trotz der verdunkelten Scheiben weiß ich, wer darin sitzt. Ich nähere mich, während Neri stocksteif stehen bleibt und sich nicht rührt.

»Papa!«

Hinter der Scheibe, die gerade heruntergelassen wird, taucht das gebräunte Gesicht meines Vaters auf. »Wir waren gerade in der Gegend und wollten mal gucken, wie es dir geht.«

An seiner Seite erscheint der blonde Haarschopf meiner Mutter, hinten sitzt Giuseppe, der Freund meiner Eltern.

»Ciao, Isabel«, begrüßt mich meine Mutter von drinnen.

»Was macht ihr hier?«, frage ich überrascht. Meine Mutter ist nicht gern auf dem Land.

»Sie haben hier ganz in der Nähe ein Wellness-Hotel eröffnet, und weil dein Vater geschäftlich herkommen musste, habe ich das ausgenutzt«, antwortet sie, erfreut über das x-te Wochenende in einem schicken Hotel. Eins wie die, wegen denen sie mich als Kind immer bei Tante Ada gelassen haben.

Sie öffnet die Tür und steigt aus dem Wagen. Mein Vater und Giuseppe tun es ihr nach.

»Ein bezaubernder Ort«, fährt sie fort, »mit einem großen Thermalbecken. In der Nähe von dem, in das du als Kind mit Tante Ada gegangen bist. Wie heißt das Dorf noch gleich? Bagno Piccioni?«

»Bagno Vignoni«, korrigiere ich sie und denke an die schönen Momente der Vergangenheit.

Bagno Vignoni war einer der Orte, die mir besonders ans Herz gewachsen waren. Als uns meine Tante mit dorthin nahm, war das Dorf gerade erst von den Touristen entdeckt worden, nachdem ein russischer Regisseur dort ein paar Szenen seines Films *Nostalghia* gedreht hatte. Das Dorf bestand aus einigen baufälligen Häusern, und das Hotel an der Piazza hatte absolut nichts Elegantes an sich. Neri und ich lernten die wenigen Kinder des Ortes kennen, und abends spielten wir Gespenster in den alten, verlassenen Häusern oder etwas weiter oben, in der Nähe des Friedhofs, während der Dampf, der aus dem Thermalbecken auf der Piazza aufstieg, dem Ort eine schaurige Atmosphäre verlieh.

Meine Mutter unterbricht meine Gedanken.

»Vignoni, stimmt. Ein etwas trauriges Dorf.«

»Ach was, es ist ein zauberhafter Ort«, rufe ich.

Ich merke, wie sich ihr Blick auf etwas neben mir richtet.

»Das ist Neri«, stelle ich ihn vor.

»Ja, ich erinnere mich, der Sohn der Torrelupo.« Mein Vater reicht ihm ruhig die Hand.

Meine Mutter errötet indessen leicht. Auch wenn sie ihn nie persönlich kennengelernt hat, weiß sie sehr gut, wer er ist, und vielleicht erscheint er ihr wie einer dieser Märchenprinzen aus den Liebesromanen, die sie so leidenschaftlich gern liest.

»Sehr erfreut, Herr Graf«, begrüßt sie ihn und macht eine Verbeugung, die Neri mit unverhohlenem Staunen zur Kenntnis nimmt.

»Bitte, nennen Sie mich doch Neri«, sagt er höflich zu ihr.

»Neri, natürlich, ich erinnere mich gut an Ihren Namen. Als Isabel noch klein war, hat sie dauernd von Ihnen geredet, ich weiß, dass sie insgeheim ein wenig verliebt war.« Sie zwinkert ihm plump-vertraulich zu.

Ich spüre, wie ich rot werde. Zum Glück lenkt Giuseppe das Gespräch in eine andere Richtung. »Wie ist denn euer Treffen mit dem Immobilienmakler gelaufen?«

»Das musst du sie fragen«, knurrt Neri.

»Wir wägen gerade noch ein Angebot ab«, erwidere ich unbestimmt.

»Na, ihr wisst ja, wie ich darüber denke. Überlegt euch das gut«, sagt Giuseppe.

Meine Mutter zeigt auf die Burg. »Gehört die Ihnen?«, fragt sie Neri ehrfürchtig. »Wir waren schon mal auf einer ähnlichen Burg, sie hieß Castello di Sant'Elia, die in *Zauberhafte Hotels* vorgestellt wurde, kennen Sie sie?«

»Ja, sehr gut, es war der Landsitz einer meiner Cousins, bevor eine amerikanische Hotelkette seine Mauern in diesem hässlichen Pastellrosa anstreichen ließ«, erwidert er im Ton von jemandem, der niemals seinen Urlaub in einem solchen Hotel verbringen würde.

Verärgert über seinen Tonfall, versuche ich das Thema zu wechseln.

»Schönes Auto, Papa«, sage ich.

Er strahlt. »Ja, nicht wahr? Ich habe es in Fiumicino gemietet. Es fährt fast wie Jacks Porsche.« Er lacht.

»Jack?«, fragt Neri und zieht eine Augenbraue nach oben.

Ich zucke zusammen.

»Der Verlobte von Isabel«, mischt sich meine Mutter ein. »Er ist perfekt und wird einen wunderbaren Schwiegersohn abgeben.«

Neri sieht sie mit unergründlichem Gesichtsausdruck an.

Giuseppe wirft mir einen Blick zu, und ich bedeute ihm zu schweigen.

»Oh ja, der beste Schwiegersohn, den man sich nur wünschen kann«, fügt mein Vater hinzu.

»Nicht so voreilig«, sage ich verlegen.

Ich höre, wie Neri sich räuspert, und drehe mich zu ihm um.

»Gut. Ich fürchte, ich muss jetzt los«, sagt er mit unbewegter Miene. Und nachdem er sich rasch verabschiedet hat, macht er sich auf den Weg zu seinem Pick-up.

»Aber wie kommt es, dass er eine solche Schrottkiste fährt?«, fragt mein Vater, während sich Neris Wagen entfernt.

Giuseppe lacht. »Du würdest das ja nie tun.«

»Darauf kannst du wetten. Komischer Typ. Vielleicht ganz gut, dass es nie mit euch geklappt hat.«

»Ja«, sage ich trocken. Mein Vater weiß nur, dass wir uns an einem bestimmten Punkt gestritten und uns ab da nicht mehr gesehen haben.

Meine Mutter steht am Eingang zum Weinberg und ruft meinem Vater zu: »Wie schön die Burg von hier aussieht! Pietro, sieh dir das an.«

»Ich komme!« Er folgt ihr in den Weinberg.

Als wir allein sind, wendet sich Giuseppe mir zu, doch bevor er etwas sagen kann, komme ich ihm zuvor. »Ich weiß, ich sollte es ihm sagen, aber es tut mir so leid, ihn zu enttäuschen. Hast du nicht gemerkt, wie sehr er ihn mag?«

»Früher oder später wird er es sowieso erfahren.«

»Vielleicht kommt die Sache zwischen uns ja wieder in Ordnung.«

»Dann hoffe ich, dass es auch das ist, was du wirklich willst«, murmelt er.

»Natürlich will ich das! Und noch etwas darf Papa nicht erfahren: Ich habe heute ein Angebot abgelehnt.«

Giuseppe strahlt. »Gut gemacht! Deshalb war Neri so sauer. Das war nicht zu übersehen. Er hatte fest damit gerechnet, aber mit der Zeit wird ihm klar werden, dass es auch für ihn die bessere Entscheidung ist.«

Ich will gerade fragen, was er damit meint, doch da kommt mein Vater aus dem Weinberg zurück.

»Es ist so schön hier, noch schöner, als ich in Erinnerung hatte. Und der Weinberg, der früher ziemlich heruntergekommen war, ist ziemlich gut in Schuss.«

»Alles dank Neri«, erklärt Giuseppe.

»Wirklich?«

»Ja, ich habe ihm geholfen, aber den Großteil hat er selbst gemacht. Komm, ich zeige dir, was wir gemacht haben.«

Ohne großes Interesse folge ich ihnen an der Seite meiner Mutter. Seit ich hergekommen bin, betrete ich den Weinberg zum ersten Mal. Es hat mir bisher immer genügt, mich im Garten aufzuhalten, die Weinreben haben mich nicht besonders interessiert.

Kaum bin ich jedoch eingetreten, bin ich wie verzaubert.

Die Pflanzen stehen in ordentlichen Reihen, das Gras ist gemäht, und am Anfang jeder Reihe wächst ein Rosenstock.

Ich erinnere mich daran, wie ich mit Neri und den Cousinen zur Weinlese hierherkam, bevor er sich mit Baldo angefreundet hatte. Damals bildete die Weinlese den Abschluss der Ferien – die letzte Vergnügung des Sommers. Ich erinnere mich noch an den Geruch der Trauben und der Maische und daran, wie ich ängstlich darauf gehofft habe, dass sich die Trauben Anfang September färben, sodass sie vor meiner Rückkehr nach England reif sein würden.

Wir standen um fünf Uhr morgens auf und warteten darauf, dass die ersten Sonnenstrahlen den Tag ankündigten. Die Erwachsenen gaben uns Handschuhe und Scheren und ermahnten uns, uns nicht zu schneiden; danach begann unser Wettstreit, wer die meisten Trauben erntet und die meisten Körbe füllt. Am Nachmittag kam dann das Schönste von allem – das Keltern.

Ich erinnere mich, als wäre es gestern gewesen, wie schön es war, die warmen Trauben unter den Füßen zu spüren und die Traubenkerne, die zwischen den Zehen steckten.

Die Stimme meines Vaters holt mich in die Gegenwart zurück. »Wirklich bemerkenswert. Hier hat jemand außergewöhnlich viel Sorgfalt walten lassen.«

Giuseppe nimmt einen Trieb in die Hand und zeigt ihn ihm. »Hast du die Krone gesehen? Der Schnitt wurde durchgeführt, ohne in das Holz einzukerben. Ganz zu schweigen von den Weinreben – sie sind die besten. Die letzte Weinlese war super, und es kann noch besser werden.«

Mein Vater schaut sich die Reihen genau an. »Die Lage scheint perfekt zu sein.«

»Ja«, bestätigt Giuseppe. »Richtung Osten, sodass sich das Gelände langsam erwärmt, optimal für die Wurzeln, und mit dem richtigen Gefälle, damit das Wasser ablaufen kann. Es könnte ein erstklassiger Wein dabei herauskommen, wenn Neri nur bereit wäre zu investieren.«

»Aber wenn er verkaufen will, scheint eher das Gegenteil der Fall zu sein.«

»Er könnte den Weinberg behalten«, antwortet Giuseppe.

»Er kommt mir recht klein vor«, murmelt mein Vater.

»Ein Hektar, aber er hat weitere fünfzig verpachtet, und die haben den gleichen Boden und die gleiche Lage.«

»Ich kenne sie, einen Teil davon bestellte früher unsere Familie. Man müsste beträchtlich investieren, aber wer weiß, vielleicht wäre das machbar, wenn er sich dazu entschließen würde, es zu probieren.«

Ich betrachte erneut den Weinberg und die Rosen. Neri hat gelbe Rosen für die weißen Trauben gepflanzt und rote Rosen für die roten Trauben, weil sie anfälliger für Mehltau sind und damit ein gutes Frühwarnsystem abgeben. Die perfekte Verschmelzung von Nützlichkeit und Schönheit, von Wissenschaft und Kunst, von Pragmatismus und Poesie. Wie auf einem Renaissancegemälde. Wie in einem architektonischen Kunstwerk.

Ein kleines Paradies.

Erschaffen von Neri.

Wir gehen zum Essen in ein typisches Restaurant, wo ich die leckersten Dinge abseits der Klassiker bestelle, die sich mit meinen Unverträglichkeiten vereinbaren lassen: Linsensuppe, Kichererbsenfladen, weiße Bohnen mit Salbei, *fagioli al fiasco* – die weißen Bohnen in der Flasche –, Stockfisch auf livornesische Art.

Und ich esse alles. Ja, wirklich alles, einen Teller nach dem anderen.

Als ich jedoch, nachdem ich mich von den anderen verabschiedet hatte, nach Hause komme, fühle ich mich so schwer, dass ich mich aufs Sofa fallen lasse und tief und fest einschlafe.

Ich wache erst wieder auf, als mir ein intensiver Brandgeruch in die Nase steigt, der von draußen hereindringt.

Ich springe auf und trete ans Fenster: Auf der anderen Seite der Trockenmauer, die den Garten vom Weinberg trennt, steigt eine Rauchsäule auf. Irgendetwas brennt!

Geschockt stürze ich hinaus, doch sobald ich den Weinberg betrete, beruhige ich mich wieder: Er steht nicht in Flammen – es ist nur Neri, der mit nacktem Oberkörper mit dem Rücken zu mir dasteht und altes Reisig verbrennt.

»Was machst du da?«, schreie ich und reiße meinen Blick von seinen gebräunten, muskulösen Armen los.

Ruhig dreht er sich um, und unsere Blicke treffen sich. »Siehst du das nicht? Ich verbrenne die abgeschnittenen Triebe.«

Ich bin sprachlos angesichts seiner Augen, die so glänzen, dass sich darin die Flammen spiegeln.

»Das sehe ich, aber das ist gefährlich. In England ist es im Sommer verboten, Gestrüpp zu verbrennen, das kann Brände verursachen.«

Neri starrt mich an, als würde ich vom Mond kommen, dann verziehen sich seine Lippen zu einem Lächeln. »Ich dachte, du hättest Angst vor dem Feuer.«

»Hab ich nicht«, gebe ich zurück. »Vielleicht traue ich dir nur nicht zu, dass du es auch wieder löschst. Kommst du jeden Tag in den Weinberg?«, wechsele ich schnell das Thema.

Mir wird erst jetzt bewusst, dass ich gar nicht über die tägliche Arbeit, die eine Bewirtschaftung erfordert, nachgedacht habe, als ich beschloss, nicht zu verkaufen.

»Ja, und nicht nur in den Weinberg«, erwidert er.

Mein Blick fällt auf Neris Pick-up, der ganz in der Nähe parkt. Er ist mit Koffern, Kartons und Werkzeug beladen. Sogar ein Nachttisch, eine Tischlampe und – zu meinem großen Schrecken – ein Jagdgewehr sind dabei.

»Was willst du damit?«

»Ich ziehe hier ein«, sagt er seelenruhig.

»Wie bitte?« Meine Stimme klingt heiser. Ich glaube nicht, dass ich es aushalten kann, ihn ständig um mich zu haben.

»Ja. Der Hof gehört auch mir, oder? Und er ist wunderschön, wie du mir zu verstehen gegeben hast.«

»Aber das geht nicht! Hier wohne ich!«, keuche ich, weil es mir den Atem verschlägt.

»Na, wenn es dir nicht passt, kannst du immer noch verkaufen und nach England zurückkehren.«

»Das ist nicht dein Ernst, du kannst nicht wirklich hier einziehen wollen.« Die Vorstellung, mit Neri zusammenzuwohnen, unvermeidlich Zeit mit ihm verbringen zu müssen, versetzt mich in Angst und Schrecken.

»Es war mir nie ernster. Ich werde dir helfen zu verstehen, dass dies nicht dein Platz ist. Du kommst aus der Stadt, und als du gesagt hast, du könntest es kaum abwarten, wieder nach London zurückzukehren, hattest du recht, es ist besser, wenn du dir so schnell wie möglich darüber klar wirst.«

Ich zögere und denke nach. Mit Neri zusammenzuwohnen würde die Hölle sein, aber den Hof verkaufen und nach London zurückkehren, kommt momentan nicht infrage.

»Das wirst du nicht schaffen«, erwidere ich.

»Und wie willst du das mit den Kosten machen?«, beharrt er. »Die Steuern sind nicht ohne, das versichere ich dir.«

»Wir können das Haus vermieten«, stottere ich, schon nicht mehr ganz so selbstsicher wie eben. Tatsächlich habe ich eine Entscheidung getroffen, ohne mich vorher informiert zu haben.

»Das wird nicht reichen. Die beste Lösung wird sein, dass du weggehst. So wie du es früher schon einmal getan hast«, sagt er und bewirkt damit das Gegenteil von dem, was er sich erhofft hat.

Die Anspielung auf die Vergangenheit lässt den Groll, den ich seit Jahren hege, wieder aufleben. Dieses Mal werde ich nicht fliehen. Das habe ich schon einmal getan, und ich will ihm gegenüber nie mehr so schwach sein.

»Das kommt überhaupt nicht infrage!«, rufe ich kämpferisch. »Ich werde das Geld auftreiben. Man muss sich nur ein wenig anstrengen und arbeiten, aber das ist etwas, woran du offensichtlich nicht gewöhnt bist.«

Neri steckt den Schlag ein und schweigt. Sein Gesicht verfärbt sich ein wenig rosa, danach wirkt seine Miene versteinert.

»Wie du willst. Ich werde dir zeigen, dass du nicht für das Landleben gemacht bist und auch kein Anwesen mit mir teilen kannst«, erwidert er, und ohne meine Reaktion abzuwarten, geht er zu seinem Pick-up und fängt an, seine Sachen abzuladen.

14

Heitere Unordnung

Teppiche übereinanderlegen, ein Zimmer kunterbunt mit Büchern und Gegenständen füllen – das macht die Einrichtung gemütlich und sagt etwas über denjenigen aus, der es bewohnt. Jedes Zimmer beeinflusst uns durch seine Atmosphäre und wird zu etwas Einzigartigem und Überraschendem. Es scheint uns zu sagen, dass es weniger auf kostspielige Einrichtungsgegenstände, Mode oder feste Regeln ankommt als vielmehr auf den persönlichen Stil.

Und so beginnt das Zusammenleben mit Neri.

Im wahrsten Sinne des Wortes. Auch wenn er sich im Erdgeschoss eingerichtet hat und mir das Obergeschoss überlässt; gezwungenermaßen müssen wir uns die Eingangstür, das Wohnzimmer und die Küche teilen. Es ist unvermeidbar, ihm über den Weg zu laufen.

Ich begreife sofort, dass das nicht einfach werden wird. Und er fängt auch gleich damit an, mir das Leben schwer zu machen, mit dem offensichtlichen Ziel, mich von einem Verkauf zu überzeugen.

Er kommt mit schmutzigen, schlammverschmierten Stiefeln ins Haus, wenn ich gerade den Fußboden frisch geputzt habe; er lässt das Geschirr im Spülbecken stehen; er bereitet Gerichte mit Kohlenhydraten und Milchprodukten zu, die köstlich riechen, und während ich an meinen Reiswaffeln knabbere, bietet er mir davon an, obwohl er weiß, dass ich nichts davon vertrage.

Kaum hat er meine Angst vor Nagetieren, Insekten und Schlangen entdeckt, beginnt er damit, sie überall in mein Blickfeld zu rücken: von den Mäusen, die durch den Garten huschen, über die Spinnen zwischen den Dachbalken bis hin zu den Nattern, die nachts in die Küche eindringen können.

»Du kannst ihn nicht dort lassen«, sage ich eines Nachmittags und stelle mich ihm in den Weg, als er aus dem Haus gehen will. Ich beziehe mich damit auf den Tausendfüßler im Bad.

»Warum nicht? Ich dachte, das Landleben gefällt dir«, entgegnet er ungerührt.

Ich folge ihm in den Garten. Er öffnet das Tor und zeigt auf zwei große schwarze Hunde mit räudigem Fell, die die Straße heraufkommen. »Guck mal. Das da sind Streuner, kann sein, dass sie Tollwut haben.«

Mir stockt der Atem. »Tollwut?«

Er öffnet die Tür des Pick-ups und zeigt auf das Jagdgewehr, das am Sitz lehnt. »Willst du, dass ich sie erschieße?«

»Red keinen Blödsinn. Aber fahr jetzt los«, rufe ich hysterisch, während er einsteigt und den Motor anlässt.

Als ich allein bin, schließe ich das Tor sofort wieder und wende mich erleichtert, der Gefahr entronnen zu sein, dem Haus zu. Doch meine Erleichterung dauert nur wenige Sekunden: Mir fällt der Tausendfüßler wieder ein. Als ich das Bad betrete, geht er gerade auf der Fensterbank spazieren, und mit einem sanften Schubs mit dem Besen befördere ich ihn nach draußen.

Entmutigt setze ich mich im Wohnzimmer aufs Sofa.

Es sind erst wenige Tage vergangen, seit Neri eingezogen ist, und ich bin bereits völlig am Ende. Ich will ihm gegenüber nicht klein beigeben, weiß aber nicht, wie ich das durchhalten soll.

Ich bin erschöpft, gestresst, wütend und, was noch schlimmer ist, seine Gegenwart bringt mich aus dem Gleichgewicht, wie ich es nie erwartet hätte.

Wenn ich ein Zimmer betrete, in dem er sich gerade aufhält, zucke ich unwillkürlich zusammen. Die Unruhe, die seine Anwesenheit bei mir hervorruft, ist so groß, dass mich eine subtile Angst packt und ich fürchte, dass er es am Ende bemerkt.

Ich habe das Gefühl, in der Falle zu sitzen. Die einzige Lösung besteht darin, dem nicht so viel Gewicht beizumessen. Es ist einfach nur eine instinktive Reaktion, mehr nicht. Neri ist für mich seit zwölf Jahren gestorben, und in all dieser Zeit bin ich sehr gut ohne ihn ausgekommen.

Getröstet von diesen Gedanken, stehe ich vom Sofa auf und gehe in die Küche, um mir einen Tee zu kochen – für uns Engländerinnen die Lösung für jedes Problem.

Als ich im Flur an Neris Tür vorbeikomme, ist sie nicht wie sonst immer geschlossen, sondern steht halb offen, und plötzlich überfällt mich das unwiderstehliche Verlangen einzutreten. Ich weiß, dass ich seine Privatsphäre respektieren sollte, aber meine Neugier siegt, und ich kann mich nicht zurückhalten.

Ich mache die Tür auf und schaue mich im Zimmer um: Kleiderhaufen auf den Stühlen, ein Nachttisch voller Fotos, ein Stapel Bücher auf dem Schreibtisch. Es herrscht eine Unordnung, die mir entgegen allen Erwartungen ein Gefühl von Intimität und Wärme vermittelt.

Ich gehe über antike Teppiche, die übereinandergelegt sind, und nähere mich dem ungemachten Bett. Auf dem Kissen ist noch immer der Abdruck seines Kopfes zu sehen, daneben liegt ein zerknittertes Hemd.

Ich hebe es auf, und ohne nachzudenken führe ich es an mein Gesicht. Sein Duft hüllt mich ein und lässt mich in die Vergangenheit eintauchen. Es ist der gleiche Geruch wie vor zwölf Jahren, wie in jener Nacht auf der Burg. Wenn ich die Augen schließe, kommt es mir vor, als wäre sein Gesicht ganz nahe an meinem, seine Lippen, die mich streifen, während er seinen Körper an meinen drückt.

Ich werfe das Hemd aufs Bett, als hätte ich mich verbrannt.

Was ist bloß los mit mir? Bin ich verrückt geworden? Was tue ich?

Ich muss dieses Zimmer sofort verlassen.

Aber das schaffe ich nicht. Mein Blick fällt auf seine Bücher, und neugierig schaue ich sie durch.

Die ersten beiden überraschen mich nicht: *Der Hofmann* von Baldassare Castiglione und *Gefährliche Liebschaften* von Choderlos de Laclos. Was könnte ein reaktionärer Adliger wie Neri schon lesen, außer einem Leitfaden für das Hofleben in der Renaissance und dem Lieblingsbuch von Marie Antoinette? Das zweite sagt natürlich viel über seine Persönlichkeit aus: Wie sonst sollten Liebschaften sein, außer gefährlich, für jemanden, der nie eine verbindliche Beziehung hatte?

Dann sehe ich jedoch ein Buch, das mir zu Herzen geht: *Lutherbriefe* von Pasolini, einem der Lieblingsautoren von Tante Ada. Das Buch ist ganz abgegriffen, ein Zeichen dafür, dass es viel gelesen wurde. In der Mitte steckt ein Lesezeichen.

Ich schlage es auf und spüre von Neuem einen Kloß im Hals. Vor mir habe ich – voller Anmerkungen in Neris Handschrift – die Seite über das Teetässchen, die uns Tante Ada vor so langer Zeit vorgelesen hat.

Ich vertiefe mich in die Lektüre und finde mich in diesen Worten wieder. Ich springe ein paar Zeilen nach unten und lese das Stück, in dem der Autor hervorhebt, dass die Sprache, die die Dinge sprechen, die Menschen spaltet, dass sie diejenigen, die die geheimnisvolle Qualität eines alten Tässchens verstehen von denjenigen unterscheidet, denen sie gar nicht auffällt.

Betroffen lege ich das Buch beiseite. Ich weiß, dass Neri die Qualität, die aus der Vergangenheit stammt, die Schönheit einzigartiger, alter Sachen versteht, wie Tante Ada es uns beigebracht hat. Die Sprache der Dinge spaltet zwar häufig, aber uns vereint sie. Und zum ersten Mal nach so vielen Jahren spüre ich, wie ein feiner Faden entsteht, der uns wieder verbindet.

Plötzlich lässt mich seine Stimme zusammenzucken.

Abrupt drehe ich mich um. Neri beobachtet mich von der Türschwelle aus.

»Weißt du nicht, dass es verboten ist, in den Dingen anderer herumzustöbern? Bringt man euch das in England etwa nicht bei?«, sagt er und greift dabei die Worte auf, die ich verwendet habe, als ich ihn im Weinberg beim Verbrennen der abgeschnittenen Reben erwischt habe.

Zerknirscht stehe ich auf.

»Entschuldige bitte. Das hätte ich nicht tun dürfen. Ich gebe dir mein Wort, dass das nicht wieder vorkommt.«

Er blickt mich mit seinen magnetisierenden Augen an.

»Dein Wort interessiert mich nicht. Ganz im Gegenteil, es gefällt mir sehr, dass ich jetzt weiß, dass du gar nicht so regelgetreu bist, wie du glauben machen willst, dass sich unter dieser Maske der Controllerin noch die wahre Isabel verbirgt, die weniger kontrolliert, aber dafür sinnlicher ist«, sagt er mit einem dreisten Lächeln.

Ich spüre, wie ich vor Verlegenheit rot werde.

Wie konnte ich auch nur einen Augenblick lang glauben, dass wir uns ähnlich sind? Wenn er meint, er könnte sich über mich lustig machen wie damals, dann hat er sich gewaltig geirrt.

»Ich weiß, dass das für dich schwer zu verstehen ist, aber es gibt im Leben nicht nur Sex«, antworte ich so distanziert wie möglich.

Er zieht eine Augenbraue nach oben. »Im Leben vielleicht nicht, zwischen Mann und Frau aber schon.«

Einen Moment lang bin ich sprachlos. »Noch nie etwas von Liebe gehört?«

Er sieht mir direkt in die Augen. »Ich bevorzuge Sex. Seinem Herzen zu folgen, bringt nur Komplikationen mit sich.«

Ich halte seinem Blick stand, entschlossen, mich nicht einschüchtern zu lassen. »Jedenfalls bin ich nicht hier, um mir von jemandem Ratschläge erteilen zu lassen, der noch nie eine ernste Beziehung hatte«, entgegne ich verächtlich.

»Sobald die Zeit reif ist, werde ich eine passende Frau finden.«

»Man könnte für dich auch eine Zwangsehe arrangieren.« Ich lächle ironisch. Er fängt an zu lachen und wird dann wieder ernst.

»Eine sehr gute Idee. Ich habe immer gedacht, dass man beim Heiraten rational vorgehen muss, die Leidenschaft kann man sich dann für anderes bewahren«, erwidert er und sieht mich dabei provozierend an.

In einer Mischung aus Wut und Frustration wende ich den Blick ab. Neri hat schon immer diese Art von Ironie an sich gehabt, bei der man nie wusste, ob er es ernst meint oder nicht. Will er mich auf den Arm nehmen?

»Ich entschuldige mich noch mal für das Eindringen in deine Privatsphäre«, sage ich knapp und verlasse mit großen Schritten den Raum. Sein Lachen begleitet mich noch bis in mein Zimmer, und ich höre es auch noch, nachdem ich die Tür geschlossen habe.

Sofort rufe ich Giovanna an.

»Was machst du heute Abend? Ich muss mich unbedingt betrinken.«

»Für mich ein großes Helles, bitte«, bestelle ich in dem Irish Pub, den es im Dorf gibt. Da meine Cousinen wissen, dass ich keinen Wein trinke, haben sie mich hierhergebracht, anstatt in ihr übliches Weinlokal.

»Für uns drei kleine, bitte«, sagt Giovanna zum Kellner.

»Also, wie läuft es mit dem Grafen?«, fragt Deborah und stützt sich dabei mit den Ellbogen auf dem Tisch auf, ganz Ohr.

»Im Dorf weiß man bereits, dass ihr zusammenlebt, und es wird schon getratscht«, murmelt Giada mit verschmitztem Lächeln.

»Da gibt es nichts zu tratschen. Diese Art des Zusammenlebens ist das nicht«, sage ich, leicht genervt, weil ich Thema des Dorfklatsches geworden bin.

Auf ihren Gesichtern zeichnet sich Enttäuschung ab.

»Ganz sicher?«

»Natürlich! Wir teilen uns nur das Haus. Und wohnen auf verschiedenen Etagen.«

Giada zwinkert mir zu. »Kann sein, aber Situationen ändern sich, und wenn man zusammenwohnt, früher oder später …«

»Wir können uns überhaupt nicht leiden, und zwischen uns hat sich nichts geändert«, erwidere ich kurz angebunden.

»Wie dem auch sei – welcher Art euer Zusammenleben auch ist –, wie läuft es?«, mischt sich Giovanna ein.

»Es ist ein Albtraum«, platze ich heraus.

»Sag bloß.«

Der Kellner bringt das Bier. Sofort trinke ich einen großen Schluck davon. »Er versucht alles Mögliche, um mich vom Verkauf des Bauernhofs zu überzeugen. Er setzt alles daran, mir das Leben schwer zu machen.«

»Und wie stellt er das an?«, fragt Giovanna.

»Er ist unordentlich, er spült das Geschirr nicht …«

Giada unterbricht mich. »Oh, aber das ist bei Männern doch normal, das tut er nicht, um dich in die Flucht zu schlagen.«

»Und er hat ein Gewehr«, füge ich hinzu.

Sie beißt sich auf die Lippen. »Echt? Cool …«

»Ich finde das vor allem gefährlich. Wozu hat er so etwas überhaupt?«

»Vielleicht, um Diebe zu verjagen«, spekuliert Deborah. »Aber wahrscheinlicher ist, dass er auf die Jagd geht.« Deborah schaut mich wissbegierig an. »Und sonst? Hast du uns wirklich nichts anderes zu berichten?«

»Etwas Interessantes?«, drängt Giada. »Von Neri und dir!«

»Da gibt es nichts zu sagen, außer dass ich ihn hasse. Er war schon immer abscheulich.«

»Aus Hass entsteht manchmal Liebe«, philosophiert Deborah.

»Nicht in unserem Fall«, erwidere ich steif und konzentriere mich auf mein Bier.

»Stimmt es, dass er verlobt ist?«, fragt Deborah, als ich gerade trinke.

Plötzlich verschlucke ich mich. Giovanna klopft mir auf den Rücken. »Oha, nicht dass wir uns Sorgen machen müssen, ist alles gut?«

»Ja, danke«, brumme ich mit erstickter Stimme.

»Siehst du? Du magst ihn«, beharrt Deborah triumphierend.

»Ich sagte doch schon: Nein.« Inzwischen bin ich richtig genervt und nehme mir vor, nichts mehr zu sagen. Doch die Neugier siegt. »Mit wem ist er denn verlobt?«, frage ich.

»Mit der Blassen mit dreifachem Nachnamen, die mit ihm auf dem Fest war.«

Mein Magen zieht sich zusammen, es wäre besser gewesen, wenn ich nicht nachgefragt hätte. Um mich abzulenken, rufe ich den Kellner.

»Noch ein Bier, bitte.«

15

Küche

Eine rustikale Küche beschwört längst vergessene Sinneseindrücke herauf: den Duft von Keksen, das Aroma der Würste, die an den Balken hängen, den würzigen Geruch von Wildbret und von in Olivenöl getränktem Brot. Sie erinnert an den Geschmack einfacher Gerichte, aus denen man den Wechsel der Jahreszeiten herausschmecken kann und deren Geheimnisse von Generation zu Generation weitergegeben werden. Getrocknete Kräuter, die an einem Balken hängen, Kuchenformen an den Wänden, die Oberfläche eines Mörsers, die über die Jahre eingekerbt wurde, und Dosen mit Gewürzen in geordneter Unordnung schaffen eine gemütliche Atmosphäre, in der gelebt wird, und verweisen auf alte bäuerliche Traditionen.

Seit ich heute Morgen die Augen aufschlug, habe ich das Gefühl, mein Kopf würde platzen.

Gestern Abend waren aus einem Bier vier geworden, die Mindestmenge, um das Trommelfeuer an Fragen von Deborah und Giada bezüglich meines Zusammenlebens mit Neri aushalten zu können.

Zum Glück gingen sie schließlich nach Hause, sodass ich Giovanna in aller Ruhe von den neuesten Ereignissen erzählen konnte und von den Kosten, die auf mich zukommen könnten.

»Wenn er sich nicht überzeugen lässt, das Haus zu vermieten, bekomme ich bald Geldprobleme«, beendete ich meinen Bericht.

Giovanna hatte eine Idee. »Es gibt da immer noch das alte Haus der Großeltern. Du weißt, dass ich es vor drei Jahren von den anderen Cousinen übernommen habe, oder?«

»Ja, und?«, erwiderte ich; ich erinnere mich noch gut daran, wie sie den Verwandten die Anteile des Bauernhauses abkaufte, das die Großeltern in den Siebzigerjahren von den Torrelupo gekauft hatten, als durch die Agrarreform die Halbpacht abgeschafft und den Bauern ein Vorkaufsrecht auf das Land und die Häuser eingeräumt wurde. »Warum schlägst du das nicht deiner Freundin vor? Ich bin gerade mit der Renovierung fertig und habe vor, es an Touristen zu vermieten, aber es muss noch eingerichtet werden. Wenn du mir dabei hilfst, bekommst du eine Provision von fünfzig Prozent auf diese und weitere Vermietungen, die du mir vermitteln kannst.«

»Fünfzig Prozent?«, murmelte ich verdutzt. Schon bei der ersten Vermietung würde ich tausendfünfhundert Euro bekommen – und zwar nur, indem ich eine Mail an eine Freundin schrieb und ein Haus einrichtete. Ich konnte die Freundlichkeit meiner Cousine nicht ausnutzen.

»Aber du kannst es doch genauso gut alleine einrichten.«

»Nein, du kannst das besser. Du hast eine Leidenschaft dafür, die mir fehlt. Ich verstehe die Regeln, du hingegen hast sie im Gefühl. Betrachte es doch als Vergnügen, sagtest du nicht, dass dir Häuser einzurichten Spaß macht?«

»Ja, aber …«

»Aber was?«

Ich schwieg, überlegte, welche Art Einrichtung zu dem Haus der Großeltern passen könnte. Und allmählich packte mich die Begeisterung, und ich fand die Idee immer reizvoller. Ganz abgesehen davon, dass mir noch nie jemand tausendfünfhundert Euro für etwas gegeben hat, das mir riesigen Spaß macht.

»Komm vorbei und schau es dir an, dann kannst du dich entscheiden. Ich bin mir sicher, dass du Ja sagen wirst.«

»Also gut«, willigte ich am Ende ein, und wir vereinbarten für morgen eine Uhrzeit.

Ich reiße mich zusammen und stehe auf, weil ich mich aufs Frühstück freue, die einzige Mahlzeit des Tages, bei der ich nicht auf die Ernährungsvorschriften achte und – seit ich ein Kind war – Kekse esse.

Nicht umsonst betrachte ich es als den schönsten Moment des Tages, und in der Küche von Tante Ada umso mehr.

Ich betrete die Küche, und sofort wird dieser Moment zum schlimmsten des Tages, weil drei tote Vögel auf dem Tisch liegen.

Ich fange an zu schreien.

»Was ist los?«, fragt Neri, der gerade mit schlammverschmierten Stiefeln hereinkommt und wie immer riesige Abdrücke auf den Tonfliesen hinterlässt.

»Das … das da … was ist das?«, stottere ich.

»Das sind Rebhühner. Ich habe sie geschossen«, sagt er mit seiner üblichen unausstehlichen Gelassenheit.

Giovanna hat das ganz richtig gesehen.

»Ein Geschenk für dich«, fügt er mit einem kleinen Lächeln hinzu, als wüsste er nicht, was ich von der Jagd halte.

Ich reiße mich zusammen und nähere mich dem Tisch.

»Ein Geschenk, vielen Dank!«

Ich überwinde meinen Ekel und berühre eines der Rebhühner. Ich spüre das warme Gefieder unter meinen Fingern, aber ich halte durch. Wie oft habe ich ein Hähnchen im Supermarkt gekauft? Das ist das Gleiche, nur dass dabei Federn im Spiel sind.

Ganz ruhig, in dem Versuch, mich ganz natürlich zu geben, nehme ich das Rebhuhn und halte es in den Händen.

»Wie bereiten wir die zu? Man muss sie rupfen, kümmerst du dich darum, wo du doch so tüchtig bist? Ich kann das nicht«, ziehe ich ihn auf.

Erstaunt über mein Verhalten nimmt Neri mir das Rebhuhn ab.

»Ich werde sie zum Metzger bringen«, sagt er.

Er legt den Vogel wieder auf den Tisch und sieht mich schweigend und mit einem seltsamen Gesichtsausdruck an.

Das Schweigen zieht sich in die Länge. Ich werde verlegen, habe aber nicht vor, mir das anmerken zu lassen.

»Ist was?«, frage ich.

»Nein. Ich hatte nur nicht damit gerechnet, dass du dich mit den Gebräuchen des Landlebens wohlfühlst.«

»Du hast wohl vergessen, dass auch ich hier aufgewachsen bin.«

»Daran erinnere ich mich sehr gut«, sagt er leise und kommt näher.

Ich nehme in der Luft die leichte Schwingung seines Körpers wahr, und ein Gefühl von Wärme, die ich nicht spüren will, hüllt mich ein.

Ich bemühe mich, distanziert zu bleiben. Reglos, praktisch ohne zu atmen. Ich bin jetzt stark, sage ich mir, Neri ist mir gleichgültig.

Aber sooft ich das auch wiederhole, ich schaffe es nicht.

Denn in Wahrheit fühle ich mich noch immer zu ihm hingezogen. Nach zwölf Jahren hat er noch immer diese Wirkung auf mich, und ich weiß nicht, wie lange ich das noch verbergen kann.

Das Geräusch eines herankommenden Autos rettet mich.

Neri dreht sich zum Fenster um.

»Ah, das ist meine Tante, sie holt mich ab.«

Ich beginne wieder zu atmen. Draußen steigt Herzogin Bona aus ihrem alten Lancia Aurelia aus den Sechzigerjahren, demselben, den sie schon hatte, als ich noch ein Kind war. Als sie hereinkommt, bleibt sie einen Moment auf der Türschwelle der Küche stehen und schaut mich überrascht an, als würde sie etwas sehen, was mir entgeht.

»Sandy … guten Tag«, begrüßt sie mich; sie verwechselt schon wieder meinen Namen.

»Isabel«, verbessere ich sie geduldig. »Sandy ist meine Mutter.«

»Ah, ja, gewiss. Die Friseurin, wenn ich mich nicht irre«, sagt sie herablassend und wirft ihrem Neffen einen Blick zu.

Mir fällt auf, dass Neri blass wird.

»Eigentlich nicht mehr, das hat sie gemacht, als sie jung war«, erkläre ich. Bona hört meine Antwort nicht.

»Meine Liebe, machen Sie mir bitte einen Kaffee?«, fragt sie den höflichen Worten zum Trotz in einem autoritären Tonfall.

»Das erledige ich«, mischt sich Neri ein. Wie es scheint, gefällt ihm das hochmütige Verhalten Bonas mir gegenüber auch nicht.

»Nein, du machst dich fertig, weil wir spät dran sind für das Mittagessen bei Ortensias Mutter.«

»Keine Sorge, ich mache das«, sage ich. Ich habe ganz bestimmt nicht vor, auf Bonas Provokationen zu reagieren, und die einzige Methode, sie ins Leere laufen zu lassen, besteht darin, sie zu ignorieren.

»Anstatt sie nach einem Kaffee zu fragen, solltest du sie vielleicht lieber um eine Finanzberatung bitten. Isabel arbeitet in einer sehr bedeutenden Bank in London«, mischt sich Neri ein.

Bona hört ihm zu, und plötzlich kommt Leben in ihre Gesichtszüge. »London … Dann sprechen Sie Englisch?«

»Ich bin Engländerin.« Ich begreife nicht, ob sie sich in

Bezug auf mich tatsächlich an nichts erinnert oder ob sie das mit Absicht macht.

»Und schreiben auch?«

»Natürlich.« Allmählich geht sie mir auf die Nerven. Denkt sie, ich sei Analphabetin?

»Wie ist Ihre Handschrift, wollte ich damit sagen.«

»Wie bitte?«

»Sehen Sie, ich habe einen Notfall, und vielleicht sind Sie genau die richtige Person, die genau im richtigen Moment auftaucht. Ich möchte einen Tee anlässlich der Blüte meiner Queen-Elizabeth-Rosen ausrichten und würde die Einladungen gern von Hand und auf Englisch schreiben. Wie viel nehmen Sie pro Einladung?«, fragt sie mit geheuchelter Freundlichkeit, in dem Versuch, mich wieder in die Rolle zu drängen, die mir ihrer Meinung nach offenbar besser ansteht.

Ich bemühe mich, mir meine Verärgerung nicht anmerken zu lassen, sonst hätte sie gewonnen.

»Leider kann ich nicht, ich habe viel Arbeit«, erwidere ich mit ebenso geheuchelter Höflichkeit.

»Arbeit?«, fragt sie verwundert.

»Ja. Wenn Sie mich jetzt bitte entschuldigen würden«, verabschiede ich mich und gehe nach oben in mein Zimmer.

Später, als ich endlich allein bin, gehe ich wieder hinunter ins Wohnzimmer. Um mich nach dem Ärger über den Hochmut der Herzogin wieder zu beruhigen, schalte ich den Fernseher ein, um eine Wiederholung von *Elisa* anzuschauen, einer italienischen Telenovela, die vor zwölf Jahren, als ich in Neri verliebt war, große Erfolge feierte.

Ich lasse mich aufs Sofa sinken und im Halbdunkel der halb geschlossenen Fensterläden wie damals in die Geschichte hineinziehen. Elisa ist ein Mädchen aus einfachen Verhältnissen. Sie liebt Graf Fabrizio Ristori, doch ihre Liebe hat keine

Zukunft, die Standesunterschiede sind einfach zu groß. Ich schwelge in Erinnerungen. Es ist albern, ich weiß, aber unwillkürlich identifiziere ich mich mit der Geschichte. Fast scheint es die Geschichte meiner Familie zu sein. Ist Ada nicht aus einer solchen Liebe hervorgegangen?

Plötzlich steht Neri auf der Türschwelle des Wohnzimmers und beobachtet mich verdutzt.

»Mmm … interessant«, murmelt er belustigt.

Mit knallrotem Gesicht springe ich vom Sofa auf.

»Ich zappe nur ein wenig herum«, rechtfertige ich mich und suche nach der Fernbedienung, um auszuschalten, aber ich finde sie nicht, und so flimmern unerbittlich die Bilder der Telenovela weiterhin über den Bildschirm.

»Ich glaube, das ist irgendeine romantische Kostümschmonzette«, sage ich verlegen. »Alles in allem nicht gerade mein Genre.«

Neri fängt an zu lachen. »Meins auch nicht. Liebe!«, sagt er abfällig.

Er verlässt er das Zimmer.

Ich bin wieder allein und wende mich erneut dem Fernsehbildschirm zu.

Elisa und Fabrizio küssen sich in einem Wirbelsturm der Gefühle, während die Musik immer dramatischer wird und sich das Bild ihrer Umarmung in den Flammen eines Kamins auflöst.

16

Ein Bauernhaus renovieren

Mit ihren dicken Mauern, die das Gebäude im Winter warm und im Sommer kühl halten, den von Rauch geschwärzten Kaminen und den Fußböden aus abgenutzten Tonfliesen stellen die alten Landhäuser der Toskana die Verbindung zwischen den einheimischen Traditionen und der bäuerlichen Kultur her. Um dieses Band zu erhalten, müssen bei der Renovierung das Original und die Einmaligkeit respektiert werden. Die Einrichtung ist geprägt von der Suche nach dem Authentischen und von der Verwendung restaurierter Möbel, zum Beispiel alter Stühle, von denen keiner aussieht wie der andere, eines Betts, das als Sofa benutzt wird, handgetöpferter Krüge und handgewebter Stoffe.

Am Nachmittag des folgenden Tages bin ich gerade auf dem Weg zum Auto, um mir mit Giovanna zusammen das alte Haus der Großeltern anzuschauen, als aus dem Weinberg Giuseppes Stimme zu mir herüberschallt.

»Die Blüte hat begonnen, sollten wir nicht Kontakt zu den Kellereien aufnehmen?«

»Das ist nicht nötig. Ich hoffe, dass der Hof noch vor der Weinlese verkauft ist«, höre ich Neris Stimme.

»Bist du sicher, dass das die richtige Entscheidung ist?«

»Natürlich. Du weißt doch, dass ich Geld brauche«, erwidert Neri mit einer Vertrautheit, die mich erstaunt. »Das könnte ein sehr guter Jahrgang werden, und es wäre wirklich ein Jammer, wenn der Weinberg jetzt verkauft würde. Du hast Glück, dass Isabel das abgelehnt hat.«

Ich spitze die Ohren noch mehr und nähere mich dem Eingang zum Weinberg.

»Glück? Sie hat meine Pläne durchkreuzt! Ich versuche die ganze Zeit, sie mit allen Mitteln zu überzeugen, aber es klappt nicht.«

Giuseppe lacht. »Endlich bist du auf eine Frau gestoßen, die dir Paroli bieten kann.«

Von Neri kommt keine Antwort.

Um besser lauschen zu können, schleiche ich mich näher ran und verberge mich hinter der Mauer, die den Garten vom Weinberg trennt, doch was ich dann höre, habe ich ganz bestimmt nicht erwartet.

»Was machst du da? Belauschst du uns?«

Ich hebe den Blick, und vor mir steht Neri.

Ich versuche, so zu tun, als ob nichts wäre. »Stell dir mal vor, ich bin gerade hier vorbeigekommen und habe Stimmen gehört.«

»Ach wirklich? Und weshalb wirst du rot?«

Ich würde vor Verlegenheit am liebsten im Erdboden versinken, aber zum Glück kommt mir Giuseppe zu Hilfe.

»Da gibt es nichts, was sie nicht hören sollte, und ich wiederhole auch Isabel gegenüber, was ich dir schon gesagt habe: Wenn ihr meinen Rat hören wollt, dann verkauft den Weinberg nicht.«

»Der Meinung bin ich auch. Ich bin gegen einen Verkauf, und jetzt gibt es dafür noch einen Grund mehr«, sage ich und freue mich, dass ich einen Verbündeten habe.

Neri dreht sich um und wirft mir einen sonderbaren Blick zu, den ich nicht zu deuten weiß.

Giuseppe schaut auf die Uhr. »Schon eins. Ich muss los. Denk daran, Neri, nicht verkaufen. Die Reben hier sind ein Vermögen wert.«

»Ich habe meine Entscheidung getroffen«, erwidert er fest.

»Schade, denn manchmal muss man den Frauen recht geben, und wenn ich du wäre, würde ich Isabel auch noch fragen, was sie von der Verlängerung der Pachtverträge für die Weinberge der Burg hält«, rät er Neri noch, bevor er geht.

Als wir allein sind, drehe ich mich zu Neri um.

»Meint er die fünfzig Hektar mit dem Pachtvertrag, der ausläuft? Ich habe gehört, wie er mit meinem Vater darüber gesprochen hat.«

»Und dass er das getan hat, war schlecht, weil euch das nichts angeht, aber wie es aussieht, hast du ja einen Verbündeten gefunden.«

»Mehr als nur einen Verbündeten – einen vernünftigen Menschen, würde ich sagen. Ich verstehe wirklich nicht, wieso du es so eilig hast zu verkaufen.«

»Weil ich das Geld brauche, das weißt du doch.«

»Wir können es doch so machen: Während du die Weinberge bewirtschaftest, kann ich das Haus an Touristen vermieten.«

Er stößt ein Lachen aus. »Du redest, als wären wir ein Paar.«

»Ganz bestimmt nicht!«, rufe ich aufgebracht. »Ich weiß, dass du glaubst, alle Frauen liegen dir zu Füßen, aber in meinem Fall trifft das nicht zu.«

Er nähert sich mir bis auf wenige Zentimeter. »Ach ja?«

Ich spüre, wie ich rot werde. Er ist so nah, dass ich sein Aftershave riechen kann. Ruckartig weiche ich zurück.

»Ja. Und außerdem bin ich mit Jack zusammen«, lüge ich; meine Stimme ist ein wenig zu hoch, als ich meinen Exfreund ins Spiel bringe.

»Jack?«, fragt er völlig unbeeindruckt. »Der Reiche mit dem Porsche, von dem deine Eltern so viel reden?«

»Ja, er ist tüchtig, respektvoll und liebt mich«, lüge ich weiter; gleichzeitig ist mir die Erinnerung an die Schwärmerei meiner Eltern peinlich.

»Und warum ist er dann nicht hier bei dir?«

»Er ist sehr beschäftigt. Ein sehr erfolgreicher Manager.«

Er verzieht keine Miene. »Du warst schon immer eine schlechte Lügnerin«, sagt er leise. Offensichtlich hat er mich durchschaut.

Ich betrachte eingehend den Boden vor mir.

»Vertrau mir, ich bin ein Mann, vielleicht kann ich dir einen Rat geben.«

Er greift nach meinem Kinn und hebt es an.

Bei seiner Berührung überläuft mich ein Schauer.

Sofort schiebe ich seinen Arm weg, um die Wirkung zu vermeiden, die er bei mir auslöst.

Er lässt sich nicht aus der Ruhe bringen. »Was ist los? Hat er dich wegen einer anderen sitzen lassen?«

»Wir machen nur eine kleine Beziehungspause«, sage ich lauter als beabsichtigt. Die Wahrheit schmerzt mich, und ich hasse es, dass er sie aus mir herauspresst.

»Pause?«, fragt er verdutzt.

»Genau. Das ist bei sehr vielen Paaren die normalste Sache der Welt.« Meine Stimme ist weiterhin laut, als könnte ich ihn durch Lautstärke überzeugen.

»Ah, ja, klar«, murmelt er zweifelnd.

Offenbar glaubt er das nicht. Deshalb erzähle ich ihm die Geschichte, die ich für mich selbst stets wiederhole, seit Jack mich verlassen hat.

»Es handelt sich um eine vorübergehende Krise«, erkläre ich. »Die Tagung in Denver ist daran schuld. Ich bin nicht mitgeflogen, und er hat sich im Stich gelassen gefühlt … Weil ich

Flugangst habe und Jack wütend war wegen des Urlaubs auf den Seychellen, aber wir werden wieder zusammenkommen … Ich habe eine Wohnung für uns eingerichtet …«

Meine Worte klingen verkrampft. Neri sieht mich verblüfft an.

»Es ist total normal, eine Pause zu machen«, wiederhole ich. »Das verstehst du doch, oder?«

»Ehrlich gesagt, nein.«

»Aber das ist doch völlig klar! Ich bin nicht nach Denver geflogen und habe ihn mit Fiona allein gelassen, und weil er enttäuscht war, hat er sich mit ihr zusammengetan.«

»Ah, na also … Fiona. Jetzt habe ich verstanden«, murmelt er, während seine Augen aufleuchten.

»Er hat sich auf sie eingelassen, weil er sich von mir vernachlässigt gefühlt hat. Aber das ist nur eine Phase«, sage ich zuversichtlich.

Wenn man es auf diese Weise darlegt, ist die Situation gar nicht so schlimm.

Neri schaut mich verwirrt an. »Meinst du?«

»Aber natürlich. Ende des Monats tagt unsere Bank hier in der Toskana. Jack wird ohne Fiona herkommen, und dann wird alles wieder gut. Genau so wird es sein. Denn in Wirklichkeit will Jack eine Frau, mit der er eine Familie gründen kann, eine wie mich, nicht wie Fiona, sie ist viel zu karrierehungrig.«

Ich ziehe mein Handy heraus und suche ein Foto von ihr auf Facebook.

»Siehst du?« Obwohl ich für meine Verabredung mit Giovanna schon eine halbe Stunde zu spät dran bin, setze ich mich auf die Mauer und zeige ihm Fotos von ihr von einem Social-Media-Dienst.

Neri setzt sich neben mich und nimmt das Handy. »Lass mal sehen.«

Schweigend scrollt er durch die Bilder: auf einem Fest in einem roten Kleid, aus dem ein Paar überdurchschnittlich lange Beine hervorschauen; eine Nahaufnahme mit leicht geöffnetem Mund und einer blonden Mähne, die ihr über das Gesicht fällt; eine Aufnahme beim Sport, die ihren schmalen Körper betont.

»Und?«, frage ich.

Mit ernster Miene gibt er mir das Handy zurück.

»Tatsächlich, du hast recht …«

Er macht eine Pause von ein paar unendlich langen Sekunden. Ich hänge an seinen Lippen, in der Hoffnung, Trost zu finden.

»Ganz objektiv betrachtet ist sie viel zu sexy, um irgendeinem Mann gefallen zu können.« Er lacht.

Ich springe auf.

»Du bist und bleibst ein Mistkerl«, platze ich heraus.

Aber was hatte ich schon erwartet?

In dem Moment kommt eine Nachricht von Giovanna, und ich mache mich auf den Weg, ohne mich von ihm zu verabschieden.

»Ist dir klar, was für ein Mistkerl er ist?«, frage ich etwas später Giovanna, während wir das Haus der Großeltern betreten. »Findest du nicht, dass er abscheulich war?«

Giovanna beschränkt sich darauf, die Augen zu verdrehen. Ein Gesichtsausdruck, den sie öfter an den Tag legt, wenn wir bei dem Thema Männer sind.

»Also?«, hake ich nach.

»Es lohnt sich nicht, darüber zu reden. Ignorier ihn«, erwidert sie.

»Vielleicht hast du recht«, sage ich, während ich ihr folge.

»Natürlich habe ich recht. Also, wie findest du dieses Haus?«, fragt sie, während sie sich umschaut.

Ich betrachte die große Küche mit dem von Rauch geschwärzten Kamin, die originalen Holzbalken und die Fenster, die den Blick auf die herrliche Landschaft freigeben.

»Wunderbar, wir werden es mit alten Möbeln einrichten, vielleicht können wir auch etwas aus Tante Adas Haus nehmen.«

»Hm … Vielleicht hätte ich auch den Fußboden neu machen sollen. Er ist recht alt«, überlegt sie zweifelnd.

Mit dem Fuß schiebe ich den Staub beiseite, der bei den Umbauarbeiten entstanden ist, und stelle fest, dass sich die Tonfliesen zwar mit der Zeit abgenutzt haben, aber sonst in perfektem Zustand sind.

»Darin liegt seine Schönheit. Die Touristen werden begeistert sein.«

Ich hake mich bei ihr ein. »Komm, wir gucken, was wir noch Schönes auf dem Dachboden finden.«

Ich ziehe sie mit einer Begeisterung und einer heiteren Freude nach oben, die ich seit Ewigkeiten nicht mehr empfunden habe. Seit damals, seit meiner Kindheit …

Als die Sonne untergeht, haben wir stundenlang gemeinsam gearbeitet, aber trotz der Erschöpfung bin ich voller Tatendrang. Giovanna hat es wirklich gut gemacht, mich einzubeziehen, und ich ahne bereits, wie dieses Haus aussehen könnte. In meinem Kopf führt eine Idee zur nächsten, dann zur übernächsten, in einem Spiel von Assoziationen, das jeden anderen Gedanken ausblendet.

Ich gehe ins Wohnzimmer und betrachte es zufrieden. Mit den beiden Sesseln von Anfang des 20. Jahrhunderts, die wir auf dem Dachboden gefunden haben, dem Schlittenbett aus dem ersten Stock und dem Korb für die Zeitschriften ist es praktisch fertig.

»Jetzt brauchen wir nur noch einen Kelim und Kissen, damit das Bett wie ein Diwan aussieht«, sage ich zu Giovanna, während ich mir mit dem Zipfel des T-Shirts, das sie mir geliehen hat, den Schweiß abwische – es ist grau, und in rosaroter Schrift prangt I AM SEXY darauf.

»Du hast recht«, antwortet meine Cousine. »Ich hätte in so kurzer Zeit niemals mit einem derartig guten Ergebnis gerechnet.«

»Und wir haben noch gar nichts ausgegeben«, füge ich hinzu und denke dabei an die teuren Möbel, die ich für meine Wohnung in London gekauft habe. Erst jetzt wird mir bewusst, dass sie mir gar nicht mehr so richtig gefallen.

Giovanna schaut mich bewundernd an.

»Falls du dich entscheidest, hierzubleiben, könnten wir eine Firma gründen und noch andere Häuser gemeinsam renovieren.«

»Aber ich bleibe nicht hier.«

»Denk mal darüber nach, würde dir das nicht gefallen? Ich spreche von Häusern mit Charme, solchen, wie sie die Engländer so lieben. Ich könnte mich mit dem baulichen Teil befassen und du mit dem dekorativen. Wir wären ein super Team!«

Ich lache, und Giovanna zieht ihr Handy heraus.

»Jetzt machen wir erst mal Fotos für die Website der Agentur.«

Ich laufe ihr hinterher, und während sie knipst, fühle ich mich völlig unbeschwert.

Der Kummer um Jack ist zwar noch da, aber ich spüre auch ein seltsames Gefühl der Erregung, als wäre dies der Beginn von etwas Neuem.

»Hier, siehst du?« Als sie fertig ist, zeigt sie mir die Fotos. »Ich lade sie jetzt auf die Website hoch, dann sind sie sofort online.«

»Kann ich dann den Link an Kate schicken?«

»Natürlich«, meint sie. »So, nun ist Schluss für heute.«

»Puh, ich bin ganz schön müde. Ich kann es kaum erwarten zu duschen, um diesen ganzen Schmutz loszuwerden.«

17

Zimmer ohne Wände

In der warmen Jahreszeit gibt es nichts Besseres, als in der Laube zu essen – wie in einem Speisezimmer ohne Wände. Es empfiehlt sich, bei ihrer Einrichtung mit dem Wechsel von Drinnen und Draußen zu spielen und Steintische, schmiedeeiserne Stühle und Korbsessel mit Teppichen, Kissen und einer alten Anrichte aus Holz zu kombinieren. Idealerweise wird der Tisch zwanglos gedeckt – ein Leinentischtuch, Krüge aus einheimischen Töpfereien, alte, unterschiedliche Gläser und die *ceramiche rustiche ›a macchie‹ verdi*, die typisch toskanische Keramik mit den grünen Tupfen. Abends leuchten die Lichter der Laternen mit den Sternen um die Wette.

Als ich zurückkomme, hat Neri Besuch. In der Gartenlaube sitzen etwa zehn Personen an einem Tisch, der mit einem weißen Leinentischtuch, rustikalem Tongeschirr, Silberbesteck und antiken Kristallgläsern in verschiedenen Farben gedeckt ist. Eine Mischung aus schlicht und raffiniert, in der ich Neris übliche informelle Eleganz wiedererkennen kann. Rund um den Tisch sorgt Kerzenlicht, das durch Laternengläser fällt, für ein Spiel von Licht und Schatten.

Neri steht auf und kommt mir entgegen.

Mit einer Kopfbewegung deute ich zu den Gästen. »Was ist hier los?«

»Ich habe ein Diner Fromage organisiert«, erwidert er und wirft einen irritierten Blick auf mein T-Shirt.

Ich verschränke die Arme, damit man nicht sieht, wie verwaschen es ist, und vor allem, was drauf steht.

»*Diner* was?« Ich bemühe mich, mein spärliches Französisch aus dem Gedächtnis hervorzukramen.

»Abendbrot aus Käse«, übersetzt er.

»Käse? Abgesehen von meiner Laktoseintoleranz, bin ich zu müde, um Gäste zu haben.«

»Ich dachte, es würde dir gefallen, neue Leute kennenzulernen«, sagt er in provokantem Tonfall.

»Nicht wenn du entscheidest, wann und wen.«

»Der Hof gehört auch mir. Wenn du darauf bestehst, ihn nicht zu verkaufen, musst du akzeptieren, dass ich Freunde einlade«, gibt er ungerührt zurück; in diesem Moment sehe ich, wie sein Cousin auf uns zukommt.

»Du erinnerst dich an Baldo, oder? Er hat beim Landgut einer Tante eine Pecorino-Produktion aufgebaut. Sein Käse hat bereits das Qualitätssiegel DOP erhalten.«

»Ja, ich erinnere mich«, erwidere ich halbherzig.

»Ciao«, begrüßt mich Baldo mit einem Grinsen.

»Das ist Isabel«, stellt mich Neri der Runde vor, die mich vom Tisch aus neugierig anschaut. Unter ihnen sind auch Herzogin Bona und das Mädchen, von dem Deborah gesagt hat, dass sie einen dreiteiligen Nachnamen hätte.

Ich grüße in die Runde und strecke die Arme aus, die ich vor der Brust verschränkt hatte. Was kümmert mich das T-Shirt? Es lohnt sich nun wirklich nicht, sich darüber Gedanken zu machen, was diese Leute denken.

Neri deutet auf einen freien Stuhl. »Wir haben dir einen Platz frei gehalten.«

»Danke, aber ich glaube, ich bin zu müde.« Ich gehe lieber nach oben in mein Zimmer.

Bona verzieht ihre schmalen Lippen zu einem kleinen Lächeln. »Was habe ich dir gesagt, Neri? Auch wenn deine Freundin beschlossen hat, hier zu leben, bedeutet das noch lange nicht, dass sie sich verpflichtet fühlen muss, zum Abendessen zu bleiben«, sagt sie freundlich, doch ich verstehe den Seitenhieb.

»Ich habe es mir anders überlegt. Ich bleibe gerne zum Abendessen, danke«, sage ich mit einem aufgesetzten Lächeln und werfe ihr einen herausfordernden Blick zu.

»Gute Idee, komm.« Neri hakt sich bei mir ein und zieht den Stuhl heraus, damit ich mich setzen kann, während Bona sich darauf beschränkt, die Lippen zusammenzupressen und einen Mundwinkel nach oben zu ziehen.

Kaum habe ich mich gesetzt, streckt mir das Mädchen mit dem dreiteiligen Nachnamen die Hand hin.

»Ortensia«, stellt sie sich vor. »Und das ist meine Schwester Caterina.« Sie zeigt auf ein etwa zwölfjähriges Mädchen, das neben ihr sitzt. Die Einzige am Tisch, die sympathisch aussieht.

»Isabel«, sage ich und lächle Caterina an, während ich Ortensia verstohlen mustere: ätherisch, elegant, in einer blassrosa Bluse aus fließendem Stoff; es überrascht mich nicht, dass Giada behauptet, sie könnte Neris Freundin sein, oder seine Verlobte, und unwillkürlich durchzuckt mich ein leiser Anflug von Neid.

Ein Kellner stellt ein Tablett mit einer Reihe Pecorino-Proben – von mild bis würzig – vor mir ab. Ich schiebe es in die Mitte des Tisches und lehne mich ein wenig nach hinten, um dem Geruch zu entrinnen.

»Carolina«, sagt ein blondes Mädchen im Hintergrund.

»Ragno«, begrüßt mich ein Glatzkopf in blauem Jackett.

»Ragno?«, frage ich, weil ich glaube, nicht richtig verstanden zu haben.

»Das steht für Ranieri«, erklärt er, als sei das nicht offensichtlich. Ich vergaß, dass Neris Freunde sich nur bei Spitznamen nennen – mit einer scheinbaren Zwanglosigkeit, die in Wirklichkeit eine Erinnerung an gemeinsame Kindertage ausdrückt und neu Hinzugekommene ausschließt. Wer nur ihre Taufnamen kennt, gibt sofort preis, dass er nicht dazugehört.

Neri stellt mir die Übrigen vor, wobei er ausnutzt, dass ich abgelenkt bin, und mir eine großzügige Portion des wohl würzigsten Käses serviert.

Als ich es merke, ist er bereits auf meinem Teller.

Auch diesen Teller schiebe ich sanft weg und gebe dem Kellner ein Zeichen. »Gibt es auch etwas anderes?«, frage ich.

»Gewiss. Was hätten Sie gern? Parmesan, Taleggio oder auch Stilton, Roquefort, Camembert? Wir haben nicht nur italienischen Käse da«, antwortet er mit gewichtiger Miene.

Ich hatte das Thema des Abendessens ganz vergessen.

»Ich meinte … abgesehen von Käse«, wage ich zu sagen.

Der Kellner steht ein paar Sekunden lang verdutzt da. »Außer Brot und den dazu gereichten Konfitüren?«

»Ja.«

»Ich schaue mal, ob ich Ihnen einen Salat machen kann.«

»Danke. Und ohne Dressing, bitte«, rufe ich noch, während er weggeht; es ist mir gleichgültig, dass meine Stimme dabei zu laut ist und ich die Aufmerksamkeit der Anwesenden errege – es interessiert mich nicht.

Ich versuche, am Gespräch teilzunehmen, jedoch ohne Erfolg, denn es geht um Dinge und Personen, die ich absolut nicht kenne.

Ich bin die Einzige, die schweigt, abgesehen von Caterina, die wohl daran gewöhnt ist, nur zu sprechen, wenn sie gefragt wird. Ich täusche großes Interesse für meinen Salat ohne Dressing vor, der prompt gekommen ist, und beobachte verstohlen Neri und Ortensia, um herauszufinden, ob sie tatsächlich zusammen sind. In Neris Verhalten kann ich jedoch keine Leidenschaft erkennen, ganz im Gegensatz zu Baldos, der Ortensia offenkundig interessant findet.

Inzwischen werden um mich herum die aktuellsten Neuigkeiten über Grillo, Puccio, Bubi, Tosco, Mavi, Lulla, Ninni und Ascellica ausgetauscht, außerdem werfen sich Neris Freunde gegenseitig scherzhafte Bemerkungen zu, die ich nicht verstehe.

Nachdem es um irgendwelche Verwandten und Erbschaftsstreitigkeiten ging, konzentriert sich die Aufmerksamkeit der Runde plötzlich auf mich.

Ortensia versucht, mich in das Gespräch einzubeziehen. »Isabel ... und wie weiter?«, fragt sie mit unergründlichem Blick.

»Pizzi.«

»Pazzi? Wie die Pazzi aus Florenz?«, fragt Corsaro vom anderen Ende des Tisches.

»Nein, Pizzi«, korrigiere ich ihn.

»Die Pizzi aus der Romagna? Ich glaube, es gab da mal einen Kardinal, der so hieß«, mischt sich Baldo hinterhältig ein.

Doch ich lasse mich vom ihm nicht aus dem Konzept bringen.

»Nein, nein, die Pizzi von hier.«

»Wirklich? Und warum kennen wir uns dann nicht?«, murmelt Ragno.

»Meine Großeltern waren Halbpächter der Torrelupo«, kläre ich sie auf. Für meine Herkunft brauche ich mich ganz bestimmt nicht zu schämen.

Meine Enthüllung ist ihnen unangenehm. Die ganze Runde schweigt unbehaglich, während Neri die Augenbrauen und Augenlider nach oben zieht und mir einen Blick zuwirft, den ich nicht einordnen kann. Ich gebe alle Zurückhaltung – die goldene Regel des Anstands – auf und fange an, ohne Punkt und Komma zu reden.

»Meine Tante war Schneiderin«, sage ich in das allgemeine Unbehagen hinein und genieße die beunruhigten Mienen. »Meine Cousine ist Immobilienmaklerin, eine andere ist Arzneimittelvertreterin und die dritte …«

Oh Gott, was macht eigentlich Giada? Jetzt ist es mir entfallen. »… ist Kindergärtnerin«, stoße ich triumphierend hervor.

»Wie meine Schwester Angelica«, sagt Ortensia.

»Und du, Isabel, was machst du so? Bist du auch Kindergärtnerin?«, will Carolina wissen.

»Nein, Isabel ist Buchhalterin«, mischt sich Bona ein.

»Controllerin«, betone ich.

»Das heißt?«, fragt Ortensia und sieht dabei etwas verloren aus.

»Ich trage die Verantwortung für die Analyse der Abweichungen zwischen den Zielen und den Ergebnissen der Bank, in der ich arbeite«, erkläre ich.

»Kurz und gut: Sie kontrolliert die Konten der Filialen«, fasst Bona für die anderen zusammen.

»Keineswegs. Wir haben keine Filialen, ich arbeite in einer Investmentbank.«

»Ah«, murmelt Ortensia und blickt sich Hilfe suchend um. Offensichtlich hat sie keine Ahnung, wovon ich rede.

Nur Baldo meldet sich zu Wort: »Ja, das sind die, die große Erbschaften verwalten.«

»Dafür ist das Private Banking zuständig. Zusammenfassend lässt sich sagen, dass wir Firmen aufkaufen, sie umstrukturieren und dann weiterverkaufen, wobei wir sie an der Börse notieren.«

Caterina, die bis zu diesem Moment geschwiegen hat, hebt die Hand, um etwas zu sagen. »Ich weiß, was Isabel arbeitet.«

»Wirklich? Wie kommt das?«, fragt Bona mit einem Lächeln.

»Ich habe es in einem Film gesehen! Es ist die Arbeit, die

der Hauptdarsteller in *Pretty Woman* auch macht«, antwortet sie prompt.

Ich lächle. »Bravo! Genau das macht ein Investmentbanker. Ich selbst mache zwar nicht exakt diese Arbeit, aber mein Verlobter«, erkläre ich ihr, wobei ich in Bezug auf Jack wieder nicht die Wahrheit sage.

»Wirklich?«, fragt Caterina bewundernd. Da ist sie allerdings die Einzige.

Ich nicke mit einem Kloß im Magen. Ein Jammer, dass er jetzt bei Fiona ist.

Baldo lächelt schmallippig. »Na dann hoffe ich, dass du nicht den Job von Julia Roberts hast.«

Alle in der Runde lachen.

So langsam laufe ich mich warm. »Klar wäre es nicht schlecht, wenn mich jemand zum Shoppen in Beverly Hills einladen würde, aber ich ziehe es vor, meine Kleidung selbst zu zahlen. Ich bin es gewöhnt, mein Geld selbst zu verdienen«, erwidere ich mit einem freundlichen Lächeln.

»Als Buchhalterin musst du dich ja gut mit Geld auskennen«, befindet er.

»Ziemlich gut sogar, weil ich Controllerin bin. Ich bin für das Budget einer ganzen Abteilung verantwortlich, das sind etwa hundertzwanzig Millionen Euro«, füge ich hinzu, nachdem ich die britischen Pfund im Kopf umgerechnet habe.

»Wow!«, ruft Caterina.

Baldo starrt mich an.

»Also wenn du Beratung bei deiner Pecorino-Firma brauchst … Wie hoch ist dein Umsatz, wenn ich fragen darf?« Ich bin die Hilfsbereitschaft in Person.

»Um genau zu sein …«, stammelt er und lässt den Satz unvollendet.

Von wegen Firma! Das mit dem Pecorino ist sicher nur ein Hobby, und bestimmt hat er einen Geschäftsführer.

Bona kommt ihm zu Hilfe. »Das liebe Geld … heute ist es wichtiger als alles andere.«

»Heutzutage diskutiert man darüber sogar bei Tisch«, setzt Baldo noch einen drauf, als hätte er nicht soeben von Erbschaftsangelegenheiten gesprochen.

Ich nehme die Blicke wahr, die auf mir ruhen. Vielleicht bin ich doch zu weit gegangen. Nur Neri sieht mich interessiert an. Seine Augen glitzern seltsam, seine Lippen kräuseln sich zu einem Lächeln. Ob das die Wirkung des Weines ist, den er sich dauernd nachschenkt?

Auch Bona muss es aufgefallen sein, und ihrem Gesichtsausdruck nach zu schließen scheint ihr das überhaupt nicht zu gefallen.

Der Kellner zeigt auf den unangetasteten Käseteller. »Sind Sie fertig, Signora?«

»Ja, der Salat war genug für mich, danke.«

Erst nach Mitternacht neigt sich der Abend dem Ende zu.

Das Essen ist zum Glück ohne weitere Zwischenfälle verlaufen. Meine Tischgenossinnen und -genossen sind zu ihren Gesprächsthemen zurückgekehrt, doch Neri hat seine Aufmerksamkeit nicht mehr von mir abgewandt und mehrere Male, als ich in seine Richtung blickte, merkte ich, dass er mich ansah.

Nachdem auch der Kellner schon gegangen ist, begleitet Neri die letzten Gäste zu ihren Autos, und ich trage die Teller, die noch auf dem Tisch standen, in die Küche.

Bona folgt mir.

Ich stelle das Geschirr in die Spüle und drehe mich um. »Danke, ich kann das allein machen. Gute Nacht«, versuche ich sie loszuwerden.

»Ich bin nicht zum Helfen hereingekommen, sondern um einige Dinge klarzustellen«, teilt sie mir entschlossen mit.

»Und zwar?«

»Sie wissen genau, wovon ich rede.«

»Ganz und gar nicht«, entgegne ich verdutzt.

»Dann muss ich wohl Klartext reden. Ich mochte Ihre Tante sehr gern, deshalb möchte ich Sie vorwarnen.«

»Das heißt?«

»Ich weiß nicht, warum mein Neffe beschlossen hat, in einer eheähnlichen Lebensgemeinschaft mit Ihnen zusammenzuleben, aber Sie müssen wissen, dass das nicht von Dauer sein kann.«

Ich bin überrascht und entsetzt über diese Unverschämtheit.

»Zusammenleben in eheähnlicher Lebensgemeinschaft? Nicht dass Sie das irgendetwas anginge, aber zwischen Neri und mir ist rein gar nichts«, stelle ich verärgert klar.

Bona zuckt nicht mit der Wimper. »Das behauptet mein Neffe auch. Aber ich bin nicht dumm, ich habe sehr wohl die Anziehung zwischen Ihnen beiden bemerkt.«

Mein Herz setzt einen Schlag aus.

»Wirklich?«

»Ja«, sagt sie mit ernstem Gesicht. »Missverstehen Sie mich nicht, Sie sind ein wirklich angenehmes Mädchen, aber für Neri ist jemand anderes vorgesehen. Es ist besser für Sie, wenn Sie sich keine Illusionen machen.«

Schon wieder dieser verhasste Satz. Bonas Worte kratzen einen Moment lang an meiner Selbstsicherheit, doch plötzlich finde ich meinen Stolz wieder.

»Ich habe keinesfalls die Absicht, Ihren Neffen zu heiraten«, entgegne ich; mir wird ganz heiß vor lauter Ärger.

Ohne die Miene zu verziehen, mustert sie mich. »Und warum werden Sie dann rot? Hören Sie auf mich, ich sage das Ihretwegen, es ist besser, es nicht zu sehr in die Länge zu ziehen.«

Ich verliere die Geduld. »Und wenn es so wäre? Jeder hat das Recht, den Partner zu wählen, der ihn glücklich macht.

Und jetzt entschuldigen Sie mich bitte – ich habe zu tun, gute Nacht«, versuche ich erneut, aus dieser unangenehmen Situation herauszukommen.

Bona dreht sich um und verlässt die Küche.

Ich stütze mich auf das Spülbecken und klammere mich mit den Händen am Rand fest. Ich bin erschöpft, das Abendessen war wirklich eine Herausforderung, und der Abschluss hat das Fass zum Überlaufen gebracht.

Ich schenke mir ein Glas Wasser ein und denke an Bonas Worte.

Anziehung zwischen Neri und mir? Tatsache ist: Auch wenn ich ihn hasse, finde ich ihn dennoch faszinierend. Aber das ist normal – schließlich ist er ein außerordentlich gut aussehender Mann. Jedenfalls bin ich ihm total gleichgültig.

Oder doch nicht?

Ich grüble über den Abend nach, und allmählich kommt ein seltsames Gefühl in mir auf. Was, wenn seine Tante recht hat?

Bonas Worte bewirken so langsam das Gegenteil von dem, was sie erreichen wollte. Anstatt mich von Neri fernzuhalten, graben sie sich in mein Herz und schaffen gefährliche Illusionen. Der Gedanke, er könnte mich attraktiv finden, verschafft mir gute Laune.

Ich trinke einen Schluck und bemühe mich, rational zu denken.

Nein, ich darf mich nicht täuschen lassen. Neri ist nicht an mir interessiert, und selbst wenn er das wäre, wäre es wahrscheinlich nur eine Laune. Ich bin nicht die geeignete Frau für ihn, da hat seine Tante recht.

»Endlich sind sie gegangen.«

Seine Stimme lässt mich zusammenzucken. Mit einem Ruck drehe ich mich um und verschütte das Wasser aus dem Glas, das ich in der Hand halte.

»Du bist ganz nass geworden«, sagt er und senkt den Blick auf mein T-Shirt. »*I AM SEXY* … dein T-Shirt hat wirklich recht.«

Ich trete einen Schritt zurück, meine Wangen sind flammend rot, und ich nehme einen Sicherheitsabstand ein. »Bleib weg von mir.«

»Ich dachte, du hättest gern Gesellschaft.« Sein Blick besagt, dass er etwas zu viel getrunken hat.

»Aber nicht deine«, erwidere ich.

»Und ich hatte gehofft, ich hätte Chancen«, raunt er mir zu, im dreisten Tonfall desjenigen, der es gewohnt ist, dass ihm die Welt zu Füßen liegt.

»Hör auf, dich über mich lustig zu machen.«

»Tue ich doch gar nicht. Ich finde dich wirklich anziehend, das habe ich den ganzen Abend lang gedacht.« Erneut kommt er mir näher.

Dieses Mal weiche ich nicht zurück, als würde sein Körper eine Energie ausstrahlen, die mich davon abhält. Ich hebe den Blick: Seine Miene ist ernst, die Lippen halb geöffnet. Keine Spur mehr von dem Hohn und Spott der vergangenen Tage.

Und da begreife ich, dass er die Wahrheit sagt. Aber das ändert nichts. Seine Tante hat das ganz richtig gesehen, als ihr heute Abend aufgefallen ist, dass Neri sich zu mir hingezogen fühlt, aber es ist nur eine Laune von ihm.

Am liebsten würde ich ihn mit einer schlagfertigen Antwort zurückweisen, doch sein entwaffnendes Lächeln lässt mich nicht die richtigen Worte finden.

»Lass das, Neri. Der Abend war schon schwierig genug, und vorhin hat mir deine Tante mit ihren Predigten noch den Rest gegeben.«

»Predigten worüber?«

»Ach egal«, antworte ich vage. »Ich ziehe mich jetzt zurück«, teile ich ihm mit und vermeide dabei Worte wie »Bett« oder »schlafen«, damit er nicht auf komische Ideen kommt.

Er kommt erneut auf mich zu. »Warum?«

»Ich bin müde, habe ein nasses T-Shirt, bin seit heute Morgen auf den Beinen, habe schmutzige Haare und muss unbedingt duschen, deshalb«, versuche ich, ein möglichst unattraktives Bild von mir zu zeichnen.

Er kann es nicht lassen.

»Duschen? Wie schade«, murmelt er; als er das sagt, vergleiche ich ihn unwillkürlich mit Jack, der mich vor dem Sex immer aufgefordert hat zu duschen.

Neri beugt sich zu mir und ist so nah, dass ich sein Parfüm riechen kann.

»Deinen Duft habe ich schon immer geliebt«, sagt er heiser.

Ich kann nicht glauben, was ich da höre. Innerlich wiederhole ich, dass er für mich gar nicht existiert und dass ich nicht vergessen darf, wie es damals ausgegangen ist.

Aber es nützt nichts. Seine Worte über meinen Duft sind das Sinnlichste, was ich seit Jahren gehört habe, und gegen meinen Willen werde ich schwach. Ich denke wieder an Jack, an seine Besessenheit vom Duschen, an seinen Ekel vor Gerüchen, und daran, wie sinnlich Neri ist.

Plötzlich packt er mich an den Schultern.

»Du bist so sexy, Isabel … so schön«, flüstert er.

Mein Herz fängt an zu hämmern. Um mich zu beruhigen, hefte ich meinen Blick auf die obersten Knöpfe seines Hemds, doch das ist ein Fehler, denn sie sind geöffnet, und darunter kann ich seinen muskulösen Brustkorb erahnen. Ganz zu schweigen von seiner gebräunten Haut. Und seinen Gesichtszügen, die trotz seiner blonden Haare und seiner blauen Augen so markant und mediterran sind. Oder von seinem Duft, der mich überwältigt und noch verletzlicher macht, als ich ohnehin schon bin.

Ich will ihm sagen, dass er mich nicht anrühren soll, aber ich kann nicht mehr sprechen.

Neri beugt sich zu mir vor. Ganz langsam.

Ich spüre seinen Atem auf meinem Mund, nur wenige Zentimeter von meinem Gesicht entfernt, und ich blicke ihn verwirrt an, während mir bewusst wird, dass ich mich nach diesem Moment schon seit zwölf Jahren sehne.

Und jetzt ist er da, dieser Moment.

Er presst seine Lippen auf meine und öffnet entschlossen meinen Mund.

Ich gebe mich seinem Kuss hin – es ist ein starker, ein ungestümer, ein unersättlicher Kuss, wie von jemandem, der ausgehungert ist. Für einen langen Moment lassen wir uns gehen, denken an nichts.

Als wir uns wieder voneinander lösen, schauen wir uns bestürzt an. Einige Sekunden lang wagt keiner zu sprechen.

»Vielleicht hast du zu viel getrunken«, bringe ich schließlich heraus.

»Ja«, murmelt er und versinkt wieder in Schweigen.

Sein Eingeständnis bringt mich wieder zur Vernunft.

»Zeit, schlafen zu gehen«, sage ich, ohne ihn anzuschauen, und auch wenn ich seine Lippen gern wieder auf meinen spüren würde, flüchte ich vor ihm.

18

Hängematten

Es gibt nichts Besseres, als sich nachmittags im Schatten eines Baumes oder einer Laube zu entspannen. Das ist eine Erfahrung, die einen mit Ruhe und Frieden erfüllt und der Fantasie Flügel verleiht. Eine Hängematte, eine Chaiselongue aus Weidengeflecht oder ein schmiedeeiserner Diwan sind Einrichtungsgegenstände, die ein idyllisches Ambiente schaffen, in dem wir uns im engen Kontakt mit der Natur und so auch mit uns selbst fühlen.

Am folgenden Morgen schaue ich in den Spiegel und merke, dass mir meine Schlaflosigkeit ins Gesicht geschrieben steht. Ich habe mich die ganze Nacht hin und her gewälzt, und auch heute Morgen noch bin ich beunruhigt, wenn ich an den Kuss denke, und eine Vielzahl widersprüchlicher Gedanken schießt mir durch den Kopf.

Was wäre gewesen, wenn wir weiter gegangen wären? Zum Glück ist das nicht passiert. Dennoch genieße ich die Erinnerung an Neris Lippen auf meinen. Ein leidenschaftlicher, sinnlicher Kuss, wie ich ihn seit Jahren nicht mehr erlebt habe. Es ist, als wäre ich aus einem langen Schlaf erwacht.

Ich ertappe mich dabei, wie ich von seinem Duft, von seinen Händen, von der Berührung seiner nackten Haut auf meiner träume, und ich schaffe es nicht, mein Begehren im Zaum zu halten.

Was ist bloß in mich gefahren?

Ich muss unbedingt die Kontrolle wiedererlangen.

Es ist besser für Sie, wenn Sie sich keine Illusionen machen. Bonas Worte sorgen dafür, dass ich wieder zu mir komme.

Gestern Abend hat mir die Dunkelheit der Nacht den Verstand vernebelt und Gefühle hervorgerufen, heute beleuchtet die Sonne das, was geschehen ist. Ich darf die Fehler der Vergangenheit nicht wiederholen – diese Sache muss sofort ein Ende finden. Das Wissen, dass Neri außer körperlicher Anziehung nie etwas für mich empfinden wird, muss mich wieder zur Vernunft bringen.

Wir haben uns nur geküsst, weil er betrunken war, und meine Müdigkeit hat mich dazu gebracht, weniger beherrscht zu sein, aber heute muss ich auf meinen Verstand hören. Und mein Verstand sagt mir, dass ich mich lieber von ihm fernhalten sollte.

Als ich zum Frühstück hinuntergehe, ist Neri zum Glück schon weg. Ich gehe in den Garten. In der Laube setze ich mich in einen Sessel, lehne mich zurück und trinke in kleinen Schlucken meinen Tee. Dabei gebe ich mich ganz dem Wohlbehagen hin, wie es immer öfter vorkommt, seit ich hier bin. Ich schließe die Augen und lausche dem Zirpen der Grillen; es duftet nach Jasmin. Ich könnte für immer hierbleiben, ohne irgendetwas zu tun, und mich einfach den Sinneseindrücken hingeben, als hätte mein Leben in London keinerlei Bedeutung mehr für mich.

Erstaunt bemerke ich, wie sehr mich dieser Aufenthalt bereits verändert hat. Ich erkenne mich nicht wieder. Das alles ist Tante Adas Schuld, weil sie mich hierhergelockt hat. Aber auch meine eigene.

Auf einmal wird die Hitze unerträglich. Ich gehe ins Haus

und hinauf in mein Zimmer, wo ich eine Nachricht auf meinem Handy finde. Es ist Kate, die mich fragt, ob ich eine Unterkunft für sie und ihre Freunde gefunden habe.

Ich schicke ihr den Link zu der Website, auf die Giovanna die Fotos vom Haus der Großeltern gestellt hat. Wenn ich schon hier bin, kann ich auch etwas Nützliches tun.

Nachdem ich den Nachmittag damit verbracht habe, Bücher über Architektur zu lesen, die meine Tante mir geschenkt hat, gehe ich bei Sonnenuntergang die Wäsche hereinholen. Beim Einräumen finde ich in einer Schublade die gewebte Hängematte, die mir meine Tante von einer Südamerikareise mitgebracht hat und in der ich so gerne geschaukelt habe.

Ich gehe nach unten, befestige die Hängematte an den Haken hinten am Haus und strecke mich darin aus. In einer alten Zeitschrift über Inneneinrichtung lasse ich mich für die weitere Dekoration des Hauses, das Giovanna und ich einrichten, inspirieren.

Schon bald gehen meine Gedanken, eingelullt durch das sanfte Schaukeln, in Träume über und werden immer konfuser. Komplizierte Entwürfe für gemauerte Küchen, unter der Treppe eingebaute Bäder und zu Wohnraum ausgebaute Dachgeschosse vermischen sich in meinem Kopf mit Bildern von duftenden Kräutergärten, riesigen Rosenstöcken und Reben voller Trauben.

Ich träume, dass ich zusammen mit Jack Trauben pflücke, dass er mir eine in den Mund steckt und dann näher kommt, um mich zu küssen. Doch plötzlich sind seine Lippen die von Neri. Ich stoße ihn von mir, nähere mich dann wieder und schiebe ihn erneut weg, in einem Kampf mit mir selbst, der erst unterbrochen wird, als ich plötzlich von einem stechenden Schmerz in der Wade geweckt werde.

Mit einem Ruck setze ich mich auf und greife mir ans Bein, weil ich dort ein Brennen spüre.

Es ist schon dunkel, ich muss mindestens drei Stunden geschlafen haben. Ich versuche zu begreifen, was los ist, und im schummrigen Licht des Mondes erkenne ich einen roten Punkt auf meiner Haut, der allmählich anschwillt.

Ich schaue mich um und weiß immer noch nicht, was mich da gebissen hat. Dann entdecke ich plötzlich, dass sich zu meinen Füßen etwas bewegt. Ich beuge mich vor, um es besser betrachten zu können, und da sehe ich ihn: schwarz, lang und schmal, vorne mit zwei großen Zangen und hinten mit einem Stachel am Schwanz ... In der Hängematte sitzt ein Skorpion!

»Hilfe!«, brülle ich und taste hysterisch meinen ganzen Körper ab; dann springe ich mit einem Satz aus der Hängematte.

»Hilfe!«, schreie ich noch einmal, während Angst meinen Ekel ablöst. Und wenn er giftig ist?

»Isabel!«

Die Außenbeleuchtung geht an, Neri taucht auf und starrt mich verwirrt an. Er läuft auf mich zu und zieht mich in eine feste Umarmung.

»Isabel, ist alles in Ordnung?«

Heftig zitternd drücke ich mich an ihn. Unsere Körper schmiegen sich aneinander, und ein herrliches Gefühl durchströmt mich: Ich fühle mich unendlich geborgen.

»Beruhige dich! Was ist passiert? Sag schon!«

Ich versuche, ihm zu antworten, bringe aber kein Wort heraus.

Er fasst mich an den Schultern und schüttelt mich. »Heraus damit! Hat dir jemand wehgetan?« Vorsichtig und zugleich zornig schaut er sich um.

Schließlich gelingt es mir wieder, einen Laut von mir zu geben. »Ein ... ein ... Skorpion«, sage ich mit erstickter Stimme.

Seine Gesichtszüge entspannen sich sofort. Er lockert seine Umarmung, und die Aufregung in seiner Miene verschwindet.

»Ah, ein Skorpion! Halb so schlimm. Was für eine Angst du mir eingejagt hast. Wo ist er?«

Ich zeige auf die Hängematte. Er geht ins Haus und kommt ein paar Sekunden später mit einer Dose zurück, in die er das Tier hineinbugsiert.

»Warte hier«, sagt er und schließt den Deckel, um den Skorpion wegzubringen. Kurze Zeit später kommt er zu mir zurück.

»Ist der Stich gefährlich?«, frage ich besorgt.

Neri fängt an zu lachen. »Er ist ungefähr so giftig wie eine Wespe! Es reicht, den Stich zu desinfizieren und ein wenig Eis daraufzulegen, damit er abschwillt. Komm rein, ich helfe dir.« Neri nimmt mich an der Hand und führt mich ins Haus.

Nachdem er den Stich desinfiziert hat, steht er mitten im Wohnzimmer schweigend vor mir. Beide sind wir verlegen.

Ich streiche mir eine Haarsträhne, die sich aus meinem Pferdeschwanz gelöst hat, hinter das Ohr und weiß nicht, was ich sagen soll.

»Tante Ada hat es geschafft«, sagt er nach langem Schweigen.

»Was?«

»Sie wollte, dass wir uns wiedersehen, und ich glaube, nicht nur wegen des Hofs. Und das, was gestern passiert ist …«

Seine Worte versetzen mich in Panik. Die Bilder des vergangenen Abends schießen mir durch den Kopf.

»Das hat nichts zu bedeuten«, beeile ich mich zu sagen.

Er stößt einen tiefen Seufzer aus. »Vielleicht sollten wir aber darüber sprechen.«

Ich spüre, dass meine Wangen brennen, und wäre wieder am liebsten geflohen.

»Ich glaube nicht.«

Einen Moment lang schaut er mir in die Augen, sein Blick wirkt ängstlich, genau wie meiner.

»Aber ich will mich entschuldigen. Ich habe zu viel getrunken, auch wenn das keine Rechtfertigung ist«, murmelt er.

»Schon gut, es hat nichts zu bedeuten.« Ich bin alles andere als erpicht darauf, das Thema zu vertiefen.

»Jedenfalls hätte ich das nicht tun sollen, es hätte nicht passieren dürfen.«

Innerlich wiederhole ich seine Worte. Und entgegen meiner Vernunft spüre ich einen Stich der Enttäuschung.

»Mach dir keine Gedanken. Wir waren beide sehr müde«, erwidere ich betont locker.

»Gut …«, murmelt er erleichtert. »Und nun?«

»Was meinst du?«

»Der Bauernhof. Was willst du damit machen? Ich habe immer noch nicht ganz verstanden, weshalb du so plötzlich deine Meinung geändert hast. Hattest du nicht gesagt, dass du es gar nicht erwarten kannst, nach England zurückzukehren?«

Ich zögere. *Ja, warum eigentlich?*

»Ich bin mir noch unsicher. Irgendwie spricht Tante Ada durch dieses Anwesen zu mir, vielleicht muss ich erst die Trauer über ihren Tod verarbeiten. Außerdem tut es mir ganz gut, mal eine Zeitlang nicht in London zu sein. Bestimmt begreift Jack durch meine Abwesenheit, wie wichtig ich für ihn bin«, erkläre ich aufrichtig.

»Hmmm … glaubst du wirklich, dass das passiert?«, fragt er vorsichtig.

»Das hoffe ich«, erwidere ich und wappne mich gleichzeitig, weil ich Angst habe, dass er sich wieder lustig über mich macht wie neulich, als ich ihm die Fotos von Fiona gezeigt habe.

Doch er macht sich nicht über mich lustig. »Und wenn er wirklich seine Meinung ändert? Dann willst du zurück zu ihm?« Sein Blick durchdringt mich förmlich.

»Ja«, sage ich nach kurzem Zögern. »Ja«, wiederhole ich entschlossener. Natürlich will ich zu meinem Verlobten zurückkehren. Und sei es nur deshalb, um der Anziehungskraft, die mich zu Neri treibt, zu entfliehen.

Er schweigt nachdenklich.

»Ich möchte dir einen Vorschlag machen«, sagt er einen Moment später.

»Einen Vorschlag?«, frage ich überrascht.

»Ja, wegen des Hofs. Ich habe viel darüber nachgedacht, wie es zwischen uns in den letzten Tagen gelaufen ist …« Er unterbricht sich.

»Und?« Meine Stimme bebt.

»Ich möchte gern, dass wir an einem Strang ziehen«, beendet er den Satz nach einem langen Seufzer.

»Wirklich?«

»Wenn ich dir helfen würde, Jack zurückzuerobern, würdest du dann einem Verkauf zustimmen?«

Mein Kopf ist plötzlich leer, deshalb schweige ich. Ich weiß, dass es das Beste wäre, wenn ich wegginge, mein vorheriges Leben wieder aufnähme, Neri, die Toskana und den Bauernhof vergäße. Trotzdem werden die Zweifel immer stärker.

Neri reißt mich aus meinen Gedanken.

»Ich weiß, was du empfindest, aber Verkaufen ist die richtige Entscheidung, Isabel. Auch ich hänge an dem Hof und an den Erinnerungen an Tante Ada, da bist du nicht die Einzige. Aber wir müssen uns davon trennen, es gibt keinen anderen Weg.«

»Warum?«, kommt es mir über die Lippen.

Er zögert mit seiner Antwort und neigt langsam das Gesicht zu mir. Dann weicht er wieder zurück. »Weil es für uns beide besser ist, wenn alles wieder wie vorher wird. Dein Zuhause ist woanders, und wenn du willst, kann ich dir helfen, dorthin zurückzufinden.« Seine Miene ist jetzt so gleichmütig wie üblich: ruhig, rational, beherrscht.

Ich begreife, dass es stimmt, was er sagt. Meine Welt ist woanders.

Ich muss das Gefühl seiner Lippen auf meinen und die Verbundenheit zu diesem Ort vergessen und versuchen, zu Jack und zu meinem Leben zurückzukehren. Was ich mir in all den Jahren aufgebaut habe, kann ich nicht für eine unmögliche Liebe, für den Traum einer romantischen Flucht an einen Ort, der mir viele Enttäuschungen bereitet hat, aufgeben. Ich muss in die Realität zurückkehren und vernünftig handeln.

»Du hast recht.« Ich nicke und versuche, ebenso viel Distanz zu wahren wie er.

Neri lacht gezwungen. »Dann akzeptierst du mein Angebot?«

»Ja«, bestätige ich.

Er streckt mir die Hand hin. »Dann ist das abgemacht«, sagt er mit einem festen Händedruck. »Ich habe schon einen Plan im Kopf.«

»Und wie sieht der aus?«, will ich wissen.

»Zuallererst bringen wir deine Weiblichkeit zur Geltung, die du immer so gut verbirgst. Es ist nicht nur eine Frage der Kleidung. Allerdings gibt es noch eine zusätzliche Option, für den Fall, dass das nicht ausreicht …«

»Und die wäre?«

»Du könntest so tun, als wärst du mit mir zusammen.«

Mein Herz setzt einen Schlag aus. »Ich wäre … was?«

»Mit mir zusammen, um Jack eifersüchtig zu machen«, erklärt er mit ruhiger Stimme.

»Bist du verrückt?«, rufe ich völlig durcheinander.

Er lacht. »Warum nicht? Ist das wirklich eine so unangenehme Vorstellung? Der Plan ist super, ich kenne die Mechanismen männlicher Konkurrenz sehr gut. Jack wird das nicht kalt lassen.«

»Aber so zu tun, als wären wir zusammen, ist doch absurd! Wer würde uns das glauben?«

Er schaut mich verdutzt an. »Deine Reaktion schmeichelt

mir nicht gerade. Aber vertrau mir, es wird funktionieren. Probieren wir es aus?«

Ich bin immer noch skeptisch. Könnte das wirklich klappen? Und was würde das für Auswirkungen auf mich haben?

»Also?« Er will eine Antwort.

»Hm, okay, ausprobieren kann man es ja«, erwidere ich.

»Du wirst es nicht bereuen«, sagt er mit einem Lächeln. »Eine letzte Sache noch ...«

»Ja?«

»Es ist besser, wenn ich wieder auf der Burg wohne. Meine Tante hat gesagt, dass Ortensia nicht gerade begeistert von unserem Zusammenleben ist.«

Mein Herzschlag setzt kurz aus. »Ah! Dann seid ihr also zusammen?«

»Noch nicht, aber ich glaube, sie hat etwas für mich übrig.«

Ich lächle gezwungen. Ich wusste, dass das früher oder später passieren würde, Ortensia passt perfekt zu ihm. »Ja, du hast recht. Besser, du kehrst auf die Burg zurück.«

Er reicht mir die Hand.

»Also dann – Freunde wie damals?«

»Ja, Freunde«, sage ich und erwidere seinen Händedruck.

19

Wie ein Kunstwerk

Wer lokale Handwerkskunst in seine Einrichtung integriert, verleiht dem Haus ein poetisches Narrativ, das ein harmonisches Band zur Kultur eines Ortes knüpft. In einem Bett zu schlafen, das aussieht wie von einem Giotto-Gemälde, oder sich bei der Einrichtung der Küche von den Szenen häuslichen Lebens inspirieren zu lassen, wie sie auf den Fresken von Ambrogio Lorenzetti dargestellt werden – dies alles ist Ausdruck einer Lebensart im Einklang mit den Schätzen, die die Toskana birgt.

Tags darauf lenkt mich das Geknatter eines alten Autos von den Einrichtungsbüchern ab, die ich gerade – im Garten sitzend – zu Rate ziehe, um über den letzten Schliff nachzudenken, der für das Haus der Großeltern noch notwendig ist.

Ich hebe meinen Blick: Neri, am Steuer eines VW Käfers, parkt vor dem Haus.

»Ciao, Amore«, begrüßt er mich, als er aussteigt.

Ich gehe über diese Bezeichnung hinweg und trete an den Wagen heran, der aus den Siebzigerjahren zu stammen scheint.

»Wo hast du den denn aufgetrieben? Ich dachte, die gibt es praktisch nicht mehr«, sage ich amüsiert. Instinktiv macht mir dieses Auto Neri sympathischer: schmutzig, voller Beulen und beladen mit allen möglichen Sachen – Hüten, Gefäßen, Gummistiefeln und anderen, nicht identifizierbaren Dingen – das genaue Gegenteil zu Jacks glänzendem Porsche.

»Er gehörte meiner Mutter«, antwortet er.

Neri zeigt auf meine Hose. »Die steht dir gut.«

Ich senke den Blick auf meine zerknitterte grüne Militärhose, die auf Schenkelhöhe eingerissen ist, und bedauere, sie angezogen zu haben. Das ist nicht wahr, ich sehe schrecklich aus, während Neri in seiner Jeans und seinem blauen Hemd wie immer toll aussieht.

Ich versuche vergeblich, das Loch zu verstecken, indem ich ein Bein über das andere schlage.

»Machst du Witze? Ich wusste ja nicht, dass ich Besuch bekomme, sonst hätte ich mich hübscher angezogen!«

»Ich mache absolut keine Witze«, sagt er lächelnd. Sein Blick fällt auf den Riss in der Hose. »Wie dem auch sei, wenn du Jack triffst, musst du die Hose unbedingt anziehen, das ist sehr sexy«, murmelt er, während er den Finger auf den Riss legt und über meine nackte Haut streicht.

Sofort breitet sich von meinem Schenkel eine Woge der Lust in meinen Bauch aus.

Ich nehme seine Hand und schiebe sie weg.

»Entschuldige.« Er wendet den Blick ab und ist plötzlich etwas verlegen.

Und dann fahren wir nach Siena, um shoppen zu gehen. Schließlich muss ich gut aussehen, wenn ich Jack wiedersehe.

Er bleibt vor einem eleganten Geschäft stehen und deutet auf ein rotes Trägerkleid, das im Schaufenster ausgestellt ist. »Das würde dir sehr gut stehen.«

»Meinst du?« Es erscheint mir recht kurz.

Er nimmt meine Hand. »Da bleibt uns nichts anderes übrig, als es auszuprobieren«, sagt er und zieht mich in den Laden.

Als ich aus der Umkleidekabine komme, merke ich sofort an seinem Blick, dass es ihm gefällt.

»Perfekt.« Er nickt anerkennend.

Ich betrachte mich im Spiegel und muss zugeben, dass er recht hat. Der Schnitt betont meine Schultern, und die Farbe bringt meine braune Haut zur Geltung.

Ich drehe mich zu ihm um. »Wäre etwas weniger Auffälliges nicht besser? Ich trage sonst nie etwas, das über dem Knie endet.«

Neri packt mich an den Schultern und dreht mich wieder zum Spiegel. Unwillkürlich denke ich, dass wir im Spiegel wie das perfekte Paar aussehen.

»Du hast tolle Beine, Isabel, warum solltest du sie nicht zeigen? Was die Farbe betrifft: Hör auf, dauernd Schwarz, Grau und Blau zu tragen.«

Ich stelle mir vor, wie ich dieses Kleid im Büro trage, der einzige rote Fleck in einer Welt aus Schwarz und Weiß.

»Aber in England …«, beginne ich.

»Eben! Wir sind hier in Italien, und es ist Frühling«, unterbricht er mich. »Wir nehmen es«, sagt er zur Verkäuferin und zieht seine Kreditkarte hervor.

»Warte! Was machst du da?«

»Ich schenke dir ein Kleid«, sagt er, als wäre dies die selbstverständlichste Sache der Welt.

»Nein, das kann ich nicht annehmen.«

»Warum nicht?«

Ich bleibe stumm.

»Komm schon, es bereitet mir Freude, dir ein Geschenk zu machen, was ist daran verkehrt?«, fragt er mit einem offenen Lächeln.

Im Grunde ist es nur ein Geschenk. Ich muss aufhören, mir so viele Gedanken zu machen und mich einfach entspannen. »Na schön … vielen Dank«, erwidere ich ebenfalls mit einem

Lächeln, während die Verkäuferin Neri die Kreditkarte zurückgibt und mir die Tüte reicht.

Wir verlassen das Geschäft und setzen uns in ein Café auf der Piazza del Campo.

Auf dem riesigen halbkreisförmigen, leicht abfallenden Platz tummeln sich Familien aus Siena, die mit Kindern in Kinderwagen spazieren gehen, sowie Touristen, die angesichts der Schönheit des Ortes mit verträumten Gesichtern herumlaufen. Vor uns erhebt sich der schmale, sehr hohe Torre del Mangia, und wie immer staune ich über seine Kühnheit und Eleganz.

Zwei junge Amerikanerinnen gehen an uns vorbei und mustern Neri verhohlen, doch dieser tut so, als würde er sie nicht bemerken. Am Nebentisch sonnt sich eine Gruppe englischer Herrschaften, sie unterhalten sich über den Reiz Sienas und über die Gebäude, die die Seite der geschwungenen Piazza säumen.

Ich weiß, was sie empfinden. Die Toskana ist so reich an Schönheit und kulturellem Erbe wie kaum eine andere Gegend. Während ich sie beobachte, bin ich zum ersten Mal seit Jahren wieder stolz auf meine Herkunft.

Die Kellnerin wirft Neri einen Seitenblick zu und beugt sich vor; dabei offenbart sie das Tal zwischen ihren Brüsten unter der gestärkten Arbeitskleidung.

Ich schaue ihr mit einem Gefühl von Eifersucht nach, weil sie sich ihrer eigenen Weiblichkeit bewusst ist und diese gezielt einsetzt.

Neri bemerkt meinen Blick. »Du bist attraktiver, Isabel, aber du bist wie blockiert.«

»Blockiert? Wie meinst du das?«

»Irgendetwas hindert dich, sinnlich und begehrenswert zu wirken. Wenn du Jack wiederhaben willst, solltest du mehr mit deiner Weiblichkeit kokettieren, sexy und gleichzeitig unnahbar sein.«

Ich grübele über seine Worte nach. Meine Sinnlichkeit ist tatsächlich eingeschlafen. Neri erweckt sie allerdings gerade wieder zu neuem Leben; es genügt schon, dass er sich nähert, um einen Schauder der Erregung durch meinen ganzen Körper zu senden.

Ich denke darüber nach, wie es sein wird, Jack wiederzusehen, und der Groll darüber, dass er mich betrogen hat, kehrt sofort zurück.

»Am liebsten würde ich mit der Faust auf ihn eindreschen, anstatt zu kokettieren«, sage ich halb im Spaß.

Neri fängt an zu lachen und wird dann wieder ernst.

»Du musst genau das Gegenteil machen. Herzlich sein und gleichzeitig kühl. Freundlich und zugleich distanziert. Hast du meine Tante Bona vor Augen, wenn sie dich begrüßt? Mit dieser reservierten, unnahbaren Miene? Es reicht schon, wenn du dich daran erinnerst, wie wir sie genannt haben, als wir *Und wenn sie ein Haus wäre* gespielt haben.«

»Der Eispalast«, murmle ich und stelle mir das Gesicht von Bona und ihr abscheuliches Benehmen vor.

»Wenn jedoch die Sprache auf Fiona kommt«, fährt er fort, »dann schlag einen unbekümmerten Tonfall an, als würde dich das alles nichts angehen, und wenn Jack dir vorschlägt, zusammen mit ihm zurückzukehren, dann antworte ihm, dass du dich noch nicht entschieden hast und noch darüber nachdenken musst.«

Unsere Blicke treffen sich.

»Wenn wir überhaupt so weit kommen«, murmle ich.

»Ihr werdet so weit kommen«, erwidert er und wendet den Blick ab.

Auf der Autofahrt von unserer Shoppingtour nach Hause beobachte ich Neri und denke, dass es wohl nichts Eleganteres gibt als seine lässige, abgerissene Erscheinung und seine alte Kaschmirstrickjacke mit dem Loch im Ärmel.

Neri ist so elegant, wie Jack es nie würde sein können, trotz der Hemden mit den eingestickten Initialen, der goldenen Manschettenknöpfe und der makellosen teuren Maßanzüge.

Als plötzlich die Abtei Monte Oliveto Maggiore aus dem 14. Jahrhundert vor uns auftaucht, werde ich aus meinen Gedanken gerissen. Wie sie einsam auf einem Felssporn mitten in der Crete Senesi aufragt – einer Landschaft, deren Farbschattierungen erzeugt werden von kahlen, sanddünenartigen Hügeln, getupft von einzelnen Bäumen und winzigen, von Zypressen umgebenen Ortschaften –, rührt mich noch genauso wie vor vielen Jahren.

Neri scheint meine Gedanken zu lesen.

»Weißt du noch, wie uns Tante Ada hierhergebracht hat, damit wir die Fresken des Klosters sehen?«, fragt er und fährt langsamer.

»Ja«, sage ich und drehe mich zu ihm.

»Es war schön, mit ihr zusammen zu sein, du weißt gar nicht, wie sehr sie mir fehlt«, murmelt er mit brüchiger Stimme.

Ohne zu antworten, wende ich den Blick ab, gerührt von der Trauer, die sich auf seinem Gesicht abzeichnet.

»Lass uns noch einmal dorthin fahren«, schlägt er vor und steuert nach rechts auf den Monte Oliveto zu.

Und so gehen wir wieder zusammen den Kreuzgang der Abtei entlang, um die Fresken zu bewundern.

Ich bleibe vor dem Fresko von Luca Signorelli stehen, auf dem zwei Mönche in einem Gasthaus abgebildet sind, und bin heute wie damals verzaubert vom Realismus des Innenraums, der auch die kleinsten Details sorgfältig wiedergibt. Wie sehr mir dieses Fresko gefällt! Ich habe damals sogar versucht, es in das *Tagebuch der Häuser* zu übertragen.

»Sieh dir die Balken an der Decke an, das weiße Leinentischtuch, die Teller, das Besteck ...«

»Und den Kelch und den Krug aus Glas …«, fährt Neri fort.

»Sie scheinen praktisch durchsichtig zu sein«, füge ich hinzu.

Neri zeigt auf den azurblauen Ärmel der Wirtin. »Erinnerst du dich daran, wie sehr Tante Ada diese Farbe bewundert hat?«

»Und sie hatte recht damit, es ist ein zauberhaftes Azurblau«, flüstere ich.

Als wir nach Hause zurückkommen, bleibt Neri im Flur stehen, um die Wand mit der großen Weinrebe zu betrachten, die wir als Kinder bemalt haben.

Er deutet auf die Augen, die ich auf die Blätter gemalt habe, und dreht sich dann mit einem Blick zu mir um, in dem ich Zärtlichkeit zu erahnen glaube. »Weißt du noch, wie viel Spaß uns das gemacht hat?«

»Ja.« Ich lächle.

»Ich bin gerne hier«, murmelt er und wirkt plötzlich wehmütig. »Das ist der Ort der Freiheit, der einzige, an dem ich den strengen Regeln, die auf der Burg herrschen, trotzen konnte.«

»Für mich war das auch so. In dem herausgeputzten Haus meiner Eltern musste immer alles seinen Platz haben – nie hätte ich dort eine Wand bemalen können! Tante Ada verfügte über eine geistige Freiheit, die meine Eltern nie hatten, nicht umsonst sagte meine Mutter, sie wäre ein wenig verrückt.«

Neri lacht. »Bona hingegen nahm kein Blatt vor den Mund und bezeichnete sie rundheraus als eine Wahnsinnige, eine Promenadenmischung.«

Ich verzichte darauf, diese abscheulichen Worte zu kommentieren. »Na, jedenfalls waren sie sehr unterschiedlich.«

»Sagen wir es doch frei heraus: Tante Bona kann wirklich unausstehlich sein, wenn sie es darauf anlegt. Mein Vater erzählte mir mal, dass er mich zu Ada brachte, damit ich Bonas Klauen entfliehen konnte.«

»Ich erinnere mich. Das hat er auch beim ersten Mal, als ihr hierhergekommen seid, geäußert.«

Ein Schatten huscht über sein Gesicht.

»Die Wahrheit ist, dass sich mein Vater nicht ernstlich darum geschert hat, wie es mir auf der Burg geht, auch wenn er genau wusste, dass es nicht leicht war. Die Strenge, mit der Bona mich erzogen hat, war erdrückend. Ich musste immer wie aus dem Ei gepellt und pünktlich auf die Sekunde sein, mir dauernd die Hände waschen und durfte nur reden, wenn ich gefragt wurde«, platzt er mit einer Aufrichtigkeit heraus, die mich überrascht.

»Seit feststand, dass sie keine Kinder bekommen konnte, wurde ich zum Ziel ihres Ehrgeizes. Sie hat viel für mich getan, ich würde lügen, wenn ich das Gegenteil behauptete. Sie hat mich zum Sport begleitet, sie hat mich angehalten zu lernen, und sie ist zu den Sprechtagen in der Schule gegangen. Mein Vater dagegen hat sich überhaupt nicht darum gekümmert, er war zu sehr mit anderen Dingen beschäftigt ...« Er stockt. Wieder huscht dieser Schatten über sein Gesicht.

Ich schweige. Ich weiß genau, worauf er anspielt – für seinen Ruf, ein Schürzenjäger zu sein, war Graf Guido in der ganzen Gegend bekannt.

»Bona hat versucht, seinen Platz einzunehmen, aber sie hat mir nicht die Liebe eines Elternteils geschenkt. Zum Glück konnte ich hin und wieder hierher flüchten, wo alles erlaubt war und ich mich frei fühlte.«

»Genau wie ich«, flüstere ich.

»Ich weiß«, sagt Neri und schaut mich an. Sein Blick ist so intensiv, ich glaube, mich hat noch nie jemand so gut verstanden.

Vielleicht sind wir gar nicht so unterschiedlich, wie ich dachte. Wie für mich war auch für ihn Tante Adas Hof ein Ort der Freiheit und der Fantasie, der Wärme und der Zuneigung.

Ich drehe mich um, um das Gemälde zu betrachten, und erwische mich bei dem Gedanken, wie schön es wäre, wenn ich in der Toskana bliebe und wir uns besuchen könnten wie damals, als wir noch Kinder waren.

Während Neri in den Weinberg geht, gehe ich in die Küche und öffne den Kühlschrank. Ich habe Hunger wie ein Wolf und Lust auf etwas anderes als die üblichen Reiswaffeln.

Mein Blick fällt auf ein Stück Pecorino aus Pienza und eine Salami, die Neri dagelassen hat, und plötzlich überkommt mich Heißhunger. Ich richte beides zusammen mit zwei Tomaten und einer Scheibe Brot auf einem Schneidebrett an und gehe hinaus in den Garten mit meinem neuen und ungewohnten Imbiss.

Ich setze mich in die Laube, der Schatten der Kletterrosen und Weinreben zeichnet Bilder auf den Tisch. Ich reibe die Brotscheibe mit Tomate ein, und mit geschlossenen Augen knabbere ich an ihr und an einem Stück Käse.

Dieses toskanische Brot, das ich wegen seines Mangels an Salz immer verschmäht habe, ist in Kombination mit dem Pecorino einfach perfekt, und noch perfekter mit einem Stück Salami.

Ich schneide eine Scheibe davon ab und genieße sie, während mich der Duft der Jasminblüten daran erinnert, wie wir uns in dieser Jahreszeit im Gras gewälzt haben oder auf Bäume geklettert sind.

»Lust auf einen Imbiss?«, frage ich Neri, als er aus dem Weinberg kommt, und halte ihm ein Stück Käse hin.

Er schaut verdutzt auf das Schneidebrett.

»Aber …«, ruft er überrascht, während ich in eine Scheibe Salami beiße.

»Was ist?«

»Warst du nicht allergisch gegen Gluten, Laktose und das alles?«

»Ja, das dachte ich immer, aber das schmeckt alles so gut! Und außerdem – ich weiß auch nicht, wie ich es erklären soll, aber es ist, als ob … als ob ich spüren würde, dass es mir nicht mehr schadet. Als hätte ich mich verwandelt«, sage ich; ich habe keine Ahnung, woher diese Worte plötzlich kommen, doch kaum habe ich sie ausgesprochen, werde ich rot.

Denn eigentlich ist es so, dass ich mich seit diesem Kuss vor einigen Tagen fühle, als sei mein Körper wieder erwacht. Die Welt erscheint mir verändert.

Neri mustert mich aufmerksam. »Dann habe ich etwas für dich.«

Er geht ins Haus und kehrt kurz darauf mit einer Flasche und zwei Gläsern zurück.

Er reicht mir eines davon. »Was wäre eine Mahlzeit ohne Wein?«

»Aber ich trinke nur Bier«, protestiere ich.

»Das weiß ich, wie die Engländer. Aber hast du nicht gerade gesagt, dass du dich verändert fühlst? Nur einen winzigen Schluck.«

Er entkorkt die Flasche, schenkt etwas davon in ein Glas ein und drückt es mir in die Hand.

»Es ist die erste Lese des Falco di Torrelupo, du musst ihn unbedingt probieren.«

Argwöhnisch mustere ich den dunkelroten Wein durch das Glas.

»Ein Schluck schadet nicht. Vertrau mir doch ein einziges Mal, nur einen Schluck, nun mach schon! Ich versichere dir, dass du einen solchen Wein noch nie getrunken hast.«

Mein Blick wandert zweifelnd vom Glas zu ihm. Er scheint wirklich Wert darauf zu legen, dass ich ihn koste.

Ich setze das Glas an die Lippen und halte die Luft an, um den Geruch nicht wahrzunehmen, weil ich mir sicher bin, dass ich ihn nicht mögen werde.

Doch mir steigt ein angenehmer Duft in die Nase.

Neri lacht. »Nun probiere schon ein Schlückchen! Schließ die Augen und trink einen kleinen Schluck, den du dann im Mund behältst«, fordert er mich auf und legt dabei seine Hand auf meine, die das Glas hält, um sie zu führen.

Und ich lasse es zu. Ich tue, was er mir sagt. Ein lebendiges Bouquet erfüllt mich mit seiner warmen Süße und macht mich ein wenig benommen. Es kommt mir so vor, als hätte ich noch nie in meinem Leben ein so intensives Aroma gekostet.

»Schmeckst du das?«, flüstert Neri mit samtweicher Stimme.

Ich schlucke und schlage die Augen auf. Er ist nah an mich herangerückt und blickt mich mit einer solchen Eindringlichkeit an, die mich verwirrt.

Erneut hebe ich das Glas an die Lippen.

»Schmeckst du die Kraft und die Eleganz?«, fragt er und füllt mein Glas noch einmal.

»Ja«, sage ich leise. Ich trinke noch einen Schluck und noch einen und noch einen, bis das Glas leer ist.

»Schmeckst du die Intensität der Aromen und die von süßen, warmen Gewürzen kaum gezähmte Wildheit?« Wieder schenkt er mir nach.

Ich nicke mit vernebeltem Blick.

Wir trinken weiter. Mein Kopf wird immer wirrer, ich verliere mich in einem herrlichen Gefühl, einem Zustand, der irgendwo zwischen Schlaf und Wachen ist.

Ich versuche, ihn zu definieren. Selbstvergessenheit, Leidenschaft, Entspannung, Sinnlichkeit, Trägheit, Freiheit.

Als ich den Blick von meinem Glas hebe und Neri in die Augen schaue, empfinde ich eine Wärme, die mich ganz schwach macht.

»Schmeckt er dir?«, fragt er mit rauer Stimme.

»Ja«, erwidere ich, versunken in seinen Blick, und wieder

denke ich daran, wie es wäre, seine Lippen erneut auf meinen zu spüren.

Um mich wieder zu fangen, nehme ich mein Handy und schaue auf das Display: Es ist sieben Uhr abends.

»Es ist schon spät, ich muss noch einiges erledigen«, sage ich, und bevor ich meine Meinung ändern kann, gehe ich ins Haus.

20

Italienischer Garten

Der italienische Garten ist ursprünglich ein Renaissancegarten, der nach einem strengen geometrischen Schema von Beeten, Hecken und gestutzten Sträuchern eingeteilt wird. Die geometrischen Flächen werden von Buchs, Liguster und Zypressen gesäumt und im mediterranen Klima von immergrünen Obstbäumen wie Zitronen- und Orangenbäumen sowie vom Duft der Kräuter belebt. Die durch Pflanzen erzeugte Architektur eines italienischen Gartens verbindet Rationalität und Fantasie, Kultur und Natur durch eine Kombination aus offenbar gegensätzlichen Elementen, welche die verschiedenen Aspekte der Seele ausdrücken.

Im Laufe der Woche fühle ich mich immer unbefangener, im Einklang mit mir selbst und mit meiner Umgebung, als wäre ich in einem Zustand der Gnade.

Ich stehe spät auf, wenn die Sonnenstrahlen bereits durch die halb geschlossenen Fensterläden fallen, und bin glücklich. Ich habe kein schlechtes Gewissen wegen dieser nie gekannten Faulheit.

Ich frühstücke im Garten, lege meine Beine auf einen Stuhl, um sie zu bräunen, und schaue zu, wie die Bienen zwischen den Rosen umherfliegen, die über die Laube wachsen. Wie es scheint, sorgt dieser Ort dafür, dass das, was mich wirklich ausmacht, zum Vorschein kommt – ohne Masken und Ängste. Meine Augen leuchten, meine Wangen sind rosig von der Sonne, und meine Haut schimmert in einem neuen Licht. Ich finde mich so schön wie noch nie. Ich trage leichte Kleidung, die im Wind flattert, und lasse die Haare offen, weil es mir gefällt, mich spontan und natürlich zu fühlen.

Ich nehme mir die Freiheit, Wein zu trinken und zu essen, was mir schmeckt. Und wenn die Sonne untergeht, verriegele ich Türen und Fenster nicht mehr.

Mit Neri verbringe ich lange schöne Tage. Seine Anwesenheit bereitet mir keinen Ärger mehr oder bringt mich in Verlegenheit – im Gegenteil, ich fühle mich geborgen. Jetzt, wo wir geklärt haben, dass ich bald nach London zurückkehre, vielleicht zusammen mit Jack, ist die Atmosphäre unbeschwert. Unsere Freundschaft schenkt uns Freiheit.

Nach der Episode mit dem Skorpion hat er Fallen für Mäuse und Insekten aufgestellt, Moskitonetze an die Fenster gehängt und alle Abstellkammern und Ritzen inspiziert, die als Nest oder Versteck infrage kommen. Außerdem hat er die Elektrik repariert.

Mit dem VW Käfer sind wir viel im Val d'Orcia unterwegs, fahren durch Landschaften, die schöner nicht sein könnten: von Olivenbäumen bewachsene Hügel, Weinberge, abgelegene Häuser, romantische Kirchen, Burgtürme.

Wie konnte ich nur so lange nicht herkommen?

Ich entdecke San Quirico d'Orcia und seine fantastischen Ungeheuer wieder, die die Ängste des mittelalterlichen Menschen ausdrücken und am Ende des 12. Jahrhunderts auf die romanischen Portale der Collegiata-Kirche gemeißelt wurden; unweit davon liegen die nüchternen italienischen Horti Leonini, die mit ihrem sechseckigen Grundriss und den gepflegten Wegen die Kultur der Renaissancegärten perfekt zum Ausdruck bringen.

Wir besuchen Pienza, die ideale und zugleich reale Stadt. Papst Pius II. hatte im 15. Jahrhundert beschlossen, seinen Geburtsort Corsignano in eine Renaissancestadt zu verwandeln und ihn in Pienza umzubenennen. Beim Umbau befolgte man streng die Theorien urbaner Harmonie und architektonischer Anmut von Leon Battista Alberti.

Wir stehen auf der Piazza mit der eleganten Geometrie, der Pflasterung aus Rechtecken, und auch hier treffe ich wie in San Quirico auf ein harmonisches Zusammenspiel von Fantasie und Rationalität.

Ich weiß noch, wie Tante Ada auf dieser Piazza zum letzten Mal versucht hat, mich davon zu überzeugen, in der Toskana zu bleiben und die Architektur nicht aufzugeben. Die Straßen waren damals wie heute, beim Blumenfest, überfüllt. Daran denke ich zurück, als ich mit Neri zwischen den Ständen hindurchgehe und einen Zitronenbaum kaufe, der aussieht wie die im italienischen Garten des nahen Palazzo Piccolomini.

Weitere Ausflüge führen uns nach Montepulciano, einer Stadt von altem Adel, die lange Zeit Zankapfel zwischen Siena und Florenz war; dort haben Architekten wie Michelozzo, Antonio da Sangallo der Ältere und Vignola gewirkt. In den Straßen mischen sich Häuser aus dem Mittelalter, der Renaissance und dem Manierismus sowie Gebäude von ausgeprägt florentinischer Formensprache, die von der Form her an den Palazzo Vecchio erinnern, etwa der elegante Palazzo Comunale auf der Piazza Grande.

Außerhalb der Ortschaft, zwischen den Weinbergen, die den berühmten Nobile di Montepulciano liefern, erhebt sich ein Schmuckstück aus dem 16. Jahrhundert: die Kirche Madonna di San Biagio. Mit ihrem Grundriss in Form eines griechischen Kreuzes, dem gleichmäßigen Rhythmus der Travertinfassade, der ausgewogenen Kuppel und den wohlüberlegten Proportionen stellt sie eine perfekte Verkörperung der Renaissance-Architektur und Bramantes Idealen harmonischer Proportionen dar.

Neri und ich halten an, um sie zu besichtigen, und während wir die lange Zypressenallee zum Eingang entlanggehen und die Kirche immer eindrucksvoller ins Blickfeld rückt, fällt mir auf, dass am Fuß jedes Baumes Tafeln angebracht sind, die an die im Ersten Weltkrieg gefallenen Soldaten aus Montepulciano erinnern. Ich lese die Namen darauf – Giovanni, Giuseppe, Mario, Angiolo, Nello, Domenico, Pietro. Es sind Namen, wie sie auch in meiner Familie immer wiederkehren, und ich fühle mich ihnen nahe, verbunden mit diesem Land – nicht nur wegen seiner Schönheit, der Kunst und der Kultur, sondern auch auf einer persönlicheren, tieferen Ebene, weil hier meine Wurzeln sind.

Eines Nachmittags fahren wir nach Montalcino, eine Stadt, die zum Symbol des toskanischen Weines geworden ist und sich auf einem großen Hügel voller grüner Weinreben erhebt. Wir passieren eines der sechs Tore der mittelalterlichen Stadtmauer, gehen ins historische Zentrum der Ortschaft und verlieren uns dort in von Geschäften und Weinhandlungen gesäumten Straßen, bis wir zur Piazza del Popolo kommen, der zentralen Piazza.

Nach einer Kaffeepause in einer Bar, in der die Zeit stehen geblieben zu sein scheint, gehen wir in Richtung des alten Convento di Sant'Agostino, der heute ein städtisches Museum ist, das Gemälde der Renaissance und dem Mittelalter ausstellt – von Duccio di Buoninsegna über Simone Martini und Ambrogio Lorenzetti bis hin zu Andrea della Robbia; im ersten Kreuzgang, nicht weit entfernt von alten Porträts sienesischer Madonnen, wird zeitgenössische Kunst ausgestellt.

Wir bleiben stehen und schauen einem Künstler zu, der auf einer Leiter steht und mitten auf dem Hof riesige Plastikringe in verschiedenen Blautönen aufhängt. Rasch nehmen die Ringe den ganzen verfügbaren Platz ein, bis sie die Kreuzgangsäulen aus dem 14. Jahrhundert berühren. Die Wirkung ist bemerkenswert.

Zu guter Letzt besichtigen wir die Festung über dem Dorf, die unvermittelt auftaucht, wenn man durch die Gassen geht, und mit ihren mächtigen Türmen ziemlich Respekt einflößend ist. Im Inneren der Festung befindet sich eine riesige Einfriedung, innerhalb derer sich die Menschen früher wahrscheinlich eingeschlossen haben, um Schutz vor feindlichen Angriffen zu finden. Wir durchqueren sie und steigen die Steinstufen hinauf; von dort oben schauen wir auf die grauen Felsen Montalcinos hinunter, die sich aus dem Grün der umliegenden Weinberge erheben, und hinauf zum Himmel, den der Sonnenuntergang allmählich rot färbt.

Als wir wieder hinabsteigen, entdecken wir im Erdgeschoss des Hauptturms eine große Vinothek; sie hat eine Kassettendecke, und die Wände sind komplett mit Regalen voller Flaschen bedeckt.

Neri nimmt eine heraus und liest das Etikett. »Ein sehr guter Brunello, zweiundvierzig Monate im Fass gereift«, bemerkt er.

Er dreht sich zu mir um. »Vielleicht sollten wir dort weitermachen, wo wir vor ein paar Tagen aufgehört haben. Was hältst du davon, wenn wir auf ein Glas hierbleiben?«

»Das ist eine gute Idee«, erwidere ich.

Der Wirt entkorkt eine Flasche und schenkt zwei Gläser ein.

Wir setzen uns draußen an einen Holztisch. Überall stehen große Tontöpfe voller roter Geranien, und am Himmel, der von dem tiefen Blau ist, das die Nacht ankündigt, feiern die Schwalben mit ihrem Gesang den Sonnenuntergang.

Neri hebt sein Glas. »Mit diesem Wein hat alles begonnen.

Der Brunello war der erste Wein, der 1980 die kontrollierte und garantierte Ursprungsbezeichnung DOCG erhielt«, erklärt er.

»1980?«, frage ich erstaunt. »Ich dachte, dass es den schon viel länger gibt.«

Neri lächelt. »Ja, natürlich. Er existiert schon seit der zweiten Hälfte des 19. Jahrhunderts, als Clemente Santi und danach sein Enkel Ferruccio Biondi die Idee hatten, die Sangiovese-Trauben nicht mit anderen Sorten zu mischen, sondern pur zu Wein zu verarbeiten. Aber man musste praktisch noch ein ganzes Jahrhundert warten, um die Herkunftsbezeichnung DOCG für diesen unverwechselbaren Wein zu erhalten.«

Er neigt das Glas, indem er es am Stiel hält, und schaut den Wein vor dem Hintergrund der hellen Wand an.

»Mach es genauso und sieh dir die Farbe an. Wie würdest du sie bezeichnen?«, fragt er mich.

Ich halte mein Glas auf Augenhöhe. »Dunkelrot!«

»Stimmt. Granatrot, um genau zu sein. Das sagt dir, dass es sich um einen Wein handelt, der jahrelang in einem Fass gereift ist und im Keller geruht hat, so wie alle Brunelli. Die neuen Weine sind purpurrot, danach werden sie ziegelrot, bis sie dann den dunkelsten Farbton der abgelagerten Weine annehmen.«

Er lässt das Glas so kreisen, dass der Wein an den Wänden des Glases entlangfließt. »Diese Bewegung zeigt dir die Struktur des Weines. Je langsamer der Wein am Glas herunterläuft, desto mehr Struktur und Alkohol hat er. Siehst du das?«

»Na ja«, sage ich, während ich mein Glas kreisen lasse und gar nichts verstehe.

Neri lacht und hält sich das Glas unter die Nase. »Dann etwas Leichteres: Schnuppere am Wein und verschließe dabei das Glas. Atme langsam und tief ein.«

Sofort erfüllt mich ein Duft, der mich verwirrt. Er hat etwas Vertrautes an sich, aber ich kann es nicht identifizieren. Etwas, das mich in Tante Adas Garten versetzt, als würde der Wein Tausende Erinnerungen verströmen.

Ich hebe den Blick und schaue Neri an.

»Welchen Geruch nimmst du wahr?«, will er wissen.

»Ich weiß nicht«, sage ich zögernd.

»Nur Mut, der erste Eindruck ist sehr wichtig. Was fällt dir dazu ein?«

»Es wird dir albern vorkommen, aber beim Duft dieses Weines muss ich an den Garten des Bauernhofs denken.«

»Nein, das ist nicht albern«, murmelt er. »Versuch es noch mal und sag mir, welche Gerüche du unterscheiden kannst.«

Ich schließe die Augen und halte die Nase über mein Glas. Der Duft durchströmt mich von Neuem, aber dieses Mal kann ich ihn besser einordnen. Ich schlage die Augen wieder auf, und Neri sieht mich an.

»Und?«

»Kirsche, Brombeersträucher … Rosen, ein Kaffee in der Laube, die nasse Erde, wenn es regnet, die Pilze, die Anfang August wachsen«, sage ich verträumt.

»Bravo! Und jetzt trink einen Schluck. Und sag mir, wie er sich anfühlt und wie er schmeckt.«

Ich nippe am Glas und nehme wahr, wie der Wein mich mit seiner Süße überwältigt.

»Er … er ist weich wie Samt und frisch wie ein Sommerabend.« Die Worte kommen mir wie von selbst über die Lippen, als hätten sie an einem verborgenen Ort in mir schon immer geschlummert.

»Stimmt, so ist es«, flüstert Neri, sein Blick ruht auf meinen Lippen.

»Aber jetzt ist es Zeit zu gehen«, fügt er einen Moment später hinzu und reißt den Blick von meinem Mund los; dabei wirkt er etwas gezwungen, und ich wundere mich, warum er diesen schönen Abend so früh abbricht.

Schweigend kehren wir auf den Hof zurück, und während Neri fährt, denke ich, dass ich schon seit langer Zeit nicht mehr so glücklich gewesen bin. So heiter und unbeschwert, wie in den letzten Tagen mit ihm, habe ich mich schon lange nicht mehr gefühlt.

Die Orte wieder aufzusuchen, an denen wir als Kinder gewesen sind, fühlt sich vertraut an. Dennoch ist es ungewohnt, an der Seite eines Fremden zu sein, der mich gleichzeitig so gut zu kennen scheint wie ich mich selbst.

Jeden Tag mehr stelle ich fest, wie blind wir uns verstehen, wie ähnlich unsere Geschmäcker sind, wie bestimmte Landschaften uns beide bewegen. Und immer öfter lasse ich mich von einer Explosion aus Gefühlen und Erinnerungen mitreißen, als würden wir wieder da weitermachen, wo wir aufgehört haben.

Das Herz und der Kopf werden von einer unbekannten Kraft in Beschlag genommen, die von den Orten hier ausgeht. Genau wie diese Farben, Düfte, Gerüche und Geschmäcker dieses Fleckchens Erde mich immer mehr von London und von Jack entfernen und mich in diesen Traum von vor langer Zeit zurückversetzen.

Am folgenden Tag gehen wir durch Adas Weinberg und den Weg in Richtung Burg hinauf. Auf halber Höhe nimmt Neri eine Handvoll Erde und lässt sie sich durch die Finger rieseln.

»Der Boden ist hier überall hart und steinig, das Beste für einen guten Wein«, sagt er und lässt seinen Blick über die Weinreben schweifen.

Dann wendet er sich zu mir. »Weißt du, seit ich ein kleiner Junge war, habe ich davon geträumt, einen edlen Wein herzustellen – einen Falco di Torrelupo. Tante Ada hat mir erlaubt, meine Experimente in ihrem Weinberg durchzuführen, da unser Grund und Boden verpachtet war. Sie meinte, ich solle meinen Träumen folgen.«

»Das hat sie zu mir auch immer gesagt«, murmle ich.

Schweigend blicken wir über die Landschaft. Von hier sieht das Land, das wie gekämmt wirkt durch die Reihen von Weinstöcken, mit seinen gewundenen, von Zypressen gesäumten Straßen und dem Castello di Torrelupo, das schimmernd auf dem Berg thront, atemberaubend schön aus.

Neri betrachtet den Weinberg mit einem zärtlichen Lächeln.

»Woran denkst du?«, frage ich.

»An die Weinlesen, bei denen wir als Kind geholfen haben, weißt du noch?«

»Natürlich. Du hast dich schon immer gern mit Weinreben befasst, du warst schon damals gut darin.«

Wenn ich die Augen schließe, sehe ich ihn vor mir, wie er mir die gepflückten Trauben hinhält und mich lachend eine davon kosten lässt. Wir waren glücklich, noch hatte uns niemand auseinandergebracht.

Neri nimmt einen der Sprosse zwischen die Finger, aus denen in wenigen Monaten Trauben wachsen werden.

»Tante Ada sagte, dass man bei der Weinlese darauf achten muss, die Trauben nicht zu beschädigen, dass wir kräftig und gleichzeitig sanft vorgehen müssen, um sie nicht zu zerquetschen. Bei der Lese zeigte sie mir, wie man sie halten muss, und zwar mit der linken Hand, als wären sie ein Neugeborenes, damit sie nicht herunterfallen, während man mit der rechten mit einem sauberen Schnitt den Stiel durchtrennt. Und nach der Ernte brachte sie mir bei, dass man nur die besten Trauben aussuchen darf, um einen guten Wein zu keltern.«

»Deshalb ist deiner so gut?«

Er lächelt traurig. »Eigentlich müsste ich ihn noch perfektionieren, aber das kann ich nicht. Wenn wir es schaffen, den Hof zu verkaufen, dann war die vergangene Lese die letzte«, sagt er und steigt mit langen Schritten weiter den staubigen Weg hinauf.

Ich folge ihm und keuche vor Anstrengung.

»Und warum baust du ihn dann nicht auf deinem eigenen Land an? Die Verpachtung der fünfzig Hektar läuft aus!« Mir ist das Gespräch mit Giuseppe wieder eingefallen.

»Ja, im Oktober. Aber ich habe vor, sie zu verlängern.«

»Warum? Du kannst doch die Weinberge selbst bewirtschaften und dich der Weinproduktion widmen.«

Neri bleibt etwas vor mir stehen und schaut mich an.

»Das könnte ich, aber dafür brauche ich Geld, das ich nicht habe. Ich müsste in neue Pflanzen und in Maschinen investieren«, erklärt er. »Ich habe Tante Bona schon um ein Darlehen gebeten, ihr Mann hat ihr ein hübsches Erbe hinterlassen, aber sie hat mir geantwortet, ich müsste mich in der hohen Kunst der Geduld üben.«

»Geduld?«, frage ich verständnislos.

»Weil ich ihr Alleinerbe bin.«

»Alleinerbe?«, rufe ich überrascht. »Und Baldo? Ist er nicht dein Cousin und damit auch ihr Neffe?« Jetzt begreife ich, warum es mir immer so vorgekommen ist, als wäre er neidisch auf Neri.

»Auch wenn er in meinem Alter ist, ist er aufgrund eines Generationensprungs ihr Cousin zweiten Grades und ein Verwandter sechsten Grades, weil er der Enkel der Schwester meines Urgroßvaters ist. Und darüber hinaus ist er ein Cousin mütterlicherseits, daher im Gegensatz zu mir ohne Titel und Familienname, weshalb er für meine Tante nicht interessant ist, da er den Familiennamen nicht fortführt, den sie so liebt.«

»Verstehe«, sage ich, aber eigentlich bin ich verwirrt von all diesen Verwandtschaftsgraden und deren offensichtlicher Wichtigkeit. »Trotzdem ist es schade, dass du auf das Weinkeltern verzichten wirst«, beharre ich.

»Ich habe keine andere Wahl, Isabel, ich bin nicht flüssig«, erwidert er. »Ich komme gerade so über die Runden, seit die Steuern gestiegen sind, und ich wage mir gar nicht vorzustellen, was im Falle einer Reform des Katastersystems passiert. Ich könnte Land verkaufen, aber dagegen sträube ich mich. Multinationale Konzerne dieser Branche haben ein Auge auf die Weinberge hier geworfen, aber ich will mich den natürlichen Feinden, die wir seit eh und je haben, nicht geschlagen geben.« Er schüttelt den Kopf, sodass ihm die Locken unordentlich über die Augen fallen, sein Blick ist finster.

»Feinde? Wer soll das sein?«

»Zum Beispiel die, für die du arbeitest, die Banken und die Finanzmächte.« Seine Miene hat sich verdüstert.

Ich antworte nicht. Ich kenne mich nicht aus mit italienischer Politik und will das Gespräch nicht vertiefen, weil ich Angst habe, dass es an diesen heiteren Tagen einen Keil zwischen uns treiben könnte. Mit meinem britischen Sinn für das Praktische glaube ich jedoch daran, dass es für alle Probleme eine Lösung gibt, ich will nicht, dass Neri allzu pessimistisch ist, und hoffe, dass er übertreibt.

»Vielleicht gibt es ja noch andere Wege, man muss nicht unbedingt von Renditen und Pacht leben. Du machst das toll mit dem Wein, du hast Talent. Und es wäre ein Jammer, wenn es verschwendet würde«, versuche ich ihn aufzumuntern.

»Nein, es wird nur ein Traum bleiben. Mich in neue Abenteuer zu stürzen, würde mich ruinieren. Allein die Reparatur des Burgdachs kostet vierhunderttausend Euro. Die Weinberge direkt zu bewirtschaften ist ein Risiko, das ich nicht eingehen kann. Die Verpachtung bringt mir wenigstens ein sicheres Einkommen, auf das ich nicht verzichten kann.«

»Vielleicht«, sage ich leise.

Neri beißt sich auf die Lippe. »Lass uns gehen.« Er reicht mir die Hand und zieht mich weiter.

Seine Worte hinterlassen einen bitteren Nachgeschmack bei mir. So groß die Harmonie war, die ich verspürte, als wir das Val d'Orcia besuchten oder angesichts Neris Leidenschaft für Wein und seines Stolzes darüber, etwas geschaffen zu haben, was nur auf seinen persönlichen Einsatz zurückzuführen ist, so groß ist die jetzt von mir empfundene Distanz zwischen uns, wenn ich ihn von Renditen sprechen höre, von der Vergangenheit und von seinem Zugehörigkeitsgefühl zu einer veralteten und in sich geschlossenen Tradition, die mich ausschließt.

21

Zeitlose Atmosphäre

Wer es versteht, Einrichtungsgegenstände, die seit Jahrhunderten weitervererbt wurden, mit modernen und ungewöhnlichen Dingen zu kombinieren, beweist eine unkonventionelle Einstellung sowie das Selbstbewusstsein eines Menschen, der einen angeborenen guten Geschmack hat und es sich leisten kann, Modetrends zu missachten. Alte Porträts, antike Stühle mit Lederlehne und lange Eichentische verbinden sich mit modernen Designerlampen und Reiseandenken zu einem ganz persönlichen und eleganten Eklektizismus und einem Wechselspiel von Vergangenheit und Gegenwart, das Tradition mit Dynamik kombiniert.

Als der Feldweg auf dem Hügel in die Zufahrt zur Burg mündet, befällt mich Unbehagen. Zum ersten Mal seit meiner ersten und einzigen Nacht mit Neri komme ich hierher, und vergeblich versuche ich, die Erinnerungen, die ich an diesen Ort habe, zu vertreiben. Meine schönsten Erinnerungen sind gleichzeitig meine schlimmsten.

»Alles ist wie damals«, murmle ich und beobachte die Pfauen, die mit ihren irisierenden Rädern noch immer den Garten bevölkern und trotz ihrer Größe von Baum zu Baum fliegen.

Drinnen im Saal stehen noch immer die Ritterrüstungen.

Wenn ich als Kind mit Tante Lia hierherkam, um Kleider zu liefern, stellte ich mir immer vor, sie würden urplötzlich zum Leben erwachen. Und auch durch den Raum mit den Porträts der adligen Frauen mit ihren bunten Kleidern und ihrem kostbaren Schmuck gehen wir, in deren Gesichtern ich als Kind gerne nach Ähnlichkeiten mit Neri gesucht habe. Wie viele Male ging ich an ihnen vorüber und drehte mich dann schnell um, um zu sehen, ob ihre Blicke mir folgten.

Und dann gibt es da noch diese beunruhigenden Orte. Zum Beispiel den Klingenbrunnen, der heute mit einem Gitter bedeckt ist; in ihn wurden früher die Feinde geworfen. Neris Vater zeigte mir eines Tages, wie tief er ist, indem er einen brennenden Lappen hineinwarf. Oder der Bankettsaal, wo im 15. Jahrhundert zwanzig Tischgenossen hinterrücks ermordet wurden. Oder das Zimmer, in dem man die Skelette von vier Menschen fand, die lebendig eingemauert worden waren, und in dem man um Mitternacht eine Uhr schlagen hört, die gar nicht da ist.

Wir kommen an der Tür zur Bibliothek vorbei.

Mit einer seltsamen Leere in der Brust bleibe ich stehen, mein Kopf ist voller Erinnerungen.

Die Hände, die sich streifen, wie er meine Haare löst, unser erster Kuss …

Die Bilder der Vergangenheit überwältigen mich mit süßer und bitterer Nostalgie. Ich habe praktisch aufgehört zu atmen.

»Isabel, ist alles in Ordnung?«, holt mich Neri aus meinen Gedanken.

Unsere Blicke treffen sich. Ich schaue sofort wieder weg, bin mir aber sicher, dass er genau verstanden hat, woran ich gedacht habe. Wer weiß, ob er mich nicht doch ein bisschen geliebt hat, frage ich mich – eine Frage, die zu stellen ich mir zwölf Jahre lang verboten habe.

»Ja.« Ich bemühe mich, meine Gefühle zu verbergen.

Er lächelt. »Gehen wir nach oben, ich möchte dich um einen Rat bitten.«

»In Bezug worauf?«

»Ich habe mir in den alten Zimmern meines Vaters eine Wohnung eingerichtet und möchte deine Meinung zu meiner Einrichtung hören, hast du Lust?«

»Klar«, erwidere ich und folge ihm hinauf in den oberen Stock.

Schon beim Eintreten bin ich beeindruckt von der Wärme, die Neri diesen schönen, imposanten Zimmern einzuhauchen vermocht hat. Die edlen Fresken und die antiken Möbel wechseln sich ab mit Vintage-Lampen, Reiseandenken und einigen modernen Stücken – und zwar in einer gemütlichen und künstlerischen Unordnung, die ich schon in seinem Zimmer auf dem Bauernhof bemerkt habe.

Ich betrachte die im Zimmer verstreuten Bücher und Kleidungsstücke. Das kann nicht die Wohnung eines hochmütigen Menschen sein, der an den Vorurteilen und Konventionen der Vergangenheit festhält.

Mit einer Natürlichkeit und einem Selbstbewusstsein, die er im Blut hat und um die ich ihn so sehr beneide, räumt Neri die Kleider, die auf dem Sofa liegen, auf einen Haufen und schämt sich kein bisschen für die Unordnung.

Ich nähere mich einer Wand, an der eine Art Porträtgalerie hängt; die Gesichter seiner Ahnen wechseln sich hier mit zeitgenössischen Gemälden und Kinderzeichnungen ab. Harmonisch und ironisch zugleich.

Ich betrachte ein Porträt in Öl von einem großen Steinkopf, das neben einem von einer adligen Frau aus dem 18. Jahrhundert hängt.

»Tolle Kombination. Ist das ein Dubuffet?«, frage ich, während ich auf das moderne Gemälde deute.

»Ja, wow, das hätten nicht viele erkannt«, bemerkt er beeindruckt.

»Ich habe ein ähnliches in einer Ausstellung in London gesehen. Das muss sehr wertvoll sein.«

Neri nimmt eine Kinderzeichnung von der Wand, die ein Mädchen mit einem riesigen quadratischen Kopf und zwei Armen mit Händen in Form von Blumen zeigt. Er reicht es mir.

»Ja, aber das hier ist noch wertvoller. Ein seltenes Selbstporträt von Isabel Pizzi.«

Ich erkenne die Zeichnung wieder, die ich angefertigt habe, als ich noch klein war. »Das kann doch nicht sein!«

»Tante Ada hatte es aufbewahrt, aber wenn du willst, gebe ich es dir zurück.«

»Nein, mir gefällt, dass du es in einem so schönen Zimmer aufgehängt hast.«

Er hängt das Bild zurück an die Wand. »Magst du, wie ich es eingerichtet habe?«

»Sehr«, sage ich mit einem Seufzer.

»Und es ist nicht zu chaotisch?«

»Genau deshalb gefällt es mir. Die Unordnung und die leichte Nachlässigkeit verleihen diesen sehr schönen, aber strengen Zimmern einen Hauch von Bohème.« Meine Worte sind für mich, die ich in der Regel so ordentlich bin, ungewohnt.

Ich vergleiche das Zimmer im Stillen mit den hypermodernen und nüchternen Einrichtungen, die Jack gefallen. Hier vereint sich die Gegenwart in zeitloser Eleganz mit der Vergangenheit, und die Schönheit verschmilzt in perfekter Harmonie mit der Unordnung.

Mein Blick fällt auf ein Foto, das auf dem Regal steht; eine junge Frau mit langen schwarzen Haaren und traurigen Augen von einem unverwechselbaren Azurblau ist darauf zu sehen.

Ich drehe mich zu Neri um. »Ist das deine Mutter?«

»Ja«, sagt er leise; seine Hand zittert ein wenig, als er das Bild aus dem Regal nimmt. Plötzlich wirkt er so verletzlich. »Du weißt, dass ich meine Mutter verloren habe, als ich sieben war. Aber ich erinnere mich noch gut an sie.«

Er hebt den Blick und sieht mich an. »Sie hat dir geähnelt, weißt du? Sie hatte Haare wie du, wenn du sie offen trägst.«

Er stellt das Foto zurück ins Regal, dann kommt er wortlos auf mich zu und zieht das Gummiband von meinem Pferdeschwanz. »Du solltest sie immer so tragen, das steht dir besser«, flüstert er, während er mit den Fingern durch mein Haar streicht und sie mir über die Schultern kämmt.

Ich lasse ihn gewähren, über meinen Rücken läuft ein Schauer.

Er neigt sein Gesicht zu meinem herunter. Ganz langsam.

Ich betrachte seine Lippen, die immer näher kommen, und bin wieder achtzehn Jahre alt. Wieder sind wir auf der Burg, wie damals. Und nichts scheint sich geändert zu haben.

Ein Geräusch an der Tür unterbricht uns.

»Störe ich?«, fragt eine wohlbekannte Stimme. Mit einem Ruck entfernen wir uns voneinander, während Bona in der Tür auftaucht und uns mit nach oben gezogenen Augenbrauen fragend anschaut.

»Ich zeige Isabel gerade die Burg«, erklärt Neri.

»Das sehe ich«, antwortet sie skeptisch.

Sie geht zu einem Fenster, das schmal wie eine Schießscharte ist und einen Blick auf die umgebende Landschaft gewährt. Mit unergründlicher Miene schaut sie hinaus.

Ich trete zu ihr. Von der Burg aus kann man die ganze Region überblicken. Unten erstrecken sich Weinberge, so weit das Auge reicht, hier und da unterbrochen von Bauernhöfen aus Stein und hellen Feldwegen. In der Ferne sieht man die Türme anderer Burgen, die zwischen Zypressen auf den

Hügeln emporragen. Nur die Lagerhallen und die Neubauten fügen sich nicht ganz so harmonisch in das Gesamtbild ein.

Bona seufzt melancholisch und dreht sich zu ihrem Neffen um.

»Früher gehörten diese Ländereien unserer Familie, später hat sich durch deinen Vater alles geändert.«

Ich merke, wie sich seine Schultern anspannen.

»Aber der Großteil davon ist Ihnen doch noch geblieben, oder?«

Bona hört mir nicht zu, sie verliert sich in ihren Erinnerungen und scheint Selbstgespräche zu führen. »Wie schön war das Land. Mit den alten Bauernhäusern, den von Oleander gesäumten Straßen, die gerade so breit waren, dass ein Auto hindurchfahren konnte. Heute hingegen … anstelle der Bauernhöfe und der Rebenreihen voller Trauben stehen dort Lagerhallen und diese neuen Häuser.«

Sie dreht sich zu mir um und wirft mir einen harten Blick zu, der sich anfühlt, als würde sie mich mit einem Schwert durchbohren.

»Wissen Sie, Isabel, was das Val d'Orcia so zauberhaft gemacht hat?«

»Nein«, antworte ich kurz angebunden, weil ich die Feindseligkeit in ihren Worten spüre.

»Die Halbpacht. Sie hat die Landschaft geprägt durch die Aufteilung in Landgüter, Bauernhäuser, Weinberge und rund herum die Oliven- und Obstbäume. Alles hatte seine Ordnung.«

»Tante, lass es gut sein, man sollte sich nicht an die Vergangenheit klammern, du musst zugeben, dass auch unsere Familie ein Teil der Veränderung war. Die Einzige, die mit alldem nichts zu tun hat, ist Isabel, darum bitte ich dich, höflich zu ihr zu sein«, verteidigt er mich.

Bona mustert ihn einen Augenblick lang sprachlos, doch

dann erlangt sie sofort wieder die Beherrschung, nimmt ihre distanzierte Haltung ein, macht auf dem Absatz kehrt und verlässt das Zimmer.

Als sie die Tür hinter sich geschlossen hat, wende ich mich zu Neri um. »Deine Tante kann mich nicht ausstehen.«

»Nimm dir das nicht zu Herzen, sie hat nichts gegen dich persönlich. Sie ist nun einmal so, wie sie ist.«

»Und was ist mit dir?«, frage ich, immer noch gekränkt von Bonas Worten.

Aufmerksam mustert er mich. »Was meinst du?«

»Was denkst du über mich?«, wage ich mich vor.

»Ich merke, wie viele Dinge wir gemeinsam haben«, sagt er nach kurzem Zögern.

Ich spüre, wie ich rot werde. »Ich hätte nicht gedacht, dass dir das auffällt.«

»Es ist so offensichtlich.« Sein Blick ist unergründlich.

» Ja, das stimmt. Jedenfalls hast du recht«, sage ich und kehre damit zu Bona zurück. »Ich darf es nicht persönlich nehmen.«

»Sie nimmt es meinem Vater übel, dass er so aus der Art geschlagen ist, zumindest ist er das ihrer Meinung nach«, erklärt er. »Und jetzt bin ich derjenige, auf den sie setzt, wenn es darum geht, unserem Namen wieder Glanz zu verleihen. Derjenige, der vielleicht die Besitztümer zurückkaufen kann, die mein Vater abgetreten hat. Während du …« Er unterbricht sich.

»Während ich was?«, frage ich gespannt.

»Während du das Neue verkörperst – das Moderne, das uns bedroht. Daher ist sie so zu dir. Vielleicht hilft dir das, sie besser zu verstehen.«

Ich bringe ein Lächeln zustande, aber es wirkt wohl nicht besonders echt.

Am folgenden Tag bin ich bei Giovanna, und wir bringen mit Blick auf die Ankunft Kates und der anderen das ehemalige Haus der Großeltern vollends in Ordnung. In zehn Tagen haben wir es geschafft, praktisch alles zu erledigen. Jetzt kommt nur noch der letzte Schliff.

Wir arbeiten den ganzen Tag. Wir holen die letzten Möbel vom Dachboden, helfen dem Installateur beim Einbau des Spülbeckens in der Küche und öffnen die Kartons mit dem Geschirr, das wir beim Töpfer des Dorfes gekauft haben.

Letztlich fehlen nur noch die Matratzen, die am nächsten Morgen erwartet werden. Und natürlich müssen wir noch einmal ordentlich putzen.

Erschöpft lassen wir uns auf die Küchenstühle sinken.

»Darauf sollten wir eigentlich etwas trinken, ich habe Wein im Auto, aber du trinkst ja leider keinen«, sagt Giovanna, während sie die Arme reckt und streckt.

»Ich habe meine Meinung geändert«, antworte ich lächelnd, weil ich instinktiv an Neri denke.

Giovanna schaut mich überrascht an.

»Da hat wohl nicht zufällig jemand seine Hand im Spiel gehabt?«

Ich spüre, wie ich rot werde. »Und wer sollte das sein? Geh lieber die Flasche holen.«

»Es geschehen noch Zeichen und Wunder«, erwidert sie und geht hinaus.

Erleichtert und zufrieden betrachte ich unser Werk. Langsam nimmt es Form an. Was für ein wunderbares Gefühl. Manchmal reichen wirklich nur wenige Handgriffe, um das Aussehen eines Hauses zu verändern.

Die bäuerlich-traditionellen Möbel und Utensilien, mit denen die Zimmer eingerichtet sind, erzeugen eine gemütliche, warme Atmosphäre. In die Mitte der Küche haben wir einen ovalen Tisch gestellt, den wir auf dem Dachboden gefunden haben, die unterschiedlichen Stühle stammen von hier oder von Tante Ada. An den Deckenbalken hängen Sträuße aus Heilkräutern, an den Wänden alte Kupfertöpfe und Siebe. Nur der Herd, die Spüle und der Kühlschrank sind neu.

Entspannt schließe ich die Augen. Durch das offene Fenster weht der Duft des Basilikums herein, das wir draußen auf die Fensterbank gestellt haben. Die Engländerinnen werden entzückt davon sein.

Kurze Zeit später kehrt Giovanna zurück, und der kleine Moment der Ruhe ist vorbei.

»Also, sag schon, hat er dich dazu gebracht, Wein zu mögen?«, fragt Giovanna, als sie mit der Flasche in der Hand hereinkommt.

Ich tue so, als hätte ich sie nicht gehört.

Sie beginnt die Flasche zu entkorken und kann es nicht lassen, mich mit Fragen zu durchbohren.

Ich gebe zu, dass er einen Anteil an meinem Sinneswandel hat.

Doch ihre Neugier ist noch lange nicht gestillt. »Das habe ich mir gedacht. Und wie läuft es?«

Ich wende den Blick ab. »Ziemlich gut.«

»Gut?«

»Wir sind gute Freunde.«

»Freunde?«, wiederholt sie ungläubig. »Er ist ein Ekelpaket und ein Snob.«

»Ach, was, er ist inzwischen sehr nett geworden.«

»Fehlt jetzt nur noch, dass du sagst, dass seine Tante auch nett ist!«

»Wir wollen nicht gleich übertreiben«, lache ich. »Bona kann mich nicht ausstehen. Und ich kann mir auch angenehmere Gesellschaft vorstellen. Allerdings muss ich gestehen, dass ich sie ein kleines bisschen besser verstehe. Sie fühlt sich einfach bedroht von dem Wandel der Zeit und den Neuerungen, die es in den letzten Jahren gegeben hat. Das hat mir zumindest Neri gesagt, und es macht Sinn für mich.«

Giovanna sieht mich skeptisch an. »Isabel, gibt es da etwas, von dem ich nichts weiß?«, fragt sie misstrauisch.

»Ich will sie nicht verteidigen, ich versuche nur, ihr Verhalten zu erklären«, bemühe ich mich, es auf den Punkt zu bringen.

»Sie ist einfach schrecklich und lebt in längt vergangen Zeiten!«

Ich schweige.

Giovanna hat recht. Was ist bloß los mit mir?

»Ich frage mich nur, weshalb du Partei für so jemanden ergreifst?«

Als ich wieder aufsehe, treffen sich unsere Blicke.

Giovanna spürt, dass ich dieses Thema nicht vertiefen will, und hört auf, darauf herumzureiten.

»Jedenfalls freue ich mich, dass du jetzt ein Glas Wein mit mir trinkst«, sagt sie liebevoll. »Auch wenn das diesem Kerl zu verdanken ist.«

22

Einrichtungsgegenstände aus Naturmaterialien

Wer einen Raum mit Körben, Bambusmatten, Korbstühlen oder Truhen aus Olivenholz dekoriert, erzeugt eine Atmosphäre, die an Landleben und Getreideernten erinnert, und stellt eine Verbindung zur bäuerlichen Welt her. Wer Gästen und Freunden Strohhüte überlässt, damit sie in der Sonne spazieren gehen können, einen Korb mit Lektüre, die sie in der Laube lesen können, oder einen Binsenfächer, um sich Luft zuzufächeln, verbreitet Urlaubsatmosphäre und vermittelt eine Botschaft des Willkommenseins.

»Isabel! Du siehst großartig aus«, ruft Kate drei Tage später, sobald sie aus dem Kleinbus gestiegen ist, den sie und ihre Freunde am Flughafen gemietet haben.

»Das liegt an der Landluft«, entgegne ich bescheiden.

Sie mustert mich von Kopf bis Fuß. Ich trage eine weiße Jeans und eine blaue Bluse, die Haare fallen mir lose und üppig über die Schultern.

»Ich meine es ernst. Was hast du gemacht? Hast du jemanden kennengelernt?«

»Ach was«, wiegele ich ab, während ihre Freunde aus dem Fahrzeug steigen – sie sehen sehr englisch aus. Die Frauen in langen geblümten Kleidern. Die Männer in Jacketts, hellen

Flanellhosen und nigelnagelneuen Panamahüten.

»Das ist meine Freundin Isabel«, stellt mich Kate vor.

Ich reiche jedem die Hand und bemühe mich, mir alle Namen zu merken, während Kate sich umschaut.

»Aber das ist ja wunderbar!«, schwärmt sie.

Ich freue mich über ihre Begeisterung und muss zugeben, dass sie recht hat: Das Haus sieht wirklich großartig aus. In meinem nächsten Leben werde ich tatsächlich Architektin und entwerfe Häuser wie dieses.

Ich begleite Kate und ihre Freunde hinein, und es kommt zu allgemeinen Begeisterungsbekundungen. Die liebevollen Details der Einrichtung werden gewürdigt

»Gehen wir heute Abend schön essen? In einem klassisch toskanischen Restaurant?«, fragt mich Kate.

»Wir können in die Vinothek gehen«, schlage ich vor.

»Spitzenidee. Kann man dort auch Wein kaufen?«, fragt sie begeistert.

»Ja, Chianti! Wir sind im Land des Chianti«, mischt sich Ed ein und bietet mir ein Bier an, das ich ablehne.

»Eigentlich sind Brunello und Rosso di Montalcino für diese Gegend typischer«, erläutere ich trocken und ärgere mich ein wenig darüber, dass er offensichtlich wie ein stereotyper Engländer glaubt, das Land besser zu kennen als ich. Gleichzeitig wundere ich mich aber über meine Reaktion – immerhin bin ich auch Engländerin.

»Ich lasse euch jetzt besser mal allein, dann könnt ihr euch einrichten«, sage ich und freue mich schon darauf, zum Hof zurückzukehren und mich dem süßen Nichtstun hinzugeben.

»Du willst schon gehen?«, fragt Kate überrascht.

»Ja, ich habe noch etwas vor«, flunkere ich. »Und ihr habt Zeit, euch einzurichten und umzuschauen. Ich habe euch einen Reiseführer und eine Straßenkarte, auf der die interessantesten Sehenswürdigkeiten rot markiert sind, auf den Küchentisch gelegt.«

Kate umarmt mich zum Abschied.

»Ganz lieben Dank, Isabel, dann bis heute Abend. Für morgen habe ich mir überlegt, einen Brunch zu organisieren, bist du dabei?«

Ich bin kaum überrascht, dass sie auch im Urlaub nicht ruhen kann. »Entspannst du dich denn nie?« Kate ist die geselligste Frau, die ich kenne. Sie ist eine richtige Networkerin und hat in der Branche einen exzellenten Ruf.

»Nein, nie! Ich kann einfach nicht nichts tun, außerdem kann man in der Toskana viele nützliche Kontakte knüpfen.«

Nützlich! Was für ein seltsames Wort, wenn man im Urlaub ist. Wie fremd sich das für mich inzwischen anfühlt.

»Ich bin gern morgen dabei. Für heute Abend reserviere ich einen Tisch und schicke dir eine Nachricht mit der Adresse.« Nachdem ich mich von den anderen verabschiedet habe, steige ich ins Auto.

»Setzen wir uns kurz an die Theke?«, schlägt Kate vor, nachdem wir uns ein ausgiebiges Abendessen gegönnt haben.

Ich nicke, und wir lassen uns abseits von der Truppe auf den hohen Barhockern nieder.

»Was hast du in Bezug auf die Tagung entschieden? Kommst du?«, erkundigt sie sich.

»Ja, aber ich komme nur zu einem Workshop und zur letzten Abendveranstaltung. Genau rechtzeitig, um mir Jack wiederzuholen«, scherze ich.

Kates Gesicht leuchtet auf. »Bravo! Dafür gibt es keinen besseren Moment. Im Büro streiten er und Fiona nun öfter.«

»Super«, bemerke ich, jedoch ohne die Begeisterung, die ich erwartet hätte. »Das Wichtigste ist, dass sie auf der Tagung nicht mit dabei ist.«

»Da kannst du beruhigt sein. Sie ist mit einem Kongress für

die Niederlassung in New York beschäftigt, und danach fliegt sie nach Boston zu ihrer Familie. Du hast also freie Bahn.«

»Schauen wir mal, wie es wird«, murmle ich ohne rechte Überzeugung.

Kate ermuntert mich weiter. »Es wird fabelhaft laufen, du wirst sehen. Ich bin mir sicher, dass du Jack jetzt schon fehlst. Im Übrigen bist du attraktiver denn je. Du strahlst irgendwie, ich bin mir sicher, dass er zu dir zurückkehren wird, sobald er dich sieht«, versichert sie mir.

»Ich habe auch schon einen Plan«, teile ich ihr mit.

»Und der wäre?«

»Ich werde mit einem Freund dort aufkreuzen und so tun, als wäre er mein Neuer.«

»Ah.« Kate ist anscheinend nicht besonders begeistert von dieser Nachricht.

»Keine gute Idee?«, frage ich zweifelnd.

»Klingt für mich ehrlich gesagt wie eine Notlösung. Was ist das denn für ein Freund? Er müsste schon ziemlich toll sein, sonst weiß ich nicht, ob das funktioniert.«

»Dieser Freund ist ein ziemlich großartiger Kerl«, sage ich.

»Besser als Jack?«, will sie wissen.

»Ja«, antworte ich spontan. Zum ersten Mal habe ich die Wahrheit zugegeben: Neri ist besser als Jack.

Isabel mustert mich aufmerksam.

»Wirklich? Er gefällt dir also! Das würde Jack recht geschehen.«

Dazu sage ich nichts. In dem Moment kommen Ed und Andrew auf uns zu, und wir wechseln das Thema.

»Du hattest recht, der Brunello ist besser als der Chianti«, sagt Andrew.

»Das habe ich nicht gesagt. Ich meinte nur, dass er für eine andere Region typisch ist«, korrigiere ich ihn.

»Jedenfalls ist er sehr gut«, mischt sich Ed ein. »Frisch, ein kleines bisschen herb, mit einem Duft von Geranien und Trüffel«, sagt er im Tonfall eines Weinkenners und versucht sich dabei in einem unsicheren Italienisch.

»Und wie würdest du ihn charakterisieren, Isabel?«, höre ich Neris Stimme hinter mir. Ich habe gar nicht gemerkt, dass er hier ist.

Ich drehe mich um und blicke in seine azurblauen Augen, die im Halbdunkel der Vinothek funkeln. Er sieht fabelhaft aus. Wie immer.

Ich zögere. »Samtig, harmonisch und … mit einem Duft von Veilchen, Kirsche und Gewürzen?«, murmle ich vorsichtig.

Neri lächelt. »Ja, dasselbe würde ich auch sagen.«

Ich wende mich Kate zu, die ihn anstarrt und sich dabei mit einer instinktiven Handbewegung die Haare zurückstreicht, was zeigt, wie attraktiv sie ihn findet. Auch ihre Freundinnen mustern ihn vom Tisch aus interessiert.

»Neri.« Er streckt ihr die Hand hin.

»Kate.« Ungeschickt ergreift sie sie. Ich habe sie noch nie so unbeholfen erlebt.

Neri stellt sich den anderen vor, dann wendet er sich wieder mir zu und gibt mir einen flüchtigen Kuss auf die Wange.

»Ich fahre gerade nach Hause und wollte dich mitnehmen.«

»Oh, danke, ich komme«, erwidere ich. »Ciao, wir sehen uns dann morgen zum Brunch«, verabschiede ich mich von Kate und den anderen.

»Super. Wenn du willst, kannst du auch gerne kommen«, lädt Kate Neri ein.

»Danke, aber ich habe schon andere Verpflichtungen, vielleicht das nächste Mal«, sagt er, packt meine Hand und zieht mich hinaus.

Als ich am nächsten Tag zum Brunch erscheine, schaue ich mich verwirrt um.

Die Toskana scheint weit weg zu sein. Wenn da nicht die gleißende Sonne wäre und das Grün der Wiesen, das sich vor Trockenheit bereits gelb verfärbt, könnte ich auch in England sein.

Im Garten wimmelt es nur so von Leuten. Neben Kate und ihren Freunden sind auch noch Amerikaner, Deutsche und Niederländer da, und es wird nur Englisch gesprochen. Von Italienern keine Spur.

Kate kommt mit einem Glas in der Hand auf mich zu. »Wenn das gestern dein ›neuer Freund‹ war, dann würde ich sagen, dass dein Plan perfekt ist«, ruft sie aufgeregt. »Aber wer ist das? Du musst mir alles erzählen.«

»Ciao, Isabel«, begrüßt mich Ed und würgt so das Verhör ab, mit dem Kate bestimmt gleich begonnen hätte.

»Ciao, Ed. Sagt mal, wer sind die ganzen Leute hier?«, frage ich Kate erstaunt.

»Nachbarn, die wir gestern beim Spazierengehen kennengelernt haben«, antwortet sie nonchalant.

Ed lacht. »Bestimmt hat Kate an einem Tag mehr Leute kennengelernt als du, seit du hier bist.«

»Darauf kannst du wetten.« Ich stimme in sein Lachen ein.

Kate drückt mir ein Glas in die Hand.

»Ed, Kate!«, ruft jemand hinter uns.

Kate blickt an mir vorbei. »Chloe, du bist gekommen!«, sagte sie und rauscht auf ihren neuen Gast zu. Ed folgt ihr auf dem Fuße.

Ich nutze die Gelegenheit, um eine Runde zu drehen und mich danach auf eine Bank zu setzen. Kate kehrt mit einer anderen Freundin zurück, die im Haus der Großeltern zu Gast ist, und sie setzen sich neben mich.

»Endlich Frauen unter sich. Jetzt will ich aber alles wissen. Ist es okay, wenn Rebecca auch dabei ist?«

»Klar«, erwidere ich aufrichtig. Vielleicht erspart mir das

allzu indiskrete Fragen. Sofort versuche ich, das Gespräch in sichere Bahnen zu lenken. »Wie fandet ihr es gestern Abend? Hat euch die Vinothek gefallen?«

Rebecca plaudert ein bisschen über den gestrigen Abend, doch Kate kehrt zu dem Thema zurück, das sie brennend interessiert. »Wer ist denn nun dieser unglaubliche Typ, mit dem du gestern weggegangen bist?«

Rebecca starrt mich mit kaum verhohlener Neugier an. »Ja, er war unglaublich attraktiv.«

»Das war Neri«, antworte ich vage.

»Das weiß ich bereits, und weiter?«, bohrt Kate weiter.

»Ein Freund aus Kindheitstagen. Damals als ich jeden Sommer hier verbracht habe, haben wir immer zusammen gespielt ...«

Kate unterbricht mich, offenbar interessiert sie sich nicht für Neris Kindheit. »Und heute? Was läuft da zwischen euch beiden?«

»Nichts, das habe ich dir doch schon gesagt, er ist nur ein Freund.«

Rebecca scheint erleichtert zu sein. »Ist er mit jemandem zusammen?«

Bei ihrer Frage zieht sich mir das Herz zusammen. »Das weiß ich nicht.«

»Wie kommt es, dass du das nicht weißt?«, bohrt Kate.

»Ich weiß es einfach nicht so genau«, stelle ich klar.

»Und was macht er beruflich?«, fragt Rebecca neugierig.

»Nichts, würde ich sagen«, erwidere ich, froh darüber, dass ich ihn ein wenig herabsetzen kann – mich ärgert dieses übergroße Interesse.

Ein Hauch von Enttäuschung huscht über ihr Gesicht.

»Anscheinend kann er es sich leisten«, wirft Kate ein.

»Und er lebt hier?«, fragt Rebecca weiter.

Ich zeige mit dem Finger auf das Castello di Torrelupo, das

mit seinen beiden Türmen und der mächtigen, mit Zinnen bewehrten Mauer auf dem Hügel vor uns emporragt. Von dieser Seite wirkt es noch imposanter.

»Ja, da oben.«

Kate und Rebecca bleibt der Mund offen stehen.

»Auf dieser Burg?«, fragt Kate.

»Gehört sie ihm?« Rebeccas Stimme klingt heiser.

Ich nicke.

Die beiden versinken in Schweigen.

Rebecca fasst sich als Erste wieder. »Er muss sehr reich sein.«

»Das weiß ich nicht. Die Burg hat er geerbt.«

»Dann gehört sie also der Familie?«

»Ja, schon seit Generationen«, sage ich lapidar.

Rebecca sieht mich sprachlos an, sie scheint gleich in Ohnmacht zu fallen. Kate hingegen, die eine Frau von Welt ist, bricht in Gelächter aus.

»Isabel, du verkehrst mit einem Märchenprinzen und hast mir nichts davon erzählt?«

»Er ist ein Prinz?«, fragt ihre Freundin und klimpert dabei mit den Wimpern.

»Nur ein Graf«, versuche ich wieder, ihn nicht noch toller dastehen zu lassen als ohnehin schon.

Es nützt nichts – je mehr ich von ihm rede, desto offensichtlicher wird, wie attraktiv Neri für die Frauen ist, nicht nur wegen seines guten Aussehens und seines Charmes, sondern auch wegen dem, was er besitzt und repräsentiert.

Kate amüsiert sich. »Und das sagst du einfach so?«

»Wie denn?«, frage ich und tue verständnislos.

»Als würdest du ihn für einen ganz normalen Typen halten«, wirft Rebecca ein.

»Dann ist er also nicht normal? Das habe ich schon immer vermutet«, antworte ich und versuche, eine ironische Distanz zu wahren. Meine Stimme klingt jedoch falsch.

Kate mustert mich aufmerksam.

»Ich dachte mir schon, dass du ihn magst. Und ich glaube, du magst ihn sogar sehr.«

»Nein«, streite ich ab und versuche, natürlich zu klingen, auch wenn ich spüre, dass mein Gesicht heiß wird – ein deutlicher Hinweis darauf, dass ich lüge.

»Doch, und darüber bin ich froh. Jack hat es verdient.«

»Was?«

»Oh, du weißt schon.« Sie zwinkert mir zu.

»Zwischen Neri und mir läuft absolut nichts, und da wird auch nie etwas laufen. Er ist einfach nur ein Kindheitsfreund«, rechtfertige ich mich gegen meinen Willen.

»Schade«, murmelt sie.

»Wie heißt er mit Nachnamen?«, will Rebecca wissen.

»Warum?«, frage ich argwöhnisch.

»Dann füge ich ihn auf Facebook zu meinen Freunden hinzu.«

»Ich glaube nicht, dass er auf Facebook ist«, sage ich in säuerlichem Tonfall.

»Wenn du mir sagst, wie er heißt, schaue ich nach«, beharrt sie.

Ich werfe ihr einen kurzen Blick zu, ohne zu antworten. Und wenn er tatsächlich auf Facebook wäre? Könnte ihm eine Frau wie Rebecca gefallen? Bei der schieren Vorstellung, die beiden könnten zusammen sein, zieht sich mir der Magen zusammen.

»Natürlich nur, wenn du kein Interesse an ihm hast«, rudert Rebecca zurück, die ahnt, was mir durch den Kopf geht.

Ich seufze.

»Nein, schon okay«, erwidere ich und versuche dabei, Ruhe zu bewahren. Und auch wenn sie ihm gefällt? Ich weiß doch schon, dass er nicht der richtige Mann für mich ist, hat das nicht auch er oft genug bestätigt?

Also flüstere ich seinen Namen. »Neri Falco di Torrelupo.«

Ein Name mit einem schönen, unverwechselbaren Klang. Geheimnisvoll, elegant und kühn wie er selbst.

Als ich nachmittags zurück auf den Hof komme, ist niemand da. Im Garten finde ich ein Hemd von Neri, das über einer Stuhllehne hängt. Unwillkürlich muss ich lächeln: unordentlich wie immer. Er hat sich wohl umgezogen, bevor er zum Arbeiten in den Weinberg ging, und es hier vergessen.

Ich nehme es. Es ist das Hemd, das er in der Vinothek anhatte, ich erinnere mich noch gut, wie die azurblaue Farbe seine Augen dazu gebracht hat, im Halbdunkel zu strahlen. Erst gestern Abend hat der Stoff seine Haut berührt, denke ich, während ich darüberstreiche. Ich kann nicht widerstehen und halte mir das Hemd ans Gesicht, so wie ich es getan habe, als ich in seinem Zimmer war. Aber jetzt werfe ich es nicht sofort wieder weg, ganz im Gegenteil – ich halte es lange an die Nase und lasse mich von seinem Duft einhüllen. Von diesem herrlichen Duft, den ich nie vergessen konnte.

Durch den Duft leben die Gefühle wieder auf, die ich auf der Burg, im roten Zimmer, empfand, und eine Woge des Begehrens überwältigt mich. Es war Sommer, es herrschte die gleiche sinnliche Hitze wie heute.

Ich lege das Hemd wieder hin. Ich muss mir ins Gedächtnis rufen, dass er kein Interesse an mir hat. Auch wenn es manchmal scheint, als wären wir füreinander gemacht, als würden wir den jeweils anderen verstehen und von ihm verstanden werden, wie es mir noch nie mit einem anderen Menschen passiert ist, darf ich nicht mehr daran denken. Neri wird früher oder später eine andere Frau heiraten, eine wie Ortensia.

Ich hingegen muss mich auf Jack konzentrieren, er ist der Mann, den ich zurückerobern will. Und selbst wenn er diesem Teil meiner Welt für immer fremd bleiben und nie diese

Landschaft verstehen oder diese Düfte wiedererkennen wird, ist er der Mann, zu dem ich zurückkehren werde.

Und in wenigen Tagen sehe ich ihn wieder.

23

Fenster zur Unendlichkeit

Die Fenster der toskanischen Häuser und Burgen geben den Blick frei auf die bäuerliche Landschaft, auf wilde Wälder und raffiniert angelegte Gärten. Wenn es sich dabei um die traditionellen schmalen Öffnungen handelt, sorgen diese nicht nur für kühle Innenräume im Sommer, sondern bilden den Rahmen für eine Welt, in der sich Geschichte und Natur verbinden und die sich in einer Abfolge aus Tälern, goldenen Getreidefeldern, Dörfern und Zypressen ins Unendliche ausbreitet.

Neri und ich brechen früh am Morgen zu dem Kongress auf. Auch wenn die Abschlussveranstaltung erst am Abend stattfindet, will ich zumindest an einem Workshop am Vormittag teilnehmen, damit ich meine Anwesenheit am Abend besser legitimieren kann. Neri und ich treffen uns danach wieder. Außerdem liegt die Ortschaft am Meer, auf der Halbinsel Monte Argentario, einer der schönsten Landzungen der Toskana. Etwas Zeit am Strand verbringen zu können wäre nicht schlecht, denke ich, während ich aus dem offenen Fenster des Autos blicke.

Es ist ein klarer, sonniger Tag, der noch nicht vom Dunst der Mittagshitze getrübt ist. Der warme Wind streicht sanft über mein Gesicht und vermischt sich angenehm mit dem Duft der

Feigenbäume. Ich betrachte die frisch gemähten Getreidefelder in ihren sanften Farben und die Gutshöfe. Es ist genau die Landschaft, die ich vor einigen Tagen von den schmalen Fenstern von Neris Burg aus betrachtet habe, und jetzt, wo ich in sie eingetaucht bin und von Hügel zu Hügel über alte Straßen fahre, befällt mich ein leichtes Schwindelgefühl.

»Warst du schon mal in Argentario?«, fragt Neri.

»Ein einziges Mal, als ich klein war, aber ich erinnere mich kaum daran.« Das Einzige, was mir in den Sinn kommt, ist, dass ich mich damals weigerte, baden zu gehen, weil es dort, wo wir waren, keinen Strand gab, sondern nur spitze Felsen, und am Grund des kristallklaren Wassers wimmelte es nur so vor schwarzen Seeigeln voller Stacheln.

»Du wirst sehen, es wird dir gefallen. Wenn wir Zeit haben, können wir uns ein Boot mieten.«

»Ein Boot? Ich bin nicht besonders seetüchtig.« Ich verspanne mich.

»Keine Angst, ich bin ja da. Verlass dich ganz auf mich«, sagt Neri und legt seine Hand auf meine, eine beruhigende Geste, die sofort bewirkt, dass ich mich wieder entspanne.

Neri setzt mich am Tagungsort ab, und ich akkreditiere mich für den Workshop. Zwei langweilige Stunden später stehe ich wieder vor dem Gebäude und warte, dass Neri mich abholt. Als sein Auto um die Ecke biegt, macht mein Herz einen kleinen Satz. Ich freue mich auf den Nachmittag mit ihm am Meer. Nach einer kurzen Autofahrt kommt der Monte Argentario in Sicht, eine grüne Erhebung, die aus dem Tyrrhenischen Meer herausragt und nur durch zwei Landzungen aus Sand, die eine Lagune bilden, mit dem Festland verbunden ist.

Wir verlassen die Via Aurelia bei Albinia und biegen dann in die Straße ab, die an der nördlichen Lagune entlang in Richtung Porto Santo Stefano führt, bis wir zur Abzweigung zu unserem Hotel gelangen, das sich auf dem äußersten Ausläufer des Berges befindet.

Dann geht es eine gewundene Straße hinauf, die mitten durch eine Landschaft führt, die abwechselnd wild ist, mit von salzigem Wind gebeugten Sträuchern, und kultiviert, mit Weinreben und Olivenbäumen. Unter uns sieht man die zerklüftete Küste und das türkisfarbene Meer, in der Luft liegt der Duft von Rosmarin und Pinien.

Als wir ankommen, staune ich mit offenem Mund. Das Hotel erhebt sich steil über einer bezaubernden kleinen Bucht. Das Panorama ist so schön, dass es fast irreal erscheint. Die Aussicht erstreckt sich über hundertachtzig Grad von der Insel Giannutri über die Insel Giglio bis hin zur Insel Elba; in der Mitte des Hotels steht ein antiker Sarazenenturm, der diesen Ort noch bezaubernder macht, wenn das überhaupt möglich ist.

»Herzlich willkommen«, empfängt uns der Hotelangestellte an der Rezeption ausgesucht höflich, kaum dass wir eingetreten sind. Nachdem er unsere Papiere entgegengenommen hat, reicht er uns einen Schlüssel. »Wie von Ihnen gewünscht, haben wir unsere beste Suite für Sie reserviert.«

»Da muss ein Irrtum vorliegen, wir haben um zwei Zimmer gebeten«, sage ich irritiert.

»Das Hotel ist wegen des Kongresses ausgebucht, und ich habe gedacht, dass für unseren Plan eine Suite ideal wäre«, erklärt mir Neri.

»Was?« Meine Stimme klingt etwas schrill. Die Vorstellung, mit ihm in einem Zimmer zu schlafen, strapaziert meine Nerven.

Der Angestellte an der Rezeption schaut uns verlegen an. »Wenn es ein Problem gibt, können wir versuchen, eine andere Lösung zu finden.«

»Absolut nicht«, sagt Neri und durchbohrt mich mit seinen

Blicken. Offensichtlich mag er es nicht, wenn man ihn in Verlegenheit bringt. »Alles bestens«, fügt er hinzu, dann nimmt er den Schlüssel und folgt dem Pagen mit unserem Gepäck.

Ohne zu protestieren, setze ich mich ebenfalls in Bewegung.

Als wir die Suite betreten, bin ich sprachlos. Sie ist wunderschön und sehr liebevoll eingerichtet. Eine Wand ist vollkommen verglast und geht auf eine Terrasse mit Blick aufs Meer hinaus. Nachdem ich meine Sachen eingeräumt habe, gehe ich auf die Terrasse und schaue mich um. Das Panorama ist herrlich. Von hier aus scheint die Insel Giannutri ganz nah zu sein. Neri tritt ebenfalls auf die Terrasse und streift mich am Arm.

»Außergewöhnlich, nicht wahr? Nicht umsonst war es der Wunsch von Tante Ada, dass ihre Asche hier verstreut werden sollte.«

»Hier? Das wusste ich gar nicht.«

Neri nickt.

Ich schaue erneut aufs Meer hinaus und betrachte die Farben, die sich in der Ferne auflösen. Es ist ein wahres Paradies, die einzigen Geräusche, die man hört, sind die Schreie der Möwen und die Brandung. Einen Augenblick lang kommt mir das Meer nicht mehr wie ein fremdes Element vor. Ich begreife, weshalb sich Tante Ada diesen Platz ausgesucht hat.

»Was hältst du davon, eine Runde schwimmen zu gehen?«, schlägt Neri vor.

»Superidee. Der Pool da unten sieht sehr einladend aus.«

»Nicht im Pool. Ich habe ein Boot gemietet.«

»Aber ich habe dir doch schon gesagt, dass ich nicht besonders seetüchtig bin«, protestiere ich.

Er gibt mir einen leichten Klaps auf die Schulter.

»Und ich habe dir gesagt, dass du mir vertrauen sollst.« Er packt meine Hand und zieht mich nach drinnen. »Zieh dir deinen Badeanzug an, in der Zwischenzeit gehe ich das Boot holen. Wir treffen uns unten an der Cala Piccola, an der Rezeption können sie dir erklären, wo das ist«, sagt er, während er das Zimmer mit einer Reisetasche verlässt.

In weniger als einer halben Stunde bin ich an der Bucht mit den Klippen, wo Neri sich mit mir verabredet hat.

Ich gehe über den Steg, der zum Meer führt, und setze mich auf eine Klippe, um auf ihn zu warten; mein leichtes weißes Sommerkleid flattert im Wind, und die Wellen umspülen meine nackten Beine.

Nach kurzer Zeit taucht hinter der Landzunge ein Boot auf, das von Neri gesteuert wird. Er steht mit nacktem Oberkörper am Ruder, der Wind zerzaust seine Haare.

»Komm.« Er nimmt mich an der Hand, nachdem er vor Anker gegangen ist.

Ich gehe ein paar unentschlossene Schritte über den steinigen Untergrund, bis ich bis zu den Waden im Wasser stehe. Eine Welle, die etwas ungestümer ist als die anderen, lässt mich erstarren.

»Nein, nein … das Meer macht mir Angst«, sage ich und bleibe wie gelähmt stehen.

Blitzschnell steigt Neri aus dem Boot. »Mit mir brauchst du keine Angst haben«, murmelt er und nimmt mich in den Arm.

Ich beruhige mich wieder, und Neri hilft mir ins Boot. Sobald wir im Boot sind, macht Neri es los und steuert geradewegs auf die Spitze der Landzunge zu. Ich beobachte, wie geübt er das Boot steuert und entspanne mich immer mehr.

Bei der Landspitze schaltet er den Motor ab und wirft erneut Anker.

»Hier ist es gut. Hier kann man gut ins Wasser springen.«

Ich schaue über die Reling des Bootes und erblicke unter der Wasseroberfläche von Algen und Seeigeln bedeckte Felsen.

Er holt eine Schnorchelmaske aus seiner Tasche und hilft mir, sie aufzusetzen. Ich bin alles andere als begeistert, aber ich will mir keine Blöße geben. Also lasse ich ihn gewähren. Er selbst schnallt sich ein Messer und einen Drahtkorb um die Taille und geht zu der kleinen Leiter.

»Und wofür ist das?«, frage ich, während ich darauf zeige.

»Das wirst du schon sehen, komm erst mal mit. Hab keine Angst. Du bist eine sehr gute Schwimmerin. Weißt du noch, wie wir als Kinder ins Schwimmbad des Hotels von Bagno Vignoni gegangen sind? Das hier ist genau das Gleiche.« Er reicht mir die Hand.

Ich nehme all meinen Mut zusammen und lasse mich mit Neri ins Wasser gleiten. Sobald ich im Wasser bin, versuche ich, auf den Grund zu schauen. Aber es ist unmöglich. Kaum tauche ich mit dem Kopf unter, fühlt es sich an, als würde ich ersticken, und das Mundstück füllt sich mit Wasser.

Ich reiße mir die Maske vom Gesicht und halte sie Neri hin. »Ich schaffe das nicht.«

Neri befestigt sie sich am Hals. »Dann ohne Maske. Halte dich an mir fest. Ich führe dich«, sagt er und verschränkt seine Finger mit meinen.

Wir schwimmen ein paar Meter im lauwarmen Wasser, und mir geht es sofort besser. Ich entspanne mich allmählich, und meine Finger, die Neris Hand umklammern, lockern sich. Er dreht sich um und reicht mir erneut die Maske.

»Versuch noch mal, nach unten zu schauen. Auch wenn es nur für einen Moment ist.«

Ich gebe mir einen Ruck, setze die Maske auf und beuge den Kopf. Unter mir liegt eine andere, eine wunderbare Welt, die mir Angst einflößt und mich zugleich fasziniert: Klippen, Algen, schwarze und braune Seeigel und Schwärme aus kleinen silberfarbenen Fischen, die in den Wellen glitzern.

Es gelingt mir, das alles ein paar Sekunden lang zu beobachten, dann hebe ich den Kopf wieder aus dem Wasser.

»Und?«, fragt er mich lächelnd.

Ich löse die Maske und schiebe sie nach unten zum Hals. »Das reicht. Mir ist klar, dass dir das albern vorkommen muss, aber für mich ist das schon viel gewesen.«

»Ich weiß«, sagt er in sanftem Tonfall. »Mit der Zeit wird das besser, aber jetzt komm.« Er nimmt mich erneut an der Hand und zieht mich hinter sich her.

Ich folge ihm und denke, wie schön es doch ist zu schwimmen, wenn unsere Finger ineinander verschränkt sind, ich habe nicht einmal mehr Angst, mich den Klippen zu nähern.

Wenige Meter vom Ufer entfernt hält Neri inne, löst den Korb, der an seiner Hüfte hängt, und reicht ihn mir. »Halt ihn fest, ja?«

Er zieht das Messer aus seinem Gürtel und taucht zu den Felsen unter uns hinab.

»Die braunen sind die Weibchen. Die schwarzen zu nehmen ist sinnlos«, erklärt er, als er wieder auftaucht.

Er legt einen Seeigel in den Korb und taucht wieder unter. Gleich darauf bringt er mir noch einen. Schon bald füllt sich der Korb. Ich beobachte, wie die Meeresfrüchte hineinfallen, und wundere mich über mich selbst. Wenn ich an den Tauchkurs von vor etwas weniger als einem Monat denke, kann ich kaum fassen, was ich hier gerade tue. Ich, die ich Angst habe, unter Wasser die Augen aufzumachen, die sich vor Weichtieren, Krebstieren und allen anderen Tieren fürchtet, die das bewohnen, was ich immer als *den Abgrund* bezeichnet habe, hätte mir niemals träumen lassen, dass ich irgendwann mitten im Meer Seeigel sammeln könnte.

Als wir wieder im Boot sind, teilt Neri einen Seeigel und reicht mir die Hälfte.

Zaudernd und angewidert schaue ich das orangefarbene Fleisch an. »Ich habe so etwas noch nie probiert.«

»Deshalb musst du es jetzt probieren.«

»Ich finde es ein bisschen eklig.«

Lächelnd führt Neri den Seeigel an meinen Mund.

»Bitte«, flüstert er.

Ich blicke ihn an, gebannt vom Azurblau seiner Augen. Er nickt mir aufmunternd zu.

Ich nähere mich, schließe die Augen, um nichts sehen zu müssen, und berühre das Fleisch zaghaft mit der Zungenspitze. Dann ziehe ich meine Zunge sofort wieder zurück. Etwas mutiger probiere ein kleines Stück davon.

Gar nicht schlecht, finde ich. Eigentlich sogar ziemlich gut. Ich esse noch ein bisschen davon und noch ein bisschen, und es schmeckt mir immer besser.

»Gibst du mir auch die andere Hälfte?«, frage ich, als ich fertig bin.

Neri sieht mich mit seltsamem Blick an, sein Gesicht ist ganz nah an meinem.

»Was ist?«, frage ich.

Er lächelt. »Nichts, es ist nur … wenn du Seeigel isst, bist du sehr sinnlich.«

Mit Mühe reiße ich meinen Blick von seinem Mund los und versuche, mir mal wieder ins Gedächtnis zu rufen, dass wir nur Freunde sind.

Neri reicht mir die andere Hälfte des Seeigels. Ich will sie gerade nehmen, da zieht er seine Hand zurück und legt sie hinter seinen Rücken. Ich springe auf und drücke mich an seinen Brustkorb, um an die kleine Delikatesse heranzukommen. Sein Duft in meiner Nase macht mich ganz schwindlig. Wieder überwältigt mich das Verlangen nach ihm.

Mit einem Ruck setze ich mich auf meinen Platz, ohne den Seeigel erbeutet zu haben.

Wieder nähert er sich mit dem Seeigel. »Mir gefällt der Gedanke, dass es das erste Mal für dich ist, dass du sie kostest … Dass du mit mir Dinge tust, die du noch nie mit anderen getan hast, so wie früher«, flüstert er mit rauer Stimme.

Seine Worte wirken wie eine kalte Dusche.

Ja, wie früher, denke ich traurig.

Ich reiße mich zusammen und schiebe seine Hand weg. »Lass uns umkehren, sonst kommen wir noch zu spät.«

Neri schaut zur Sonne, die allmählich untergeht. »Du hast recht, die Pflicht ruft«, antwortet er, und nachdem er die andere Seeigelhälfte verspeist und die Schale ins Meer geworfen hat, lichtet er den Anker und steuert das Boot auf die Küste zu.

»Wann ist der Kongress zu Ende?«, fragt Neri, sobald wir wieder auf unserem Zimmer sind.

»Gegen sechs.«

»Okay, dann machen wir uns mal fertig.«

Ich dusche, frisiere mir die Haare und schminke mich leicht. Die Sonne der letzten Wochen hat mir gut getan, meine Haut schimmert in einem schönen Bronzeton und passt perfekt zu dem Kleid, das Neri mir zu diesem Anlass geschenkt hat. Ich bin selbst überrascht von dem Ergebnis, als ich zwei Stunden später in den Spiegel schaue. So selbstkritisch ich sonst bin, mit meinem jetzigen Erscheinungsbild bin ich sehr zufrieden.

Als ich aus der Badezimmertür trete, sitzt Neri auf dem Sofa und starrt mich an.

»Was ist?«, frage ich und muss unwillkürlich lachen bei seinem Gesichtsausdruck.

Er räuspert sich. »Du bist wunderschön«, sagt er mit heiserer Stimme. »Jack hat keine Chance.«

24

Terrasse

Eine Terrasse ist ein künstlich angelegtes Paradies, das den Blick und die Gedanken in die Ferne schweifen lässt. Sie ist sowohl ein intimer Ort, an dem man faulenzen und sich verlieren kann, als auch ein sozialer Raum, um Gäste zu empfangen und einen Aperitif zu nehmen. Als Erweiterung des Hauses kann man auf einer Terrasse in der Stadt dem Rhythmus der Jahreszeiten folgen; von dort lassen sich die Sterne betrachten. Ihre Wände bestehen aus der Stadt, dem Land, dem Himmel – wie in einem Zimmer ohne Begrenzung. Ideal für eine Terrasse, die aufs Meer hinausgeht, sind Blau- und Weißtöne sowie mediterrane Pflanzen, die Sonne und Wind lieben.

Als wir auf der großen Terrasse eintreffen, auf der die Abschlussparty des Kongresses stattfindet, wimmelt es dort bereits von Kollegen, die plaudernd vor einem Buffet mit Köstlichkeiten stehen, während die Kellner Gläser mit Prosecco servieren.

Im Hintergrund stehen runde, in Blau und Weiß gehaltene Tische mit Blick aufs Meer, das vom letzten Licht des Sonnenuntergangs beleuchtet wird. In der Luft liegt der Duft der weißen Blüten des Klebsamens, und der Abend ist so klar, dass man bis zu den Inseln Giglio und Elba, bis Pianosa und Montecristo sehen kann.

Neri ergreift meine Hand und bahnt sich mit entschlossenem Schritt seinen Weg durch die Menge. »Los geht's.«

»Isabel«, ruft Kate laut, sobald sie uns sieht, und kommt uns entgegen; wohl wissend, dass sie Aufmerksamkeit dabei erregt. Das Stimmengewirr um uns herum verstummt, und für einen langen Augenblick schauen uns die Anwesenden an.

Neri hält mich weiterhin an der Hand. Schon bald sind wir von meinen engsten Kolleginnen und Kollegen umringt.

»So gut tut es also, eine Auszeit zu nehmen?«, sagt Paul aus der Personalabteilung. »Hoffentlich hören nicht alle bald auf zu arbeiten, wenn sie dich gesehen haben. Wir werden dir eine Abmahnung schicken«, witzelt er.

Seltsamerweise bleibt auch Rupert Crawford auf dem Weg zum Buffet bei uns stehen; er ist der verantwortliche Geschäftsführer für Finanzen und Controlling, das heißt mein oberster Chef, drei Ebenen über mir, und Vorstandsmitglied der Bank. Ein unerträglicher Snob, der dauernd betonen muss, dass er in Oxford studiert hat und in Eton zur Schule gegangen ist.

»Isabel Pizzi! Sie sehen großartig aus. Sehen wir uns bald wieder im Büro?«, fragt er mich.

Ich antworte etwas vage und stelle ihm dann Neri vor.

Crawford wendet sich ihm zu und mustert ihn fragend. Sein erster Eindruck ist wohl positiv, und bestimmt fragt er sich, wer das ist.

»Falco? Ein guter Freund von mir hat denselben Nachnamen, ein Kommilitone aus Eton, der Abgeordnete Ivor Falco«, bemerkt er. »Kennen Sie ihn? Falco di Torrelupo, alter toskanischer Adel – Leute, die zwei Päpste unter ihren Vorfahren haben und eine Burg besitzen«, prahlt er mit seinem Bekannten.

»Natürlich, das ist mein Cousin«, sagt Neri liebenswürdig.

Rupert Crawford räuspert sich und ist sichtlich beeindruckt. »Oh, da ist der Vorstandsvorsitzende, ich muss jetzt gehen.

Was halten Sie davon, wenn Sie sich zu uns an den Tisch setzen? Es ist der dort vorne.«

»Gern, bis später«, nimmt Neri die Einladung an, während Kate und ich uns einen Blick zuwerfen. Eine solche Ehre wurde uns bislang nicht zuteil.

Und plötzlich bahnt sich Jack den Weg durch die Menge. Er hat mich offensichtlich gesehen.

»Isabel!«, ruft er, während er mich erstaunt mustert, so als würde er mich zum ersten Mal sehen.

»Jack, wie geht es dir?«, frage ich, während ich ihn freundlich und zugleich distanziert anlächle. Tatsächlich fällt mir das sehr leicht.

Es ist seltsam. Ich stehe vor dem Mann, den ich zurückerobern will, dem Mann, der mich genau in dem Moment, in dem ich glaubte, wir würden zusammenziehen, betrogen und verlassen hat, und was empfinde ich? Hass? Wut? Nervosität? Panik? Nein, das einzige Gefühl, das ich registriere, ist eines, das ich niemals erwartet hätte: Gelassenheit. Wer hätte das gedacht?

Mein distanziertes Verhalten zeigt wohl Wirkung. Und ebenso mein neuer Look. Mit dem langen Kleid und den offenen Haaren fühle ich mich so schön und sinnlich wie noch nie.

Er mustert mich verhalten von Kopf bis Fuß. »Du hast dich verändert«, ist das Einzige, was er sagt.

Jack hingegen ist noch genauso, wie ich ihn in Erinnerung habe. Kurze Haare, eine strenge Frisur, perfekt rasiert und die Uniform des Investmentbankers: dunkelblauer Anzug, schwarze handgefertigte Schnürschuhe, italienische Krawatte und Manschettenknöpfe an den Ärmelaufschlägen. Was für ein Kontrast zu der eleganten Nonchalance meines Begleiters.

Ich wende mich an Neri, der neben mir steht.

»Neri, darf ich dir Jack vorstellen?«

Neri lächelt. »Jack, freut mich«, sagt er höflich.

Jack antwortet ebenfalls freundlich, blickt allerdings etwas argwöhnisch.

Man sieht, dass er neugierig ist und gern wissen will, wer Neri ist und warum wir zusammen hier sind, aber natürlich kann er nicht so einfach danach fragen.

Dann sehe ich aus dem Augenwinkel, wie uns Crawford ein Zeichen gibt, an seinen Tisch zu kommen.

»Wir sollten zu unserem Tisch gehen«, sagt Neri, haucht mir einen flüchtigen Kuss auf die nackte Schulter, woraufhin Jack etwas blass wird. Dann nimmt mich Neri an der Hand und zieht mich davon.

Wir setzen uns an den Tisch, während die Kerzen auf den Tischen angezündet werden und der Garten allmählich von Lichtern beleuchtet wird.

Erstaunt blicke ich mich um. Die Aussicht von hier ist spektakulär und hat nur einen Hauptdarsteller: das Meer.

Die Geländer sind mit Pflanzen dekoriert. Ringsherum mischen sich die weißen Blüten von Oleander, Rose und Jasmin mit dem Blau der Schmucklilien und den silbernen Blättern des Rosmarins. Am Himmel sind allmählich die ersten Sterne zu sehen, die aus dem Wasser aufzugehen scheinen; der Horizont ist in Rot getaucht, eingefärbt von der Sonne, die hinter der Insel Elba im Meer versunken ist. Auf der weißen Tischdecke bringt Tischschmuck mit Muscheln das Meer zu uns.

Die Atmosphäre beim Abendessen ist unbeschwert. Zu meiner Überraschung wird nicht von der Arbeit gesprochen, sondern von Reisen, von Ausstellungen und vom Theater.

Neri macht bei allem eine hervorragende Figur, er weiß sich definitiv auf diesem Parkett zu bewegen. Er lächelt viel und ist liebenswürdig. Eloquent beschreibt er die letzten Ausstellungen, die er gesehen hat, und erzählt von den Büchern, die er zuletzt gelesen hat.

Nach einer Weile werde ich lockerer. Alle lieben Italien, und schon bald erzähle ich von der Toskana, erkläre dem Vorstandsvorsitzenden, wie man die *Spaghetti alla Bottarga* kocht, die wir gerade essen, und gebe denjenigen, die Interesse daran haben, das Bauernhaus der Großeltern zu mieten, meine Karte.

Manchmal sagen Neri und ich gleichzeitig etwas, oder beenden den Satz für den anderen, weil wir rasch verstehen, was der andere meint. Neri lacht, dann wird er plötzlich ernst und sieht mich mit leuchtenden Augen an. Und in diesen kurzen Momenten schweigen wir, nachdem wir so viel geredet haben.

Unsere Harmonie ist offenkundig.

Als ich am Ende der Mahlzeit – wir sprechen gerade über die Weine, die wir getrunken haben – erzähle, dass Neri begonnen hat, den Falco di Torrelupo herzustellen, hört mir Oliver Lamont, der Vorstandsvorsitzende, aufmerksam zu.

»Die Bank hat gerade ihren ersten Fonds für Weinproduzenten eingerichtet«, sagt er. »Es ist der neueste unserer Fondsreihe Passion Investment.«

Neri zieht eine Augenbraue nach oben. »Passion Investment?«

»Ja. Es handelt sich dabei um Fonds, die Investitionen bündeln, um diejenigen zu finanzieren, die aus ihrer Leidenschaft eine Geschäftsidee machen wollen.«

»Dabei habe ich bisher gedacht, dass Banken und Leidenschaft die größten Gegensätze sind, die es gibt«, sagt Neri augenzwinkernd.

»Das stimmt.« Lamont lacht. »Aber wenn man genauer darüber nachdenkt: Was kann ein vermögender Investor wollen, wenn er sich alle auf dem Markt existierenden Produkte angeschafft hat? Die Antwort ist sehr einfach: in etwas investieren, das ihm gefällt, wofür er eine Leidenschaft empfindet.«

»Oh ja, Leidenschaft …«, murmelt Neri und wendet sich mit leuchtenden Augen zu mir.

Ich senke den Blick und schaue auf den Tisch, ohne zu wissen, was ich erwidern soll. Das Einzige, woran ich denken kann, ist, dass seine Nähe meinen Körper zum Vibrieren bringt.

Als die ersten Töne erklingen, ergreift Neri meine Hand. »Lass uns tanzen.«

»Können wir nicht warten, bis sie andere Musik spielen?«, frage ich, während sich die Melodie eines langsamen Stücks entfaltet.

»Aber das ist der Tanz, der am besten in unseren Plan passt«, erwidert Neri mit einem verführerischen Lächeln und zieht mich in die Mitte der Tanzfläche.

Erfreut stelle ich fest, dass auch Jack uns ansieht und sein Gesicht immer blasser wird.

Neri fängt an zu tanzen und schmiegt seinen Körper an meinen. Ich lasse mich von ihm führen, schließe die Augen und atme seinen Duft ein. Alles wäre wunderbar – wenn es nur nicht vorgetäuscht wäre.

Ich entferne mich ein paar Millimeter von ihm, damit das Ganze nicht allzu intim wird.

Er lächelt und streicht mir mit einer zärtlichen Geste eine Strähne aus dem Gesicht. Dann lässt er seine Hand um meine Taille gleiten und drückt mich dann mit einer resoluten Bewegung an sich.

»Neri«, flüstere ich. Dieses Theater ist zu viel für mich.

»Mir gefällt, wie du meinen Namen aussprichst«, sagt er, dann legt er seine Lippen auf meine und küsst mich zärtlich.

Mir stockt der Atem. Ich spüre, wie sein Bart mein Gesicht kratzt, rieche seinen Duft, der mich überwältigt. Mein Herz hämmert so sehr, dass ich Angst habe, es könnte explodieren.

Bis er sich plötzlich von mir löst.

»Ich würde sagen, das ist der richtige Moment, um die Bühne zu verlassen.«

»Ja«, bringe ich mühsam heraus, während wir unten den neugierigen Blicken der anderen die Tanzfläche verlassen.

Auf dem Weg zu unserem Hotel sprechen wir kein einziges Wort miteinander. Als wir vor unserer Zimmertür stehen, sieht Neri mich an. »Hast du den Schlüssel?«

Ich öffne meine Handtasche. »Ja, Moment.«

»Es ist gut gelaufen, findest du nicht? Jack konnte seinen Blick kaum von dir abwenden«, stellt er fest, während ich aufgeregt in meiner Tasche wühle.

»Äh, ja«, bestätige ich mit einer seltsamen Gleichgültigkeit in Bezug auf die Reaktion meines Ex-Verlobten.

»Wer weiß, was er denkt, was wir jetzt machen«, sagt er mit rauer Stimme, während ich ihm endlich den Schlüssel reiche.

Die Zeit bleibt stehen. Er schweigt, und dann beugt er sich langsam zu mir herunter.

Neri küsst mich erneut, und ich gebe mich ihm ganz selbstverständlich hin und lasse mich von der Wärme seines Körpers einhüllen. Als er sich wieder von mir löst, überschlagen sich meine Gedanken. Und morgen früh? Will er mich morgen früh immer noch?, frage ich mich verunsichert.

»Vielleicht ist das ein Fehler«, flüstere ich.

»Willst du, dass ich in einem anderen Zimmer schlafe?« Er streicht mir mit dem Finger über den Mund, und ich erschauere.

Ich versuche zu widerstehen, doch das Verlangen ist so stark, so intensiv, dass ich alles vergesse und mich meinem Schicksal überlasse. Ich begehre Neri mit jeder Faser meines Selbst. Morgen würde ich es bereuen, aber in diesem Moment will ich nicht vernünftig sein. Was zählt, ist die Gegenwart – seine, unsere Gegenwart. Alles andere ist unbedeutend.

»Nein«, erwidere ich.

Neri lächelt, und nachdem er die Tür geöffnet hat, drückt er mich an sich. Wieder rieche ich seinen Duft, und die Wärme, die ich spüre, bringt mich zum Stöhnen. Ich lasse die Finger durch sein dichtes blondes Haar gleiten und schiebe meine Hand unter seine Jacke, weil ich mich danach sehne, seine nackte Haut auf meiner zu spüren.

Mit dem Gewicht unserer Körper schieben wir die angelehnte Tür zu und lassen uns ungeduldig aufs Bett fallen.

In diesem Moment will ich nur eins, kann ich nur an eins denken: ihm gehören. Schon seit zwölf Jahren will ich nichts anderes.

Neri zieht mir ungeduldig das Kleid vom Körper. Seine Zunge und seine Küsse wandern über meinen Hals, über die Brust hinab bis zum Bauch.

Ich schließe die Augen, genieße die Lust, die seine geschickten Berührungen hervorrufen. Noch nie hat mich jemand so empfinden lassen. Mir scheint, als hätte ich noch nie in meinem Leben einen Mann so sehr begehrt.

Und dann lasse ich los, tauche ein in Leidenschaft und Verlangen. Unsere Blicke suchen sich, und einen Moment bevor ich ihn in mir spüre, schmiegen sich unsere Leiber noch enger aneinander.

Mein Körper erkennt ihn wieder, als wäre keine Zeit vergangen. Seine Zärtlichkeiten und seine Küsse sind dieselben, an die ich in den schlaflosen Nächten all dieser Jahre zurückgedacht habe. Unsere Herzen schlagen aneinander, Haut an Haut. Allmählich atmen wir schwerer, die Küsse werden hektischer. Neri bewegt sich schneller, und mein Körper reagiert immer erregter auf seinen. Wir stöhnen, bis sich mit einem Schlag sein Rhythmus noch einmal beschleunigt und wir auf einer Woge der Lust gemeinsam kommen, während die sommerliche Brise, die durchs Fenster hereinweht, über nackte Haut streicht.

Der Himmel ist dunkelblau, erleuchtet von einem riesigen orangefarbenen Vollmond. Auf einer der Landzungen, die die Bucht umschließen, beginnt ein Feuerwerk, das für uns gedacht scheint und den Himmel in bunten Farben erstrahlen lässt.

25

Von Hand getöpferte Tässchen

Ein von Hand getöpfertes Tässchen hat eine Eigenschaft, die Freude macht: Es ist ein Handwerksprodukt. Eine Sammlung von Tonwaren, eine bestickte Decke, ein geflochtener Korb, ein antiker Stuhl – sie alle haben diese besondere Schönheit von Gegenständen, die von Menschen für Menschen gemacht wurden. Es sind die Überbleibsel eines vorindustriellen Lebens, eine Hommage an die Handwerkskunst, die von der Welt des Konsums und der Standardisierung vergessen wurde.

Ich wache vom Geräusch der Wellen auf, die gegen die Klippen branden, und das vom Geschrei der Möwen unterbrochen wird. Eine leichte Brise weht durchs offene Fenster und streicht mir übers Gesicht.

Ich strecke den Arm aus, um Neri zu suchen, doch das Bett ist leer. Nur sein Duft ist zurückgeblieben.

Ich schaue mich um und entdecke ihn. Er steht mit dem Rücken zu mir mit nacktem Oberkörper auf der Terrasse und schaut auf das Meer hinaus. Die letzte Nacht kommt mir in den Sinn, und ein Schauer überläuft mich, wenn ich an seinen Körper auf meinem denke.

Er dreht sich zu mir um.

»Du bist wach?« Seinem Gesichtsausdruck kann ich sofort entnehmen, dass etwas nicht stimmt.

Mit einer schlimmen Vorahnung setze ich mich im Bett auf. »Was ist los?«

Er betritt das Zimmer, ohne mir in die Augen zu schauen, nimmt sein Hemd vom Stuhl und zieht es an.

»Meine Tante hat mich angerufen, es gibt Probleme auf der Burg. Ich muss gehen.«

Erst jetzt sehe ich seine gepackte Tasche auf dem Boden stehen.

»Jetzt?«

»Ja. Ich lasse dir den Wagen da, ich habe mir einen anderen gemietet«, erwidert er scheinbar ungerührt.

Ich stehe auf. »Aber was ist denn passiert? Lass uns wenigstens zusammen frühstücken.«

»Nein, ich habe es eilig.«

Enttäuscht schaue ich ihn an. Nach der vergangenen Nacht habe ich etwas anderes erwartet, auch wenn ich tief in meinem Inneren befürchtet habe, dass es so kommt.

Auf seinem Gesicht deutet sich ein Lächeln an. »Jedenfalls war der gestrige Tag wunderschön, und du wirst sehen – das mit Jack kommt wieder in Ordnung.«

Ich habe das Gefühl, als würde ein Felsbrocken auf mich niederkrachen.

»Mit Jack?«

»Ja, mit Jack«, erwidert er steif.

»Und das, was letzte Nacht zwischen uns war?«, frage ich irritiert.

»Das war wunderschön, wie ich gesagt habe. Ich habe mich so sehr danach gesehnt, und ich glaube, du auch, oder?«, versucht er mich mit in die Verantwortung zu nehmen für das, was geschehen ist.

»Wonach ich mich gesehnt habe, spielt keine Rolle, ich habe

dich gefragt. Was hast du jetzt vor?« Dieses Mal will ich nicht den Mund halten, während er verschwindet.

Er wendet den Blick ab und schweigt.

»Also?«, hake ich nach.

Er blickt mich an. »Na ja … vielleicht hätten wir das gestern nicht tun sollen.«

»Wie bitte?« Meine Stimme versagt.

»Wir haben uns hinreißen lassen, ohne nachzudenken, aber jetzt müssen wir wieder vernünftig sein.« Den Mut, mir in die Augen zu schauen, bringt er nicht auf.

Ein dumpfer Schmerz schnürt meine Brust zusammen, es ist derselbe, den ich schon einmal gespürt habe; und ich hatte mir vorgenommen, ihn nie wieder zu empfinden.

Er packt mich an den Schultern und schlägt einen sanfteren Ton an. »Du bekommst jetzt das, was du wolltest. Jack wird zu dir zurückkehren, da bin ich mir sicher. Und dann sind alle Probleme gelöst. Wir verkaufen den Hof, du kehrst nach London zurück, heiratest, bekommst Kinder. Das ist doch das, was du willst, oder? So ist es besser, glaub mir. Es war wirklich fantastisch gestern Nacht. Ich wurde es Hunderte, Tausende Male wiederholen, aber Jack ist der Richtige für dich, nicht ich.«

Obwohl ich versuche, mich zu beherrschen, fängt meine Unterlippe an zu zittern.

»Ist es wegen Ortensia?«

»Mit ihr hat das nichts zu tun.«

Ich bin am Boden zerstört. Es ist immer dasselbe mit Neri, so gut wir auch harmonieren, sosehr ich ihm auch gefalle – es genügt nicht. Ich genüge nicht.

»Ich habe dir nicht verheimlicht, dass ich mich zu dir hingezogen fühle, Isabel, das war schon immer so. Aber das reicht nicht«, sagt er mit leicht brüchiger Stimme.

»Was willst du damit sagen? Erkläre es mir.«

Er öffnet den Mund, als wollte er etwas sagen, doch dann schweigt er.

»Vielleicht bin ich einfach verwirrt, lass uns versuchen, uns eine Zeit lang nicht zu sehen«, bittet er und senkt dabei den Blick.

Sich eine Zeit lang nicht sehen! Die Lüge der Feiglinge. Die Wahrheit ist, dass er sich aus dem Staub macht. Wieder einmal.

Er räuspert sich und zwingt sich, ruhig zu sprechen.

»Ich gehe jetzt. Was den Bauernhof angeht, können wir über den Notar etwas vereinbaren.«

Er bückt sich, um seine Tasche zu nehmen, und verlässt, ohne sich noch einmal umzudrehen, das Zimmer.

Als ich allein bin, lasse ich mich wie betäubt aufs Bett sinken. Ich schaffe es nicht mal zu weinen.

Es ist wieder passiert. Neri hat mich erneut verlassen.

Ich habe noch immer seinen Duft an mit, aber ich bin allein.

Wie damals, als wir achtzehn waren.

Es war dumm von mir zu glauben, er habe sich geändert.

Ich bin wütend auf ihn, weil er mich noch einmal verlassen hat, und auf mich selbst, weil ich wieder auf ihn hereingefallen bin.

Wieder habe ich ihn missverstanden. Die Gefühle und die Seelenverwandtschaft, die ich meinte zwischen uns wahrzunehmen, gab es nur in meiner Fantasie. Wahrscheinlich wusste er schon, als er mich küsste, mich liebkoste und mit mir schlief, dass er gehen würde. Er wusste schon, dass es nur für eine Nacht sein würde, dass es enden würde, noch bevor es begann.

Ich balle die Hände zu Fäusten. Ich will nicht schon wieder leiden. Ich darf nicht so schwach sein.

Es war richtig, damals die Toskana zu verlassen, und ich hätte niemals zurückkehren dürfen. Das hier ist nicht meine

Welt, meine Welt ist England, und Neri ist nicht der Richtige, sondern Jack oder einer, der ihm oder mir ähnlich ist.

Was auch immer mit Jack passieren oder nicht passieren wird, ich weiß nur eines: Ich kann nicht länger in Italien bleiben.

Ich gehe hinunter, um auf der Terrasse zu frühstücken, setze mich an einen kleinen Tisch und bestelle erst einmal einen doppelten Espresso.

»Hey, darf ich mich setzen?« Kate macht es sich bequem, ohne eine Antwort abzuwarten.

»Ich würde sagen, ich habe keine andere Wahl«, versuche ich mit einem leicht verzerrten Lächeln zu scherzen.

Meine Freundin sieht mich aufmerksam an, während die Kellnerin den Kaffee serviert.

»Was ist passiert? Stimmt etwas nicht?«

Ich nehme zwei Tütchen Zucker. »Ich habe nur zu viel getrunken«, lüge ich, in der Hoffnung, überzeugend zu sein.

»Wirklich?«, bemerkt sie zweifelnd. »Und wo ist Neri?«

»Er ist schon weg«, sage ich so gleichgültig wie möglich.

Kate macht ein enttäuschtes Gesicht. »Was für ein Jammer. Ich hätte dir nämlich jetzt geraten, Jack für einen Typen wie ihn abzuservieren«, sagt sie, ohne dass ihr bewusst wird, wie sehr mich diese Worte verletzen.

Ich versuche, cool zu bleiben und meine Gefühle zu verbergen. »Wie schon gesagt, er ist nur ein Freund.«

Sie verzieht die Lippen. »Na gut. Aber erzähl mir wenigstens, wie es war, ihn zu küssen.«

»Was spielt das für eine Rolle? Es war nur ein Bluff«, lüge ich und fühle mich innerlich leer.

»Sicher?«

»Ja«, erwidere ich knapp.

»Und sonst ist nichts passiert?«

»Machst du Witze?«, sage ich, ohne den Mut aufzubringen, ihr in die Augen zu schauen. Vielleicht würde es mir helfen, darüber zu reden, im Grunde ist Kate eine meiner besten Freundinnen, aber alles ist noch so frisch und schmerzhaft, dass ich es nicht übers Herz bringe, mich ihr anzuvertrauen.

Kate zwinkert mir zu. »Meiner Meinung nach wird bald etwas passieren. Jack war total eifersüchtig gestern. Er hat mich, als ihr gegangen wart, sofort ausgequetscht, wer Neri ist«, berichtet sie prompt.

Ich nehme einen Schluck aus dem Espressotässchen. »Ja?«

»Natürlich habe ich ihm erzählt, dass er ein Prinz mit einem Märchenschloss ist. Du hast keine Ahnung, wie sehr ihn die Eifersucht zerfressen hat.«

»Wirklich?« Ich versuche, begeistert zu klingen. Noch vor wenigen Wochen hätte ich Freudensprünge gemacht. Jetzt ist nichts mehr von Bedeutung für mich.

»Ja. Du wirst sehen, er kommt zurück«, sagt sie zuversichtlich.

Ich lächle. Sie ist wirklich eine gute Freundin. »Danke, Kate, wirklich.«

»Wofür?«, fragt sie. »Da ist er ja!«, ruft Kate plötzlich.

Ich zucke zusammen und hoffe, dass sie Neri meint. Aber natürlich spricht sie von Jack, der sich drinnen im Restaurant am Buffet bedient.

Jack entdeckt uns und kommt auf uns zu. Frisch rasiert, gestärktes Hemd. Schon am frühen Morgen wie aus dem Ei gepellt. Wie macht er das? Entspannt er sich denn nie?

»Darf ich?«, fragt er und zeigt auf den freien Platz.

»Sicher, ich muss mal los«, beeilt sich Kate zu sagen und erhebt sich.

Jack setzt sich. »Trinkst du neuerdings Espresso?«, beginnt er das Gespräch ein wenig verlegen.

»Ja«, erwidere ich einsilbig.

»Schön, diese Tässchen.« Er wirkt nervös.

Ich senke den Blick auf die schwarze Designertasse und die quadratische Untertasse, und plötzlich zieht sich mir das Herz zusammen. Mir kommt in den Sinn, was Pasolini über Tässchen geschrieben hat.

Die Sprache der Dinge, die Neri und mich schon immer verbunden hat, wird mich für immer von Jack trennen.

Um nicht mehr daran denken zu müssen, schütte ich ein ganzes Tütchen Zucker in den restlichen Kaffee.

»Und Zucker nimmst du jetzt auch«, murmelt er.

»Ja, und sogar Schoko-Brioches.« Ich rufe den Kellner, um eins zu bestellen.

Jack sieht mich aufmerksam an. »Du hast dich verändert, Isabel. Ich habe dich gestern den ganzen Abend beobachtet, du wirktest so losgelöst. Ist es etwas Ernstes? Das mit dem Typen von gestern?«, fragt er und kommt direkt zum Thema. Er ist ganz und gar nicht der Typ für halbe Sachen. Er spricht die Dinge wenigstens direkt an. Nicht so wie Neri, der Feigling.

»Das habe ich noch nicht entschieden«, lüge ich mit unbekümmerter Miene. »Momentan will ich nur das Leben genießen.«

»Sonst hast du doch immer alles im Voraus geplant.«

»Vielleicht war das ein Fehler, wer weiß? Und du und Fiona?«, fahre ich in gleichgültigem Ton fort, als würde ich von etwas reden, das mich überhaupt nicht betrifft.

»Fiona ist in Boston bei ihrer Familie, aber es läuft nicht so, wie ich es mir vorgestellt habe.«

»Ach nein?«

Er blickt mir direkt in die Augen.

»Die Wahrheit ist, dass du mir fehlst, Isabel. Unsere Vertrautheit fehlt mir. Deshalb will ich dir einen Vorschlag machen.« Er klingt, als würde er über die Arbeit sprechen.

»Einen Vorschlag?«

»Ja, komm zu mir zurück, und alles wird wie früher. Besser sogar. Wir ziehen zusammen und dann … und dann, wenn das läuft, können wir auch den nächsten Schritt wagen.«

»Ah«, ist das Einzige, was ich herausbringe. Er redet vom Heiraten! Ich hätte mir nicht träumen lassen, dass ich in so kurzer Zeit so viel erreichen würde.

»Also, was sagst du?«

»Du bist zweifellos ziemlich direkt«, bemerke ich. »Du verstehst sicher, dass ich darüber nachdenken muss.«

»Sicher, das verstehe ich sehr gut. Fliegst du mit uns zurück?«, wechselt er dann das Thema.

»Nein, ich muss noch einiges mit dem Hof regeln. Ich rufe dich an, sobald ich in London bin.«

»Okay.«

Er umarmt mich einmal kurz, steht auf und geht in seinem entschlossenen Gang davon, während ich noch eine Weile auf der Terrasse sitzen bleibe. Ich will mich von der Morgensonne wärmen lassen, um die Kälte, die ich immer noch in mir spüre, zu vertreiben. Eigentlich müsste ich zufrieden sein mit dem Resultat. Doch ich freue mich nicht. Schade, dass meine Distanziertheit keine Strategie ist, sondern einfach nur das, was ich gegenüber Jack empfinde. Mein Herz ist ganz woanders.

Als ich am Nachmittag zu Tante Adas Haus zurückfahre, denke ich über Jacks Angebot nach. Das ist die Gelegenheit, in mein altes Leben zurückzukehren, das, was ich wollte.

Ich werde den Bauernhof verkaufen, nach England zurückkehren, den Kredit abzahlen, die Arbeit wiederaufnehmen, mit Jack zusammenleben, vielleicht werden wir zur großen Freude meiner Eltern heiraten und Kinder kriegen.

Alles wirklich perfekt. Ich betrachte die Landschaft mit ihren Zypressenreihen, den riesigen Heuballen, den Olivenbäumen mit den silbrigen Blättern und empfinde jetzt schon Sehnsucht. Es wird sehr schwer sein, dies alles zurückzulassen, aber es muss sein. Es war nur ein Urlaub, ein Sommerurlaub mit vielen Abenteuern und einem wunderbaren Flirt. Mehr nicht.

Aber ist es wirklich so? Ich denke an die letzten Wochen zurück, an die Nähe zwischen Neri und mir, an unseren ähnlichen Geschmack und wie wir einander gestern beim Abendessen immer wieder ins Wort gefallen sind, wie einer die Sätze des anderen zu Ende sprach, weil unsere Gedanken so perfekt harmonieren, wie er mich angesehen hat – und es scheint mir unmöglich zu sein, dass es nun so enden soll.

Dennoch ist es so gekommen. Ich muss damit fertigwerden und aufhören, daran zu denken. Wie oft habe ich mich damals nach meiner Rückkehr nach England gefragt, ob es die richtige Entscheidung war, die Toskana zu verlassen.

Inzwischen bin ich mir sicher, dass die Entscheidung richtig war.

Abends habe ich meine Koffer fast gepackt und die Architekturbücher, die Tante Ada mir geschenkt hat, zu einem Paket geschnürt, als Giovanna, der ich alles am Telefon erzählt habe, an der Tür klingelt. Auf dem Weg zur Tür trockne ich mir die immer noch feuchten Augen.

Kaum hat sie sich aus der Umarmung gelöst, in die sie mich zur Begrüßung gezogen hatte, sieht sie mich tadelnd an.

»Wie oft soll ich es dir noch sagen, dass es ein Mann wie Neri nicht wert ist, dass man seinetwegen leidet? Wie es scheint, bist du wieder an den Punkt zurückgekehrt, an dem du mit achtzehn warst.«

»Ich dachte, dieses Mal wäre es anders«, murmle ich.

»Ein Falco di Torrelupo ist nichts für uns, Isabel. Denk an Urgroßmutter Maria und Tante Ada.«

»Die Zeiten haben sich geändert.«

»Für bestimmte Menschen gilt das nicht.«

»Wenn ich daran denke, wie gut wir uns letzte Nacht miteinander gefühlt haben«, flüstere ich mit brechender Stimme.

Giovanna sieht mich liebevoll an.

»Er ist einfach nur ein arroganter Weiberheld wie sein Vater, sein Großvater und sein Urgroßvater. Männer, die Mädchen falsche Hoffnungen machen und sie dann in Schwierigkeiten bringen.«

Sie streicht mir mit der Hand über die zerrauften Haare. »Du wirst darüber hinwegkommen, vertrau mir. Aber lass uns jetzt über die wichtigen Dinge reden.«

»Und die wären?« Was kann schon wichtiger sein als das, was mir gerade widerfahren ist?

Sie blickt mich ernst an. »Bist du sicher, dass du von hier wegwillst?«

»Natürlich! Ich habe dir doch gerade gesagt, dass er mich wieder verlassen hat!«

»Neri ist kein ausreichender Grund.« Sie blickt mir direkt in die Augen. »Du solltest deine Entscheidung, nach London zurückzukehren, nicht von ihm abhängig machen. Du hast schon einmal seinetwegen den Kurs geändert, mach jetzt nicht denselben Fehler.«

»Fehler? Ich kehre nur zu meinem Leben zurück, zu meiner Arbeit und vielleicht sogar zu einem Verlobten«, sage ich in einem Tonfall, der unsicher klingt.

Giovanna lacht ungläubig.

»Zu einem Verlobten? Du hast doch bisher nur über Neri geredet! Mir kommt es nicht so vor, als würdest du dich großartig für diesen Verlobten interessieren. Und was die Arbeit angeht: Bist du sicher, dass das dein Weg ist?«

»Mit Jack wird wieder alles so wie früher, da bin ich mir sicher. Was den Rest angeht: Bist nicht du diejenige, die immer sagt, dass die Arbeit das Wichtigste ist? Sie ist das Einzige, was ich habe.«

»Natürlich, aber es muss eine sein, die dir wirklich gefällt.«

Schweigend wende ich den Blick ab. Giovanna führt ihre Argumentation weiter.

»Ich fand schon immer, dass es ein Fehler war, dass du die Innenarchitektur aufgegeben hast, Isabel. Und wie du in den letzten Wochen deinen Hof und das Haus der Großeltern eingerichtet und wie viel Leidenschaft du hineingesteckt hast, bestätigt mich darin.«

»Es ist nur eine Spielerei, das habe ich dir doch schon gesagt. Für meinen Lebensunterhalt mache ich etwas anderes«, protestiere ich.

»Du könntest hierherziehen.«

Ich schaue sie fassungslos an. »Hierher? Selbst wenn da nicht dieses Problem mit Neri wäre, wovon sollte ich leben?«

»Wir könnten zusammen Landhäuser umbauen, das würde funktionieren, davon bin ich überzeugt.«

»Das erscheint mir ziemlich vage und unrealistisch. In London habe ich einen sicheren und gut bezahlten Job.« Ohne es zu wollen, denke ich mit einem seltsamen Gefühl der Beklemmung an mein Büro.

»Das ist nicht dein Traum. Erinnerst du dich noch an dein Häusertagebuch?«

»Natürlich, aber irgendwann im Leben erreicht man einen Punkt, an dem man konkret werden muss.«

»Bist du sicher, dass du nicht hierbleiben willst?«, hakt sie noch mal nach.

»Ja, ich bin mir sicher«, erwidere ich. »Ich habe meine Entscheidung getroffen. Vor zwölf Jahren bin ich nach England zurückgekehrt, um mir ein Leben aufzubauen, und das ist mir gelungen. Jetzt möchte ich es wieder aufnehmen. Könntest du den Verkauf des Hofes an meiner Stelle übernehmen?«

Giovanna drückt mich liebevoll. »Na gut, ich gebe auf. Ja,

mache ich. Versprichst du mir aber, dass du über meinen Vorschlag wenigstens nachdenken wirst?«

»Na schön.«

Sie lockert ihre Umarmung und lächelt.

»Egal wann du deine Meinung änderst – ich werde hier sein und auf dich warten. Aber nur unter der Bedingung, dass du nicht wegen Neri zurückkehrst, sondern nur, um mit mir ins Geschäft zu kommen!«

26

Total Grey

Grau ist eine neutrale Farbe. Ein Niemandsland, das demjenigen gehört, der sich in nichts hineinziehen lässt und sich distanziert. Es ist die Farbe der Büros, des Betons, der Stadt, des Regens und des Nebels. Azurblau ist die Farbe der Ferienhäuser, des Meeres und des Himmels. Die Farbe derer, die die Natur lieben. Die Farbe der Heiterkeit, der Zärtlichkeit, der Lebensfreude.

Von meinem Arbeitsplatz im Büro, einer grauen Nische unter vielen im Großraumbüro der Abteilung Finanzverwaltung und Controlling, schaue ich aus dem Fenster.

Die Bank, ein verglaster Stahlskelettbau in der City of London, überragt die Nachbargebäude, und man sieht von dort die Themse und den ehemaligen Kamin der Tate Modern auf der anderen Seite der Millennium Bridge.

Ich habe immer noch die Farben der Toskana vor Augen; ihre grünen, von Weinreben bewachsenen Hügel, die gelben Getreidefelder, die von der Sonne beschienenen Häuser, deshalb kommt mir das, was ich hier sehe, seltsam vor.

Der Himmel bildet eine graue Decke, und obwohl es Juli ist, regnet es in London.

Es ist ein warmer, leichter Regen, für den man keinen Schirm braucht, aber wahrscheinlich erscheint der Regen gerade deshalb so monoton und endlos. Ganz anders als die plötzlichen sommerlichen Platzregen, die in Italien eine Stunde lang die Welt aus den Fugen heben, um dann von der strahlenden Sonne abgelöst zu werden.

Dort Azurblau, hier Grau. Dort Unwetter, hier Ruhe. Dort Leidenschaft, hier Monotonie.

Giovannas Worte vor meiner Abreise klingen noch in mir nach.

Bin ich mir sicher, dass dies mein Weg ist? Kurz vor meiner Reise in die Toskana hätte ich ohne zu zögern mit Ja geantwortet, inzwischen habe ich jedoch Zweifel. Alles hat sich verändert. Ich bin eine andere geworden, als wäre ich nicht nur etwas mehr als einen Monat weg gewesen, sondern als wären Jahre vergangen.

Plötzlich schließen sich die automatischen Jalousien, die an Sonnentagen heruntergelassen und an grauen Tagen wie diesem hochgezogen werden. Die Elektronik scheint heute verrücktzuspielen – das einzige Anzeichen für Übermut in diesem ansonsten so von Rationalität geprägten Gebäude.

Das Büro versinkt im Halbdunkel. Ich schalte die Tischlampe ein und wende meinen Blick wieder dem Großraumbüro zu: eine weite Fläche aus grauen Kabinen. Nur die Chefs sitzen in Einzelbüros aus Glas, die wie Aquarien wirken.

In einem von ihnen arbeitet Jack. Der Plan ist aufgegangen: Ich bin heute das erste Mal wieder im Büro, und Jack hat mich schon zum Mittagessen eingeladen.

Ich kehre zu der Excel-Tabelle zurück, die auf meinem Bildschirm geöffnet ist: das Jahresbudget der Abteilung Private Equity. Ich versuche, mich auf die Zahlen zu konzentrieren, die vor mir über den Bildschirm flackern, aber es gelingt mir nicht. Ich habe es immer geschafft, absolute Kontrolle über die Daten zu haben, aber heute scheine ich nicht in der Lage zu sein, mich zu konzentrieren. Immer wieder schweifen meine Gedanken zu Neri ab. Er hat mein Gleichgewicht ins Wanken gebracht, und jetzt sprechen die Zahlen nicht mehr zu mir. Sie geben mir keine Sicherheit mehr, sie haben keine Antworten mehr.

Ich muss zu mir selbst zurückfinden, zu der täglichen Routine, zu den beruhigenden Gewissheiten, zu den einzuhaltenden Prozeduren: mit den Fingern auf die Tasten tippen, die Dateien zusammenstellen, an den Drehkreuzen den Ausweis einlesen, den Kaffeeautomaten in Gang setzen. Zum Glück sind mir die alten Gewohnheiten eine Hilfe. Ich konzentriere mich auf das offene Dokument vor mir und auf das, was ich zu tun habe. In diesem Moment klingelt das Telefon. Es ist Jack.

»Isabel, sind wir noch zum Mittagessen verabredet?«, fragt er mit einem leichten Zittern in der Stimme, das ungewöhnlich an ihm wirkt. Seit ich wieder da bin, treffen wir uns nun zum ersten Mal allein, und wie es aussieht, ist er aufgeregt.

»Ja«, erwidere ich und blicke ihn durch die Glasscheibe seines Büros an, von wo er mit mir spricht.

»Wollen wir uns in einer halben Stunde in unserem Lieblingslokal treffen?«, fragt er und bezieht sich damit auf eines der angesagtesten Restaurants am anderen Ende der Millennium Bridge; ich habe ihn immer glauben gemacht, es zu mögen, weil er selbst so begeistert davon war.

»Ja. Dann bis später also.«

Kaum habe ich aufgelegt, kommt eine Mail von Kate.

»Wie läuft es mit Jack?«

Ich antworte ihr sofort.

»Er hat mich gefragt, ob wir zusammen essen gehen.«

Kates Antwort lässt nicht auf sich warten.

»Sofortige Besprechung in der Damentoilette auf meinem Stock.«

Kaum habe ich die Tür geöffnet, empfängt mich Kate mit einem breiten Lächeln.

»Dann ist es also vollbracht!«, ruft sie.

»Was?«

»Ihr kommt wieder zusammen! Vielleicht macht er dir ja einen Heiratsantrag.«

Ich bin skeptisch. »Nicht so hastig!«

»Ich weiß mit Sicherheit, dass er mit Fiona Schluss gemacht hat, und jetzt will er dich wiedersehen. Damit sind alle Voraussetzungen erfüllt«, behauptet sie im Brustton der Überzeugung.

»Vielleicht wäre es besser, erst mal zu schauen, wie es läuft«, versuche ich sie zu bremsen. Ich bin mir gar nicht mehr so sicher, ob es wirklich das ist, was ich will.

Wieder verwechselt Kate meine Unentschlossenheit mit Unsicherheit. »Hab keine Angst, alles wird gut laufen, du wirst schon sehen, das mit Fiona war nur eine kurze Sache.«

»Das ist es nicht …«, sage ich zögernd.

»Was ist es dann?«

»Ich weiß nicht … nach dem, was vorgefallen ist, scheine ich gar nicht mehr so richtig zu wissen, was ich eigentlich will.«

Ich wende den Blick ab, weil ich ihr die Wahrheit nicht gestehen will.

Zum Glück missversteht es Kate. »Jeder macht mal einen Fehler, Isabel.«

Ich nicke. Kate hat nicht recht. Jack ist ein guter Mann. Nicht nur weil er Karriere macht und fleißig ist, sondern weil er ein Mensch mit vielen guten Eigenschaften ist und alles allein erreicht hat. Wie mein Vater, wie ich, wie alle, die so sind wie wir.

»Aber mach dich dieses Mal ein wenig rar.« Kate schaut auf die Uhr. »Du kommst ein bisschen zu spät, aber nun solltest du gehen.«

Sie öffnet die obersten Knöpfe an meiner Bluse, dann löst sie meine Haare und zerzaust sie mit den Händen.

»Okay, jetzt bist du bereit«, sagt sie, lächelt mich ermutigend an und öffnet die Tür.

Als ich ankomme, sitzt Jack bereits am Tisch und telefoniert. Er bedeutet mir, mich zu setzen, ohne sein Gespräch zu unterbrechen, und redet weiter über Abtretungen von Firmenanteilen und Notierungen an der Börse.

Ich gähne gelangweilt und schaue mich um. Das Restaurant ist eine riesige ehemalige Lagerhalle am südlichen Ufer der Themse, in dem sich Gutverdiener treffen, um eine schnelle, teure Mahlzeit einzunehmen. An den Wänden werden auf Metallregalen Bioprodukte aus Eigenproduktion zum Verkauf angeboten. Jenseits der großen Glasfenster sieht man den Gemüsegarten, der in einem dunklen Hof angelegt ist und wo der Küchenchef – wie auf der Speisekarte verkündet – die Zutaten für seine Gerichte erntet, die ebenso köstlich wie winzig sind.

Mitleidig schaue ich eine blasse Tomatenpflanze an, die versucht, sich im Innenhof dem Licht entgegenzurecken, sowie einen kummerlichen Zitronenbaum. Die lebhaften Farben und Düfte der Toskana kommen mir wieder in den Sinn: das Lila des Lavendels, das Rot der Mohnblumen, die Essenzen der Gewürzpflanzen, die mir auf dem Bauernhof in die Nase stiegen. Ich stoße einen sehnsüchtigen Seufzer aus und betrachte Jacks maßgeschneidertes blaues Hemd mit dem weißen Kragen, seine ultrakurz geschnittenen Haare, die riesige Armbanduhr, die für den tauchenden Pünktlichkeitsfanatiker gemacht ist, mit ihrem enormen Zifferblatt, auf dem sich Myriaden von Funktionen befinden. Es ist die klassische Uniform des Investmentbankers auf der Karriereleiter, der Erfolg, Geld und Dynamik repräsentiert. Für viele Frauen ist er ein Traummann. Doch obwohl ich versuche, mich auf seine positiven Eigenschaften zu konzentrieren, stelle ich fest, dass er ebenso nichtssagend gekleidet ist wie die anderen Restaurantgäste. Außerdem werde ich immer ungehaltener, weil er weiterhin in meiner Anwesenheit telefoniert. Das hat er schon immer gemacht, und ich habe nie etwas gesagt. Inzwischen ertrage ich es nicht mehr, deshalb gebe ich ihm ein Zeichen, indem ich mit den Fingern eine Schere nachahme, die etwas abschneidet – eine Geste, die ich in Italien gelernt habe und von der ich nicht weiß, ob er sie versteht.

Zu meiner Überraschung beendet er das Gespräch jedoch sofort.

»Entschuldige bitte, es ging um ein wichtiges Geschäft«, sagt er und wirkt etwas beschämt.

Ich schweige und sehe ihn so reserviert wie möglich an. Es scheint zu funktionieren. Verlegen kratzt er sich am Kopf und senkt den Blick, dann sieht er mich wieder an.

»Hast du dich entschieden?«, fragt er leise.

»Weswegen?«, frage ich überrascht.

»In Bezug auf uns.«

»Ich habe dir doch gesagt, ich würde darüber nachdenken«, bleibe ich ihm die Antwort schuldig.

»Ja, natürlich«, murmelt er angespannt.

»Weißt du, Jack, nach allem, was passiert ist, und so, wie du dich mir gegenüber verhalten hast, braucht es ein wenig Zeit.«

Er beugt sich mit dem Oberkörper zu mir herüber und nimmt meine Hand. »Das verstehe ich. Ich war ein Idiot, aber ich werde dir zeigen, dass ich mich geändert habe. Fiona bedeutet mir nichts, das war ein Fehler.«

»Wirklich?«

»Ja, du bist diejenige, die ich liebe, Isabel.«

Ich bin erstaunt. Endlich, nach zwei Jahren, hat er diese Worte ausgesprochen, auf die ich seit unserem ersten Kuss gewartet habe. Eigentlich müsste ich im siebten Himmel schweben, doch stattdessen empfinde ich außer Überraschung überhaupt nichts. Ich bleibe verhalten und lasse ihn weitersprechen.

»Ich verstehe deine Vorsicht. Wir können damit anfangen, uns öfter zu sehen und viel Zeit miteinander zu verbringen. Morgen Abend bin ich bei den Lawsons zum Essen eingeladen, willst du mich begleiten?« Nervös umklammert er meine Hand.

Ich schweige, während mir tausend Gedanken durch den Kopf schießen. Will ich es wirklich noch mal mit ihm versuchen? Ich bin ganz durcheinander. In diesem Augenblick fühle ich mich Lichtjahre von Jack entfernt.

Dann denke ich an Neris Worte: Es war wunderschön, aber jetzt müssen wir wieder vernünftig sein. Das hier war mein Leben, bevor er es auf den Kopf gestellt hat. Ich habe ihm schon einmal erlaubt, es durcheinanderzuwirbeln, ich werde denselben Fehler nicht noch einmal machen. Ich unterdrücke den Impuls, meine Hand aus Jacks Griff zu ziehen.

»Warum nicht?«, antworte ich, als der Kellner kommt, um die Bestellung aufzunehmen.

Ich spaziere am Südufer der Themse entlang und denke über unser Treffen nach, während ich die Sonnenstrahlen auf dem Gesicht genieße. Inzwischen ist der Himmel so blau wie in Italien, im Garten vor der Tate Modern wimmelt es vor Menschen, die sich im Gras ausgestreckt haben, und der Fluss bietet einen bezaubernden Anblick. Auf der anderen Seite der Brücke zeichnet sich die Kuppel der St. Paul's Cathedral vor dem Himmel ab. Es herrscht eine romantische Atmosphäre, ich fühle mich wie in Paris, und Jack will zu mir zurückkehren.

Ich bemühe mich, mich über dieses Ergebnis zu freuen, aber es gelingt mir nicht. Alles wäre wunderbar, wenn ich da nicht diese Leere in der Brust spüren würde. Der Gedanke an Neri vergiftet mich.

Tatsächlich habe ich nie aufgehört, ihn zu lieben. Das ist die Wahrheit, und daran werde ich mich gewöhnen müssen. Ich darf mich nur nicht weiterhin von ihm beeinflussen lassen, da er mich offensichtlich nicht will. Die Zeit der Illusionen ist vorbei.

27

Häuser als Statussymbol

Jean Baudrillard behauptete, dass sich heutige Einrichtungen nicht mehr am Familienleben und an Vorlieben orientieren, sondern nur auf Besuche und Gäste ausgerichtet sind. Durch moderne Designerstücke und teure Möbel wollen die Eigentümer ihr Vermögen demonstrieren und ihren gesellschaftlichen Status zur Schau stellen. Einem Aristokraten, der an den durch seine Herkunft ererbten Status gewöhnt ist, erscheint dies absurd.

Ich sitze in Jacks schwarzem Porsche auf dem Weg zu George und Penelope Lawsons Landhaus in Surrey. George ist einer der wichtigsten Investmentbanker der Bank, Penelope hat es dank seines Einkommens nicht nötig zu arbeiten.

Wie immer fährt Jack sehr schnell. Ich bin nicht mehr daran gewöhnt und klammere mich an den Sicherheitsgurt, wobei ich instinktiv auf der Fußmatte die Bremsbewegung nachahme. Jack heftet sich an Autos, die vor ihm über die Überholspur preschen, und betätigt die Lichthupe.

»Könntest du etwas langsamer fahren?«, frage ich.

»Aber wir sind schon zu spät«, sagt er. »Ich habe es leider nicht geschafft, früher aus dem Büro zu kommen.«

»Ich will nicht bei einem Unfall oder an einem Herzinfarkt sterben«, entgegne ich. Ich hatte ganz vergessen, was für ein

Workaholic Jack ist und wie temporeich das Leben mit ihm sein kann.

»Okay.« Er fährt langsamer und schert rechts ein.

Ich lächle. Auch wenn er meine Angst für unbegründet hält, versucht er, mich zufriedenzustellen.

Das Haus ist in einem neoklassizistischen Stil mit riesigen Säulen gehalten. Auf dem Rasen stehen SUVs und Luxuskarossen. Die mit Stuck verzierten Zimmer sind mit modernen Designerobjekten, Sofas mit Leopardenmuster und riesigen chinesischen Vasen eingerichtet.

»Wie findest du es?«, flüstert mir Jack ins Ohr.

»Alles sehr auffällig, sehr groß, sehr opulent«, erwidere ich ablehnend.

Er bemerkt meine Abneigung nicht. »Ja, die Glücklichen. Die Lawsons können sich das erlauben.«

Ich werfe ihm einen Blick zu und denke an Neri. Was würde er wohl zu dieser Zurschaustellung von Reichtum sagen?

Penelope Lawson kommt auf uns zu und unterbricht damit meine Gedanken. »Ihr Lieben, wie schön, dass ihr da seid. Wie geht es euch?«

»Wunderschönes Haus«, bemerkt Jack, nachdem wir sie begrüßt haben.

»Danke«, murmelt sie zufrieden und sieht mich in Erwartung weiterer Komplimente an.

»Ja, zauberhaft«, sage ich und werde angesichts meiner Lüge rot. »Die Vasen sind schön, ich habe noch nie so große gesehen«, füge ich hinzu, während ich auf die chinesischen Vasen zeige, die mir am wenigsten von allem gefallen.

Penelope verdreht die Augen. »Eine Marotte von George. Sie sind typisch für Gott weiß was für eine Dynastie – mit dem Geld hätten wir uns bestimmt ein weiteres Haus kaufen können«, beeilt sie sich zu sagen.

»Dann halte ich mich lieber mal fern von ihnen«, antworte ich lächelnd und gehe auf Sicherheitsabstand. Ich will sie schließlich nicht kaputt machen.

Wir betreten den ersten Salon, und Jack fängt an, mit Männern, die noch größere Armbanduhren tragen als er, über die Arbeit zu reden. Die mit Designertaschen behängten Frauen, die sie begleiten, bilden ebenfalls ein Grüppchen.

Ich lasse Jack allein und mische mich auf der Suche nach jemandem, den ich kenne, unter sie. Zum Glück stoße ich auf Kate und Rebecca, die Freundin, die ich in der Toskana kennengelernt habe, sowie auf Tess, eine Kollegin von Fiona, die mir sympathisch ist, weil sich die beiden nicht ausstehen können.

»Hi, Isabel«, begrüßen sie mich.

»Gut siehst du aus!«, ruft Tess, die mich seit meiner Rückkehr noch nicht gesehen hat.

»Danke. Nach dem Urlaub in der Toskana fühle ich mich in der Tat wie neugeboren, allmählich muss ich Jack wohl dafür danken.« Ich lache.

»Rebecca hat mir erzählt, dass du ein wunderschönes Haus dort zu vermieten hast«, sagt Tess.

»Ja, im Val d'Orcia.«

»Sie hat es auch sehr schön hergerichtet«, sagt Kate.

Tess scheint interessiert zu sein. »Hast du es auch sanieren lassen?«

»Nein, darum hat sich meine Cousine gekümmert.«

»Eine Freundin von mir hat in dieser Region gerade ein Anwesen gekauft und muss es renovieren; kannst du ihr vielleicht ein paar Tipps geben oder Kontakte vermittlen?«

»Ich kann den Kontakt zu meiner Cousine herstellen. Wenn du mir ihre Nummer gibst«, biete ich an.

»Dann kannst du mir vielleicht auch Informationen über ihr Landhaus geben, ich denke nämlich gerade darüber nach, Ende August Urlaub in der Toskana zu machen.«

»Superidee, wir fanden es herrlich dort«, mischt sich Rebecca ein. »Die Krönung wäre dann noch, wenn du einen Typen wie den von Isabel kennenlernst!«

Tess zwinkert mir zu. »Im Büro sprechen alle von diesem Adligen, mit dem du auf der Abschlussparty warst.«

Ich lache, um meine Sehnsucht zu unterdrücken. »Wie jeder weiß, haben die italienischen Männer etwas für sich«, scherze ich mit vorgetäuschter Fröhlichkeit.

»Jedenfalls hat diese Auszeit ihre Wirkung nicht verfehlt. Jack hat nur Augen für dich«, sagt Kate, die bemerkt hat, dass er den Blick nicht von mir lassen kann.

Ich lächle zufrieden. Im Übrigen habe ich den Eindruck, dass er nicht der Einzige ist. Vielleicht liegt es an meinen gewellten Haaren, die ich offen trage, meinem neuen Look, der mit der weiten Seidenhose, dem rückenfreien Top und den langen Silberohrringen weicher und exotischer ist als sonst.

»Achtung, da kommt er«, warnt mich Kate, als sich Jack nähert.

Die Freundinnen machen sich aus dem Staub und lassen uns allein.

Jack nimmt zwei Gläser Champagner vom Tablett eines Kellners, der gerade vorbeikommt.

»Auf einen schönen Abend«, sagt er und reicht mir eines davon, hält dann jedoch mitten in der Bewegung inne.

»Oh nein, ich habe ganz vergessen, dass du den nicht magst, tut mir sehr leid«, entschuldigt er sich zerknirscht für seine Unachtsamkeit. »Willst du einen Cocktail?«

Ich nehme ihm das Glas aus der Hand. »Champagner ist bestens, danke.«

Ich probiere einen Schluck. Das Prickeln der Bläschen breitet sich in meinem Mund aus. Jack betrachtet mich ein paar Sekunden lang schweigend.

»Was ist?«, frage ich.

Ein Schatten huscht über sein Gesicht. »Du hast dich verändert, Isabel. In dir leuchtet ein neues Licht, schade nur, dass nicht ich derjenige war, der es entzündet hat.«

»Das ist doch albern«, erwidere ich und nehme noch einen Schluck. Doch insgeheim gebe ich ihm recht. Es stimmt, in mir leuchtet ein neues Licht, und nicht er hat es entzündet.

Der Abend bei den Lawsons lief letztendlich gut. Jack war sehr zuvorkommend, weshalb ich beschloss, ihn in den folgenden Tagen öfter zu treffen. Wir gehen ins Kino, endlich mal in einen Film, der mir gefällt und nicht die übliche Action, essen romantisch beim Japaner, verbringen einen Abend mit Freunden im Pub, und samstagnachmittags schaffe ich es sogar, ihn zum Shoppen zu überreden, etwas, das er sich früher geweigert hat mit mir zu tun.

Alles in allem scheinen wir fast wieder ein richtiges Paar zu sein, auch wenn ich mich noch nicht bereit fühle, mit ihm zu schlafen.

Eines Abends, als ich bei der Rückkehr von einem Essen bei Freunden gerade aus dem Wagen steigen will, greift Jack nach meinem Arm und streicht über mein nacktes Handgelenk.

Die Berührung seiner Haut jagt mir keinen Schauer über den Rücken, verursacht keinen Stromschlag, ruft keines dieser herrlichen Gefühle hervor, die ich empfunden habe, wenn Neri mich berührte. Ich versuche zu lächeln.

»Ich hatte einen schönen Abend, weißt du?«, flüstert er.

Ich befreie meinen Arm aus seinem Griff und spiele am Verschluss meiner Handtasche herum. »Ja?«

»Ja«, erwidert er und kommt näher.

Ich zwinge mich, nicht zurückzuweichen, als er meinen Hals streichelt, und lache nervös. »Du kitzelst mich.«

Jack lächelt, vielleicht interpretiert er meine Steifheit als Verlegenheit; er umfasst meinen Nacken und zieht mein Gesicht zu seinem heran. Ich leiste keinen Widerstand. Gleich küsst er mich, und wir kommen wieder zusammen. Ist es nicht das, was ich wollte?

Er legt seine schmalen Lippen auf meine und öffnet mir den Mund.

Ich erwidere den Kuss und versuche, so viel Gefühl wie möglich hineinzulegen, aber es fällt mir schwer. Auch wenn wir uns ganz nah sind, auch wenn sein Atem mit meinem verschmilzt, habe ich mich noch nie so weit weg von mir selbst gefühlt.

Wie es aussieht, gelingt es mir jedoch ziemlich gut zu schauspielern, denn als er sich wieder von mir löst, leuchten seine Augen.

»Kann ich mit hochkommen?«, fragt er mich.

Ich zögere einen Augenblick und finde dann die Antwort. »Das wäre sehr schön, Jack, aber … ich will einen guten Neustart mit dir und, weißt du, heute ist dafür nicht der richtige Tag, ich habe ausgerechnet heute meine Regel bekommen«, lüge ich.

»Ich werde mit Ungeduld warten.«

»Ich auch«, sage ich mit einem nervösen kleinen Lächeln, öffne die Wagentür und gehe eilig die Treppe zum Haus hinauf.

Nachts wälze ich mich von einer Seite zur anderen und versuche einzuschlafen, aber es klappt nicht. Ich will nicht an Neri denken, aber ich tue nichts anderes. Die Traurigkeit schnürt mir die Kehle zu.

Ich liege mit offenen Augen da, während der Regen auf das Dach prasselt. Allmählich gewöhnen sich meine Augen an die Finsternis, und das Zimmer zeichnet sich mit seinen rationalen Linien und Designermöbeln im Halbdunkel ab. Ich betrachte die Wohnung, die ich vor allem für Jack eingerichtet habe, das

Loft, das mir immer weniger gefällt. Erst jetzt wird mir bewusst, dass ich mich hier immer unwohl gefühlt habe.

Ich stehe auf, trete ans Fenster und schaue nach draußen. Der Regen wird immer stärker, und viele kleine Rinnsale laufen am Fensterglas herunter. Überall ist Wasser. Als wären wir untergetaucht.

Mir schießt ein Bild durch den Kopf: das Meer vor Argentario vom Mond beschienen in der Nacht, die ich mit Neri verbrachte. Und die Erkenntnis, wie sehr er mir fehlt, zerreißt mir das Herz.

Ich muss mich zusammenreißen. Die Beziehung mit Jack soll funktionieren.

28

Hochzeit im Shabby-Chic-Stil

Für eine Hochzeit im Shabby-Chic-Stil empfiehlt sich eine Location auf dem Land. Ideal als Tischdekoration sind weißes Goldrandgeschirr, Kerzenhalter mit Tropfen, üppiger Blumenschmuck und Kärtchen mit romantischen Botschaften, die auf dem Tisch liegen. Als Sitzgelegenheiten dienen weiß lackierte Lehnstühle und Heuballen. Gefüllte Bonbonnieren werden auf die Tische gestellt.

Ich bin in der Toskana. Neben mir im Gras liegt Neri, streichelt zärtlich mein Haar und streift meine Lippen mit seinen. Ich gebe mich seinem Kuss hin und wälze mich trunken vor Glück mit ihm über die Wiese.

Plötzlich liege ich nicht mehr im Gras, sondern auf glatten Seidenlaken, über mir der Betthimmel des roten Zimmers auf der Burg, über dem das Wappen der Torrelupo prangt.

Oh Gott, das ist doch nicht …

Das beharrliche Klingeln des Telefons reißt mich aus dem Schlaf. Leider habe ich nur geträumt.

Ich strecke die Hand zum Nachttisch aus, um nach dem Telefon zu greifen, und melde mich noch im Halbschlaf, ohne zuvor nachzuschauen, wer der Anrufer ist.

»Endlich gehst du dran.«

Jetzt bin ich hellwach, mein Herz setzt kurz aus. Es ist Neri! Und dieses Mal ist es kein Traum. Er hat an mich gedacht, während ich von ihm träumte. Seine Worte wirken wie eine kalte Dusche.

»Ich rufe wegen des Hofs an. Ich würde gern mit dir darüber sprechen.«

Der Hof, natürlich. Was hatte ich auch erwartet?

»Ich habe Giovanna gebeten, sich zu kümmern, du kannst mit ihr darüber sprechen.« Ich versuche, möglichst kühl zu klingen.

»Ich will aber mit dir darüber reden«, beharrt er.

»Okay, schieß los«, erwidere ich schroff.

»Es gibt ein neues Kaufangebot.«

»Ah«, murmle ich und schweige. Ich hatte nicht damit gerechnet, dass in so kurzer Zeit eine zweite Anfrage kommen würde, und bin völlig überrumpelt. Obwohl ich weiß, dass es das Richtige ist, fühle ich mich weiterhin, als würde ein Teil von mir herausgerissen, wenn ich Tante Adas Haus und den Weinberg aufgebe.

»Isabel? Bist du noch dran?«

»Ja, natürlich«, sage ich, sobald ich meine Stimme wiederfinde.

»Sie wollen uns eine Million sechshunderttausend Euro anbieten«, erklärt er.

Ich stoße einen Seufzer aus. »Der Amerikaner war bereit, eine Million siebenhunderttausend zu zahlen, ich weiß nicht, ob wir es annehmen sollten«, sage ich, erleichtert, einen Einwand gefunden zu haben. Wenigstens kann ich so Zeit gewinnen.

»Der Käufer hat eine Anzahlung gemacht, um das Anwesen zu reservieren. Es ist nicht gesagt, dass wir jemanden finden, der einen höheren Preis zahlt, zumindest nicht kurzfristig.«

Wie es aussieht, hat er es eilig zu verkaufen.

»Für dich wäre das natürlich ideal. Etwas weniger Geld, aber dafür sofort. Ortensia wird sich freuen«, sage ich voller Groll; es gelingt mir nicht, mich zusammenzureißen.

»Ortensia?« Er klingt überrascht, doch dann verfällt er in Schweigen, was zu bestätigen scheint, dass sie tatsächlich zusammen sind. Besser ich verabschiede mich.

»Ich muss jetzt los«, sage ich. »Ich werde über das Kaufangebot nachdenken.«

Am anderen Ende der Leitung herrscht Schweigen.

Hat er aufgelegt, ohne sich zu verabschieden?

»Tut mir leid, dass ich dich verletzt habe«, sagt er jedoch ein paar Augenblicke später.

»Du hast mich nicht verletzt«, erwidere ich steif, ich will nicht so schwach vor ihm dastehen.

»In Wirklichkeit habe ich dich auch noch wegen etwas anderem angerufen.«

Auf einmal wird meine Kehle ganz trocken.

»Weshalb?«, frage ich so gleichgültig wie möglich.

»Ich wollte mich nur erklären. Ich bin weggelaufen, und das war nicht schön.«

Ich verspüre einen Stich in der Brust. Nein, das war es nicht. Weder beim letzten noch beim ersten Mal. Und jetzt ruft er an, um sein Gewissen zu erleichtern, während ich einfach nur vergessen will. Ich balle die Fäuste. »Ich möchte nicht darüber reden. Ich will keine Zeit mit derartigen Diskussionen verschwenden. Im Übrigen geht es mir bestens mit Jack, daher muss ich mich bei dir für deine Hilfe bedanken, wir setzen gerade ein Datum für unsere Hochzeit fest.« Das Letzte war gelogen.

»Hochzeit?«, erwidert er. Seine Stimme klingt rau.

Wir versinken ein paar Sekunden lang in Schweigen.

»Gut, wie gesagt, ich muss los. Tschüss«, versuche ich erneut, das Gespräch zu beenden.

»Warte.«

»Was ist?«, frage ich leise. Unwillkürlich flackert Hoffnung in mir auf.

»Bist du glücklich?«, will er wissen.

»Und du?«

»Ich habe zuerst gefragt. Du bist diejenige, die heiratet.«

»Ich bemühe mich, mein Leben weiterzuführen.« Dieses Mal ist meine Antwort ehrlich. Ich hoffe, dass damit das Gespräch beendet ist, aber er ist hartnäckig.

»Empfindest du für ihn diese Leidenschaft, die dich dazu bringt, nachts wach zu liegen, während du dich nach den Küssen des anderen verzehrst und an seinen Körper denkst?«

Ich schweige, bestürzt über seine Worte, mit denen ich nicht gerechnet habe, und denke daran, wie sehr mir diese Leidenschaft fehlt.

»Also?«, fragt er ernst. »Willst du ihn wirklich heiraten?«

Seine Hartnäckigkeit erfüllt mich mit Zorn, vermischt mit Trauer. Warum quält er mich so? Wozu, wenn es doch er war, der mich verlassen hat?

Neri weiß es. Für Jack werde ich nie diese Leidenschaft empfinden, die einen nachts nicht schlafen, die einen den Duft des Geliebten überall suchen und einen dauernd an seinen nackten Körper auf dem eigenen denken lässt. Ich werde nie das für Jack empfinden, was ich nur für Neri empfunden habe. Das weiß er und reitet boshaft darauf herum

»Ja«, erwidere ich entschlossen.

Sein Räuspern geht in ein Husten über. »Du warst früher so anders. Ich hätte dich nie mit einem Finanzhai und schon gar nicht in einem Job bei der Bank gesehen.«

»Du hast recht, ich habe mich verändert. Und jetzt muss ich wirklich los. Ich lasse dich meine Entscheidung bezüglich des Hofs so bald wie möglich wissen, ciao.« Dieses Mal lege ich auf, ohne die Antwort abzuwarten.

Danach behalte ich das Telefon noch in der Hand und grüble über die Gefühle nach, die es in mir ausgelöst hat, seine Stimme zu hören.

Wie sehr ich ihn liebe. Und wie sehr ich ihn hasse. Und wie sehr ich mich selbst dafür hasse, ihn zu lieben. Ich muss ihn vergessen und daran denken, dass es nur einen Weg gibt: Jack.

In diesem Augenblick klingelt das Handy erneut. Es ist meine Mutter. Nächste Woche, informiert sie mich, ist der Hochzeitstag meiner Eltern, und da Giuseppe in London ist, haben sie vor, dies mit einem sonntäglichen Mittagessen zu feiern.

»Kommst du?«, fragt sie mich.

»Kann ich Jack auch Bescheid sagen?«, antworte ich.

Mein Vater empfängt uns am Gartentor.

»Ich habe euch schon gehört – diesen Wagen würde ich überall am Dröhnen seines Motors erkennen.« Nachdem er liebevoll über die Motorhaube von Jacks Porsche gestreichelt hat, umarmt er mich.

Dann gehen wir in den Garten. Meine Mutter und Giuseppe stehen am Grill, der mit Steaks und Würsten belegt ist, und kommen herüber, um uns zu begrüßen. Mein Blick fällt auf eine neue Weinrebe, die an der Fassade des Hauses hinaufrankt, direkt daneben steht ein Rosenstrauch. Mir schnürt sich das Herz zusammen.

»Wie in Neris Weinberg, ich meine Adas«, verbessere ich mich. Giuseppe wirft mir einen Blick zu.

Mein Vater hakt sich bei Jack unter; sie gehen zu der Bank neben der Haustür und setzen sich, um sich über Autos, Finanzen oder was auch immer zu unterhalten, während Giuseppe nach dem Grill schaut und meine Mutter und ich den Tisch im Garten decken.

Meine Mutter deutet auf Papa und Jack, die miteinander

plaudern. »Pietro mag Jack wirklich«, sagt sie und schüttelt liebevoll den Kopf.

»Ich weiß.« Es ist der x-te Beweis dafür, dass Jack zu der Welt gehört, aus der ich stamme, und dass ich gerade die richtige Entscheidung treffe.

»Du kannst dir gar nicht vorstellen, wie glücklich er war, als er erfahren hat, dass ihr zusammen seid«, fährt sie fort, während sie das Besteck verteilt. »In letzter Zeit hatte ich den Eindruck, ihr steckt ein wenig in der Krise, und habe mir Sorgen gemacht.«

»Aber nein, alles läuft super. Das lag nur daran, dass ich in der Toskana war und er bei der Arbeit total eingespannt«, dehne ich die Wahrheit etwas und werfe dabei einen Blick zu Giuseppe hinüber.

Als wir mit Tischdecken fertig sind, trete ich zu ihm an den Grill und bestreiche das Fleisch mit der Marinade, die meine Mutter vorbereitet hat.

Giuseppe wendet die Steaks. »Neri hat mir erzählt, dass es ein neues Angebot gibt.«

»Ja, aber wir müssen noch darüber nachdenken«, erwidere ich mit gesenktem Blick.

»Du weißt, wie ich darüber denke, überleg es dir gut.«

»Was muss sie sich überlegen?«, fragt mein Vater, der gerade hinzukommt.

»Wie es scheint, gibt es Interessenten für Adas Haus«, informiert ihn meine Mutter begeistert.

»Super«, freut sich mein Vater.

»Warum hast du mir noch nichts davon gesagt?«, fragt Jack.

»Weil ich nicht weiß, ob ich das Angebot akzeptieren soll, sie haben weniger geboten als der vorherige Interessent.« Das ist nur die halbe Wahrheit.

»Ich würde es trotzdem annehmen. Besser den Spatz in der Hand als die Taube auf dem Dach. Aber wie viel haben sie denn eigentlich geboten?«, will mein Vater wissen.

»Eine Million sechshunderttausend Euro.«

»Also achthunderttausend ganz für dich allein? Das ist doch kein schlechter Deal«, sagt er. »Also, ich würde mir das nicht zweimal überlegen. Was sagst du dazu, Giuseppe?«, fragt mein Vater seinen Freund.

»Das ist Isabels Entscheidung«, antwortet dieser nur.

Als wir uns setzen, mustert mein Vater die Flaschen, die auf dem Tisch stehen. »Es braucht einen guten Rotwein, um unseren Hochzeitstag und den bevorstehenden Verkauf des Hofs zu feiern.«

»Dafür habe ich genau den richtigen.«

Giuseppe erhebt sich und kehrt mit einer Flasche zurück, auf deren Etikett ich die Abbildung des Castello di Torrelupo wiedererkenne.

»Das ist der Wein, über den wir in der Toskana gesprochen haben, Pietro, der aus den Trauben von Adas Weinberg gemacht ist«, erklärt er, während ich spüre, wie sich mir erneut das Herz zusammenzieht.

Mein Vater nimmt ihn und schaut ihn sich aus der Nähe an. »Ah, der Wein des kleinen Prinzen.«

»Ich bin gespannt, was du von ihm hältst.«

Mein Vater entkorkt die Flasche, schenkt sich ein wenig davon ein und prüft die Farbe. Dann schwenkt er das Glas, führt es sich an die Nase, schließt die Augen und atmet tief ein.

»Sieh mal einer an«, murmelt er und schenkt allen davon ein.

»Also, dann trinken wir mit diesem besonderen Wein auf besondere Menschen.« Damit hebt Giuseppe sein Glas und sieht mich an.

Ich wende den Blick ab und richte ihn auf das Glas, auf den granatroten, von Neri produzierten Wein. Die Farbe eines gealterten Weins, denke ich und erinnere mich an den Abend, den wir zusammen in der Vinothek in Montalcino verbracht haben.

»Auf euren Hochzeitstag«, proste ich meinen Eltern zu.

»Auf den Verkauf des Hofs«, fügt mein Vater hinzu.

Ich trinke einen Schluck, und Sehnsucht überwältigt mich.

Neris Wein enthält den Geschmack gemähten Grases, roter und gelber Rosen, die neben den Weinreben wachsen, von Morgentau, der Mittagssonne, der Feuchtigkeit der Nacht, des Zirpens der Grillen, der Farben der Landschaft. Alle Geschmäcker, Gerüche und Farben der Toskana sind darin enthalten. Und ich trinke ausgerechnet mit diesem Wein auf den Verkauf von Tante Adas Haus mitsamt dem Weinberg.

Ich stelle das Glas auf dem Tisch ab und habe das Gefühl, keinen einzigen Schluck mehr davon trinken zu können.

Wieder sieht mich Giuseppe an, er scheint meine Gefühle zu erahnen. Mein Vater erhebt erneut sein Glas.

»Ich schlage einen weiteren Toast vor.«

Er wirft Jack einen Blick zu. »Darf ich?«

»Natürlich. Welche Gelegenheit wäre wohl besser als euer Hochzeitstag?«, erwidert er, und eine leichte Röte breitet sich auf seinen Wangen aus.

Mein Blick huscht von einem zum anderen. Offenbar sind alle eingeweiht, und allmählich werde ich nervös.

»Trinken wir also auf Isabel und Jack«, sagt mein Vater und nimmt einen Schluck; die anderen tun es ihm nach.

»Und auf euer Glück«, fügt er hinzu.

Und in diesem Moment sehe ich, dass Jack ein Kästchen aus seiner Jackentasche zieht; unter dem wohlwollenden Blick meines Vaters, der offensichtlich schon im Bilde ist, reicht er es mir.

Ich nehme es in die Hand.

Oh mein Gott … das wird doch wohl nicht …

Ich öffne es und entdecke, dass es genau das ist, was ich befürchtet habe. Das, was ich mir seit zwei Jahren gewünscht habe und worauf ich jetzt lieber verzichtet hätte.

Ein Verlobungsring!

Wie betäubt schaue ich den Diamanten an. Er ist riesig.

»Er … er ist sehr groß«, ist das Einzige, was ich herausbringe.

»Das kann man wohl sagen, er hat mich meinen ganzen Jahresbonus gekostet«, ruft Jack; sein Witz lässt meinen Vater in schallendes Gelächter ausbrechen.

Meine Mutter trocknet sich vor Rührung die Augen. »Wie romantisch! Bist du glücklich?«

»Nun … ja, natürlich. Ich habe das nur nicht erwartet.« Ich senke den Blick auf den Ring, während Giuseppe mich neugierig anschaut. Hätte Jack mich nicht vorwarnen können?

Er wendet sich an mich. »Ich wollte ihn dir gestern Abend schon geben, aber als du mir vom Hochzeitstag deiner Eltern erzählst hast, dachte ich, dass dies eine bessere Gelegenheit wäre. Isabel, willst du meine Frau werden?«, fragt er mich mit zitternder Stimme.

Er nimmt den Ring aus dem Kästchen und hält ihn mir hin.

»Was ist?«, frage ich verwirrt.

»Ich würde ihn dir gern an den Finger stecken«, erklärt er.

Dass ich das nicht kapiert habe, bringt meine Eltern zum Lachen.

»Sie ist so gerührt«, zwitschert meine Mutter, während Jack ihn mir ansteckt.

Ich mustere den Ring an meinem Finger und bin so starr und angespannt wie noch nie. Ich sehe Jack an, er sieht mir gerührt in die Augen, und ich habe ein schlechtes Gewissen, weil ich nicht glücklich bin.

»Danke«, murmle ich.

Er beugt sich vor und gibt mir einen flüchtigen Kuss auf die Wange.

»Und nun ein weiterer Toast auf die Verlobten«, jubelt mein Vater.

Wir erheben erneut unsere Gläser, und auch dieses Mal nippe ich nur. Wie soll ich in einer solchen Situation mit Neris Wein anstoßen?

Mein Vater lässt sich den Wein allerdings schmecken.

»Er ist wirklich gut. Ich muss ein paar Flaschen davon meinen Kunden anbieten. Wie heißt er noch gleich?«, fragt er Giuseppe.

»Falco di Torrelupo«, erwidert dieser und blickt mich dabei an, als könne er meine Gedanken lesen.

Nach dem Abendessen bleiben die Männer im Garten, um die kubanischen Zigarren zu rauchen, die Jack mitgebracht hat; ich gehe mit meiner Mutter in die Küche, um ihr beim Aufräumen zu helfen.

Kaum habe ich die Teller ins Spülbecken gestellt, greift sie meine Hand.

»Isabel, du weißt gar nicht, wie glücklich ich bin!«, sagt sie, während sie den funkelnden Ring eingehend betrachtet.

Ich entziehe ihr meine Hand und nehme das Tablett mit dem Käse, um es zurück in den Kühlschrank zu stellen. Meine Mutter bindet sich eine Schürze um und macht sich daran, die Teller in die Spülmaschine zu räumen. »Was hältst du davon, wenn ihr noch vor Weihnachten heiratet? Vielen gefällt eine Hochzeit im Dezember nicht, aber ich finde das originell.«

Ich lasse die Kühlschranktür los. Sie schließt sich mit einem Knall.

»Weihnachten?« Meine Stimme klingt erstickt.

»Warum nicht? Ihr könntet eure Flitterwochen irgendwo verbringen, wo es warm ist. Auf den Malediven oder den Seychellen. Wolltet ihr da nicht auch schon diese Meeressafari machen, die dann geplatzt ist?«

An die geplante Meeressafari lasse ich mich nur ungern erinnern. »Die Seychellen scheinen mir keine so gute Idee zu sein. Und Weihnachten ist doch schon bald«, erkläre ich, während ich den Kühlschrank wieder öffne und den Käse zurückstelle.

»Na und? Warum so lange warten? Bei uns ging es auch sehr schnell«, ruft sie fröhlich. Ich kenne die Geschichte – sie lernten sich im Mai in Rimini kennen und waren im August schon verheiratet. Auch weil ich unterwegs war.

»Nein, Weihnachten ist definitiv zu früh.«

Meine Mutter lächelt liebevoll. »Isabel, Liebes, ich weiß, dass du nervös bist, so wie alle Bräute. Ich selbst habe das auch durchgemacht.«

»Aber ich bin keine Braut!«

Sie sieht mich argwöhnisch an.

»Oder zumindest noch nicht«, verbessere ich mich, damit sie nicht auf komische Gedanken kommt, die mich in noch gefährlicheres Fahrwasser bringen. »Aber eine Hochzeit vorzubereiten braucht Zeit. Oder willst du etwas ganz Schlichtes veranstalten?«

Meine Mutter überlegt, ist hin- und hergerissen zwischen der Eile, einen Termin festzulegen, und der Horrorvorstellung, etwas ganz Schlichtes zu veranstalten. Wie ich sie kenne, hat sie bereits über den Brautstrauß, herzförmige Bonbonnieren, weiße Spitzentischtücher, Kerzenständer, Schleifen, Blumen, goldgeprägte Einladungskarten und rosa Kleider für die Brautjungfern nachgedacht.

»Mach dir keine Sorgen«, sagt sie kurz darauf. »Wir werden das schon organisiert kriegen. Du kennst mich ja.«

»Ja, aber ich verstehe deine Eile nicht.« Ich hoffe, das Gespräch damit zu beenden.

»Und ich verstehe dein Zögern nicht. Vielmehr verstehe ich es eigentlich schon, um ehrlich zu sein, weißt du?«, erwidert sie.

»Ja?«, frage ich bestürzt. Kann es sein, dass ihr meine Gefühle für Neri tatsächlich nicht verborgen geblieben sind?

»Ja, ich habe es gemerkt, als wir uns in der Toskana gesehen haben. Auch wenn ich deinem Vater nichts davon erzählt habe, um ihm keinen Kummer zu bereiten.«

Ich schaue sie verstört an. Dann war es damals so offensichtlich, dass ich mich zu Neri hingezogen fühle? Obwohl ich so sehr versucht habe, es zu verbergen, vor allem vor mir selbst.

Sie schließt die Spülmaschine und streicht mir über die Wange. »Eine Mutter sieht solche Dinge sofort. Du darfst dir keine Sorgen machen über das, was passiert ist. Es ist normal, dass man sich zu anderen Menschen hingezogen fühlt, vor allem, wenn man kurz davor ist zu heiraten.«

Überrascht blicke ich sie an – meine Mutter kennt mich besser, als ich gedacht hätte. »Wirklich?«

»Ja, das passiert sehr oft. Das hat aber nichts zu sagen, es ist nur die Angst vor dem wichtigen Schritt, den ihr machen wollt.«

»Und was soll ich jetzt tun?«, frage ich sie mit einem Gefühl der Erleichterung um Rat. Endlich verspüre ich die Freiheit, mich ihr zu öffnen, und muss nicht mehr so tun, als würde alles bestens laufen.

»Denk nicht mehr daran und folge deinem Weg.«

»Das sage ich mir auch die ganze Zeit, aber ich weiß nicht, ob ich es schaffe.«

Sie legt mir die Hände auf die Schultern und blickt mir in die Augen. »Du musst es schaffen, Isabel, du musst. Ich weiß, dass sich Jack danebenbenommen hat. Ich weiß nicht, wer die Frau war, mit der er dich betrogen hat, aber ich bin mir sicher, dass er dich liebt. Er ist ein guter Kerl, er hatte nur Angst.«

Ich seufze. »Ach, das meinst du.«

»Was denn sonst?«, fragt sie irritiert.

»Ach nichts«, ich winke ab.

Meine Mutter lächelt, sie weiß genau, dass im Moment ich diejenige bin, die Angst vor dem Heiraten hat, und nicht Jack.

»Also? Wollen wir die Hochzeit im Frühling feiern?«, greift sie das Thema wieder auf.

»Im Frühling?«

»Ja, im Frühling«, wiederholt sie entschlossen.

»Nun, ja, vielleicht«, erwidere ich, um das Thema zu beenden. Im Grunde ist das noch so lang hin, dass genug Zeit zum Nachdenken ist.

Meine Mutter bindet sich die Schürze ab und umarmt mich. »Ich freue mich, Jack als Schwiegersohn zu bekommen. Er ist ein attraktiver Mann, erfolgreich, und er liebt dich, was willst du mehr?«

In diesem Moment betritt mein Vater zusammen mit den anderen beiden die Küche.

»Ihr habt ja keine Ahnung, was für Zigarren uns Jack mitgebracht hat, seit Langem habe ich nicht mehr so gute geraucht.« Er klopft Jack auf die Schulter.

»Ja, ein echter Kenner«, stimmt Giuseppe höflich zu.

»Mit den kubanischen ist man immer auf der sicheren Seite«, erwidert Jack mit falscher Bescheidenheit.

»Und mit ein wenig Geld ebenfalls. Ich weiß sehr gut, was die kosten«, lacht mein Vater.

Ich senke den Blick und schäme mich ein bisschen für ihn. Ich liebe ihn, aber unwillkürlich fällt mir auf, dass er immer von Geld redet. Genau wie Jack.

»Oh ja, da sind ein paar hundert Pfund in Rauch aufgegangen!«, fügt dieser tatsächlich eine Sekunde später hinzu und lacht mit meinen Eltern.

Nur Giuseppe und ich lachen nicht.

29

Schränke

Ein Schrank ist nicht einfach nur ein Möbelstück. Er beinhaltet viel mehr als nur saubere Wäsche und gefaltete Kleidungsstücke – er ist auch ein Ort voller Erinnerungen, dessen Inhalt uns in eine andere Zeit versetzt. Er ist ein Raum voller Tiefe und intimer Symbolkraft. In seinem Inneren verbergen sich Schätze. Wie traurig ist ein Schrank, der nicht so ist!

Als wir uns verabschieden, drückt mir Giuseppe eine Flasche Falco di Torrelupo in die Hand. »Die ist für dich. Vielleicht werden deine Gedanken klarer, wenn du ihn trinkst«, sagt er.

Ich schaue ihn an. »Was willst du damit sagen?«

»Bist du glücklich?«, fragt er, anstatt zu antworten.

Dieselben Worte wie Neri. Ich gerate ins Schwanken.

»Glück ist schwer zu definieren, mir ist es wichtig, dass ich gelassen bin, dass ich vernünftige Entscheidungen treffe«, flüstere ich.

Er sieht mich forschend an. »Vernunftentscheidungen sind nicht immer richtig.«

»Du magst Jack nicht, das weiß ich.«

Er schweigt einen Moment, dann sagt er: »Wen ich mag, spielt keine Rolle. Dein Herz muss es wissen. Wenn du ihn liebst, ist es richtig, dass du ihn heiratest.«

»Ich weiß, du denkst, dass Jack nicht der richtige Mann ist, aber so ist es nicht«, flüstere ich mit erstickter Stimme.

»Es geht hier ums Fühlen, nicht ums Denken, manchmal nimmt der Verstand nicht wahr, was das Herz sagt. Darum hat Ada dir ihren Hof hinterlassen, sie hat mit mir darüber geredet«, antwortet Giuseppe zu meiner großen Überraschung.

»Wirklich?«

»Ja. Sie hat gehofft, dass du wieder auf dein Herz hörst, wenn du in die Toskana zurückkommst.«

»Aber ich bin glücklich so.« Der Kloß in meinem Hals wird größer.

»Obwohl du dich selbst verleugnest?«

»Übertreibst du jetzt nicht ein bisschen?«

Giuseppe schweigt einen Augenblick.

»Vielleicht. Aber wie ich schon sagte: Du erinnerst mich daran, wie ich damals meine Anstellung bei der Gemeinde kündigte, um Önologe zu werden, deshalb muss ich etwas dazu sagen. Ich sehe in dir die Angst, die ich auch spürte, als ich noch nicht den Mut aufbrachte, meine Träume und meine tiefsten Sehnsüchte zu verwirklichen.«

Ich wende den Blick ab und weiß, dass ich das Versprechen, das ich Tante Ada gab, nämlich meinen Träumen zu folgen, nicht gehalten und darüber hinaus auch mich selbst, das Mädchen von damals, verraten habe.

Auf der Rückfahrt bin ich schweigsam.

Jack fährt schnell, hin und wieder wendet er sich mit einem Lächeln zu mir, und jedes Mal, wenn er den Gang wechselt, streichelt er mir zärtlich über die Beine.

Ich kann nicht aufhören, an Giuseppes Worte zu denken, und Neris Weinflasche in der Tasche, die auf meinen Beinen steht, lastet eher auf meinem Herzen als auf meinen Knien.

Als wir die M25 verlassen, rüttelt mich Jack aus meinen Gedanken auf.

»Kommst du noch mit zu mir?«

Ich zucke zusammen und habe ein schlechtes Gewissen wegen meiner Gedanken. »In Ordnung.« Meine Stimme klingt irgendwie falsch.

Kaum haben wir seine Wohnung betreten, nimmt mich Jack in die Arme. »Endlich, ich konnte es kaum noch erwarten.«

»Ich auch«, lüge ich.

»Komm.«

Er nimmt mich an der Hand und führt mich ins Schlafzimmer, wo er mich stürmisch küsst und hastig meinen Rock nach oben schiebt.

Er hat es wirklich kaum mehr erwarten können, ich habe ihn noch nie so ungestüm erlebt. Erst als er sich auszieht, erkenne ich, dass er der alte Jack ist. Der, der seine Hose säuberlich faltet und auf einem Stuhl ablegt und sein Hemd auf einen Bügel hängt.

Ich betrachte ihn: Nur noch mit Boxershorts bekleidet, hat er einen wirklich schönen Körper – das Ergebnis von mehreren Stunden Fitnessstudio pro Woche. Dennoch erweckt er bei mir keinerlei Anziehungskraft, er ist wie ein schönes Gemälde, das man von Weitem bewundert.

Jack kommt auf mich zu, führt mich zum Bett und legt sich auf mich, während er mich leidenschaftlich küsst. Linkisch umarme ich ihn. Ich will mich mehr beteiligen, aber es geht nicht. Er ist perfekt, die Situation ist perfekt, wir sind frisch verlobt, und doch bin ich woanders.

Während ich mein Kleid abstreife, huscht mein Blick von der gefalteten Hose auf dem Stuhl zu den durchsichtigen Türen des Schranks, durch die ich die in Reih und Glied aufgehängten Jacketts und die nach Farben sortierten Pullover sehen kann. Alles ist so nüchtern und organisiert. Instinktiv denke ich an

Neris Zimmer sowie an Adas Schrank und die Geheimnisse, die er barg.

»Können wir das Licht ausmachen?«, bitte ich ihn.

Jack lächelt und löscht das Licht.

»Mir gefällt, dass du schüchtern bist«, murmelt er.

Aber die Dunkelheit nützt nichts. Im Gegenteil, jetzt, wo ich keine Gegenstände mehr betrachten kann, wandern meine Gedanken frei in der Finsternis umher. Ich vergleiche diese Nacht mit der, die ich mit Neri verbracht habe, und in mir schreit es. Ich wünschte, es wäre er, der mich küsst und mich berührt.

Jack schiebt seine Beine zwischen meine, aber ich versteife mich. Ich kann nicht, die Vorstellung, mit ihm zu schlafen, nein. Das geht einfach nicht.

Ich lege ihm die Hände auf die Brust und schiebe ihn weg. Dann setze ich mich auf.

Überrascht weicht Jack zurück. »Was ist?«

»Ich muss kurz ins Bad«, sage ich, stehe auf und verlasse das Zimmer.

Ich schließe die Badezimmertür ab und wasche mein Gesicht. Als ich mich abtrockne, fällt mein Blick auf den Diamanten an meinem Finger. Ich mag zwar keine Ahnung haben, was ich aus meinem Leben machen will, aber was ich nicht will, weiß ich ganz genau. Ich ziehe den Ring ab und kehre ins Schlafzimmer zurück.

»Ich kann nicht«, sage ich zu Jack und gebe ihn ihm zurück.

»Wie?«, fragt er fassungslos, ohne ihn anzunehmen.

»Ich schaffe das nicht, tut mir leid. Ich kann nicht mehr mit dir zusammen sein«, flüstere ich.

»Aber bis eben war doch noch alles gut«, ruft er verletzt und springt auf.

»Ich habe es versucht. Ich habe mir so sehr gewünscht, dass es funktioniert, wirklich.«

»Warum hast du den Ring dann vorhin angenommen?«

»Wie hätte ich denn vor meinen Eltern Nein sagen können? Es wäre besser gewesen, wenn wir vorher darüber gesprochen hätten.«

»Ich dachte, das wäre nicht notwendig! Heiraten war doch immer das, was du unbedingt wolltest«, sagt er; seine Gesichtsmuskeln sind angespannt.

»Ich war der Überzeugung, es zu wollen. Aber dann, nach dem Betrug mit Fiona, hat sich alles geändert.« Diese Lüge ist ziemlich feige, ich weiß nur zu gut, dass sie nicht das alleinige Problem ist.

Jack schöpft Hoffnung aus meiner Antwort. Sein Gesicht wird wieder weich. »Ah, dann ist es wegen Fiona! Aber sie bedeutet mir nichts, das schwöre ich dir. Vielleicht hatte ich nur Angst, mich zu binden, aber jetzt bin ich mir sicher.«

»Nein«, erwidere ich, nun entschlossen. »Es liegt nicht an Fiona, sondern an dem, was dann passiert ist.«

»Und das wäre? Erklär es mir«, sagt er mit tonloser Stimme.

»Ich habe gehofft, dass es reicht, wenn ich so tue, als hätte ich diese Wochen nicht erlebt, aber es hat nicht gereicht. Ich habe mich verändert, und doch war ich noch nie so sehr ich selbst.«

Jacks Gesicht verkrampft sich, sein Blick wird eisig.

»Es ist seinetwegen, stimmt's?«

Ich senke den Kopf, dann hebe ich ihn wieder. »Ja, es ist seinetwegen.«

»Ich habe es gewusst! Na dann herzlichen Glückwunsch«, ruft er sarkastisch.

»Es ist nicht so, wie du denkst. Ich verlasse dich nicht, um mit Neri zusammen zu sein.«

»Und du glaubst, dass ich dir das abkaufe?«, zischt er. Zorn breitet sich auf seinem Gesicht aus.

»Das ist die Wahrheit. Es tut mir leid, dass es so kommen

musste, aber ich kann nicht anders«, sage ich in der Hoffnung, dass er es versteht.

Aber er versteht nicht. Er schlägt mit der Faust auf das Kopfende des Bettes.

»Verschwinde, und lass dich hier nie wieder sehen«, brüllt er.

»Jack …«, murmle ich.

»Verschwinde«, schreit er erneut.

»Es tut mir leid«, sage ich, dann lege ich den Ring auf den Nachttisch, ziehe mich an und gehe.

Ohne mich auszuziehen, lasse ich mich auf mein Bett fallen, erschöpft von den heftigen Emotionen. Ich schließe die Augen und versuche zu schlafen. Aber obwohl ich müde bin, kann ich nicht einschlafen, weil ich eine seltsame Euphorie empfinde. Ich fühle mich befreit. Hätte ich auf meinen Verstand gehört, dann hätte ich auf Zeit gespielt, und vielleicht wäre alles in Ordnung gekommen. Aber ich habe mich von meinem Gefühl leiten lassen und weiß, dass ich die richtige Entscheidung getroffen habe.

Ich kann nicht bei Jack bleiben. Ich gehöre nicht in seine Welt. Ich habe kein Interesse daran, in einer supermodernen, penibel aufgeräumten, perfekten Wohnung zu leben, teure Autos zu besitzen, Karriere zu machen. Ich mag Düfte, alte Sachen, Unordnung wie in einem alten Haus auf dem Land. Ich will langsam fahren, unnütze Sachen tun, mich dem widmen, worauf ich Lust habe. Ich wünsche mir einen Mann, der mich wirklich kennt, der mich meine Träume leben lässt.

Ich öffne die Augen und lasse den Blick durch das im Halbschatten liegende Zimmer schweifen: Die Front aus Glas und Stahl, die unverputzte Backsteinwand, die Eisenregale, der begehbare Kleiderschrank mit den gut organisierten Fächern. Das ist nicht meine Wohnung. Es ist ein Ort, der nicht zu mir gehört. Ich ahnte es schon, als ich in der Toskana war, aber ich wollte es nicht wahrhaben. Jetzt ist der Moment gekommen, in dem ich ehrlich zu mir selbst sein muss.

Wenn es nach mir ginge, würde ich in die Toskana zurückkehren und mit Neri zusammenleben. Das ist meine Welt, eine Welt, die aus einfachen und alten Dingen, aus Kunst, Landschaft und Schönheit besteht. Ich ziehe der Hektik der Stadt das ruhige Landleben und diesem hochmodernen Loft einen alten Bauernhof vor.

Jetzt verstehe ich, weshalb Tante Ada ihn mir hinterlassen hat. Inzwischen begreife ich die Worte, die sie in ihr Testament geschrieben hat.

»Isabel und Neri, ihr seid die Einzigen, die die Seele des Hauses verstehen und es lieben. Gemeinsam trefft ihr die besten Entscheidungen, auch im Leben.«

Sie hatte recht. Und jetzt verstehe ich auch, was sie in Bezug auf Lebensentscheidungen gemeint hat. Ich weiß noch, wie wütend sie geworden ist, als ich mein Studium in Florenz aufgegeben habe. Ich hätte ihren Ratschlägen folgen sollen, doch die Enttäuschung wegen Neri war so heftig, dass flüchten, nicht nachdenken und die Augen verschließen die einzige mögliche Lösung für mich schien. Die Wahrheit ist, dass ich mich ausgeschlossen, im Stich gelassen und verschmäht gefühlt habe, so wie als Kind von meinen Eltern.

Ich wälze mich im Bett von einer Seite auf die andere, aber vergeblich. Ich kann nicht einschlafen. Um mich abzulenken, nehme ich das Handy vom Nachttisch und sehe, dass ich eine Nachricht von Tess bekommen habe. Sie fragt mich, ob das Bauernhaus Ende August verfügbar ist und ob sie meine Nummer an ihre Freundin weitergeben darf, die eine Innenarchitektin für ihr Haus in der Toskana sucht. Sofort willige ich ein. Statt ihr ein paar Tipps zu geben, würde ich das Haus am liebsten selbst einrichten. Bei diesem Gedanken kann ich erst recht nicht schlafen.

Ich stehe auf und gehe ins Arbeitszimmer, um etwas zu lesen zu suchen, und mein Blick fällt auf mein Häusertagebuch, das oben auf dem Stapel der Bücher liegt, die ich aus Italien mitgebracht habe. Ich nehme es mit zurück ins Bett und blättere darin herum, erfasst von einem Gefühl der Zärtlichkeit und Sehnsucht.

Und dann – ich weiß nicht, warum – fange ich an, Notizen zu machen, über Atmosphäre, Einrichtungsgegenstände, Stil und Gefühle, die man ausdrücken will. Ich bin so motiviert, dass bereits der neue Tag anbricht, als ich das Buch wieder schließe.

Warum, frage ich mich, während ich das Licht ausschalte, sollte es eigentlich nicht möglich sein, ein ganz anderes Leben zu führen? *Nur wenn man seinen Träumen folgt, kann man glücklich sein,* denke ich an Adas Rat zurück, und dies schien mir noch nie realisierbarer als jetzt.

Und wenn ich auf den Bauernhof zurückkehren würde? Ich kann allein einen Neuanfang wagen, unabhängig von Neri. Ich könnte mit Giovanna an den Häuserprojekten arbeiten. Wir hätten vielleicht schon die erste Kundin.

Ich schließe die Augen und spüre, wie sich tief in meinem Inneren etwas verändert. Es ist eine leise, aber einschneidende Veränderung. Allein die Vorstellung die Richtung zu wechseln, erfüllt mich mit einer so absoluten Freude, dass ich mich lebendiger denn je fühle. Ich will ein neues Leben, an einem Ort, den ich liebe und an dem ich wieder die Alte werden kann.

Über dieser Vorstellung schlafe ich ein.

Kate kann am Montag an der Kaffeemaschine des Büros kaum glauben, was ich ihr erzähle. »Ich habe begriffen, dass er nicht der richtige Mann für mich ist«, erkläre ich.

Kate nimmt einen Schluck aus ihrer Tasse. »Aber er kommt dem perfekten Mann schon ziemlich nahe. Liegt dein Sinneswandel an diesem Italiener?«

»Nein«, protestiere ich. »Das heißt, teilweise schon, aber es ist nicht so, wie du denkst.«

»Isabel, denk doch mal nach. Mit dreißig hast du keine Zeit mehr, Gelegenheiten zu verschenken. Wo findest du denn einen Besseren als ihn? Einen, der …«

»Ich weiß, seine Karriere, der Diamant, den er mir geschenkt hat. Ich weiß, was du mir sagen willst, aber diese Dinge bedeuten mir nichts«, unterbreche ich sie.

»Aber das wollte ich doch gar nicht sagen, sondern dass er gezeigt hat, dass er dich liebt. Und in einer so harten Welt ist Liebe das Allerwichtigste.«

Ein paar Sekunden lang bin ich völlig aus dem Konzept, solche Worte hatte ich nicht erwartet.

Kate versucht weiter, mich zu überzeugen. »Es ist ein Segen, wenn man Sicherheiten hat, denk darüber nach, benutz deinen Kopf.«

»Was für Sicherheiten, Kate? Sie existieren nicht mehr. Jack ist zu mir zurückgekommen, weil er mich mit Neri gesehen hat, aus Eifersucht, weil er gesehen hat, dass ich mich verändert habe. Aber er könnte mich wieder betrügen. Und wegen dieser falschen Sicherheiten soll ich auf das verzichten, was mir mein Herz rät?«

»Risiken bestehen immer«, murmelt sie.

»Eben. Ist es dann nicht besser, seinem Herzen zu folgen?«

Kate legt mir besorgt die Hände auf die Schultern. »Überleg es dir gut, vielleicht wirst du es bereuen.«

»Ich habe lange und intensiv darüber nachgedacht und ich habe begriffen, dass das mit ihm nicht funktioniert. Er hat mich damals einfach nur verlassen, bevor ich es getan hätte«, gebe ich endlich die Wahrheit zu.

Kate ist fassungslos. »Aber du warst am Boden zerstört. Erinnerst du dich, wie es dir ergangen ist, als du ihn mit Fiona gesehen hast? Das könnte mit einer anderen Kollegin wieder passieren. Was würdest du empfinden, wenn du im Büro auf sie triffst?«

»Sollte das passieren, würde ich sie nicht sehen.«

»Was willst du damit sagen?«

»Dass ich in einer halben Stunde einen Termin mit der Personalabteilung habe, um zu kündigen.«

»Was?«

Kate stützt sich an der Wand ab, als würde sie gleich umkippen. Ich packe sie am Arm, um sie zu halten.

»Ja, ich hoffe, dass heute mein letzter Tag hier ist«, erkläre ich mit einem ruhigen Lächeln.

Meine Gelassenheit heitert sie wieder ein wenig auf.

»Ah, jetzt habe ich verstanden. Du hast ein besseres Angebot bekommen! Bravo, gratuliere.« Sie umarmt mich.

»Nein, nicht wirklich.«

Kate ist ein paar Sekunden lang sprachlos.

»Dann bist du wirklich komplett verrückt«, sagt sie, als sie ihre Stimme wiederfindet.

»Vielleicht, aber ich war mir noch nie einer Sache so sicher.«

»Und was willst du machen, wenn du nicht mehr hier arbeitest?«

»Häuser renovieren und einrichten, das, was ich als kleines Mädchen immer gewollt habe.«

Kate schüttelt verständnislos den Kopf.

»Das heißt, du willst all das, was du erreicht hast, für einen Kindheitstraum in den Wind schießen? Kündige nie eine Stelle, wenn du noch keine andere hast, warte wenigstens noch mit der Arbeit«, versucht sie, mich umzustimmen.

»Nein, ich will nicht mehr hierbleiben. Ich weiß nicht, wie ich es dir erklären soll, aber ich habe das Gefühl, mich verirrt zu haben. Es wird Zeit, den richtigen Weg wiederzufinden«, antworte ich mit der Glückseligkeit eines Neuanfangs.

Eine Stunde später komme ich aus der Personalabteilung, begleitet von einem Sicherheitsbediensteten, der mir helfen wird, meine Kisten zu packen, und aufpasst, dass ich nichts mitnehme, was der Bank gehört.

Alles war sehr einfach. Nach anfänglicher Überraschung rief der Verantwortliche für Human Resources Crawford an, und gemeinsam beschlossen sie, dass sie mich ab sofort ohne Kündigungsfrist freistellen.

Das entspricht vollkommen dem üblichen Prozedere der Bank in solchen Fällen. Sofortige Entlassungen garantieren, dass ein Angestellter keine Zeit hat, sich vertrauliche Daten anzueignen und zu verbreiten. Und meine kürzliche Abwesenheit von über einem Monat erleichtert vieles, weil ich vor meiner Abreise eine Übergabe an die Kollegin gemacht habe, die nun meinen Platz einnehmen wird.

Auf dem Flur komme ich am Büro des Vorstandsvorsitzenden vorbei. Die Flasche Falco di Torrelupo, die noch immer in meiner Tasche ist, prallt gegen meine Seite und erinnert mich daran, dass ich noch etwas zu erledigen habe.

»Haben Sie ein Sekunde Zeit? Mr. Lamont erwartet noch eine Antwort von mir«, sage ich zu dem Sicherheitsbeamten, der mich begleitet. Ich klopfe an die Tür. Vorstandsvorsitzender Lamont sieht mich durch die Verglasung und bedeutet mir einzutreten.

»Hallo«, sagt er mit forschendem Blick.

»Hallo. Wissen Sie noch, wie wir uns auf dem Kongress in Italien über Investmentfonds für Weine unterhalten haben?«

»Aber sicher, mit dem Grafen von Torrelupo. Er sollte mir seinen Wein vorstellen, aber ich habe nichts von ihm gehört.«

Ich ziehe die Flasche aus der Tasche und reiche sie ihm.

»Deshalb bin ich hier. Vom Grafen, damit sie ihn persönlich bewerten können.« Die Lüge kommt mir ganz natürlich über die Lippen. Neri weiß nichts von meiner Aktion, und auch ich selbst weiß nicht so genau, warum ich das hier tue.

Nach allem, was passiert ist, wie er sich verhalten hat, warum sollte ich ihm einen Gefallen erweisen?

Vielleicht weil ich mich nur von ihm befreien kann, wenn ich jeglichen Groll überwinde? Der Groll verbindet uns noch immer, und ich will von vorne anfangen.

Um die Mittagszeit bin ich schon in Shoreditch, meinem Stadtviertel. Auf der Straße pulsiert das Leben. Die Lokale sind überfüllt mit Kreativen, die schnelle, leichte Mahlzeiten zu sich nehmen, um danach zurück an die Arbeit zu eilen.

Und was werde ich heute Nachmittag machen? Die neu gewonnene Freiheit vermittelt mir plötzlich ein Gefühl der Unruhe, und einen Augenblick lang schwanke ich. Auf einmal habe ich Angst davor, neu anzufangen.

Ein feuchter Windstoß erfasst mich. Reflexartig, als wäre auch ich in Eile, schaue ich auf die Uhr. Es ist eins … in Torrelupo ist es schon zwei Uhr.

Wäre ich dort, hätte ich gerade am Tisch in der Laube zu Ende gegessen; ich würde einen Kaffee genießen, die nackten Beine in die Sonne gestreckt, und mich auf die nachmittägliche Siesta freuen.

Und da verschwindet jegliche Unruhe. Mir wird warm ums Herz, und ich habe keine Angst mehr. Meine Wurzeln werden mir den Weg weisen, die Vergangenheit wird mir den Weg in die Zukunft zeigen. Wenn ich auf Tante Adas Worte höre, werde ich mich selbst finden.

Ich kann es kaum erwarten, es fehlt nur noch eine Sache. Ich steuere auf einen Immobilienmakler zu, der an der Straßenecke sein Büro hat.

»Guten Tag«, sage ich, als ich eintrete. »Ich würde gern eine Wohnung in diesem Viertel verkaufen. Könnten Sie bitte eine Wertermittlung durchführen?«

30

Unvollkommene Schönheit

Unebene Böden und Wände sowie von der Zeit gezeichnete Möbel, Türen und Fenster verleihen einem Raum Charme – ein Loblied auf die Unvollkommenheit, und denjenigen, der sich nicht scheut, einzigartig und originell zu sein. Kerzenhalter, die sich mit den Jahren verbogen haben, grün angelaufene Messinggriffe, verrostete Haken an den Decken, raues Mauerwerk, das die Arbeit der einheimischen Handwerker erkennen lässt – das alles ergibt einen Stil, der die Vielfalt des Lebens spiegelt.

Eine Woche später bin ich wieder in der Toskana.

Als die Strahlen der Mittagssonne durch die halb geschlossenen Fensterläden auf mein Gesicht scheinen, wache ich in Adas Bett auf. In London wäre ich längst vom Klingeln des Weckers oder vom Rattern des Müllautos aufgewacht.

Ich ziehe ein geblümtes Kleid an, das lang und leicht ist, lasse die Haare offen und gehe barfuß nach unten; dabei fühle ich mich frei und glücklich.

Meine größte Freude ist, dass ich mich wirklich zu Hause fühle und dass dies der Ort ist, an den ich einfach zurückkehren musste. Ich ziehe ein Paar Espadrilles an und gehe in den Garten hinaus.

Es ist ein sonniger Tag, und die Augusthitze dringt in Körper und Geist ein. Gedankenverloren spaziere ich durch den Kräutergarten und genieße den Duft. Rosmarin, Bergminze, Basilikum, Majoran, Thymian und Salbei, die ich im Mai gepflanzt habe, sind üppig und voller Leben, genau wie ich mich jetzt fühle.

Ich habe beschlossen, Neri seinen Teil des Hofs abzukaufen und in die Toskana zu ziehen. Dazu bedarf es einer ganzen Menge Geld, aber ich glaube, dass ich das bald aufbringen kann. Der Immobilienmakler, dem ich die Wohnung in London angeboten habe, sagte mir, dass es nicht schwierig werden würde, sie zu verkaufen, und dass ich angesichts der Renovierung über eine Million Pfund verlangen könnte. Wenn ich den Kredit getilgt habe, kann ich Neris Anteil am Hof kaufen, und es bleibt sogar noch etwas übrig.

Mein Kleid verfängt sich im Rosmarin. Ich breche einen Zweig ab, halte ihn mir unter die Nase und atme ein; ein Glücksgefühl überwältigt mich. Ich betrachte die Landschaft, und plötzlich spüre ich, dass alles einen Sinn hat, als hätte die Toskana mich gerufen. Indem ich auf mein Herz gehört habe, habe ich mich mit meinen Wurzeln versöhnt. Wie konnte ich diesen Ort nur so sehr hassen?

Ein paar Stunden später taucht der Bauernhof von Camilla – Tess' Freundin, die eine Innenarchitektin sucht – vor uns auf. Giovanna und ich steigen aus dem Wagen und sind verzaubert von der Aussicht, die man vom Garten aus auf Montalcino hat.

»Er ist nicht besonders groß, aber ich habe mich sofort in seine Lage verliebt«, sagt Camilla, als sie uns begrüßt.

Wir treten ein, und das Innere ist nicht weniger schön. Mit den dunklen Balken an der Decke, den weißen Wänden und dem Fußboden aus alten Tonfliesen hat das Haus den Vorzug, sein ursprüngliches Aussehen bewahrt zu haben.

»Kürzlich wurden das Dach und die Installationen erneuert, der Rest müsste noch gemacht werden«, erklärt uns Camilla.

Ich betrachte die alten Messingklinken der Türen und die rostigen Haken, mit denen die Fensterläden gehalten werden.

Camilla lächelt, ich merke sofort, dass wir auf derselben Wellenlänge sind.

Ich streiche über die Oberfläche der Wände und spüre das raue Profil. »Ich würde diese kleinen Unvollkommenheiten und gewisse Unregelmäßigkeiten beibehalten, sie lassen das Ganze natürlicher wirken.«

»Genau das finde ich auch«, stimmt Camilla zu. »Allerdings hätte ich gern ein zusätzliches Bad für Gäste. Das wird doch möglich sein?«

»Bestimmt lässt sich da eine Lösung finden«, versichert ihr Giovanna.

Ich setze meinen Rundgang fort, notiere mir, was zu tun ist, welche Möbel wir anschaffen könnten, und frage Camilla, ob sie Möbelstücke in England hat, die sie verwenden will. Nachdem ich die ersten Vorschläge zur Einrichtung gemacht habe, stimmt sie allem zu und schaut mich völlig überzeugt an.

Ich weiß, wie ihr zumute ist. Ein neues Haus birgt ein riesiges Potenzial, man denkt darüber nach, was zu tun ist, wie man es einrichten will, man stellt sich vor, wie man darin lebt und sucht Erholung vom hektischen Alltag. Ich stelle mir bereits die Freude vor, wenn sie diese Räume betritt, um dort zu wohnen. Ich spüre, dass sie eine meiner Kundinnen werden wird. Und vielleicht sogar eine Freundin.

Bevor ich zum Hof zurückkehre, fahre ich auf einen Sprung ins Dorf, um bei Giorgio, dem Töpfer, vorbeizuschauen. Seine Krüge mit den grünen Flecken würden sich auf Camillas Fensterbänken gut machen.

Ich parke in der Nähe der Piazza und will gerade in die Gasse abbiegen, in der sich sein Geschäft befindet, als ich Giuseppes Stimme nach mir rufen höre.

»Isabel, endlich sehe ich dich.«

Mit einem Lächeln kommt er auf mich zu. »Was hältst du von einem Kaffee?«

»Sehr gern!«

Wir machen es uns auf den Stühlen mit der Coca-Cola-Aufschrift bequem, die zur Bar auf der Piazza gehören. Ich erinnere mich noch gut daran, wie ich mich mit Neri hierhin gesetzt habe, nachdem wir beim Notar gewesen waren.

»Ich habe gehört, dass du zurückgekommen bist. Du ahnst ja gar nicht, wie ich mich darüber freue«, beginnt er, nachdem er Kaffee für uns bestellt hat.

»Ja, mir ist klar geworden, dass ich diese Gegend ins Herz geschlossen habe. Wer hätte das gedacht?«, sage ich augenzwinkernd.

Giuseppe lächelt. »Ada wäre zufrieden mit deiner Entscheidung. Jetzt fehlt nur noch eins.«

»Und das wäre?«

»Du weißt es«, sagt er leise.

»Nein, weiß ich nicht«, erwidere ich wachsam.

»Deine Augen verraten viel mehr, als du glaubst. Du hast den Weg zu deinem Zuhause wiedergefunden, aber dein Herz ist immer noch im Exil. Verzichte nicht darauf, das Glück ist kostbar.«

Ich denke an Neri und unsere Ausflüge zurück, an das Lachen, an die Gespräche, an all das, was wir gemeinsam erlebt haben.

»Nur wenn man sich der Vergangenheit stellt, kann man der Zukunft entgegengehen und umgekehrt. Du bist ein Kind der Gegenwart, Isabel, und wirst nur glänzen, wenn du auch die Vergangenheit einbeziehst. Neri dagegen ist ein Kind der Vergangenheit und wird nur glänzen, wenn er dazu fähig ist, die Gegenwart zu akzeptieren.«

Abends vor dem Einschlafen denke ich an Giuseppes Worte, die Adas so ähneln. Vergangenheit und Gegenwart, Antike und Moderne, Tradition und Innovation. Neri und Isabel.

31

Die Rolle des Lichts bei der Einrichtung

Das Licht ist die Quelle des Lebens. Die Sonnenstrahlen, die durch die Fensterläden hereinfallen und Muster auf den Boden zeichnen, die Staubpartikel, die in einem Sonnenstrahl tanzen, die Sommersonne, die durch die Blätter der Bäume scheint – dies alles sind Bilder, die Entspannung und Optimismus verbreiten und uns zu süßer Sinnlichkeit einladen. Um die wohltuende Wirkung des Lichts noch zu steigern, sollte man bei der Einrichtung eines Hauses seine Veränderungen im Tageslauf und seine Wechselwirkung mit Stoffen und Farben einkalkulieren. Es empfehlen sich weiße Blumen und helle Stoffe, leichte Vorhänge, um während des Tages vor direkter Sonneneinstrahlung zu schützen.

Einige Tage später trinke ich einen Kaffee in der Laube und genieße die leichte Brise auf meinem Gesicht. Die roten und rosafarbenen Wandelröschen um mich herum sind aufgeblüht, und die Zikaden begleiten die Hitze mit ihrem Zirpen. Eine riesige Sonne erfüllt den Himmel, und die Landschaft besteht aus einem Mosaik aus Gelb- und Grüntönen.

Es ist ein sehr heißer Tag, aber das stört mich nicht. Ich liebe den Sommer, seinen Überfluss und seine Kontraste.

Seit ich hier bin, gehe ich nur früh am Morgen und nachmittags nach siebzehn Uhr hinaus, die Stunden dazwischen sind zu drückend. Ich spaziere gern ziellos umher, folge meinem Herzen, frei, zu machen, worauf ich Lust habe, ohne Termine, Ziele und Sicherheiten.

Nachts lässt die Hitze nach, und während man auf dem Land nur das Zirpen der Grillen hört, erfüllen in den Ortschaften Feste und Open-Air-Veranstaltungen die Straßen und Plätze mit Leben.

Dieser Ort ist mein Schicksal. Es fühlt sich an, als wäre ich nach einer langen Reise heimgekehrt. Hier ist mein Zuhause. Jedes Mal, wenn ich das Haus mit seinem abblätternden Putz und die Laube aus Wein und Rosen ansehe, verspüre ich ein Gefühl der Gelassenheit und Ruhe. Seine Wände sind mir so vertraut wie die Linien meiner Hand, und ebenso die Landschaft, die ihn umgibt. Ich kenne jeden Feldweg, jede Kreuzung, jeden Baum am Straßenrand. Jeder Pfad führt mich zu einer Erinnerung, jeder Ort ist Teil meines Herzens. Im Dorf kenne ich das Pflaster der Straßen, den Handlauf, an dem man sich in den sehr steilen Gassen festhalten kann, die Kirche mit ihrem Weihrauchduft, das Wäldchen im Park, wo wir als Kinder wilde Zwetschgen gepflückt haben.

Ich stehe gern an der Brüstung des höchsten Aussichtspunkts, um die Dächer der Häuser darunter zu betrachten. Noch immer gibt es die große Terrasse, die mir als Kind so gut gefallen hat, deren Geländer mit roten und rosafarbenen Geranien geschmückt sind, unterbrochen von Lorbeerbäumchen. Wie oft habe ich mir vorgenommen, als ich dort verweilte, auch eine solche Terrasse zu haben, wenn ich erwachsen wäre. Heute ist die Terrasse sogar noch schöner: Die Bäumchen sind gewachsen, und die Geranien wurden durch lilafarbene Bleiwurz ersetzt. In der Mitte steht ein Pavillon, der mit Kletterpflanzen überwuchert ist; darin lässt sich eine Hängematte erahnen. Es muss herrlich sein, dort im Schatten sanft zu schaukeln, während um den Pavillon herum die Hitze brütet.

Als ich den Kaffee ausgetrunken habe, stehe ich auf und gehe ins Haus. Ich habe mir angewöhnt, nach dem Essen eine Siesta zu machen. Noch nie habe ich so gut geschlafen wie hier, als würden die Mauern des Bauernhauses meine Träume beschützen.

Ich gehe in mein Zimmer hinauf, die Tonfliesen unter meinen nackten Füßen speichern ein wenig Kühle. Dann strecke ich mich auf dem Bett aus, durch die halb geschlossenen Fensterläden fallen einzelne Sonnenstrahlen herein und erzeugen Lichtstreifen auf der Bettwäsche. Die Vorhänge aus leichter Gaze bewegen sich im Wind des Ventilators, der sich hin- und herdreht. Eine Fliege ist im Zimmer gefangen und findet nicht hinaus. Ich weiß, dass es draußen wie ausgestorben ist, niemand geht über die Felder, und die Geschäfte im Dorf sind geschlossen; sie machen erst wieder auf, wenn es ein wenig abgekühlt ist.

Im Zimmer herrscht Ruhe und eine Atmosphäre des Friedens, die beinahe unwirklich ist.

Gäbe es einen besseren Moment, um mit jemandem zu schlafen?

Ein süßes, träges Verlangen überkommt mich. Die Zimmertemperatur nähert sich der Körpertemperatur, die Seide des Unterkleids, das ich anhabe, streicht über meine Haut, und ich fühle mich sinnlicher denn je.

Ein Jammer, dass ich allein bin.

Meine Gedanken wandern zu Neri. Ich versuche, sie zu ignorieren und zu schlafen, aber unausweichlich schießen mir Bilder von unseren Küssen und Zärtlichkeiten durch den Kopf, und in meinem Körper erwacht das Gefühl, wie er mit mir schlaft, wieder zum Leben. Wo er jetzt wohl sein mag? Und mit wem?

Als er erfahren hat, dass ich zurückgekehrt bin, hat er mir Nachrichten geschickt und mich gefragt, ob wir uns wegen des Verkaufs des Anwesens treffen können. Aber ich habe ihm nicht geantwortet.

Das Klingeln des Telefons reißt mich aus meinen Gedanken, Ich gehe ran und setze mich im Bett auf. Es ist das Maklerbüro in London. Es gibt einen Interessenten für meine Wohnung! Sie haben mir eine E-Mail mit den Details geschickt. Ich stehe auf, fahre den Computer hoch und lese die Mail. Der Käufer bietet mir eine Million einhunderttausend Pfund an. Das sind eine Million zweihundertfünfzigtausend Euro. Ich hatte nicht zu hoffen gewagt, so viel dafür zu bekommen, der Makler hat das ganz richtig eingeschätzt.

Ich lehne mich auf meinem Stuhl zurück. Schon bald würde ich das Geld haben, um Neris Anteil zu kaufen, und Tante Adas Bauernhof würde mir gehören.

Ich suche in den Papieren nach den Grundbuchauszügen des Anwesens und schreibe die Daten und alles andere ab, was für ein Angebot wichtig ist, während ich es noch immer kaum glauben kann: Hiermit möchte ich, Isabel Pizzi, Neri Falco di Torrelupo seinen Anteil am Hof abkaufen.

Als ich fertig bin, mache ich mich eilends auf den Weg zum Notar, um ihm das Angebot zu überbringen, weil er es dann an Neri weiterreichen wird. Gerade als ich ins Auto steigen will, halten mich Geräusche zurück, die aus dem Weinberg herüberdringen.

Mein Herz setzt einen Schlag aus. Das ist er bestimmt.

Ich seufze tief. Ich könnte ihm das Angebot persönlich machen. Früher oder später würde ich ihm gegenübertreten müssen, dann kann ich es genauso gut jetzt tun, schließlich habe ich jetzt einen wirklich guten Grund.

Ich gehe in den Weinberg, und sein Anblick lässt mein Herz

schneller schlagen. Er schneidet gerade einige Triebe zurück und befestigt andere an einer Stütze. Ich beobachte ihn, ohne dass er mich bemerkt. Mir gefällt, wie er arbeitet – er tut es mit Leidenschaft. Ihn so konzentriert zu sehen, als gäbe es nichts Wichtigeres, bringt mich zum Lächeln. Vielleicht gedeiht der Weinberg deshalb so prächtig und sein Wein ist deshalb so gut, weil Neri in jede Traube etwas von sich selbst legt, weil in jeder Beere das Leben steckt, das er in sich trägt und das sonst nirgends zum Ausdruck kommt.

Eigentlich sollte ich wütend auf ihn sein, und doch bin ich es nicht. Während ich zuschaue, wie er sorgfältig die Triebe anbindet, kommt es mir vor, als würde ich ihn verstehen. Indem er diese Zweige befestigt, versucht er seine Träume auszudrücken und sie gleichzeitig zu beherrschen, indem er sie auf Adas Weinberg begrenzt. Aber es wäre schön, wenn er sie befreien würde und sie auch anderswo zuließe.

Neri muss meine Anwesenheit gespürt haben und dreht sich mit einem Ruck zu mir um, wobei er seine Hand mit dem Messer verletzt.

»Autsch«, ruft er und lässt es fallen, dann drückt er seine andere Hand auf die verletzte.

Ich sehe, dass er blutet, und laufe auf ihn zu. »Hast du dir wehgetan?«

»Nein, nichts passiert«, spielt er es herunter.

Ich höre nicht auf ihn, sondern greife besorgt nach seiner Hand. »Hast du Wasser da?«

Er reicht mir die Flasche, die er zum Trinken dabeihat.

Ich wasche die Wunde ab, dann verbinde ich sie mit dem Taschentuch, das ich in meiner Handtasche habe, und drücke seine Hand an meine Brust, um das Blut zu stillen. Erst als es nicht mehr fließt, wird mir die Intimität dieser Berührung bewusst, und ich lasse mit einem Ruck seine Hand los, ohne zu wissen, was ich sagen soll.

»Danke«, flüstert er.

Ich sehe ihn an. Seine azurblauen Augen, die unter dem Strohhut aufblitzen, mit dem er sich vor der Sonne schützt, bringen mich aus dem Konzept. Jedes Mal, wenn ich ihn sehe, erscheint er mir noch anziehender, seine Wirkung auf mich wird nur noch stärker. Ich blicke zu Boden.

»Ich habe dir Nachrichten geschickt.«

»Ich weiß. Aber ich war noch nicht bereit, dich zu treffen.«

Er schweigt und mustert mich aufmerksam.

»Ich bitte dich um Verzeihung«, sagt er kurz darauf leise. »Verzeih mir, Isabel. Ich kann es dir erklären.«

Als er mit seiner warmen Stimme meinen Namen ausspricht, durchrieselt mich ein Schauer. »Nicht jetzt … ich kann nicht.«

»Warum nicht?«, fragt er leise.

Ich zögere, weil ich nach einer glaubwürdigen Ausrede suche, die meine Gefühle nicht preisgibt, aber zum ersten Mal kommt mir die Wahrheit über die Lippen. »Weil du mir das Herz gebrochen hast.«

Neri zuckt zusammen.

Ich schaue ihn ernst an, entschlossen, konzentriert zu bleiben und an den Grund zu denken, weshalb ich hier bin. »Ich bin hergekommen, um mit dir über den Verkauf des Hofs zu sprechen«, sage ich.

»Okay«, murmelt er.

»Ich wollte gerade zum Notar fahren, aber ich gebe es dir lieber persönlich. Ich möchte dir gern deine Hälfte des Hofs abkaufen. Hier ist mein Angebot, achthunderttausend. Die Hälfte des Betrags, den der erste Interessent geboten hatte.«

Verdutzt klappt Neri den Mund auf. »Du willst meine Hälfte des Hofs kaufen?«

»Ja. Ich will hierherziehen.«

»Hierher?«, ruft er verblüfft. »Ich dachte, die Toskana gefällt dir nicht.«

Plötzlich fürchte ich, dass meine Pläne platzen könnten.

Und wenn er mir seinen Anteil nicht verkaufen will? Diesen Fall hatte ich gar nicht einkalkuliert.

»Ich hoffe, das missfällt dir nicht.«

»Nein, natürlich nicht«, erwidert er nach ein paar Sekunden. »Im Gegenteil, ich freue mich, dass du bleibst.« Er senkt den Blick. »Und was sagt dein Verlobter dazu?«, fragt er und sieht mich wieder an.

»Ich habe ihn verlassen.«

Ich merke, dass er ein wenig blass wird. »Wie kommt das?«

Weil ich meinem Herzen gefolgt bin. Weil ich für ihn nicht das empfinde, was ich für dich empfinde, sagt meine innere Stimme. Wie oft habe ich mir eingeredet, dass ich Jack nicht Neris wegen verlassen habe, sondern dass ich es für mich getan habe. Jetzt jedoch, wo er vor mir steht, bin ich mir dessen nicht mehr so sicher.

»Es hat nicht funktioniert.« Ich halte meine Antwort vage. »Aber wie läuft es bei dir und Ortensia?«

»Mit ihr läuft nichts, und da war auch nie etwas. Trotz aller Versuche meiner Tante sind wir nie zusammengekommen.« Er wirft mir einen seiner unergründlichen Blicke zu.

Unwillkürlich schlägt mein Herz vor Freude höher. Ich würde gern etwas sagen, aber mir fällt nichts ein, ich bin zu verwirrt. Und ihm geht es wohl genauso. Für einige lange Augenblicke sagt keiner von uns etwas.

Ein Geräusch unterbricht unser verlegenes Schweigen.

Wir blicken nach oben. Der Himmel hat sich verfinstert, während sich die Pflanzen im Wind biegen und ein plötzlicher Regenschauer die Schwüle zerreißt. Es ist der typische sommerliche Platzregen, schnell und heftig.

Wir rennen auf das Haus zu, während uns dicke Tropfen über das Gesicht laufen und Blitze am Himmel zucken. Als wir im Haus sind, schaut Neri aus dem Fenster.

»Hoffen wir mal, dass der Regen die Trauben nicht ruiniert.«

Ich sehe ihn von der Seite an, während er besorgt nach draußen blickt. Wie viel ihm daran liegt! Ich kann ihm den Weinberg nicht wegnehmen, ich kann nicht zulassen, dass er alles verliert.

Jetzt verstehe ich erst völlig, warum ich dem Vorstandsvorsitzenden der Bank eine Flasche von Neris Wein gegeben habe – nicht um mich vom Groll oder von der Verbindung zwischen uns zu befreien, wie ich mir eingeredet habe, sondern weil ich ihn ernsthaft liebe. Auch wenn wir nie zusammen sein werden, auch wenn sein Weg ein anderer sein wird, möchte ich, dass auch Neri seine Träume verwirklicht, so wie ich es gerade tue. Und dann treffe ich eine Entscheidung.

»Wenn du willst, überlasse ich dir den Weinberg«, sage ich.

Neri sieht mich an, ohne so recht zu begreifen, was ich meine. »Und im Gegenzug soll ich mit dem Verkaufspreis heruntergehen? Willst du den Weinberg vom Preis abziehen?«

»Nein, ich kaufe deinen Anteil für die Summe, die ich dir eben angeboten habe.«

»Das heißt, du gibst mir achthunderttausend Euro und obendrein überlässt du mir den Weinberg?«

»Ja, das habe ich doch gesagt.«

»Warum tust du das?«, fragt er, als er sich wieder gefasst hat.

Weil ich dich trotz allem liebe, würde ich gern sagen. Ich suche eine passendere Antwort. »Weil du mit dem Geld deinen Verpflichtungen nachkommen kannst, ohne auf deine Leidenschaft verzichten zu müssen.«

»Aber er ist mindestens dreihunderttausend Euro wert.«

»Ich weiß, aber ich würde nichts damit anfangen, und der Falco di Torrelupo ist ein wunderbarer Wein. Besser, der Weinberg bleibt in deinen Händen.«

Er sieht mich beschämt an. »Ich dachte, du hasst mich«, murmelt er und nähert sich mir bis auf wenige Zentimeter.

Ich kneife die Augen zusammen und atme seinen Duft ein. Es ist unglaublich, welche Gefühle er in mir hervorruft.

»Nein, ich hasse dich nicht.«

Ein lauter Donner zerreißt die Luft, die Fensterläden schlagen mit einem Knall zu. Ich hoffe, dass der Lärm den Sturm in meinem Inneren übertönt. Doch dann ist das Gewitter plötzlich vorbei. Stille kehrt ein und ebenso die Ruhe in meinem Herzen. Ich weiche einen Schritt zurück.

»Aber jetzt ist es besser, wenn du gehst«, sage ich.

Abends fahre ich mit Giovanna nach Monticchiello, ein Dorf, das hoch auf einem Hügel liegt, sieben Kilometer von Pienza entfernt; dort wollen wir uns das Teatro Povero anschauen, ein Festival, auf dem seit fünfzig Jahren jeden Sommer ein neues Stück aufgeführt wird, gespielt und verfasst von den Einwohnern. Die Theaterstücke drehen sich stets um Themen, die die Bewohner unmittelbar betreffen: die Geschichte des Dorfes, die Krise der Bauern, die Bauernaufstände, die Verwaisung der Dörfer sowie die Umgestaltung der Landschaft durch den Agrartourismus und Fotovoltaikanlagen.

Nach einem Abendessen aus Pici – diesen leckeren dicken Spaghetti –, die im Kirchenschiff serviert wurden, setzen Giovanna und ich uns auf der Piazza della Commenda vor die Bühne, die zwischen den Häusern und den schlanken Mauern des Doms aus dem 13. Jahrhundert aufgebaut worden ist.

Alles ist wie damals. Tante Ada kam jeden Sommer mit mir zu den Theateraufführungen hierher. Sie liebte diese Aufführungen und behauptete, dass es den Einwohnern des Dorfes, dessen Bevölkerung im Laufe der Jahre geschrumpft ist, dadurch gelang, es wieder aufleben zu lassen.

»Das ist die Kraft der Leidenschaft«, sagte sie einmal. »Wo die Vernunft nur Hindernisse und Schwierigkeiten sieht, können Fantasie und der Glaube an die eigenen Träume alles bewirken.«

Während ich an ihre Worte zurückdenke, entfaltet sich auf der Bühne eine Komödie um den Geburtstag des letzten Jungen, der noch im Dorf geblieben ist. Das Thema dieses Jahres ist, dass die jungen Leute das Dorf verlassen, um in die Stadt zu ziehen.

Die Einwohner Monticchiellos – die Kinder und Enkel der ehemaligen Halbpächter, deren lebhafte Sprache sie bewahren – erzählen von den Gegensätzen zwischen denen, die weggehen, und denen, die bleiben. Zwischen denen, die die alten Mauern des Dorfes lieben und denen, die sich von diesen Mauern erdrückt fühlen und lieber reisen wollen. Zwischen denen, die die Traditionen der Gegend hochhalten und die Vergangenheit nostalgisch betrachten, und denen, die durch ihren Wegzug versuchen, sich zu befreien.

Aber ist Wegziehen eine Notwendigkeit oder eine Möglichkeit? Und ist Bleiben ein Scheitern oder ein Sieg? Und wenn es noch einen dritten Weg gibt? Unwillkürlich denke ich an mich selbst. Denn während viele weggehen, kommen andere hierher. Oder kehren hierher zurück, weil sie in dieser Gegend eine Energie finden, die es ihnen erlaubt, sich zu verwirklichen.

Das ist der Weg, den Ada mir gewiesen hat.

32

Alt und Neu

Die Vergangenheit weist uns den Weg in die Zukunft. Ein Haus, das Altes und Neues zu einem behaglichen Ambiente zusammenführt, lehrt uns, dass Vergangenheit, Gegenwart und Zukunft nicht getrennt, sondern ineinander verflochten sind. Wenn ein Ort seine eigene Vergangenheit nicht kennt und respektiert, hat er keine Zukunft. Es geht darum, unter Berücksichtigung der ursprünglichen Architektur Wohnräume zu schaffen, die allen Komfort bieten, der typisch ist für ein gastfreundliches Zuhause. Die Tür- und Fensteröffnungen einzubeziehen, alte Elemente wiederzufinden, die bei vorangegangenen Renovierungen verworfen wurden, althergebrachte Materialien für innovative Lösungen zu verwenden – dies alles zeugt von der Kunst, in vollkommener Harmonie mit der Landschaft und ihren Traditionen zu leben und sie gleichzeitig gemäß heutiger Bedürfnisse umzugestalten.

Einige Tage später verabrede ich mich mit Giovanna im Café auf der Piazza, um den aktuellen Stand von Camillas Haus zu besprechen. Ich setze mich an ein Tischchen und recke die Arme über den Kopf, zufrieden damit, wie alles läuft. Camilla hat uns mit der Renovierung beauftragt, und das Projekt schreitet rasch voran, ich habe ihr bereits die ersten

Skizzen gezeigt, und sie ist begeistert davon. Es gefällt mir, die Träume und Wünsche eines anderen Menschen zu interpretieren und in der Gestaltung eines Hauses umzusetzen. So wie Tante Ada Pinsel und Farben eingesetzt hat, stelle ich Möbel, Gegenstände und Textilien zusammen, um Sinneseindrücke und Gefühle zu erzeugen durch eine Kombination aus Alt und Neu, die dissonant erscheinen kann und dennoch, wenn sie gut gemacht ist, für Gleichgewicht und Harmonie sorgt.

Giovannas Ankunft unterbricht meine Gedanken. Sie reicht mir ein Formular und setzt sich.

»Das ist der Antrag für die Genehmigung des zweiten Bades. Im Planungsbüro der Gemeinde hat man mir gesagt, dass es keine Probleme damit gibt.«

»Super.«

Sie zeigt mir auf ihrem Handy Fotos von sechseckigen Fliesen aus dem frühen 20. Jahrhundert, die sie auf eBay gefunden hat. »Was sagst du dazu?«

»Perfekt.«

»Ich habe auch ein paar alte Türen gesehen, die man für einen Wandschrank verwenden könnte, aber schauen wir mal, ob es dafür Platz gibt.«

In diesem Moment tauchen Deborah und Giada auf der Piazza auf. Sie haben riesige Shopping-Tüten bei sich. Sobald sie uns sehen, steuern sie auf uns zu.

»Habt ihr die Läden leer gekauft?«, lacht Giovanna.

»Ja, genau«, trillert Deborah. »Und jetzt gehen wir noch zum Friseur. Schließlich wollen wir morgen auf dem Fest toll aussehen.«

»Welches Fest?«, frage ich überrascht.

»Na, das Fest der Laurentius-Nacht.«

Giovanna schlägt sich mit der Hand an die Stirn wegen ihrer Vergesslichkeit. »Das habe ich total verdrängt, ich muss mir noch überlegen, was ich anziehen soll«, sagt sie. »Kommst du auch mit?«

Erstaunt drehe ich mich zu ihr um. »Davon weiß ich nichts.«

»Wie? Hat er dich nicht eingeladen?«, fragt Deborah ungläubig.

»Nein. Aber euch offensichtlich.« Ein bisschen überrascht mich das schon.

»Mich hat er auch eingeladen«, fügt Giovanna hinzu.

»Und warum hast du mir nichts davon gesagt?«, frage ich.

»Das habe ich ganz vergessen, entschuldige.«

Deborah schaut auf die Uhr. »Gehen wir! Sonst kommen wir zu spät zum Friseur.«

»Wir sehen uns auf dem Fest«, sagt Giada zum Abschied und läuft mit ihrer Schwester davon.

Wieder allein, wendet sich Giovanna mir zu.

»Kann es sein, dass du bei dieser Einladung auf die Burg deine Hand im Spiel hast?«

»Wohl kaum«, erwidere ich kurz angebunden. »Ich glaube, dass er uns nur deinetwegen eingeladen hat. Letztendlich ist er doch nicht so unsympathisch, wie ich dachte, vielleicht hat Giuseppe ja recht, wenn er nur Gutes über ihn sagt.«

Als ich auf den Hof zurückkehre, geht die Sonne gerade unter. Der Himmel färbt sich rot, und sie steht wie ein Feuerball am Horizont. Ich strecke mich auf der Wiese aus. Um mich herum mischt sich der Duft des Grases mit dem der Feigen, während sich der Himmel dunkelblau verfärbt; die Schwalben fliegen auf halsbrecherische Art und Weise umher und geben ihr Gezwitscher von sich, das für mich an den langen Juniabenden, als ich noch klein war, den Sommer und die Ferien einläutete. Ich breite die Arme aus, in vollkommenem Einklang mit meiner Umgebung. Es scheint mir, als könnte ich die kaum merkliche Bewegung der Grashalme wahrnehmen, die um mich herum wachsen, und ich schließe die Augen, während ich darüber nachdenke, was Giovanna gesagt hat. Und wenn Neri meine Cousinen tatsächlich meinetwegen eingeladen hat?

»Isabel?«

Beim Klang seiner Stimme zucke ich zusammen. Ich richte mich auf und sehe ihn an. Dass er auch immer so gut aussehen muss.

»Entschuldige, störe ich dich?«, fragt er beim Näherkommen.

Ich stehe auf. »Nein. Ich habe nur den Pflanzen beim Wachsen zugehört. Weißt du noch, als du das zu mir gesagt hast?«

Er bleibt vor mir stehen. »Das weiß ich noch sehr gut.«

»Ich habe oft darüber nachgedacht, aber mir scheint, als würde ich es erst jetzt richtig begreifen.« Heute weiß ich, wovon er geredet hat, vom Lob der Langsamkeit, von der Lust am Leben im Einklang mit der Natur. Das völlige Gegenteil von der alltäglichen Hektik, in der ich mal gefangen war.

»Ja. Du hast dich verändert, und ich mich auch«, murmelt er. »Und ich bin hergekommen, um mein Verhalten zu erklären.«

»Ich habe dir schon gesagt, dass du das nicht brauchst.«

»Aber dieses Mal bestehe ich darauf. Ich bitte dich nur darum, mich anzuhören.«

Sein sonst so fester Blick flackert.

»Neri, es spielt keine Rolle«, sage ich, um die Spannung zu lindern.

»Doch, tut es, ich muss es dir erklären. Kann ich mich setzen?«

»Okay«, gebe ich schließlich nach.

Er setzt sich neben mich. »Du hast recht, wenn du sagst, ich sei arrogant. Die einzige Rechtfertigung, die ich dafür habe, ist, dass man mich, seit ich ein Kind war, hat gewähren lassen. Tante Bona hat mich dazu ermutigt, all jene mit Überheblichkeit zu betrachten, die nicht so gut wie wir gestellt waren. Aber das ist nicht der alleinige Grund für mein Verhalten.«

Er schweigt, als würde er seine Gedanken sammeln, dann spricht er weiter. »Seit ich ein kleiner Junge war, habe ich mir vorgenommen, die Fehler, die mein Vater in Gefühlsdingen gemacht hat, nicht zu wiederholen und eine Frau aus meinem Umfeld zu heiraten. Ich dachte immer, dass man Liebe und Leidenschaft meiden muss. Sie würden mich gefangen nehmen, wie es ihm passiert ist. Diese Angst hat mich immer von dir ferngehalten.«

»Das verstehe ich nicht.«

»Mein Vater hat das Geld verschleudert und uns um mehr als die Hälfte unserer Güter gebracht. Um genau zu sein hat er das Vermögen nicht durchgebracht, sondern Odette hat es geerbt.«

»Odette? Ist das die, die deine Tante die Friseurin nennt?«, frage ich.

Er nickt. »Ja.«

»Und wie hat sie das gemacht? Bist du als Sohn nicht der Erbe deines Vaters?«

»Er hat sie vor seinem Tod noch geheiratet.«

»Ich wusste nicht, dass sie verheiratet waren!« Jetzt verstehe ich Bonas Groll.

»Wir wussten es auch nicht, wir haben es erst bei der Testamentseröffnung erfahren. Seine Frau hat die Hälfte unseres Vermögens geerbt und die Hälfte dessen, was mein Vater von meiner Mutter geerbt hatte. Um nicht einen Teil der Burg abzutreten, mussten wir ihr praktisch alle Ländereien überlassen.« Er legt eine Pause ein und fährt dann fort: »Und noch schlimmer ist, dass sie ohne zu zögern alles verschleudert hat, indem sie die Dinge von Mama und die Familienporträts versteigern ließ und durch ihre Immobilienspekulationen die Landschaft auf dem Gebiet, das wir ihr geben mussten, verschandelte.«

Er schweigt einen Moment und blickt mich an, um zu sehen,

welche Wirkung seine Worte auf mich haben, dann spricht er langsam weiter. »Aber du hast damit nichts zu tun, du bist nicht Odette, ich habe da etwas vermischt. Ich hätte mich nie so benehmen dürfen. Ich weiß nicht, ob du mir verzeihen kannst, ich hoffe nur, dass du mich jetzt besser verstehst.«

Neri wartet einen Moment, dann fährt er angesichts meines Schweigens fort. »Und da ist noch etwas.«

»Ja?«

Seine Miene ist kummervoll. »Meine Tante hat damals mitbekommen, dass sich unsere Beziehung verändert hatte, und da hat sie mir, um endgültig einen Keil zwischen uns zu treiben, einen Brief von meiner Mutter gegeben.«

Seine Stimme bricht. Dann schweigt er. Ich spüre, dass er mir gleich etwas ungeheuer Wichtiges sagen wird, und warte, bis er die Kraft findet, es auszusprechen.

»In diesem Brief«, fährt er fort, »schreibt Mama, dass sie sich wegen Papas ständigen Betrügereien umbringen würde ... wegen der Affäre mit Odette.«

»Umbringen?« Bestürzt höre ich ihm zu.

»Ja, meine Mutter hat Selbstmord begangen. Vielleicht hat mein Vater deshalb niemandem gesagt, dass er Odette geheiratet hat. Auch er hatte letzten Endes Schuldgefühle oder fürchtete sich vor Bonas Reaktion und dem Urteil derer, die davon erfahren würden.«

»Und du?«, frage ich leise, als ich mich wieder gefasst habe.

»Es war hart. Als Papa mir Odette vorstellte, sagte er, dass sie sich erst vor Kurzem kennengelernt hätten. Aber sie war schon seine Geliebte, als Mama noch lebte.«

Er ballt die Hände zu Fäusten und sieht mich an, als wolle er sich vergewissern, dass ich genau zuhöre, dann fährt er mit bitterer Stimme fort.

»Du kannst dir vorstellen, wie schockiert ich damals war, als Bona mir den Brief meiner Mutter zeigte. Ich war verwirrt und wusste nicht, was richtig und was falsch war. Mein Vater hatte mir nur Lügen erzählt, meine Tante schien jedoch auf meiner Seite zu sein – auf der meiner Mutter. Und als sie sagte, du wärst wie Odette, eine Frau, die nichts mit uns zu tun hat, konnte ich mich ihrem Einfluss nicht entziehen … Und so glaubte ich, sie habe recht. Deshalb habe ich dich nicht mehr besucht. Ich weiß, dass das abscheulich war, aber versuch bitte, dich in mich hineinzuversetzen.«

Wieder bricht seine Stimme. Er kann nicht mehr weiterreden und wendet sein Gesicht ab, um seine Schwäche vor mir zu verbergen.

Ich sage nichts, in meinem Inneren löst sich etwas.

Ich betrachte seinen gebeugten Nacken, den Übergang von seinem Haar zu seinem nackten Hals, und empfinde große Zärtlichkeit. Plötzlich erscheint mir Neri schutzlos, sanft und weich, wie ich ihn noch nie erlebt habe, und in seinem Schmerz finde ich die Erklärung für viele seiner Verhaltensweisen, für Dinge, die zwischen uns geschehen sind.

Bei ihm geht es nicht nur um Erbe und Vermögen, sondern auch um Verlassenwerden, Verrat und tiefen Schmerz. Seine Worte zwingen mich, die Bedeutung, die ich der Vergangenheit beigemessen habe, zu relativieren, und auf einen Schlag fallen alle Erinnerungsfragmente, Mutmaßungen, Enttäuschungen an ihren Platz und finden ihre Erklärung.

Mir wird bewusst, dass hinter Neris ungerührter, arroganter Maske ein Mensch steckt, der gelitten hat. Er ist immer noch das Kind, vernachlässigt von einem Vater, von dem es sich verraten und im Stich gelassen fühlt, so wie ich oft von meinen Eltern. Darin unterscheiden wir uns nicht sehr.

Sacht streiche ich ihm über das Haar, er wendet mir das Gesicht zu.

»Kannst du mir jemals verzeihen?«

»Ja.« Während ich das sage, fühle ich mich sehr lebendig.

Er lächelt schwach. »Ich bin so dumm gewesen, weil ich deine guten Eigenschaften nicht gesehen und nicht begriffen habe, was für eine liebenswerte Frau du bist.«

Mit klopfendem Herzen höre ich ihm zu.

»Willst du mich immer noch als Freund haben?«, fragt er, während er aufsteht.

Freund?

Ich spüre einen Stich der Enttäuschung, versuche aber, es zu verbergen.

»Na klar«, rufe ich so nachdrücklich, dass es falsch klingt.

Er reicht mir die Hand, um mir beim Aufstehen zu helfen.

»Was dein Kaufangebot angeht, wollen wir darüber in den nächsten Tagen mal sprechen?«, fragt er mit fester Stimme. Keine Spur mehr von den Gefühlsregungen, die noch vor ein paar Sekunden seine Stimme zum Beben brachten.

»In Ordnung. Gib mir einfach Bescheid«, erwidere ich tonlos.

»Eine letzte Sache noch …«

»Ja?«

»Ich bin auch gekommen, um dich zu dem Fest einzuladen, das wir morgen auf dem Schloss anlässlich der Laurentius-Nacht geben. Kommst du?«

»Ich weiß nicht«, sage ich zögerlich. Die Erinnerung an die Laurentius-Nacht vor zwölf Jahren, als alles angefangen hat, hält mich zurück.

»Warum nicht? Alle meine Freunde kommen.«

Wieder ein Stich der Enttäuschung: Freundin, klar, nur eine Freundin.

»Okay, gut.« Erneut verberge ich meine Frustration.

Und bevor ich mir dessen richtig bewusst werde, zieht er mich an sich, drückt seine Lippen auf meine Wange und gibt mir einen ungestümen, süßen und anhaltenden Kuss, der mir leidenschaftlicher erscheint als so mancher Kuss, den ich auf den Mund bekommen habe.

Aber bestimmt interpretiere ich da zu viel rein.

Als ich wieder allein bin, sehe ich auf meinem Handy, dass ich eine neue E-Mail habe.

Sie ist von Lamont, dem Vorstandsvorsitzenden der Bank.

Ungeduldig lese ich sie.

Sehr geehrte Frau Pizzi,
der Fonds Passion Investment ist daran interessiert, eine Investition in den Wein Falco di Torrelupo zu prüfen, könnten Sie mich mit dem Grafen in Kontakt setzen?

Mit freundlichen Grüßen
Oliver Lamont

33

Schlafzimmer

Das Schlafzimmer ist der Ort der Offenheit und des Lichts, aber auch der Sinnlichkeit und der Nacht. Moskitonetze, weiße Bettwäsche mit Spitze und leichte Vorhänge, die in der morgendlichen Brise wehen, sorgen für mehr Helligkeit im Zimmer und symbolisieren Transparenz und Offenheit. Leinenstoffe und Seide fühlen sich natürlich und angenehm auf der Haut an, sie erhöhen die Sinnlichkeit dieses Ortes.

Wie es in der Laurentius-Nacht Tradition ist, sind die Lichter der Burg gelöscht, nur eine Reihe Fackeln und Kerzen führen zur Aussichtsplattform, auf der Liegen platziert sind, von denen aus man die Sternschnuppen beobachten kann.

Als ich auf die Terrasse trete, wimmelt es dort bereits vor Menschen. Auf einer Seite stehen elegante Herren und schöne Frauen in Abendkleidern mit ihren Getränken am Buffet, auf der anderen Seite sitzen ältere Herrschaften an Tischen, die von Kerzen erleuchtet werden. In der Mitte haben es sich einige Leute bereits bequem gemacht, um die Sterne zu bewundern, während sich jenseits der Zinnen die Lichter des Tales erahnen lassen.

Kaum hat Neri mich erblickt, kommt er auf mich zu.

»Du bist noch schöner als beim letzten Mal«, empfängt er

mich und deutet auf das rote Seidenkleid, das ich an dem Abend des Kongresses in Argentario trug. Ich habe es noch einmal angezogen, erstens um nicht den Anschein zu erwecken, ich hätte mich für diesen Abend besonders ins Zeug gelegt, und zweitens weil ich zugeben muss, dass es mir ausgesprochen gut steht. Tatsächlich sehen mich einige Männer interessiert an.

Neri bietet mir seinen Arm an und führt mich zum Buffet. »Komm, Giuseppe und deine Cousinen sind schon da.«

»Isabel, wow! Du siehst großartig aus«, ruft Deborah, als sie mich sieht.

»In der Tat«, lacht Giovanna, ihr Blick fällt dabei auf meine Hand, die auf Neris Arm ruht.

Giuseppe küsst mich liebevoll auf die Wange. »Offenbar geht es dir bestens.«

»Ganz offensichtlich«, murmelt Bona mit kalter Stimme hinter mir.

Ich drehe mich um und begrüße seine Tante freundlich. »Guten Abend.«

Bona bedenkt mich mit einem knappen Kopfnicken und wendet sich dann ihrem Neffen zu, als würde ich überhaupt nicht existieren.

»Kannst du bitte deine Gäste begrüßen?«

»Natürlich, Tante«, erwidert er. »Entschuldigt mich bitte«, sagt er zu uns und geht mit ihr davon.

Giuseppe reicht mir ein Glas. »Immer dasselbe mit ihr, trinken wir lieber einen.«

Ich lache. »Und genießen den Abend.«

Ich trete an die Balustrade und bewundere das Panorama. Auf den Hügelspitzen leuchten die Dörfer, eine andere Burg wird von einem goldenen Licht angestrahlt, darüber funkeln die Sterne am schwarzen, mondlosen Himmel. Was kümmert es mich, wenn Neri nicht den ganzen Abend bei mir bleiben kann? Ist es nicht auch so schon wundervoll genug, hier zu sein?

Doch schon wenige Minuten später ist er wieder bei uns und gesellt sich zu mir, zusammen mit einem befreundeten Paar, Laudomia und Marcantonio, die sich trotz ihrer abstrusen Namen als sympathisch entpuppen und uns als Paar zu betrachten scheinen. Sie sprechen uns im Plural an, und Laudomia lädt uns für das kommende Wochenende zu ihnen nach Hause ein.

Hin und wieder kommt Bona an uns vorbei und sieht uns mit unglücklichem Gesichtsausdruck an. Baldo und Ortensia hingegen beobachten uns aus der Ferne, ohne sich uns zu nähern. Während ich mit seinen Freunden plaudere, unterhält sich Neri mit meinen Cousinen. Verstohlen beobachte ich ihn, positiv überrascht von seiner Höflichkeit, und als ich merke, dass er und Giovanna einander sympathisch sind, bin ich richtig glücklich und überlege, ob er sich vielleicht meinetwegen so viel Mühe gibt. Wir unterhalten uns, bis der Moment kommt, in dem die ersten Sternschnuppen am Himmel erscheinen, dann verteilen wir uns, und jeder sucht für sich die Position, von der aus er das Schauspiel am besten beobachten kann.

Neri führt mich zu einer Liege und macht es sich auf der neben mir bequem. Der Nachthimmel ist weit, die Luft lauwarm, und über uns leuchten die Sterne. Jedes Mal, wenn eine Sternschnuppe verglüht, geht ein Raunen durch die Menge. Ich wende mich zu Neri um. Seine Augen schimmern im Dunkeln, und er betrachtet mich mit einem Blick, der mich von Neuem denken lässt, dass ich mehr für ihn bin als nur eine Freundin.

»Was hast du dir gewünscht?«, frage ich.

Er lächelt, ohne mir zu antworten, da dringt von unten plötzlich Musik zu uns herauf, was bedeutet, dass der Ball eröffnet ist.

Er erhebt sich und nimmt mich an der Hand. »Gehen wir.«

Wir steigen die große Marmortreppe hinunter zu dem riesigen Ballsaal, dessen Fresken Szenen aus der Geschichte der Familie

Torrelupo zeigen. Neri führt mich zur Mitte des Raums und zieht mich an sich. Während wir tanzen, drückt er mich immer mehr an sich. Ich versuche zurückzuweichen und eine ganz normale Unterhaltung zu führen, die mich von dem Verlangen ablenkt, das mich gerade überkommt. Ihn am Ende noch zu küssen wäre angesichts unserer Verhältnisse und der Umstände wohl nicht gerade angemessen.

Vielleicht ist dies der richtige Moment, ihm von der E-Mail zu erzählen. »Weißt du …«, beginne ich.

Sein Gesicht nähert sich meinen. »Was?«, flüstert er.

Ich versuche, nicht mehr auf seine Lippen zu starren. »Der Chef der Bank hat mir geschrieben«, sage ich.

»Der Chef?« Ganz offensichtlich hat er keine Ahnung, von wem ich rede.

»Ja, Oliver Lamont, der Vorstandsvorsitzende der Bank, den du in Argentario kennengelernt hast.«

Er lacht überrascht. »Und warum erwähnst du ihn ausgerechnet jetzt?«

»Weil sie sich für deinen Wein interessieren.«

»Wer denn?«

»Der Passion-Investment-Fonds, erinnerst du dich nicht mehr? Sie wollen eine Investition prüfen«, erkläre ich und freue mich, dass ich ein Gesprächsthema gefunden habe. Über die Arbeit zu reden beruhigt mich.

Doch Neri drückt mich fester an sich.

»Passion Investment? Interessant …«

»Ja, das wäre doch toll, wenn sie in deinen Wein investieren würden. Dann könntest du dich ganz deiner Leidenschaft widmen«, versuche ich weiterhin über den Investmentfonds zu plaudern.

Sein Gesicht nähert sich meinem. »Meine Leidenschaft? Mehr will ich auch gar nicht.«

»Ich meine die für den Wein«, antworte ich, verwirrt von der

Hitze, die sein Körper ausstrahlt. Ich will ein wenig Abstand halten, aber er hält mich in einer festen Umarmung.

»Es gibt nicht nur diese eine Leidenschaft. Ich möchte mir gern erfüllen, was ich mir gerade eben unter den Sternen gewünscht habe. Ich habe dir noch nicht gesagt, was das für ein Wunsch war.«

»Was wünschst du dir?«, flüstere ich voller Inbrunst.

Anstatt mir zu antworten, neigt er sein Gesicht zu mir.

»Was machst du da?«, frage ich aufgeregt. »Wir sind hier nicht auf dem Kongress. Hier sind deine Freunde, deine Familie ... das ist etwas anderes«, stottere ich.

»Ich weiß sehr wohl, dass es etwas anderes ist, Isabel. Denn das hier ist ein verdammt wahrhaftiger Kuss.«

Einen Moment später hat er seine Lippen auf meine gepresst, und es gibt nur noch uns beide, als würden wir im Nichts schweben. Wir sind nur noch ein Mann und eine Frau, die einander begehren. Alles andere ist nicht von Bedeutung.

Als wir uns voneinander lösen, merke ich, dass uns die anderen beobachten. Neri nimmt mich an der Hand. »Was hältst du davon, wenn wir verschwinden?«

Wir laufen die große Treppe hinauf und durchqueren eine Reihe Zimmer, bis wir zu Neris Wohnung gelangen.

Ungeduldig führt er mich in sein Schlafzimmer, kaum liege ich auf dem Bett, fängt er an, mich auszuziehen.

Ich halte ihn mit der Hand auf. Überrascht sieht er mich an.

»Ich dachte, du wolltest der Vernunft folgen«, flüstere ich lächelnd.

»Dasselbe dachte ich von dir«, erwidert er und presst seinen Mund auf meinen.

Ich öffne meinen Mund ein wenig und überlasse mich der Gegenwart, dem Fluss des Lebens, dem Hier und Jetzt, ohne an etwas zu denken; alles andere ist weit weg.

Bald liegt mein Kleid auf dem Boden, Neri liebkost meine Haut und ruft in mir ein zärtliches Verlangen hervor – gleichzeitig süß und leidenschaftlich. Doch als ich seinen nun auch nackten Körper auf meinem spüre und seine Erektion an meinem Bauch, überwiegt die Leidenschaft, und ich gebe mich meinem Verlangen hin.

Ich öffne mich ihm und genieße seinen Körper, seine zärtlichen Liebkosungen und seine entschlossenen Bewegungen, in einem Wechselspiel von Erregung und Emotion, von Leidenschaft und Gefühl, von Sinnlichkeit und Liebe, bis wir gleichzeitig von der Lust mitgerissen werden.

Danach betrachtet mich Neri ausgiebig, streichelt mich zärtlich und küsst mich sanft und liebevoll. Ich umarme ihn und genieße den Moment.

Als ich am Morgen aufwache, kitzelt mich Kaffeeduft in der Nase, und die Sonne steht schon hoch am Himmel. Der Platz neben mir ist leer, und ich höre, wie Neri in den anderen Zimmern rumort. Ich stehe auf und sehe ihn im Wohnzimmer.

Der lange Tisch ist für das Frühstück gedeckt. Porzellantassen und Silberbesteck haben den Platz zweier riesiger Kerzenhalter eingenommen, auf die ich gestern Abend einen Blick erhaschen konnte. Von den Wänden blicken die Porträts der Vorfahren in ihren Rüstungen, ihren steifen Westen und gestärkten Spitzenkrägen mit mürrischer, arroganter Miene auf mich herunter.

Sobald Neri mich entdeckt, kommt er auf mich zu und haucht mir einen Kuss auf den Mund.

»Mach es dir gemütlich. Ich hole den Kaffee.«

Ich setze mich und betrachte das Frühstück: frisch gepresster Orangensaft, Joghurt, weich gekochte Eier und Croissants. Neben meiner Tasse liegt ein Umschlag mit meinem Namen. Ich öffne ihn. Es ist mein Kaufangebot für den Hof.

»Was hat das zu bedeuten?«, frage ich Neri, als er das Zimmer wieder betritt.

Er stellt die Espressokanne auf den Tisch. »Dass ich dein Angebot nicht akzeptiere.«

Ich bin überrascht. »Warum nicht? Ich dachte, du brauchst das Geld.«

Er kommt näher. »Das stimmt. Aber die Dinge haben sich geändert. Weißt du noch, als du zu mir sagtest, dass ich von meiner Familie erdrückt werde?« Sein Tonfall ist ernst, seine Stimme tief.

»Natürlich. Und?« Ich merke, dass ich ihm gegenüber erneut misstrauisch werde.

»Nun, du hattest recht. Und jetzt, da mir klar geworden ist, dass ich die Nase voll habe von all den Verpflichtungen und Bedingungen, die sie mir auferlegen, soll ich ausgerechnet den Ort verkaufen, an dem ich herrliche Momente der Freiheit mit dir erlebt habe?«

»Aber …«

»Lass mich ausreden.«

Schweigend nicke ich.

»Erst jetzt verstehe ich, dass mein Bedürfnis, die Familientraditionen zu befolgen, eine Ausrede vor mir selbst war. Um nichts zu riskieren, mit angezogener Handbremse zu leben und nicht mehr leiden zu müssen, beschützt durch die Regeln der anderen.«

Er sammelt sich und spricht dann weiter. »Liebe hat mich immer in Angst und Schrecken versetzt. Ich wollte mich nicht an einen Menschen binden. Ich habe zu viel gelitten, zuerst wegen meiner Mutter, als sie starb, dann wegen meines Vaters, der sich nicht um mich gekümmert hat. Ich habe einfach versucht, nicht an dich zu denken, was mir aber überhaupt nicht gelungen ist.«

»Neri …«, flüstere ich.

Er bringt mich zum Schweigen, indem er mir den Finger auf den Mund legt.

»Als du in die Toskana zurückgekehrt bist und wir angefangen haben, uns zu treffen, war ich glücklich, auch wenn ich es nicht zugeben wollte. Ich glaubte, die Situation unter Kontrolle halten zu können, aber ich habe es nicht geschafft, und als wir miteinander geschlafen haben, bekam ich Angst und bin geflohen. Die Leidenschaft, die du wieder in mir entfacht hast, war unvereinbar mit dem Leben, das ich beschlossen hatte zu führen. Ich hatte solche Angst, die Fehler meines Vaters zu wiederholen, dass ich den allergrößten Fehler begangen habe: Ich habe nicht darauf gehört, was mir mein Herz gesagt hat.«

»Dein Herz?«

»Ja, und es war der Hof, der mir den Weg gewiesen hat. Oder besser gesagt Tante Ada. Jetzt verstehe ich, was sie erreichen wollte, als sie ihn uns gemeinsam vermacht hat. Sie hat uns alles, was sie hatte, hinterlassen. Ohne Bedingungen, auch wenn wir dem Weg, den sie uns gezeigt hatte, nicht gefolgt wären. Sie hat nur gehofft, dass uns das glücklich macht. Und als du mir vor ein paar Tagen gestanden hast, dass ich dir das Herz gebrochen habe, und gesagt hast, dass du mir den Weinberg schenken willst, habe ich verstanden, was ich schon immer gespürt habe. Das, was mir mein Herz sagte. Dass du nach meiner Mutter und Ada die Erste bist, die will, dass ich glücklich bin. Die Einzige, die mich liebt, ohne eine Gegenleistung zu verlangen.«

Ich schweige und versuche, meinen Herzschlag zu kontrollieren. Ich halte die Luft an, aus Angst, das Geräusch meines Atems könnte seine Worte übertönen.

»Ich war ein Feigling, ich hatte nicht den Mut, meinen Träumen zu folgen. Aber ab heute will ich das tun. Ich will meinen Wein produzieren und die Frau heiraten, die ich liebe.«

Neri zieht ein blaues Samtkästchen aus seiner Hosentasche.

»Er gehörte meiner Mutter, jetzt will ich, dass du ihn bekommst«, sagt er und reicht es mir.

Mit zitternden Händen nehme ich es und mache es auf: ein Ring mit einem riesigen Saphir, umgeben von Brillanten, ist darin.

Als ich ihn ansehe, fragt er mich.

»Willst du mich heiraten?«

Ich schweige einen Augenblick, überwältigt vor Überraschung und Freude. Gerade passiert das, was ich niemals gewagt hätte zu träumen, mir tief in meinem Inneren aber immer gewünscht habe. Selbst als ich dachte, ich würde ihn hassen.

Neri wertet mein Schweigen wohl als Zeichen der Unentschlossenheit. Er legt seine Hände auf meine Schultern und fängt an, auf mich einzureden.

»Bitte, sag mir wenigstens, dass du darüber nachdenkst. Ich weiß, dass ich mich schlecht benommen habe.«

Ich lächle, ohne zu antworten.

»Also, Isabel?«, sagt er ungeduldig.

»Kennst du die Antwort nicht schon?«

Auf seinem Gesicht breitet sich ein strahlendes Lächeln aus. Er nimmt den Ring und steckt ihn mir vorsichtig an den Finger. Das Blau des Saphirs glänzt wie seine Augen, aus denen er mich verliebt ansieht.

Er nimmt mein Gesicht in seine Hände.

»Ich hätte sofort auf mein Herz vertrauen sollen. Es hat mir gesagt, dass du die richtige Frau für mich bist.«

Er drückt seinen Mund auf meinen, und ich presse mich an ihn mit dem Gefühl, dass wir uns nie wieder trennen werden.

Als wir uns voneinander lösen, fällt mein Blick auf die Porträts seiner Vorfahren, die streng auf uns herunterschauen.

»Ich habe den Eindruck, dass sie uns zuschauen, und sie wirken nicht besonders zufrieden«, sage ich, während ich mit dem Finger auf sie zeige.

Neri lacht. »Sie sind nur überrascht. Ich glaube, sie haben noch nie eine Gräfin di Torrelupo wie dich gesehen.«

Epilog

Der Duft von Trauben

Wir finden das Glück, wenn wir an einem Ort sind, der in der Lage ist zu wecken, was in uns schlummert, und uns zu einem authentischen Leben mit Freude und Leidenschaft inspiriert. Auf einer Reise, die uns zu unserem ursprünglichen Zuhause führt. Gaston Bachelard schrieb: »Nur ich allein kann in meinen Erinnerungen an ein anderes Jahrhundert den tiefen Schrank öffnen, der für mich allein noch den einzigartigen Duft, den Duft der Trauben, die auf der Darre trocknen, bewahrt.«

Im September betrachte ich die Weinberge durch das Fenster unseres Schlafzimmers auf dem Bauernhof. Es hat geregnet, und in der Luft liegt der Duft nassen Grases. Die Rebenreihen hängen voller Trauben, und die mit Weinstöcken bepflanzten Hügel ziehen sich bis hinauf zur Burg, darüber spannt sich ein Regenbogen.

Unser Weinberg leuchtet in zwei unterschiedlichen Grüntönen. Giuseppe hat mir erklärt, dass dies daran liegt, dass er sich auf zwei Abschnitten mit unterschiedlichem Boden befindet, und mir gefällt der Gedanke, dass dies die Vereinigung von Neri und mir symbolisiert: so unterschiedlich und doch so ähnlich. Ich lächle. Der vergangene Monat war der schönste meines Lebens. Unsere Liebe wächst mit jedem Tag, genau wie die Reben, die uns umgeben.

Neri und ich haben das Datum für unsere Hochzeit in den Dezember gelegt, damit wir Zeit für eine ausgiebige Hochzeitsreise haben, bevor wir im Februar wieder damit beginnen, uns mit dem Weinberg zu beschäftigen. Wir sind bereits einmal nach London geflogen, und ich habe festgestellt, dass ich keine Angst mehr vor dem Fliegen habe, wenn Neri dabei ist.

Die Neuigkeit, dass wir heiraten, wurde von meiner Mutter, Deborah und Giada mit irrsinniger Begeisterung, von meinem Vater, Giuseppe und Giovanna mit heiterer Gelassenheit und von Neris Freunden mit ruhiger Zurückhaltung aufgenommen.

Am meisten begeistert war überraschenderweise Baldo, und nicht nur deshalb, weil er sich jetzt, wo Neri aus dem Rennen war, mit Ortensia verlobte, sondern auch weil er dank uns zu einem reichen Mann werden würde. Oder vielleicht sollte ich sagen, dank Deborah.

Es geschah an dem Tag, an dem wir unsere Verlobung verkündeten. Nachdem Bona den ersten Schock verdaut hatte, schien sie das Ganze zu akzeptieren. Doch als dann auf uns angestoßen wurde und Deborah sie umarmte, ihr das Du anbot und fragte, ob sie sie jetzt Tante nennen dürfe, wurde sie bleich. Kurz darauf ging sie zum Notar und ließ ihr Testament ändern.

Bona teilte Neri mit, dass sie ihn enterbt habe. Baldo würde ihr Vermögen erben, ausgenommen einiger Hinterlassenschaften an die Dienerschaft, einer Wohnung, die sie den Dame di Carità hinterlässt, und eines Palazzos in Siena, der an die toskanische Delegation des Souveränen Malteserordens gebunden ist. Baldos einzige Verpflichtung würde darin bestehen, dass er, sobald Bona gestorben wäre, pro Woche zwei Messen in der Kathedrale von Orleans lesen ließe, in Fürbitte für ihre Seele und die ihres Ehemanns, des Herzogs von Rocheblanche.

Aber das Erbe spielt für Neri und mich keine Rolle, oder zumindest keine große. Gut für Baldo.

Ich habe mich in Florenz für Architektur mit Schwerpunkt Innenarchitektur eingeschrieben, und dieses Mal bin ich mir sicher, dass ich es nicht wieder hinschmeiße. Ich habe zusammen mit Giovanna eine Firma für Renovierungen gegründet, und dank Camilla, die sehr zufrieden mit unserer Arbeit ist und dies überall verbreitet hat, kommen bereits die ersten Kunden.

Was Neri angeht, so hat er die Pachtverträge für die Weinberge der Burg nicht verlängert und bestellt sie jetzt selbst; dabei wendet er die Techniken an, die er in Tante Adas Weinberg bereits ausprobiert hat, und pflanzt dieselben Rebsorten an – dies alles dank Passion Investment, die beschlossen haben, in seinen Wein zu investieren. Die ersten Finanzmittel sind schon geflossen, und wir konnten neue Gerätschaften anschaffen; mit ihnen werden wir in einigen Tagen anfangen zu arbeiten, bei der ersten offiziellen Weinlese des Falco di Torrelupo.

Es wird die erste maschinelle Weinlese sein, ganz anders als die, bei denen wir als Kinder geholfen haben, als wir noch mit nackten Füßen in die Bottiche stiegen, die Kleider von Gummibändern nach oben gehalten und rote Spritzer bis zu den Schenkeln.

Während ich so meinen Erinnerungen nachhänge, betritt Neri das Zimmer und umarmt mich von hinten.

Ich drehe mich um. »Ich habe mich gerade an die Weinlesen erinnert, die wir als Kind mitgemacht haben, weißt du noch?«

»Natürlich«, antwortet er mit tiefer Stimme. »Ich habe sie geliebt. Das waren wunderbare Tage.«

Ich hauche ihm einen Kuss auf den Mund.

»Was hältst du von einer Runde schwimmen in Cala Piccola?«, schlägt er mit einem Lächeln vor. Nach Argentario zu fahren ist inzwischen zu einer wöchentlichen Gewohnheit für uns geworden.

Als wir am Meer angekommen sind, fahren wir mit dem Boot hinaus, begleitet von silbern glitzernden Fischen. Der Himmel ist tiefblau, am Ufer erhebt sich das grüne, von Blumen bedeckte Kap, und das Wasser erscheint mir wohlwollend, als würde ich dort die Umarmung von Tante Ada spüren, die hier ruht.

Ich setze die Schnorchelmaske auf und tauche unter; ich suche das tiefe Blau nach der Klippe ab, von der Neri gesagt hat, dass sie unter uns ist, und sehe rote Korallen. Hier wimmelt es nur so von Kraken, Schwämmen, Seefächern und Algen in allen Farben.

Eines Tages werde ich mit ihm bis nach ganz unten tauchen.

Abgründe jagen mir keine Angst mehr ein.

Aus dem *Häusertagebuch*

Isabels Aufzeichnungen von A bis Z

Alt und Neu

Die Vergangenheit weist uns den Weg in die Zukunft. Ein Haus, das Altes und Neues zu einem behaglichen Ambiente zusammenführt, lehrt uns, dass Vergangenheit, Gegenwart und Zukunft nicht getrennt, sondern ineinander verflochten sind. Wenn ein Ort seine eigene Vergangenheit nicht kennt und respektiert, hat er keine Zukunft. Es geht darum, unter Berücksichtigung der ursprünglichen Architektur Wohnräume zu schaffen, die allen Komfort bieten, der typisch ist für ein gastfreundliches Zuhause. Die Tür- und Fensteröffnungen einzubeziehen, alte Elemente wiederzufinden, die bei vorangegangenen Renovierungen verworfen wurden, althergebrachte Materialien für innovative Lösungen zu verwenden – dies alles zeugt von der Kunst, in vollkommener Harmonie mit der Landschaft und ihren Traditionen zu leben und sie gleichzeitig gemäß heutiger Bedürfnisse umzugestalten.

Der Duft von Trauben

Wir finden das Glück, wenn wir an einen Ort sind, der in der Lage ist zu wecken, was in uns schlummert, und uns zu einem authentischen Leben mit Freude und Leidenschaft inspiriert. Auf einer Reise, die uns zu unserem ursprünglichen Zuhause führt. Gaston Bachelard schrieb: »Nur ich allein kann in meinen Erinnerungen an ein anderes Jahrhundert den tiefen Schrank öffnen, der für mich allein noch den einzigartigen Duft, den Duft der Trauben, die auf der Darre trocknen, bewahrt.«

Die ganze Welt in einem Zimmer

Die einzigartige und fantasievolle Kombination von Einrichtungsgegenständen aus verschiedenen Kulturen und Epochen sorgt für ein charaktervolles Ambiente und zeugt von einer Persönlichkeit, die sich gegen festgefahrene Vorstellungen auflehnt. Das Echo ferner Welten und gelebter Geschichten überrascht den Betrachter und bringt ihn dazu, die Dinge in einem neuen Licht zu sehen. Ein handgeknüpfter Teppich aus dem Orient, ein Bild, eine russische Ikone, ein Buch, das einem alten Freund gehörte, ein geerbtes Tischchen, einige Gegenstände, denen es gelingen kann, der Fantasie Flügel zu verleihen und Gedankenreisen zu ermöglichen.

Die Rolle des Lichts bei der Einrichtung

Das Licht ist die Quelle des Lebens. Die Sonnenstrahlen, die durch die Fensterläden hereinfallen und Muster auf den Boden zeichnen, die Staubpartikel, die in einem Sonnenstrahl tanzen, die Sommersonne, die durch die Blätter der Bäume scheint – dies alles sind Bilder, die Entspannung und Optimismus verbreiten und uns zu süßer Sinnlichkeit einladen. Um die wohltuende Wirkung des Lichts noch zu steigern, sollte man bei der Einrichtung eines Hauses seine Veränderungen im Tageslauf und seine Wechselwirkung mit Stoffen und Farben einkalkulieren. Es empfehlen sich weiße Blumen und helle Stoffe, leichte Vorhänge, um während des Tages vor direkter Sonneneinstrahlung zu schützen.

Düfte aus der Kindheit

Hausgemachte Pasta, frisch geerntetes Gemüse, selbst gemachter Pecorino, Wurst vom Cinta Senese: Traditionelle Speisen erinnern an eine Zeit, in der die Küche der wichtigste Raum des Hauses war, nämlich der, in dem sich die Familie versammelte. Um diese Atmosphäre zu kreieren, bedarf es einer Einrichtung, die Wärme ausstrahlt: ein Kaminfeuer, Kupfertöpfe, ein großer Tisch. Essen geht mit Gefühlen einher: Ein einfaches, aber mit Liebe gekochtes Mahl ist mehr wert als ein Gericht von einem Profi. Gemeinsam essen ist, als würde man im richtigen Augenblick Gefühle zusammenmischen und dann mit den Menschen, die man liebt, teilen.

Ein Bauernhof in der Toskana

Ein Bauernhof in der Toskana ist Sinnbild einer Landschaft, die dank Regisseuren, Künstlern und Schriftstellern Berühmtheit erlangte. Seine Schönheit, die bestimmt wird vom Einklang mit der Natur und dem Rhythmus der Felder, lehrt uns Langsamkeit und die Besinnung auf das Wesentliche. Die Wände bestehen aus Stein oder gemischtem Mauerwerk, das Dach ist mit handgefertigten Ziegeln gedeckt und manchmal von einem Türmchen mit Taubenschlag gekrönt. Vor der nach Süden ausgerichteten Fassade befindet sich der Dreschplatz, auf dem früher das Korn gedroschen wurde. Seitlich davon stehen ein oder mehrere Bäume, zum Beispiel ein Nussbaum, der dem Anwesen Schatten spendet. Oft führen lange Alleen aus Zypressen dorthin. Sie sind Symbole der Treue und scheinen zum Verweilen einzuladen.

Ein Bauernhaus renovieren

Mit ihren dicken Mauern, die das Gebäude im Winter warm und im Sommer kühl halten, den von Rauch geschwärzten Kaminen und den Fußböden aus abgenutzten Tonfliesen stellen die alten Landhäuser der Toskana die Verbindung zwischen den einheimischen Traditionen und der bäuerlichen Kultur her. Um dieses Band zu erhalten, müssen bei der Renovierung das Original und die Einmaligkeit respektiert werden. Die Einrichtung ist geprägt von der Suche nach dem Authentischen und von der Verwendung restaurierter Möbel, zum Beispiel alter Stühle, von denen keiner aussieht wie der andere, eines Betts, das als Sofa benutzt wird, handgetöpferter Krüge und handgewebter Stoffe.

Einrichtungsgegenstände aus Naturmaterialien

Wer einen Raum mit Körben, Bambusmatten, Korbstühlen oder Truhen aus Olivenholz dekoriert, erzeugt eine Atmosphäre, die an Landleben und Getreideernten erinnert, und stellt eine Verbindung zur bäuerlichen Welt her. Wer Gästen und Freunden Strohhüte überlässt, damit sie in der Sonne spazieren gehen können, einen Korb mit Lektüre, die sie in der Laube lesen können, oder einen Binsenfächer, um sich Luft zuzufächeln, verbreitet Urlaubsatmosphäre und vermittelt eine Botschaft des Willkommenseins.

Erinnerungsstücke

Bestimmte Gegenstände, Farben oder Düfte haben die Macht, Momente und Gefühle heraufzubeschwören. Ein Schreibtisch oder ein Bücherregal können Gespräche oder Lektüren in Erinnerung rufen, der Duft eines Schrankes an einen geliebten Menschen erinnern. Wenn wir eine Wohnung einrichten, wird jedes Möbelstück, das wir aussuchen, zu einem Teil unseres Lebens, es schafft symbolische und emotionale Bindungen, die über seine bloße Funktionalität hinausgehen.

Faszination Zeit

Traditionen und Erinnerungen bilden den Grundstein eines Stils, der auf den Charme eines einzigartigen, klugen Dekorateurs zurückzuführen ist: der Zeit. Ein Eichentisch mit den Spuren unzähliger Familienmahlzeiten, die Oberfläche eines angeschlagenen Fensterladens oder ein Fußboden, der von längst gegangenen Schritten zeugt, machen ein Haus spannend und authentisch. Alte Verzierungen, die seit Jahrhunderten unverändert sind, das Design von Gegenständen, die von einheimischen Kunsthandwerkern angefertigt wurden, oder von einer Generation zur anderen überlieferte Bautechniken geben einem das Gefühl von Kontinuität und Zugehörigkeit zu einem Ort.

Fenster zur Unendlichkeit

Die Fenster der toskanischen Häuser und Burgen geben den Blick frei auf die bäuerliche Landschaft, auf wilde Wälder und raffiniert angelegte Gärten. Wenn es sich dabei um die traditionellen schmalen Öffnungen handelt, sorgen diese nicht nur für kühle Innenräume im Sommer, sondern bilden den Rahmen für eine Welt, in der sich Geschichte und Natur verbinden und die sich in einer Abfolge aus Tälern, goldenen Getreidefeldern, Dörfern und Zypressen ins Unendliche ausbreitet.

Fotos an der Wand

Manche Dinge – Einrichtungsgegenstände, Textilien und Farben – versetzen uns zurück in andere Zeiten. Wer sich eine Sammlung alter Fotos an die Wand hängt, begibt sich auf einen Ausflug in vergangene Zeiten. Auf ihnen erkennen wir Fragmente eines Lebens, einer Familiengeschichte, verschwundener Traditionen und Bräuche, so als würden wir ein Buch aufschlagen, das uns in die Vergangenheit blicken lässt. Fotos bergen die Seele von Orten.

Grüne Ecken

Pflanzen erzeugen tiefe Gefühle und transportieren die Kraft der Natur ins Haus. Ein Wiesenblumenstrauß in einem Krug, eine Basilikumpflanze auf dem Fenstersims, eine Vase aus rotem Ziegelstein in einer Laube – dies alles sind Details, die schon an sich eine besondere Atmosphäre schaffen. Blumen machen ein Zimmer fröhlicher und heller. Wer in seinem Garten Ecken schafft, in denen er das Gras und die Blätter der Bäume betrachtet, kann in eine andere Welt eintauchen.

Hängematten

Es gibt nichts Besseres, als sich nachmittags im Schatten eines Baumes oder einer Laube zu entspannen. Das ist eine Erfahrung, die einen mit Ruhe und Frieden erfüllt und der Fantasie Flügel verleiht. Eine Hängematte, eine Chaiselongue aus Weidengeflecht oder ein schmiedeeiserner Diwan sind Einrichtungsgegenstände, die ein idyllisches Ambiente schaffen, in dem wir uns im engen Kontakt mit der Natur und so auch mit uns selbst fühlen.

Häuser als Statussymbol

Jean Baudrillard behauptete, dass sich heutige Einrichtungen nicht mehr am Familienleben und an Vorlieben orientieren, sondern nur auf Besuche und Gäste ausgerichtet sind. Durch moderne Designerstücke und teure Möbel wollen die Eigentümer ihr Vermögen demonstrieren und ihren gesellschaftlichen Status zur Schau stellen. Einem Aristokraten, der an den durch seine Herkunft ererbten Status gewöhnt ist, erscheint dies absurd.

Heitere Unordnung

Teppiche übereinanderlegen, ein Zimmer kunterbunt mit Büchern und Gegenständen füllen – das macht die Einrichtung gemütlich und sagt etwas über denjenigen aus, der es bewohnt. Jedes Zimmer beeinflusst uns durch seine Atmosphäre und wird zu etwas Einzigartigem und Überraschendem. Es scheint uns zu sagen, dass es weniger auf kostspielige Einrichtungsgegenstände, Mode oder feste Regeln ankommt als vielmehr auf den persönlichen Stil.

Hochzeit im Shabby-Chic-Stil

Für eine Hochzeit im Shabby-Chic-Stil empfiehlt sich eine Location auf dem Land. Ideal als Tischdekoration sind weißes Goldrandgeschirr, Kerzenhalter mit Tropfen, üppiger Blumenschmuck und Kärtchen mit romantischen Botschaften, die auf dem Tisch liegen. Als Sitzgelegenheiten dienen weiß lackierte Lehnstühle und Heuballen. Gefüllte Bonbonnieren werden auf die Tische gestellt.

Italienischer Garten

Der italienische Garten ist ursprünglich ein Renaissancegarten, der nach einem strengen geometrischen Schema von Beeten, Hecken und gestutzten Sträuchern eingeteilt wird. Die geometrischen Flächen werden von Buchs, Liguster und Zypressen gesäumt und im mediterranen Klima von immergrünen Obstbäumen wie Zitronen- und Orangenbäumen sowie vom Duft der Kräuter belebt. Die durch Pflanzen erzeugte Architektur eines italienischen Gartens verbindet Rationalität und Fantasie, Kultur und Natur durch eine Kombination aus offenbar gegensätzlichen Elementen, welche die verschiedenen Aspekte der Seele ausdrücken.

Küche

Eine rustikale Küche beschwört längst vergessene Sinneseindrücke herauf: den Duft von Keksen, das Aroma der Würste, die an den Balken hängen, den würzigen Geruch von Wildbret und von in Olivenöl getränktem Brot. Sie erinnert an den Geschmack einfacher Gerichte, aus denen man den Wechsel der Jahreszeiten herausschmecken kann und deren Geheimnisse von Generation zu Generation weitergegeben werden. Getrocknete Kräuter, die an einem Balken hängen, Kuchenformen an den Wänden, die Oberfläche eines Mörsers, die über die Jahre eingekerbt wurde, und Dosen mit Gewürzen in geordneter Unordnung schaffen eine gemütliche Atmosphäre, in der gelebt wird, und verweisen auf alte bäuerliche Traditionen.

Leben auf einer Burg

Eine Burg ist ein Symbol für Stärke und Macht, aber auch für versteckte Eleganz, die nicht zur Schau gestellt wird. Die gewaltige Verteidigungsbastion und die strengen Türme verbergen in ihrem Inneren prunkvolle und vornehme Räume: Arkaden mit Fresken, Ballsäle, Bibliotheken voll kostbarer Bücher, Porträtgalerien und Zimmer mit imposanten Himmelbetten. Wer die geschichtsträchtigen Mauern, die Säle voller Kunstwerke und die Möbel, die schon immer dort standen, betrachtet, wird in eine Vergangenheit zurückversetzt, die man verschwunden glaubte.

Loft im Industriestil

Eine moderne Stadtwohnung, die Zweckmäßigkeit und Effizienz ausstrahlt. Für ihre Einrichtung werden vorzugsweise neutrale Farben und Grautöne verwendet sowie Designobjekte, die an die Sechziger- und Siebzigerjahre erinnern, Betonböden, Metallregale und Beleuchtungssysteme wie in einer Fabrik. Durch den Einsatz von Stahl wird psychologisch Stärke und Sicherheit vermittelt.

Minimalismus

Ein nüchterner Einrichtungsstil, der von der Auslassung lebt. Je nach Betrachter kann er ein Gefühl der Leere oder aber der Ruhe vermitteln. Geprägt von Mies van der Rohes Prinzip »Weniger ist mehr« wird er charakterisiert durch essenzielle Linien, das Fehlen dekorativer Elemente, Möbel mit geometrischen Formen sowie glatte Textilien. Seine typische Farbe ist Weiß, oft ein Hinweis auf emotionale Ausgeglichenheit und eine positive Haltung.

Reihenhäuser

Reihenhäuser vereinen die Vorzüge eines traditionellen mehrstöckigen Hauses mit der Wirtschaftlichkeit und Sicherheit einer Gemeinschaftsanlage. Sie vermitteln den Eindruck von Komfort und Schutz, bergen aber eventuell die Gefahr, dass die darin Lebenden das Gefühl bekommen, nicht mehr als Individuen wahrgenommen zu werden. Diese Häuser zeichnen sich durch ihre Standardisierung und durch die Herauslösung aus dem landwirtschaftlichen Kontext aus. Um der Monotonie entgegenzuwirken, empfiehlt sich ein möglichst origineller und individueller Einrichtungsstil.

Schlafzimmer

Das Schlafzimmer ist der Ort der Offenheit und des Lichts, aber auch der Sinnlichkeit und der Nacht. Moskitonetze, weiße Bettwäsche mit Spitze und leichte Vorhänge, die in der morgendlichen Brise wehen, sorgen für mehr Helligkeit im Zimmer und symbolisieren Transparenz und Offenheit. Leinenstoffe und Seide fühlen sich natürlich und angenehm auf der Haut an, sie erhöhen die Sinnlichkeit dieses Ortes.

Schlichte Eleganz

Eleganz trägt häufig ein schlichtes Gewand. Oft reichen nur wenige Handgriffe aus, um ein Zimmer aufzufrischen. Ein Sofa mit einer Decke in lebhaften Farben, ein Tischchen vom Flohmarkt oder ein Korbsessel mit Büchern daneben schaffen bereits eine Atmosphäre, in der man sich entspannen kann. Mehr Zeit und weniger Geld in die Verschönerung eines Hauses zu stecken, lässt die Hektik des Alltags vergessen, setzt eine harmonische Note und kreiert eine scheinbar zufällig entstandene Schönheit.

Schränke

Ein Schrank ist nicht einfach nur ein Möbelstück. Er beinhaltet viel mehr als nur saubere Wäsche und gefaltete Kleidungsstücke – er ist auch ein Ort voller Erinnerungen, dessen Inhalt uns in eine andere Zeit versetzt. Er ist ein Raum voller Tiefe und intimer Symbolkraft. In seinem Inneren verbergen sich Schätze. Wie traurig ist ein Schrank, der nicht so ist!

Shabby Chic

Shabby Chic ist seinem Wesen nach feminin und gefühlsbetont.

Inspiriert wird der Stil vom Schweden des 18. Jahrhunderts sowie von englischen und provenzalischen Landhäusern; charakteristisch dafür sind ein Hauch von Vintage – alte oder vorgeblich alte Möbel, aber keine Antiquitäten –, die vorwiegende Verwendung von Weiß und zarten Farbtönen sowie gebeizte Möbel, deren Abnutzung häufig künstlich erzeugt wird. Viel Liebe zum Detail und eine besondere Aufmerksamkeit für romantische Details zeichnen den Shabby Chic aus.

Terrasse

Eine Terrasse ist ein künstlich angelegtes Paradies, das den Blick und die Gedanken in die Ferne schweifen lässt. Sie ist sowohl ein intimer Ort, an dem man faulenzen und sich verlieren kann, als auch ein sozialer Raum, um Gäste zu empfangen und einen Aperitif zu nehmen. Als Erweiterung des Hauses kann man auf einer Terrasse in der Stadt dem Rhythmus der Jahreszeiten folgen; von dort lassen sich die Sterne betrachten. Ihre Wände bestehen aus der Stadt, dem Land, dem Himmel – wie in einem Zimmer ohne Begrenzung. Ideal für eine Terrasse, die aufs Meer hinausgeht, sind Blau- und Weißtöne sowie mediterrane Pflanzen, die Sonne und Wind lieben.

Total Grey

Grau ist eine neutrale Farbe. Ein Niemandsland, das demjenigen gehört, der sich in nichts hineinziehen lässt und sich distanziert. Es ist die Farbe der Büros, des Betons, der Stadt, des Regens und des Nebels. Azurblau ist die Farbe der Ferienhäuser, des Meeres und des Himmels. Die Farbe derer, die die Natur lieben. Die Farbe der Heiterkeit, der Zärtlichkeit, der Lebensfreude.

Unvollkommene Schönheit

Unebene Böden und Wände sowie von der Zeit gezeichnete Möbel, Türen und Fenster verleihen einem Raum Charme – ein Loblied auf die Unvollkommenheit, und denjenigen, der sich nicht scheut, einzigartig und originell zu sein. Kerzenhalter, die sich mit den Jahren verbogen haben, grün angelaufene Messinggriffe, verrostete Haken an den Decken, raues Mauerwerk, das die Arbeit der einheimischen Handwerker erkennen lässt – das alles ergibt einen Stil, der die Vielfalt des Lebens spiegelt.

Von Hand getöpferte Tässchen

Ein von Hand getöpfertes Tässchen hat eine Eigenschaft, die Freude macht: Es ist ein Handwerksprodukt. Eine Sammlung von Tonwaren, eine bestickte Decke, ein geflochtener Korb, ein antiker Stuhl – sie alle haben diese besondere Schönheit von Gegenständen, die von Menschen für Menschen gemacht wurden. Es sind die Überbleibsel eines vorindustriellen Lebens, eine Hommage an die Handwerkskunst, die von der Welt des Konsums und der Standardisierung vergessen wurde.

Wandmalereien

Wandmalereien sind seit jeher ein beliebtes Mittel, Innenräume zu gestalten – schon die Etrusker übten sich in dieser Kunst, die Römer ebenso. Einen Höhepunkt erreichte sie in der Renaissance mit den Fresken von Leonardo da Vinci, Michelangelo und Raffael. Wandmalereien entfalten mitunter eine unvergleichliche Wirkung. Kinder können beim Bemalen von Wänden ihrer Fantasie und Kreativität freien Lauf lassen, und Erwachsenen helfen Wandgemälde dabei, den Zauber ihrer Kindheit wiederzufinden.

Wie ein Kunstwerk

Wer lokale Handwerkskunst in seine Einrichtung integriert, verleiht dem Haus ein poetisches Narrativ, das ein harmonisches Band zur Kultur eines Ortes knüpft. In einem Bett zu schlafen, das aussieht wie von einem Giotto-Gemälde, oder sich bei der Einrichtung der Küche von den Szenen häuslichen Lebens inspirieren zu lassen, wie sie auf den Fresken von Ambrogio Lorenzetti dargestellt werden – dies alles ist Ausdruck einer Lebensart im Einklang mit den Schätzen, die die Toskana birgt.

Zeitlose Atmosphäre

Wer es versteht, Einrichtungsgegenstände, die seit Jahrhunderten weitervererbt wurden, mit modernen und ungewöhnlichen Dingen zu kombinieren, beweist eine unkonventionelle Einstellung sowie das Selbstbewusstsein eines Menschen, der einen angeborenen guten Geschmack hat und es sich leisten kann, Modetrends zu missachten. Alte Porträts, antike Stühle mit Lederlehne und lange Eichentische verbinden sich mit modernen Designerlampen und Reiseandenken zu einem ganz persönlichen und eleganten Eklektizismus und einem Wechselspiel von Vergangenheit und Gegenwart, das Tradition mit Dynamik kombiniert.

Zimmer ohne Wände

In der warmen Jahreszeit gibt es nichts Besseres, als in der Laube zu essen – wie in einem Speisezimmer ohne Wände. Es empfiehlt sich, bei ihrer Einrichtung mit dem Wechsel von Drinnen und Draußen zu spielen und Steintische, schmiedeeiserne Stühle und Korbsessel mit Teppichen, Kissen und einer alten Anrichte aus Holz zu kombinieren. Idealerweise wird der Tisch zwanglos gedeckt – ein Leinentischtuch, Krüge aus einheimischen Töpfereien, alte, unterschiedliche Gläser und rustikale Keramik, die *ceramiche rustiche ›a macchie‹ verdi*, die typisch toskanische mit den grünen Tupfen. Abends leuchten die Lichter der Laternen mit den Sternen um die Wette.

Danksagung

Zunächst einmal möchte ich dem Verleger Sergio Fanucci danken, der an mich geglaubt hat, sowie Franca Vitali und Rita Feleppa für ihre wertvolle Lektoratsarbeit und die Sorgfalt, mit der sie den Text gelesen haben, und nicht zuletzt allen, die bei Leggereditore arbeiten.

Herzlichen Dank auch an Alberto Paleari für die Kompetenz und Professionalität, an Francesco Saverio Grizi für Hintergrundinformationen zu den gesellschaftlichen Schichten und die Beratung bei den juristischen Teilen, an Bruna Perri für die Korrektur der ersten Entwürfe, an Antonio Caruso für die Lektüreempfehlungen und die Ratschläge bezüglich notarieller Dinge, an Alessandro Genova für die Weintipps, an Angela Nasone für ihre Kommentare zur ersten Version und an Raffaele Milisenna, der die Tür zur geheimnisvollen Welt der Rechnungsprüfung für mich aufgestoßen hat.

Danken möchte ich an dieser Stelle auch meiner Mutter, die meine erste Leserin war, Emanuela für unsere Gespräche über das Schreiben, Sabrina, die mir geduldig zugehört hat, Silvia, die mich in ihrer Wohnung in Paris empfangen hat, Francesca, die mir das Castello di Bargone zur Verfügung gestellt hat, Mark, der mich vor vielen Jahren gelehrt hat, die Toskana mit englischen Augen zu sehen, und Fausto, der mich durch das Val d'Orcia begleitet hat.

Schließlich gilt mein besonderer Dank Christina Assouad und der EWWA (European Women Writers Association), Regionalgruppe Marken, weil man mir dort vom Scrivere Festival erzählt hat, einer Veranstaltung, bei der ich Sergio Fanucci kennenlernen durfte. Von Herzen danken möchte ich auch dem Colletivo Idra und allen anderen Organisatoren des Festivals.